读客® 知识小说文库

读 小 说 ， 学 知 识

侯大利

刑侦笔记

一部集侦查学、痕迹学、社会学、尸体解剖学、犯罪心理学之大成的教科书式破案小说

4

滴血破案

小桥老树 著

《侯卫东官场笔记》作者

上海文艺出版社

图书在版编目（CIP）数据

侯大利刑侦笔记 . 4, 滴血破案 / 小桥老树著 . --
上海 : 上海文艺出版社 , 2020.10
（读客知识小说文库）
ISBN 978-7-5321-7814-8

Ⅰ . ①侯… Ⅱ . ①小… Ⅲ . ①长篇小说—中国—当代
Ⅳ . ① I247.5

中国版本图书馆 CIP 数据核字 (2020) 第 191289 号

责任编辑：毛静彦
特邀编辑：杨思雨
插画设计：刘小梅
封面设计：章婉蓓

侯大利刑侦笔记. 4, 滴血破案
小桥老树　著
上海文艺出版社出版、发行
地址：上海绍兴路7号
电子信箱：cslcm@publicl.sta.net.cn
网址：www.slcm.com
新華書店经销　三河市龙大印装有限公司印刷
开本 680毫米×990毫米　1/16　19印张　字数 268千字
2020年10月第1版　2020年10月第1次印刷
ISBN 978-7-5321-7814-8/I.6203
定价：45.00元

如有印刷、装订质量问题，
请致电 010-87681002（免费更换，邮寄到付）

目 录

第一章
水沟惊现尸体

我不知以后怎么活下去

2009年9月，山南省，江州市。

犯罪嫌疑人杜强放弃抵抗，彻底交代所犯罪行，黄大磊案和吴开军案至此真相大白，还拔出萝卜带出泥，侦破了三起入室抢劫案和一起母女遇害案。审讯杜强的是省公安厅正处级侦查员老朴和江州市刑警支队年轻侦查员侯大利。

送走老朴，副局长刘战刚把侯大利叫到身边，夸道：“大利参加工作两年便取得如此耀眼的成绩，国龙老总肯定会为你骄傲，我估计他以后不会急迫地催促你回国龙集团继承家业了。术业有专攻，老天爷真赏你吃这碗饭。”

“这是所有参战侦查员的功劳，我只是做了一点微不足道的事情。”侯大利隐藏起极度压抑的心情，努力挤出些笑容。

刘战刚看着侯大利两鬓的白发，想起英勇牺牲的田甜，暗自叹息。作为指挥员，一次行动牺牲两名侦查员，这给他带来极大压力，并且还要承担相应后果。这无疑是在侯大利所承受的未婚妻牺牲的巨大痛苦上雪上加霜。他故作轻松，笑道：“谦虚使人进步，大利真不错。这一段时间辛苦了，给你放几天假，出去走一走。”

侯大利道：“刘局，我哪里都不想去，只想睡觉。”

“既然想睡觉，那就什么事都不要管，好好睡觉。”刘战刚毫不掩饰对侯大利的欣赏。未婚妻田甜意外牺牲后，侯大利强忍悲痛，在岗位上坚持战斗，干净利落地拿下了黄大磊案和吴开军案。此役之后，江州市局绝大多数领导都忘记侯大利是江州首富的儿子，视其为真正的自己人。

由于胜利桥附近发生了一起杀人案，刘战刚略微寒暄，便和刑警支队队长宫建民一起匆匆前往胜利桥。

侯大利跟在105专案组成员朱林身后，从安全通道走向地下车库。

朱林道：“在你审讯时，胜利桥出了命案，死者是吴开军的儿子吴煜。”

“啊，吴煜死了？”侦办吴开军案时，侯大利研究过吴开军的主要社会关系，知道其儿子是个不学无术的花花公子。

“他被捅了四刀，死在胜利桥下。滕麻子出的现场，没有通知我们105专案组。江州市大部分命案积案都破了，可是105专案组没有撤，原则上应该通知我们。滕麻子刚从省公安厅回来，还不了解情况。这一次可以原谅，下次不行。”

来到地下车库，朱林道：“你不用送我，我自己开车回刑警老楼。这两年，一个案子接一个案子，你也累得够呛，休息几天。”

“师父，我其实没法休息，睡不着。无事可做，日子就更加难熬。”侯大利在朱林面前不再掩饰，面带苦笑，坐上越野车。等到驶离朱林视线后，他靠边停车，在领导和队员面前强装的镇静和坚强化为乌有，关掉车窗，整个人就像被抽掉了精气神，瘫坐在皮椅上。

回到高森别墅，一股异样的冷清如杀手一般无声无息袭来，阴郁之气笼罩在整个别墅区，恶狠狠地提醒他未婚妻已经牺牲，从此阴阳相隔，再也无法见面。

田甜牺牲后，他全身心投入案侦工作之中，用忙碌的工作来压制内心的伤痛。如今大案告破，他找不到压制痛苦的借口，深入骨髓的疼痛狠狠反弹，曾经的恩爱有多么快乐，如今便有多么靠近地狱。

侯大利无法在家中停留，失魂落魄地逃出别墅，低垂着头坐在门前。不知过了多久，他终于站了起来，启动越野车，直奔江州陵园。江州陵园里十年前安葬了青梅竹马的恋人杨帆，十年后安葬了未婚妻田甜。以前侯大利到陵园是看望长眠于此的杨帆，如今不仅要探望杨帆，还要与未婚妻田甜在此会面。想到这里，他悲从中来，无法抑制，数次生起猛踩油门再不放松的念头。

车停在陵园内，侯大利先沿着石梯来到杨帆墓前，用小毛巾擦掉杨帆墓碑上的灰尘，点燃香烛后，低声讲述田甜牺牲之事，再谈张小天要在近期审测王永强。离开时，他低语："小帆，如果你真有在天之灵，就指引我找到真凶。"

离开杨帆，侯大利来到一块新近开出来的墓园。这个墓园被松树与其他区域隔开，在最顶端有一块刻有"警魂"大字的石碑。田甜牺牲后，侯国龙在江州陵园购买了这一片相对独立的区域，凡是离世的警察都可自愿安葬于此。

警魂园区形成后，首先进入的是在打拐案中牺牲的田甜和唐有德。随后黄小军将父亲黄卫的骨灰盒迁了进来。胡秀选了一个迁坟的黄道吉日，准备将丈夫迁到警魂墓区。丈夫李超就是一个大嘴巴，喜欢唠叨，爱凑热闹，能与战友们相聚于此，在另一个世界应该也能过得很好。

田甜墓碑上的头像是为了结婚特意到照相馆照的。照相师颇有功力，抓住了田甜宁静中略带刚强的特点，相片中的人漂亮又深沉。侯大利用另一块新毛巾擦去田甜相片上的灰尘。在擦拭过程中，他似乎感受到了田甜的气息。十几天前，这些气息还真实存在，还在与自己耳鬓厮磨，转眼间，人贩子扣动扳机，田甜变成了回忆。他坐在墓前，久久不肯离开，低语："田甜，你真狠心，就这么走了，我不知以后怎么活下去。"

越野车最终还是离开了江州陵园，如孤魂野鬼一般在公路上游荡，不知不觉来到世安桥。侯大利仍然不敢面对河水，背对石栅栏，眼神空洞地望着桥边熟悉的风景。

大片乌云从远处天空奔了过来，积聚在头顶，天空顿时暗淡下来。一阵风吹来，乌云慢慢移走，头顶天空恢复光明，而远处长青县的天空黑成一片，罕见的秋日惊雷在黑暗中狂舞。一般情况下，江州在10月不会有大暴雨。2001年10月曾经下过一场大暴雨，引得江州河水大涨，杨帆落入狂暴河水中，没有生还。今年接近10月又有大暴雨，简直是当年情景再现，这让侯大利极度不安。每当内心不安时，侯大利总是习惯给田甜打电话。拿起手机，他才意识到田甜已经英勇牺牲，无边无际的痛苦顿时涌进心中，将其灵魂压在十八层地狱。

为了逃脱地狱的镇压，他强行把思路转到案件之上，这样能轻微减少心理上的痛苦。老朴临走前提到省刑侦总队第六支队张小天判断王永强有可能不是凶手，从侦查的角度来说，杨帆案到目前为止都没有直接有力的证据，无法形成完整的证据链。如果王永强真的不是凶手，那么此案就会成为无头悬案，破案遥遥无期。想到这里，他的心情更加烦躁。

长青县方向大雨倾盆，江州城内却无半滴雨水。世安桥下，江州河水量比起夏季大大减少，失去了狂暴，非常温顺。河水下游流经长青县，经过这一场暴雨，下游长青段河水会暴涨。侯大利盯着河边看了一会儿，尽管河水量少，流速慢，仍然感到一阵眩晕。他没有转身，继续紧盯河水，直至涌起强烈的呕吐感。他站在桥上无法抑制地大吐特吐，胆汁都吐了出来，满嘴苦涩。吐完后，他坐在桥边路沿石上，将头埋进膝盖。桥上不时有大货车经过，大货车距离路沿石很近，带起的灰尘扑到侯大利身上，很快就在衣服上形成灰蒙蒙一片。

晚六点，远处长青县的天空中闪电和雷声交替出现。阵风吹过，带来凉意，还有淡淡的水腥味。侯大利离开世安桥，仍然不敢回到充满田甜气息的高森别墅，掉转方向盘，前往发现吴煜尸体的胜利桥。

胜利桥下仍然设有警戒线，值守的中年汉子见一名灰头土脸的年轻人走了过来，警惕地问道："你是谁？"

按照2005年10月1日开始执行的《公安机关刑事案件现场勘验检查规则》第十二章第八十一条规定："现场勘查、检查结束后，现场勘验、检查指挥员决定是否保留现场，对不需要保留的现场，应该及时通知有关单位和人员进行处理；对需要保留的现场，应当及时通知有关单位和个人，指定专人妥善保护。”现场有人值守，说明重案大队要求保留现场。

到了凶案现场，侯大利被打散的魂魄奇异地聚合在一起，让他立时清醒。他亮出警官证，表明身份，问：“现场没撤？你一个人守？”

中年汉子抱怨道：“我是学院保卫科的，派出所的人到学院上厕所去了。滕大队说现场暂时不撤，让我们辛苦两天。这个地方鸟不拉屎，车又多，灰尘大，尾气重，守两天倒没有问题，多守几天就太他妈麻烦了。”

胜利桥位于城中心，是连接东城和西城的大通道，周边没有建筑，缺少商业设施，南侧是一大片桃树林，有一条天然小道通向坡顶，坡顶是江州技术学院。中年汉子用鸟不拉屎来形容此地，虽然夸张，却也颇为形象。

侯大利打量着公路南侧的桃树林，问道：“为什么不撤现场？”

中年汉子接过侯大利递过来的烟，发现是平时难得抽到的好烟，又看了一眼体量巨大的越野车，客气地道：“滕大队发了话，我们只是照办，不晓得什么原因。”

侯大利道：“尸体在哪里发现的？”

“我指给你看。”眼前的警察灰尘满面，神情憔悴，言行却很正常。中年汉子抽着烟，带着侯大利来到发现尸体的地方，讲解自己所知道的情况。

“死者应该是到技术学院泡妞的，听说死者的小车就停在学院围墙附近，还是一辆宝马。”中年汉子守在此处非常无聊，话匣子打开，“技术学院是民办学院，学生娃儿成绩都差得很，主要目的是混张文凭。每天晚上八九点，外面经常会停些好车，专门接漂亮女学生。哎，如今的世道，真是世风日下。”

侯大利思维渐渐恢复正常，道：“凶杀案和学院的女学生有关？”

中年汉子道：“具体不清楚，从刑警队的架势来看，多半有关。”

此案并不归侯大利负责，他来到凶案现场纯粹是无处可去。站在案发现场，他和看守现场的中年汉子聊起案子，思维快速运转起来，一块块现场碎片在脑中飞速集中，形成一幅幅立体生动的画面。

从离开提审室到现在，整整一天时间，侯大利都陷入未婚妻牺牲的悲伤之中，无法自拔。直到站在凶案发生现场，他才稍稍有了精气神。

技术学院的女学生

案发上午，吴煜案的现场勘查结束后，为了抢抓命案黄金72小时，重案一组召开现场工作会。重案大队副大队长、一组组长滕鹏飞对案件已有基本判断，指令简洁清晰。

“吴煜案由张国强探组负责，杜峰探组和江克扬探组配合。

“目前确定三个侦查方向，第一个方向是调查吴煜到胜利桥的原因以及路线。胜利桥是东城和西城的通道，不是商业街区，公路边没有门面。吴煜在晚上九点来到胜利桥肯定有特殊原因。找到这个原因，案子就算有了眉目。张国强探组兵分两路，一路去隆兴夜总会，调查吴煜当晚行踪；另一路到胜利桥附近调查走访，寻找目击证人。麻雀飞过总得有个影子，我不相信这么大一个人在公路边遇害，会没有人看见。吴煜妈妈不在江州城，我估计和吴煜遇害关系不大，放在稍后一些调查。

“第二个方向是以物查人。吴煜应该会随身携带手机和钱包，特别是和年轻女子在一起的时候，手机和钱包更是必不可少。在现场没有能够找到吴煜的手机和钱包，可以通过这条线索查找凶手。杜峰探组主要负责这个方向，调取吴煜手机的通话记录，查看最后几个通话人。犯罪嫌疑人有可能拿了死者手机，去联系技侦支队，请他们支援。

“第三个方向是江克扬探组，你们的任务是调取视频资料，吴煜有一辆宝马车，要把昨夜宝马车的行踪调查清楚。”

现场会议结束，三个探组按要求各自行动。

滕鹏飞回到刑警新楼，向副支队长、重案大队长陈阳汇报吴煜案。

杜强落网，一系列命案积案水落石出，陈阳心情着实不错，道：

“麻子，我们到宫支办公室，免得你讲两次。”

宫建民听完汇报，道：“隆兴夜总会鱼龙混杂，吴煜被杀死，会不会和断手杆有关？江州黑社会这些年弄了不少事，希望打黑除恶专案组能把断手杆、陈雷等团伙连根拔起。”

滕鹏飞坐在办公桌对面，随手拿起桌上的香烟，自顾自点燃，道：“我先抽一支，两位领导别见怪，有案子，嘴巴闲不住。”

宫建民靠在椅子上，笑道：“滕麻子什么时候跟我客气过，想抽就抽，废那么多话。”

“我觉得没有这么复杂，吴煜是花花公子，吃喝玩乐样样在行，但是，他没有参加隆兴夜总会和高利贷业务。吴开军死了，断手杆没有必要追杀吴煜。我觉得应该是一个更简单的案子，吴煜行为不端惹来的杀身之祸，要么为了女人，要么为了钱财。”滕鹏飞深深地吸了一口，火光闪烁下，烟灰迅速变长。

正说到这里，张国强的电话打了过来：“我们到隆兴夜总会按照员工名单排查，一名女员工提供了吴煜到胜利桥的原因，他到技术学院是去接肖霄。肖霄是江州技术学院的学生，曾经在隆兴夜总会当过公主，也就是小厅服务员，与吴煜关系密切。”

“好，好，好，这条线索很重要。”滕鹏飞说了三个好字，又道，“你赶紧到江州技术学院，查这个叫肖霄的女同学。”

有了明确线索，滕鹏飞坐不住了，准备前往江州技术学院，刚站起来，又接到侦查员谭大国电话。

“在江州技术学院围墙支路发现一辆宝马，是吴煜的车。吴煜应该是先到技术学院，把车停在比较隐蔽的学院围墙支路，然后沿桃树林的小道步行到胜利桥。”

两条线索串了起来。

宫建民叫住滕鹏飞，道：“你别跑，就在这里指挥。三个探长办事利落，让他们去办，一线重要，指挥岗位也重要。‘羽扇纶巾，谈笑间，樯橹灰飞烟灭’，你要学会这个。”

滕鹏飞心不在焉地道：“宫支，兄弟们在下面跑，我坐在办公室喝茶，心里痒得难受。”

宫建民道：“你去问问，电话记录调出来没有。”

杜峰接到滕鹏飞电话，道：“滕麻子，我正准备给你打电话，吴煜最后两个电话都是打给一个叫肖霄的人，每次通话三四分钟。”

所有线索都指向江州技术学院的女生肖霄，滕鹏飞无论如何也坐不住了，从宫建民办公室溜了出来，开车直奔江州技术学院。

来到技术学院后，他立刻组织侦查员调查肖霄。经调查：第一，肖霄在搞完学校活动后，接了一个电话后独自离开；第二，肖霄有一个同校高年级的男朋友，叫李友青。

两名侦查员来到肖霄家。

肖霄母亲周雪正如热锅上的蚂蚁，四处寻找昨夜就未回家的女儿。肖霄是江州本地人，每天回家居住。昨天晚上学院搞文艺活动，肖霄给母亲打电话说要晚些回家。周雪等到了晚上十一点，女儿仍然没有回来，手机也关机。女儿以前在隆兴夜总会工作，晚归是常事，偶尔会住在同学家里。周雪下意识认为女儿搞完活动以后，又去了同学家里住，不算太着急，只是埋怨女儿关手机。

早上八点多，周雪再次拨打了女儿的手机，发现仍然没有开机。她正准备给女儿的朋友打电话时，侦查员出现在家门口。

侦查员正在和周雪交谈，虚掩的房门被人一把推开，房门砸在墙上，发出巨响。来人酒气熏天，头发乱成一团，胡子上挂着些不知是什么的碎屑，抓起桌上的茶壶，往嘴里猛灌。喝完水，他望着张国强，道：“张探长，你到我家里来做什么？”

身材高大的帅气探长张国强这才认出来人，吃惊地道：“肖总，你住这儿？”

肖卫星抓起桌上的馒头啃了两口，道：“肖总是过去式了。现在不仅没有消肿，脑袋也肿大了。你们到我家来做什么？抓到苟东那个王八蛋了？老子整整三千万元，全被苟东卷走了，刑警支队是干什么吃的，活生生的人，你们硬是找不到。”

2008年在大洋彼岸发生的金融危机深深地影响到周雪的家庭。肖卫星一次以小博大的投资以惨败收场，家道迅速中落。贫贱夫妻百事哀，夫妻感情迅速恶化，相看两厌。此刻，她用恨铁不成钢的目光瞧着丈夫，甚至懒得和他讲女儿没有回家之事。

张国强看了一眼肖卫星，又看了一眼周雪，道：“我们找肖霄。”

肖卫星眼睛转了两圈，道：“我没管她，管也管不住。我要睡觉了。”

周雪吼道：“肖卫星，肖霄昨晚没有回家！”

肖卫星道：“吼个锤子，肖霄昨晚没回家，今天自然晓得回来。”

周雪道：“我们离婚。”

肖卫星道：“我不离，就要拖死你。”

探长张国强看这一对夫妻吵架，很是无语。

离开肖家，侦查员严峰道：“肖霄她爸是怎么回事？”

张国强回望了一眼极为老旧的红砖房，道：“肖卫星以前是建筑老板，开大奔，挺风光的。去年金融危机前，他和几个老板合伙买了一块地皮，准备大赚一笔。谁知去年美国爆发了金融危机，波及国内，银行信贷政策收紧，贷款困难。他们为了解困，又去借了高利贷。牵头的老板荀东是个混账，卷款跑路，人间消失。肖卫星被彻底套死，从千万富翁变成千万负翁，别墅、大奔都拿去顶债。国家后来出台了经济刺激计划，很多坚持苦熬的老板脱了困，还赚得盆满钵满，肖卫星、施家富等人合伙的项目成了死局，只能眼睐着别人发财。”

“天灾加上人祸，难怪肖卫星成了这般模样，谁遇到这种事情都受不了。”严峰不停摇头，感慨道，“人到中年太难了，稍稍遇到风浪，有可能就翻船，翻船以后，再想上船就难于上青天。我有好几个朋友都遇到中年危机，中年危机首先就是财务危机，其次是健康危机，相比起来感情危机倒是排在稍后。”

几条线索汇集起来，肖霄具有重大作案嫌疑。技侦支队很快锁定肖霄行踪：肖霄藏身于长贵县罗马皇宫小区，其男朋友李友青也在此处。

罗马皇宫小区名字取得很洋气，其实是小楼盘，只有四幢楼。刑警们在物业带领下，悄悄摸到了 3 幢18楼1号。

长贵县刑侦大队得到通知以后，立刻派侦查员来到罗马皇宫，控制外出通道。半个多小时后，重案大队副大队长滕鹏飞、探长张国强等人来到长贵县罗马皇宫小区。

长贵县刑警大队队长武志和滕鹏飞在物业办公室简单碰头以后，制订了最常规的抓捕方案：利用物管人员敲开房门，然后冲进去抓人。

屋内，李友青和肖霄根本没有料到荷枪实弹的刑警已经朝小区聚集。此处房间是李友青哥哥在长贵县的新房，李友青哥哥事情多，装修就由李友青帮忙，因此李友青有新房钥匙。李友青捅了吴煜之后，便和女友肖霄躲在家里，早上从本地论坛得知吴煜死讯之后，逃到长贵县，躲入哥哥新房，如丧家之犬，惶惶不可终日。

“警察能查到我们吗？”肖霄一夜未睡，脸颊小了整整一圈，眼睛倒比平常更大。

“我不知道。”李友青捅了人，内心惶恐，不停摇头。

“没有人看见，警察肯定找不到我们。”肖霄握住李友青的手，道，“你是为了我才捅死了吴煜，我以后会对你好。昨夜，我陪你睡了觉，从此我就是你的人了。我不想读书了，读了也没什么意思，我们换一个城市，从头开始。”

肖霄和李友青交往了一段时间，两人有拥抱、牵手等亲密行为，偶尔会亲一亲嘴唇，但是在肖霄的坚持下一直没有上床。昨夜，李友青惶恐不安，肖霄为了安慰男友，主动上床，百般温柔。

李友青家庭条件和相貌都一般，若不是肖霄从凤凰变成山鸡，他根本没有机会与肖霄这种级别的漂亮女人谈恋爱。他平时与肖霄交往时属于相对“弱势”的一方，所以才能接受肖霄被吴煜强奸的事实。他原本以为自己仅仅捅伤了吴煜，没有料到吴煜居然死了，内心恐惧之下，对肖霄没有如平常那样热情，追问道：“你再回忆一下，同学知不知道吴煜找你？”

肖霄委屈地道：“吴煜的烂事，谁会给朋友讲。”

李友青道：“有没有同学知道吴煜？如果有人知道，警方说不定会来查你。你闺密小胡知不知道？”

肖霄道："她知道一些。但是，警察不会想到找她吧？"

李友青埋怨道："你为什么给小胡讲这些事？你不讲，就查不到你头上。"

肖霄泪水哗哗往下流，委屈地道："我不讲，警察可以到隆兴去问。吴煜那个贱人是大嘴巴，只要喝了一点酒，其他女人的事都要给我讲，包括和素姐在一起的事都给我讲。素姐是吴总的情人，他们父子俩倒是好，一起上，呸、呸！"她顾不得擦眼泪，又道，"你昨晚和我睡了觉，是不是就开始嫌弃我了？当初我是被吴煜强奸的，是受害者，你如果看不起我，那就早点说。"

"别生气嘛，吴煜被我捅死了。这事了结后，我们就好好过日子。"李友青的关注点和肖霄的根本不是一回事，他更关注警察能否找到自己，耐着性子安慰几句，又开始自我麻痹，"当时太慌张了，刀上可能有我的指纹。我把刀扔到草丛里，警察不一定能找到。说不定，我们躲两天就没事了。"

肖霄把脸靠在李友青肩上，埋怨道："我给你高压电击枪，你怎么不用？电击枪防身，能把人打昏，不会死人。"

"我当时紧张，随手拿出刀子，没有想到还背着电击枪。"

"反正都捅死了，怕也没用。你一定要对我好，我也全心全意跟着你。"

聊了一阵，肖霄来到卫生间，关上门，站在镜子前，从手包里取过化妆品，细心地抹眼角。昨天到现在都没有睡好，眼角似乎有了皱纹，这让素来爱惜容貌的她心疼得紧。她坐在马桶上，拿出手机，打开了QQ小号。

聊了几句，屋外传来敲门声，李友青如同惊弓之鸟，脸都吓得变了形，跑到卫生间前，低声道："肖霄，有人来了。"肖霄赶紧退出QQ小号，走出卫生间，来到防盗门前，道："谁？找谁？"

屋外传来一个女声："我是物管，你们没有交物管费，平时不容易找到你们。"

李友青拼命摇手，示意不要开门。肖霄通过猫眼朝外看，见是一个穿物管服的中年大姐，犹豫几秒，还是打开了房门。房门刚刚打开，屋外的侦查员一拥而入，最前面两人还举着盾牌。三人扑倒李友青，另外两人奔过去，控制住肖霄。

李友青和肖霄没有反抗，任由来人给自己戴上手铐。

李友青万念俱灰，绝望地看了一眼心爱的女友，大吼道："吴煜是我杀的，和肖霄没有关系！"肖霄朝李友青伸出手，满脸凄楚地喊道："我爱你。"

滕鹏飞冷冷地看着李友青，道："你叫什么名字？"

事到临头，李友青一股热血上涌，反倒不怕了，梗着脖子道："我叫李友青，吴煜是我杀的，和肖霄没有关系。吴煜是强奸犯，我是制止犯罪，为民除害。"

肖霄"哇"地哭起来，伸出双手，大喊："李友青，我爱你，一辈子爱你。"

吴煜手腕上的痕迹

滕鹏飞是血里火里滚过三回的侦查员，脸上没有表情，让探长张国强将李友青和肖霄带回江州，连夜审讯。同时，让另一组侦查员和长贵县刑警大队技术室一起，搜查李友青和肖霄躲藏的房间。

经审讯，李友青对杀害吴煜之事供认不讳，肖霄也承认是李友青误杀了吴煜。

看罢讯问笔录，滕鹏飞打了一个长哈欠，对张国强道："大家辛苦了，拿下吴煜案，今天晚上可以安心睡觉。明天上班后，我再向宫支和陈支汇报。你把卷宗放在这里，我抽空再读一读。"

张国强递了一支烟给滕鹏飞，道："滕麻子，这个案子案情简单，板上钉钉。"

滕鹏飞的绰号叫"滕麻子"，这是刑警支队流传比较广的绰号之一，就如侯大利的"神探"绰号。滕鹏飞和张国强同一年进入刑警队，私交甚好，私下里互相称呼绰号。

“睡前读一读，权当催眠药吧。”滕鹏飞作为重案大队副大队长有独立的办公室，办公室有长沙发，熬了夜，从柜子里拿出被子就可以在沙发上睡觉。

通读完卷宗，已经是凌晨两点。头靠在枕头上，迷迷糊糊之时，滕鹏飞突然想起卷宗里没有提到吴煜的手机和钱包，估计是被张国强忽略了。发现这个问题以后，手机和钱包始终在头脑里打转，让他无法入睡。

天渐渐亮了，滕鹏飞干脆不再睡觉，走出刑警新楼，在早餐店喝了一碗热腾腾的稀饭，吃下一笼包子，身体这才舒服。

上午九点，张国强接到电话，来到滕鹏飞办公室。张国强美美地睡了一个大觉，精神焕发。他本身白白胖胖，无论如何晒都晒不黑，被取了一个“国强哥”的绰号。“国强哥”意指曾经的当红小生唐国强，后来国强哥渐渐演变为“强哥”。

滕鹏飞立刻单刀直入，给手下探长一个下马威：“强哥，卷宗里没有见到手机和钱包，按照这些富二代的个性，出事那天晚上，手机和钱包肯定在吴煜身上。”

“昨天查线索又抓人，时间太紧，跑得屁滚尿流，没顾得上这些细节，我抽时间把材料补齐。”张国强拿过卷宗，从头翻到尾，确实没有发现手机和钱包。

“吴煜戴不戴手表？”滕鹏飞伸了伸手腕，又道，“侯大利是富二代，他平时戴不戴表？”

张国强道：“侯大利戴着一块很贵的表，大家谈论过这事。”

“吴煜这种花花公子，戴表的概率很大，这也是炫富手段。在我的记忆中，吴煜手腕上没有手表，你赶紧调查手机、手表和钱包这三大件。”滕鹏飞完全能够理解一线侦查员的艰辛，道，“从案发到现在，大家都很辛苦。再加一把劲，把案子办得漂漂亮亮的。”

命案在黄金72小时内的侦破概率较高，超过黄金时间则概率变低。吴煜案从发案到犯罪嫌疑人被抓还不到12小时，补齐材料，找到三大件，基本上可以结案。这是滕鹏飞从省公安厅专案组回到江州抓的第一案，破得干净利索，让其发自内心高兴。

在办公室慢慢抽了一支烟，滕鹏飞回想案件全过程，除了钱包、手机和有可能会有的手表外，没有大问题，这才到宫建民办公室汇报吴煜案的侦办情况。

宫建民即将提职为市局副局长，在这个节骨眼上，能够迅速拿下吴煜案自然是锦上添花的好事。滕鹏飞汇报完毕，宫建民拉开抽屉，扔了两包烟到桌上，道："这是我老同学带来的好烟。麻子的烟瘾不小，要控制啊。"

"我是办案才抽烟，回家一根不抽。"滕鹏飞笑嘻嘻地抓起两包烟，放在随身携带的皮包里。

宫建民提醒道："手机和钱包没有找到，这个问题不能忽视，必须追查清楚。如今是审判中心制，有点瑕疵，被人抓住，公安会很被动。"

滕鹏飞道："我安排人员再去搜查李友青和肖霄的家。"

上午十一点，张国强来到滕鹏飞办公室，道："我们搜查了李友青和肖霄的家，没有找到吴煜的手机和钱包。我分别提审了李友青和肖霄，他们都说没有拿手机和钱包。肖霄说吴煜平时戴着一块名牌表。李友青连杀人都承认了，如果真拿了手机、钱包和手表，没有必要隐瞒，这是让我最纳闷的地方。"

滕鹏飞道："你叫上丁勇，我们再到殡仪馆看一看吴煜手腕。在疑点没有消除前，还要继续保护现场，让他们给我封住。"

张国强道："已经确定吴煜戴手表，为什么还要看手腕？"

滕鹏飞道："我有一个猜想，需要证实。"

田甜牺牲以后，法医室更缺法医，市刑警支队从长荣县借调来法医丁勇。吴煜案发当日，长青县下暴雨，一辆大货车撞上一辆长安车，长安车上有八个人，死伤严重。李法医赶到车祸现场，指导长青县法医开展工作，吴煜尸体就由丁勇负责解剖。

丁勇的家属在江州城，为了照顾家庭，正在争取调到市刑警支队。他和滕鹏飞见面后，明显有些忐忑。来到殡仪馆，他从冷冻柜中拉出尸体。尽管吴煜失去了生命力，仍然能从五官看出生前的英俊模样，其左手有明显的手表印痕。

滕鹏飞道："你忽略了一个细节。吴煜手腕上有明显的表痕，尸检报告上没有写。"

吴煜案是丁勇借调到市里遇到的第一案，在尸检时，他已经拿出了所有本领，没想到漏掉了手腕上的表痕，被滕鹏飞挑出了毛病。丁勇解释道："当时我的注意力全在寻找死因上，没有注意查看手腕。还有另一个更重要的原因，这个表痕在冷冻以后才逐渐变得明显。"

丁勇的辩解正好符合滕鹏飞的猜想，他细看了手腕痕迹，反问道："若是吴煜刚死亡就被取下手表，那时皮肤还有弹性，会不会形成如此明显的痕迹？"

丁勇道："应该不会。"

滕鹏飞盯着死者手腕观察了一会儿，又道："死后五到六个小时，上肢出现尸僵，这个时候取走手表，腕部的表印比较深，冷冻后更加明显，是不是这样？"

丁勇道："应该是吧。"

滕鹏飞道："如果这个推断成立，那就意味着有人在清晨取走了手表。既然他要取走手表，肯定不会放过手机和钱包。此人没有留下指纹，说明有一定的反侦查经验，很可能有前科。强哥，你联系派出所和四大队，查一查胜利桥附近有前科的人，还要重点查手表的销售渠道。"

"我马上去办。"张国强道，"滕大队，不管是否找到手机、手表和车钥匙，李友青杀人都是证据确凿。"

"真的证据确凿吗？"

"从杀人动机、现场勘查、尸检到口供，证据链完整，事实清楚、证据确凿。我下午要带李友青和肖霄辨认现场，如果辨认无误，那就真没有什么问题。"

滕鹏飞用力搓了搓脸，道："我再强调一遍，在没有找到手机和手表之前，继续封存现场，这是其一；抓紧找到手机、手表和钱包，不能因为抓到凶手就懈怠，这是其二；你要按规定组卷，准备内审，这是其三。卷宗里有好几张B5纸，不要直接装卷，要贴到A4纸上。你是老侦查员了，得注意细节。还有，在写抓获经过时，别用‘通过技术侦查手段’这种含糊的字眼，该附清单的时候一定要附，免得隔壁单位又怀疑我们的办案质量。”

公安侦查终结后，案件就要移送检察院起诉，这对很多侦查员来说相当于一次考试。久而久之，大家就用“隔壁单位”来调侃检察院。

张国强由衷地道：“你早就该回来了，二组和三组抢了几个大案，尾巴翘上了天。吴煜案移交起诉后，我们一组得喝顿大酒。”

“找到手机、手表和钱包再说喝酒的事。”说话间，滕鹏飞又发现尸体脖子上有痕迹，道，“脖子这边有瘀青，不是尸斑，难道吴煜被卡过脖子？”

丁勇解释道：“李友青和吴煜曾经扭打在一起，互相卡过脖子。李友青脖子上也有瘀青，是吴煜卡他的脖子造成的。”

这是一个说得通的理由，滕鹏飞没有深究。离开殡仪馆，他看着远处的黑云，道：“这几天的天气很妖啊，长青那边的天被凿出一个大洞，雨水一直在落，但是一滴都没有落到江州城。莫非，长青那边有大冤屈？”

张国强道：“滕麻子，你犯忌了。”

滕鹏飞拍了拍嘴巴，朝地上呸了三声，道：“我收回刚才说过的话。”

探探侯大利的斤两

滕鹏飞刚刚回到刑警新楼，副支队长陈阳就将其叫到重案大队办公室。

陈阳道：“你听说过侯大利吗？”

滕鹏飞道：“我抽调到省厅办专案两年，听说支队出了一个‘神探’侯大利，你特意提起他，什么意思？”

陈阳从抽屉里取了烟，扔给滕鹏飞，道：“侯大利是山南政法刑侦系毕业，编制在支队，抽调到105专案组。命案积案破了一堆后，专案组以后没什么事了，宫支准备把‘神探’放到一组。你是副大队长，又是一组组长，镇得住‘神探’。”

“‘神探’是刺头？”滕鹏飞脸上有许多麻子，说话之时，似乎都在跟着抖动，很有特点。

陈阳摇了摇头，道：“侯大利不是刺头，只是很独特。第一个独特，虽然侯大利是侯大利，侯国龙是侯国龙，两者不能画等号，可是，他毕竟是侯国龙的儿子，这一点无法抹杀，市里主要领导都知道这事，所以我们要安排好。有件事情你不知道，侯大利出任105专案组副组长，关老大亲自过问。第二个独特，侯大利是田甜的未婚夫，田甜牺牲得很英勇，哎，很可惜。第三个独特，侯大利之所以被称为‘神探’，是因为确实有真才实学。他多次找到了二组和三组在办案过程中出现的漏洞，黄卫也因此被调出刑警支队。二组和三组找不到案件突破口时，他至少有三次在会上用非常肯定的语气说出突破口。让大家最不服气也最服气的是，他的观点多次都被证实。刘局经常拿这事来敲打重案大队，弄得大家很憋气。”

听到田甜的名字，滕鹏飞心里紧了紧。他随即翻了一个白眼，道：“我喜欢有性格的人，就把他放到一组。重案大队不能一团和气，得有些头上长角、身上长刺的悍将，否则破不了大案。”

谈完正事，陈阳转了话题，道：“你今年三十一了吧？还没有找对象？工作再忙，个人问题也得解决。”

滕鹏飞开玩笑道：“匈奴未灭，何以安家。”

陈阳道：“当哥的说句实话，我知道你放不下田甜。当年她很明确地拒绝了你，你们没有缘分。”

滕鹏飞脸色平静，道：“田甜是烈士，我们不要谈她的私事。”

“滕麻子，你走两年，其实有点吃亏。”陈阳望着昔日搭档，欲言又止。

“老阳，别说这个，没必要争来争去，该来的自然会来。”滕鹏飞双手用力揉了揉脸颊，让为数不少的麻子又皱成一堆。他知道陈阳说的是真话，若是自己这两年不到省厅，黄卫调走之时，自己多半会接任重案大队大队长，如今也就是副支队长兼任重案大队大队长了。他对此并不是太在意，自己比陈阳小十岁，也就三十刚出头，还有大把机会。

想到这里，他又道：“在这里给陈大和宫支提点意见啊，我借调两年，一组变成后娘养的，大案、重案都让二组和三组抢走了。实话实说，一组都是业务拔尖的侦查员，整整两年敲边鼓。整整两年啊，没有拿到大案，配合采集生物检材，参加抓捕，办些不痛不痒的小案子，都是些啥玩意嘛，这个命案算是补偿一组。”

“你别发牢骚，入室抢劫案是小案子吗？这是江阳分局办不了的大案。滕麻子别麻痹大意，吴煜案还没有最后拿下，找不到三大件，搞不好要崩了你的牙齿。”

“我心中有数，肯定能找到三大件。就这事吧，那我回去了。”滕鹏飞对找到三大件的信心倒是很足，凭着他的经验，拿到一块高档表，不卖出去，放在家里就没有任何价值。盗三大件之人应该有一定的反侦查经验，这种人往往有前科，经不起诱惑，迟早会落到网中。

他站起身，道：“一组晚上开会，分析案情。我把‘神探’刺头叫过来一起开会。是骡子是马，得拉出来遛一遛，没有本事乱炸刺，老子要镇压。”

陈阳提醒道：“105专案组没有撤，侯大利还是专案组副组长。”

滕鹏飞回头咧嘴笑了笑，道：“既然要把这个刺头放在一组，我才不管他是不是专案组副组长。”

陈阳又道：“侯大利是田甜的未婚夫，正准备领结婚证。田甜牺牲对他打击挺大，你作为领导要懂得领导艺术。”

滕鹏飞道：“一组所有侦查员都曾经面临过险境，只不过我们没有牺牲而已。”

下午四点，探长张国强喜滋滋地来到滕鹏飞办公室，把吴煜案的侦查卷宗放在桌上，寒暄道："麻子，妥了。昨天分别带李友青和肖霄辨认了现场，与现场勘查完全一致，凶手就是李友青。虽然情有可原，毕竟杀了人，理无可恕。可惜啊，一对年轻人就这样毁掉了自己的前程。肖卫星这人真是悲惨，中年破产，负债累累，如今女儿也陷在人命案中。他这一辈子，怕是再无翻身之力了。"

滕鹏飞瞪着眼睛，道："手机是吴煜联系肖霄的工具，存在因果关系。老克探组要把精力转到入室抢劫案，查找三大件的任务还是由你来完成，牢牢盯住销售渠道，不要松劲。"

如果不是三大件丢失，吴煜案已经完美收官，张国强暗骂："谁拿走了三大件，老子要打得他认不了祖宗！"

张国强离开后，滕鹏飞想了一会儿案子，又拉开抽屉，取出一个信封。信封里有十几张相片，那是五年前他侦办一起杀人案时的合影。

滕鹏飞慢慢抽出相片，看到第一张相片时，表情黯淡起来。

此张相片是他和黄卫的合影。两人已经熬了三个晚上，疲惫不堪，可是抓住杀人凶手的喜悦还是洋溢在脸上。黄卫牺牲时，他正在省厅专案组办案的关键点上，无法回来，深为遗憾。

翻过这张相片，另一张相片是六个人的合影。朱林站在最中间，没有笑容，冷着脸，其身边是田甜。那时田甜的父亲还没有出事，田甜还是个挺喜欢笑的女孩，笑容如阳光般灿烂，与朱林的冷面形成鲜明对比。

合影之时，滕鹏飞正和一个银行女职员谈恋爱，当时度过了甜蜜期，已经开始冷战，不久就分手了。等滕鹏飞开始追求田甜时，田跃进被捕，田甜由阳光女孩变成了冰山美女。时机不对，滕鹏飞无功而返，随即就被借调到了省厅办专案。

滕鹏飞依次看完几张相片，最后将信封丢进抽屉。然而，信封丢进抽屉，思绪却无法关进抽屉。

"如果田跃进不出事，田甜还和以前一样开朗，那我也许有机会。田甜和我结婚，就有可能生了小孩，就不会被调到打拐专案组。那么，田甜还会活着。可惜，生活不能假设。侯大利这人还算硬气，受到打击还没有垮掉。”想到这里，滕鹏飞望了望窗外，目光如无线电波般穿行在空中，到达刑警老楼。

收回目光后，滕鹏飞拨打了105专案组的电话。他没有用手机，而是用座机电话。

刑警老楼，侯大利正坐在电脑前写杜强案的结案报告。按照朱林的要求，结案报告的重点是检讨最后阶段的战术失误。侯大利回想在唐河的伏击行动，发现有两个明显失误：一是没有检查赶场车辆，杜强利用了这个漏洞，顺利进入场镇，潜伏在秦阳银行唐河分理处旁边；二是杜强曾经使用爆炸物炸死了黄大磊，在唐河的行动中，没有针对爆炸物品的预案，若不是旺财恰好是治安犬，熟悉炸药，后果不堪设想。

侯大利冷静下来，细想当时犯的战术错误，暗自后怕。在整个行动中，爆炸有可能造成死亡，最后的枪战也可能造成伤亡，比起铁坪镇打拐案的解救现场，他的指挥有更多破绽，只不过运气好，才没有民警牺牲。在检讨唐河伏击战时，他反复分析了打拐现场的警力配备。田甜和唐有德受到了照顾，被放在最安全的地方，谁都没有料到人贩子会从地道逃跑，地道口又恰好在田甜和唐有德身边。这是意外，与指挥员没有关系。如果打拐解救现场由自己指挥，大体上也是如此安排力量。

总结唐河之战时，侯大利又想起了田甜。每次想起田甜，如有一个电钻在心脏里旋转，疼痛难以言说。田甜牺牲后，很长一段时间他不愿意承认这个现实，通过办案来自我麻痹。如今抓住了杜强，案件告一段落，他处于相对清闲期，无法借案件逃避，内心时常波浪滔天。

桌上座机响起，传来滕鹏飞的声音：“晚上七点，到重案一组开会。”

这一个电话将侯大利从痛苦的旋涡中拉了出来。他目前仍然是105专案组副组长，有足够强大的理由和足够多的借口拒绝滕鹏飞，可是，他没有拒绝。

通话结束后，侯大利闷坐了几分钟，这才下楼来到朱林办公室，谈了滕鹏飞打电话的事。

朱林略为不快，道：“滕鹏飞直接给你打电话，不是通知专案组？”

侯大利道："滕大队直接叫我参会。"

"105专案组是市局专案组，不是刑警支队专案组。"朱林再次强调这一观点后，见侯大利神情郁郁，又道，"我们和重案一组是战友关系，滕鹏飞也曾经是我的部下。虽然这样做不够规范，你还是去吧。依照案案相靠原则，专案组本来就应该参加。"

朱林最了解自己这个徒弟，要治好内伤，最好的方法就是上案子。尽管他不满滕鹏飞不规范的通知方式，但还是同意侯大利到重案大队开会。

晚上六点五十五分，侯大利提前五分钟来到重案大队。走到小会议室门口，听到里面传来交谈声，他用手指推了推嘴角，让嘴角线条不再耷拉着，这样表情相对柔和一些。

小会议室里坐了十几个人，七八个人都在抽烟，弄得满屋烟气。刑警小范围开会，大多如此，大家也见怪不怪。侯大利出现在会议室，顿时吸引了所有人的目光。一道道目光穿过烟雾，聚焦在"神探"身上。

一个身材高大的汉子站在白板前，挥动签字笔，道："别愣着，你的关系到了一组，不是客人，自己找位置坐。"

滕鹏飞从省厅专案组回归时，侯大利正好带着一组人在唐河埋伏，等待杜强落网。案子办完后，他还没有与滕鹏飞碰过面。眼前这个脸上有麻子的大汉自然就是传说中的"滕麻子"滕鹏飞。此人气场十足，一只手叉着腰，另一只手在白板上画图。

画完图，滕鹏飞放下大号签字笔，道："侯大利是哪一年到的支队？"

侯大利道："我毕业前在二中队实习。2008年到支队二大队做资料员，去年调到一大队，大部分时间在105专案组工作。"

滕鹏飞道："两年刑警，那还是新兵蛋子嘛。你以后跟着杜峰，多学习，不懂就问。"

滕鹏飞离开江州这两年，恰好是侯大利获得"神探"之名的两年。如今侯大利是105专案组副组长，而组长是刘战刚，常务副组长是老支队朱林。专案组副组长虽然是没有编制的职务，但是在整个刑警支队都有地位，没有人认为侯大利是刚入职的菜鸟刑警。众刑警听到滕鹏飞这个安排，神情都很古怪。在他们的潜意识里，如果侯大利真要回到一组，至少应该担任探长，能够独立办案。

杜峰暗自吐槽：“侯大利真到了我们探组，每次办案都有个‘神探’盯着，太他娘的不自在。滕鹏飞没有被‘神探’撑过，胡乱安排。”

重案大队共有侦查员四十八人，原来下设八个探组和一个机动探组。宫建民担任支队长以后，依据省厅优化刑侦队伍建设的要求，拆分了大机动探组，设了九个探组，保留了一个小机动探组，另外则是大队领导、办公室工作人员。

一个探组四个人，是最基础的作战单元。这一次改革其实并不彻底，探长只能算是内部职务，市人事局并不承认此编制。探长虽然没有正式级别，但是掌管案件侦查权，能够把握案件进度，做出侦查结论，位置很重要，相当于步兵班在陆军中的作用。如今，能力出众的侯大利成为杜峰探组的组员，给了杜峰相当大的压力。

重案一组在讨论入室抢劫案，侯大利是第一次参加此案的工作会，便认真听讨论，没有发言。

散会后，侯大利来到滕鹏飞办公室。滕鹏飞有独立办公室，而且是套间，一个小会议室套着一个办公室，在小会议室的门上挂着会议室的牌子。

滕鹏飞开门见山地道：“你的关系要由二大队转到一大队，马大姐已经办好了。”

刑警支队内部调整，就是领导一句话的事。侯大利愣了愣，感到突然，却也没有太多意外。

滕鹏飞指了指放在桌上的吴煜案卷宗，道：“这是吴煜案的卷宗，张国强探组办的案子。按照一组的规则，案子办结以后还要进行内审。内审是组内审查、把关、挑毛病，免得出错。重案一组移送起诉的案件质量都很高，这是检察院公认的。大家都有案子，一组就你算是闲人，给你三天时间，认真看一看卷宗，找漏洞，然后签字。如果能找出漏洞，那会受表扬；如果有漏洞没有找出来，案件出了问题，主办人要承担责任，你这个审核人也得说个一二三。吴煜案相对简单，你就从简单的案子学起。”

“我会认真挑毛病。”侯大利拿起卷宗，准备离开。

滕鹏飞道：“你到哪里去？”

侯大利道：“回刑警老楼。”

“这是一组正在办的案件，注意保密。你在306室有一间办公室，就在办公室看完，把卷宗锁到铁皮柜里，不准带离。你到大队办公室找马大姐，拿铁皮柜钥匙，办理饭卡、门禁。重案大队一组专办重案、大案、难案，必须有铁的纪律。你拿到卷宗，还得和张国强办交接手续，否则丢掉里面的材料，谁都说不清楚。”

滕鹏飞丢过来一把钥匙，钥匙落在桌上，响声清脆。

侯大利慢条斯理地道：“看卷宗时我在一组，平时我按照市局文件要求得回刑警老楼。”

滕鹏飞撇了撇嘴，道：“专案组没有案子，迟早要撤。”

“专案组撤了，我就回来。”侯大利发自内心不怵滕鹏飞。他从小到大见过不少大人物，而且这两年的刑侦实践让其自信心大增，不会轻易被威压。

滕鹏飞将案卷交给侯大利，是有心试试这个“神探”的斤两。此案现在仍有一个缺口——没有找到手机、手表和钱包的下落，但是，这个缺口在侦查卷宗里没有出现。如果侯大利看完卷宗，没有发现这一点，那么这个“神探”就有水分。

复勘吴煜案现场

上班以后，侯大利先到刑警老楼，向朱林报告了昨天晚上开会的情况以及滕麻子的安排，然后再到刑警新楼大队办公室内勤处取了铁皮柜钥匙。

刑警新楼办公室的面积比较大，一个房间能容纳六个民警办公。在重案大队，一个探组四个人，正好可以在一个房间办公。306室是杜峰探组，307室是江克扬探组，305室是张国强探组。

306室房门虚掩，屋内有谈话声。侯大利推门而入，屋内谈话声立刻戛然而止。杜峰等人瞧向侯大利，神情古怪。这两年来，侯大利为一组提供了无数谈资，最初多是对其嘲讽，后来演变成不满，到现在多了几分赞赏，田甜牺牲后又对其多了几分同情。不管处于什么情绪，侯大利始终是局外人，是谈资。如今“谈资”出现在办公室内，让室内人都觉得往日一片和谐的办公室来了一个异类。

几个人大眼瞪小眼，过了十几秒，探长杜峰最先回过神，指了指门边桌子，道：“这是你的办公桌，4号铁皮柜。”

侯大利要到张国强办公室取卷宗，刚离开306室，原本安静的房间顿时如群蜂起飞一般，响起了又快又急的谈话声。

胡志刚道：“侯大利进来，我怎么觉得这么别扭？以前我们哥儿几个随便谈案子，‘神探’来了，很多话是不是要想好了再说？”

杜峰道：“侯大利和樊傻儿能玩在一起，与李大嘴关系也好，不是怪人，我们以前是把他当成对立面了，刘局又把他当成那条鲇鱼。”

高连道：“你别看滕麻子对他很挑剔，其实挺看重他。内审都是探长牵头做的事，老杜，你的位置危险了。”

杜峰嗤笑道：“我给你们讲个故事。有一个农民幻想自己当了皇帝，就在田的东边放一块饼，西边也放一块饼，他走到东边可以吃一口，走到西边也可以吃一口。你就和那个农民差不多，侯大利是什么家世，有必要来争探长的位置？我和丁浩聊过，侯大利是一个比较纯粹的人，就是想要破案。我们也得好好干，不要让新人把我们这批老家伙瞧扁了。”

侯大利取了卷宗后，回到306室，专心看卷宗。

从张国强的介绍来看，此案案情简单：吴煜的父亲是黑恶分子吴开军，虽然吴开军死了，夜总会关门，但是吴家家底还很厚，吴煜作为花花公子，年龄不大，劣迹不少。此次他纠缠了一个曾经在夜总会当过公主的女大学生肖霄，被肖霄的男朋友李友青刺死。李友青和肖霄对此事供认不讳。

侯大利将诉讼卷放在一边，着重看侦查工作卷。抓获了杜强以后，侯大利原本以为吴开军案和黄大磊案便彻底翻篇，秦力兄弟、黄大磊四个血兄弟的事便正式成为往事，短时间之内不会再和他们有关联。谁知吴开军的儿子被杀害，他又以新的方式与刚刚完结的案子发生了联系。

杜峰、蒋超、胡志刚和高连围在白板前，热烈讨论入室抢劫案。

时间过得很快，十一点的时候，侯大利起身，把卷宗锁进了铁皮柜，对杜峰道："我去胜利桥看现场。"

杜峰道："你才到一组，负责内审的第一个案子一般不会太复杂。吴煜案很清楚，用不着复勘。"

重案一组，滕鹏飞有些咄咄逼人，锋芒毕露。探长杜峰则相对温和，说话办事极有条理。侯大利对杜峰印象挺好，道："我不是复勘，到现场走一走，找找感觉，这样才能和卷宗里的材料对得上。"

侯大利离开办公室后，几名侦查员又议论起来。

胡志刚笑道："侯大利坐在办公室看卷宗的时候，我一直在想这两年开案情分析会的场景，他是毒舌，我现在有些替张国强担心了。"

"这就是一个简单案子，证据链扎实，侯大利就算是'神探'，也挑不出毛病。"高连不是案件经办人，不掌握细节，只是听到严峰谈起过此案，觉得没有太大问题。

案发地点还拉着警戒线，无人值守。侯大利站在胜利桥下，现实的景色和卷宗中的相片如受到旋涡吸引，不断涌入脑海中，连接成一段连续的清晰影像，根据卷宗的材料逐一显示。

背景：胜利桥南侧山坡上是江州技术学院，开设有播音主持等专业。被吴煜纠缠的女子肖霄是播音主持专业的学生，在隆兴夜总会里当过包间服务员。据肖霄说，吴煜曾经给肖霄下过迷药"任我行"，拍了肖霄大量裸照。肖霄多次向吴煜讨要视频和相片，每次讨要时，吴煜总答应再做一次便交还裸照，结果不仅没有拿到裸照，还被多拍了数次。

现场1：李友青带了匕首，准备再进行一次努力，要回女友裸照。肖霄把吴煜从校门带到胜利桥南侧的桃树林，守在那里的李友青和吴煜扭打起来，从桃树林来到胜利桥下，李友青被吴煜打倒在地，并且被卡住脖子，这才抽出刀，接连捅了吴煜几下。吴煜受伤倒地，李友青和肖霄吓得赶紧离开。在离开时，李友青随手将刀丢在了树林。

现场2：吴煜倒下的地方距离公路和小道交叉口有七八米，据现场分析，吴煜中刀倒地后，没有立刻死亡，又爬了起来，朝前走了几米，坐在公路边，终于体力不支，摔进水沟，这才死亡。地面的血迹、在公路南侧树林中找到的匕首、匕首上的指纹、吴煜指甲缝里李友青的皮肤，还有尸检报告、李友青和肖霄的供述，形成了比较完整的证据链条。

侯大利在吴煜尸体被发现的地方站了一会儿，又跨过水沟，来到公路前往江州技术学院的小道。小道是一条天然的通行道，没有铺水泥或安装石板，是技术学院学生从校区到公路的一条近道，原本没有路，走的人多了，也就成了路。

沿着小道往上行，穿过大片桃树林和一小片李树林，走了十来分钟，便来到江州技术学院。

侯大利脑中浮现出侦查卷宗的详细内容，慢慢有了些疑问。

比如，手机、钱包没有出现在卷宗中，这是一个漏洞。

另外，李友青在供述中自称迎面捅了对方两刀，在侦查员核实准确数字时，他改口说是捅了三刀，具体部位则记不清楚。肖霄在供述时直接用了一个数字——捅了三刀，很肯定。但是，尸体有四个刀伤，腹部有三个伤口，致命一刀在胸部。两人记忆中都没有出现“第四刀”，这就有可能存在疑问，需要核实。

侯大利站在公路边想了一会儿，弯下腰，模仿李友青当时的身体位置，摸了支签字笔，对着上方挥动三次手臂。站直以后，他对着空气捅出了第四刀。如果寻找“第四刀”是鸡蛋里挑骨头的话，演练过后，他还真发现有一丝不对劲的地方。

为了验证心中那一丝不对劲，侯大利开车到了刑警新楼法医室。

走到法医室时，第一次与田甜见面时的场景扑面而来。当时田甜神情冷冷的，答话极为简短，给侯大利留下深刻印象，多次吐槽田甜态度恶劣，这也是两人之间常常回忆的场景。他在当时绝对没有想到，冰美人会成为自己的亲密爱人，更不会想到她会毫无征兆地意外牺牲。

除了第一次见面的场景，侯大利还牢牢记得最后一次在法医室与田甜相见的场景。田甜接到电话后，站在法医室门口，双手插在白大褂里。见面之后，她为自己理了衣领，还埋怨道："挺贵的衬衣，你居然穿出了地摊货的感觉，真服了你。"他开玩笑道："我们天天走现场，没有办法穿出宴会厅的感觉。而且我在衣柜里挑来挑去，就没有便宜的衣服。"田甜丢过来一个白眼，道："下次我真买一些地摊货回来，看你穿不穿。"

往日的生活细节深藏在田甜存在过的地方，随时可能出现。侯大利在法医室门口站了两三分钟，这才推门而入，与法医丁勇打了招呼，走进李主任办公室。

作为田甜的未婚夫，侯大利和法医室以及二大队的同志们关系都还不错。而且，侯大利在现场勘查上很有一套，多次参加现场勘查。现场勘查技术人员和法医往往成对出现，李主任也就将侯大利视为自家人。如今田甜牺牲，李主任见到侯大利时感情颇为复杂，泡了杯茶端至其面前。

两人面对面而坐，脑中在此刻都想起了田甜，可是谁都不想说出这个名字。

侯大利主动打破沉默，道："我负责内审吴煜案。有一个疑问，吴煜尸体有四处刀伤，李友青拿刀捅了人，肖霄旁观。审讯时，李友青本人说是捅了三刀，旁观者肖霄也认为捅了三刀。两人没有否认杀人的事实，没有必要在细节上作假，更不会在这个细节上串供。我们可以认定他们没有撒谎，为什么两人的供述和尸体上的痕迹有差异？"

李主任道："我没有参加尸检，真不了解情况。在慌乱中，记忆有可能会出现混乱。"

侯大利道："虽然他们在事发时没有刻意去记捅了几刀，但是潜意识会记得捅了几刀。我们不能用意识控制非自主神经，潜意识可以在不知不觉中控制成千上万的非自主神经，比如受到惊吓时会心跳加快、血压升高，这就不是我们意识能控制的。我认为他们两人的供述其实就是潜意识透露出来的真相，李友青有可能没有捅第四刀。”

李主任没有接受这个解释，道：“你这个说法太主观，而且颠覆了整个案件。对，就是颠覆。我不能下判断，是丁勇做的尸检，我叫他进来。”

丁勇进屋后，李主任问道：“吴煜案是你做的尸检，你发现伤口有异常吗？”

丁勇有点蒙，道：“没有发现异常。”

侯大利道：“滕大队只给了两天复查时间，两天以后，便要按流程移送起诉。我想到殡仪馆看看尸体。”

胜利桥遇害者的解剖工作是由丁勇独立完成的，也是其借调到市局做的第一例解剖，结果滕鹏飞、侯大利等人都要求查看尸体，这让他非常尴尬和郁闷，心道：“刑警支队个个眼光刁得很，若是在县里，我就是权威。”尽管肚子里有意见，他还是客气地道：“那我们什么时候去？”

李主任不太信任丁勇的技术，道：“一起到殡仪馆，我也看一看伤口。”

在李主任办公室的书架旁，侯大利在放盆景的木架子上意外地看到一个骷髅模型，上前摸了摸，道：“这是田甜以前摆在办公桌上的。”

李主任道：“我知道，特意弄了个木架子摆放，留个念想。”

李主任是典型的理工男，平时一本正经，有事谈事，很冷硬，侯大利完全没有料到李主任内心如此柔软，会特意留下田甜桌上的摆件。他被这句话弄得眼泪差点掉出来，忙仰头看了看天花板，将眼泪逼了回去。

来到殡仪馆，丁勇从一排箱子中拉出停尸柜。

吴煜的脸色和墙壁一样白，五官稍有些扭曲，再也没有生前的潇洒劲儿。为了查明死亡原因，丁勇采用了直线切法解剖尸体，从颈部一直划开到耻骨联合，打开胸腹腔。

伤口缝合得还算规整，侯大利夸了一句：“丁勇挺细心啊，缝合得挺好。”

“不管尸体主人以前做过什么，人死万事休，他这么年轻，我尽量让他接近生前的状态。”丁勇朝尸体左手手腕看了一眼，随即望向一边，暗自腹诽道，“缝合得再好，你们翻来覆去地看，弄得我这个主刀人心脏病都要犯了。”

冷冻以后，尸体上的伤痕看得更加清楚，腹部有三处刀伤，胸部有一处刀伤。

侦查员和犯罪分子是猫和老鼠，虽然是对立的两方，在行为上却都有路径依赖。犯罪分子多是业余的，路径依赖不太明显，只有惯犯才会形成明显的路径依赖，其行为习惯往往会成为警方串并案的线索。刑警是职业办案，每个刑警都会遇到很多案件，更容易形成自己的习惯性思维。比如夫妻一方死亡，警官会条件反射地怀疑另一方，原因是存在大量家庭内部矛盾引发的凶杀案。习惯性思维是双刃剑，多数时间有利于办案，少数时间会陷入误区。

“左胸这个伤口是致命伤？”侯大利从侦办蒋昌盛案件开始，习惯从尸体上观察蛛丝马迹，屡有斩获。他立刻把视线聚集到尸体的伤口上。

丁勇道：“左胸这一刀捅断了左肺动脉，神仙才救得了。”

侯大利道：“腹部的三刀还不至于致命，是不是可以这样理解？”

丁勇道：“从腹部中刀的部位来看，中刀后，如果立刻到医院抢救，应该没有生命危险。”

侯大利脑中浮现出现场血迹分布位置图，道：“左胸中刀，还有体力走动吗？”

丁勇道：“每个人的情况不一样，有的人能走，有的人不能走。”

侯大利脑中出现凶案发生时的影像：吴煜中刀后先是倒地，形成小块血泊，然后站起来，血滴显示他朝东城方向走了几米，终究体力不支，坐在公路路沿上，出现面积较大的血泊，血泊形状显示出吴煜曾倒卧于此，且有移动，然后翻倒进水沟，死亡。

他随即将思路拉回到现实，拿出放大镜，细查吴煜伤口。

李主任道：“有什么发现？”

侯大利摆了摆手，没有抬头。

嫌疑人的口供

丁勇不知道眼前的“神探”在看什么，慢慢紧张起来，身体不安地扭来扭去。十多分钟后，侯大利终于抬起头，指着尸体上的伤口道：“腹部三个伤口形状差不多，伤口与脊柱呈二十度左右的锐角，锐角开口向下，刀伤上宽下窄，李友青应该是右手握单刃刀，从下往上，捅在吴煜腹部，连续三刀，位置接近，说明出刀非常快，吴煜来不及躲闪。胸口这一刀的形状与前面三刀明显不一样，伤口与脊柱有大约四十度的锐角，锐角开口向上，伤口右宽左窄，这说明捅这一刀时，吴煜和李友青的身体位置发生了明显变化。”

李主任插话道：“这是同一把刀形成的伤口，从皮瓣上的创伤特征可以得出这个结论。前三刀应该在前，吴煜受伤以后，体力不支，有可能跌跌撞撞，身体重心降低，李友青顺势刺出了致命一刀。”

丁勇赶紧道：“我也是这么想的。”

“这种说法有道理，能够成立。”侯大利目光下滑，注意到吴煜左手腕的痕迹，紧锁眉头，道，“手腕有明显表痕，这是什么原因？吴煜不会戴太差的表，质量上乘的手表不会明显挤压腕部皮肤。”

丁勇原本不想提及此节，到了此时，便准备将滕鹏飞的观点抛出来。他还没有来得及说话，李主任道：“如果死亡之后立刻就拿走手表，皮肤弹性还没有消失，不会有这种痕迹。形成尸僵后，再拿走手表，才有可能有如此明显的表痕，说明不是死亡当时取走的手表。”

李主任又指着尸体脖子右边的痕迹，道：“这个痕迹是单手扼脖子形成的虎口扼痕。颈部是法医学尸体解剖的重点部位，丁勇，尸检报告中为什么没有颈部伤痕？”

丁勇内心深处很是崩溃，心道：“分明是很简单的一次解剖，怎么这么多人来挑剔？借调人员真没人权。”他解释道：“死者和凶手一直在扭打，这应该是扭打过程中形成的痕迹。”

李主任下意识皱眉，又问道：“凶手多高？”

侯大利道：“一米七五，比较单薄。”

“吴煜至少一米八二。”李主任看了看侯大利，道，“就是我们两人的身高差距。吴煜强壮，凶手单薄，也和我们两人差不多。我来卡卡你的脖子。”

李主任单手扼住侯大利的脖子，刚刚用力，就被侯大利轻易摆脱。试了两三次后，李主任得出结论：“要形成这种虎口扼痕，得用力气。只能是吴煜被捅了三刀，流血不止，丧失体力以后，李友青才能做到。”

查看了尸体，听了李主任解释，侯大利心中有了明确想法：钱包和手机等问题要抽调力量侦查，否则案件会有重大缺陷；至于胸口那一刀与腹部三刀存在差异的原因，必须先做侦查实验，再提审李友青和肖霄，根据情况再做结论。

从殡仪馆出来，李主任和丁勇回了刑警新楼，侯大利顺道去看望受伤的樊勇。

樊勇已经从江州市第一人民医院出来，在家里养伤。他从医院回到家里，天天看电视、睡觉，百无聊赖，见到侯大利，很是高兴，推出一块白板，写道：“欢迎。”

侯大利问道：“恢复得怎么样？”

从厨房走出来一个胖胖的妇女，招呼道：“小侯，快坐。”她削了苹果，又道，“你对象怎么没来？小田可俊了，你这个大老爷们可要好好对别人。”

田甜牺牲之事，樊勇不敢给老太太提起，否则老太太会担惊受怕。他连忙敲了敲白板，在白板上写道：“泡杯茶。”

在樊勇妈妈泡茶之时，侯大利道：“老太太见过田甜吗？我怎么没有印象？”

“在刑警老楼见过。我妈见到田甜，还一个劲问我田甜有没有对象。我妈见到女孩子就恨不得让我娶回家里。”樊勇飞快写了一长串，又加了一句，“我真没有想到田甜会出事。”

侯大利强忍痛苦，装作没事人一般，道：“谁都不是神仙，能把现场所有细节都算清楚。你脸上中这一枪，其实也相当凶险。为了这一枪，我还写了检查，查找组织指挥上的问题，现在还没有交差。我当时确实存在失误，只想着守株待兔，没有主动检查车辆。杜强使用过一次炸弹，但是在我们的预案中没有专门应对炸弹的对策。若不是恰好带着旺财，那就不是炸伤，而是牺牲了。”

谈起唐河之战，气氛凝重起来。

樊勇写道：“任何行动，不管多么完美，都可能失败。我们上一次伏击高平顺，各方面都考虑得很周全，若不是遇到那个管理员，高平顺肯定会被活捉，后面的很多事情都不会发生。”

樊勇母亲最不喜欢“听”儿子谈工作上的事，泡好茶，出去找老姐妹玩耍。

聊了一会儿，侯大利便起身告辞。他接到江州大酒店顾英的电话，得知半边猪肉已经送到了刑警老楼，便通知李主任，请他过来一起做侦查实验。

侦查实验是侦查机关在办案过程中采用模拟和重演的方法，证实在某种条件下案件实施能否发生、怎样发生以及发生何种结果的一项侦查措施。正式的侦查实验有严格程序，侯大利今天做实验只是为了验证想法。

走进大门，侯大利看到院中有一个木架子，挂着半边猪肉，旁边还有几把单刃刀。

朱林夸道：“顾英做事细心，你提了一个要求，她却能够超水平发挥，应该提拔成总经理了。”

侯大利道：“顾英搞企业的能力一般，但为人可靠。”

朱林道：“顾英能力岂止一般，而是聪明得很。她把组座服务好，地位就稳如泰山。”

李法医和丁勇到来后，侯大利调整了半边猪的高度，让猪头比自己高十厘米左右。他右手握刀，从下往上，朝半边猪的腹部捅了三刀。这三刀的伤口形状与吴煜腹部伤口形状非常接近。从第四刀的痕迹来看，犯罪嫌疑人和吴煜的身体都发生了明显移动。

李法医拿着吴煜尸体相片，对比伤口痕迹，道：“第四刀，你得从上往下，从右往左。”

侯大利没有改变握刀方式，用最顺手的方式对准胸口捅了过去。用这种方式形成的伤口，其形状与相片上的伤口形状明显不一致。

李法医道：“前三刀，手握刀柄，刀尖在大拇指方向，这样最顺。第四刀，你改一下握刀方式，手握刀柄，刀尖在小拇指方向，试一试。”

经过反复试验，只有一种姿势能够完美模仿吴煜脖子处的伤痕和胸口的刀伤痕迹——猪肉片放在地上，侯大利左手扼住猪脖子，采取第二种握刀方式，刺在其胸口。

丁勇作为解剖者，亲自参与了两组试验。试验之后，他知道自己存在失误，脸色不太自然。

做过侦查实验以后，第四刀确实与前三刀有很大区别，侯大利心中有了底气。半边猪在被戳了无数刀，完成了自己的使命后，被送到常来餐厅，准备变成美味佳肴。朱林道：“大利，还有些时间吃午饭，我如今也天天坚持健身，你也来撸撸铁。”侯大利来到运动室的沙袋前，打了两拳，再来了一个鞭腿。

沙袋在空中轻微晃动，仿佛成为催眠的触发点，侯大利的时间开关在没有任何预兆的情况下突然开启，时光飞速后退，回到了他和田甜前往山南师范大学前夕。当时，为了应对有可能遇到的危险场面，他在运动室里教田甜练习保命的双峰贯耳和踢裆砍脖。田甜身穿新式紧身运动服，双腿修长，身材非常漂亮，体香在空中若隐若现。刹那间，永失我爱的悲伤不可抑制地涌上心头，侯大利情绪失控，对准沙袋不断使出双峰贯耳和踢裆砍脖的招术。

朱林最初还以为侯大利在苦练绝招，等到沙袋上有点点血迹时，才发觉不对劲，道：“大利，怎么了？”

侯大利汗如雨下，泪水混杂在汗水之中。他使出全身力气，使出一记双峰贯耳打在沙袋上，然后扭过头去，避免和朱林视线相接，哽咽着道："朱支慢慢练，我洗澡去。"

在洗澡时，热水不断冲刷着眼泪，良久，侯大利才从浴室出来，回到寝室，在手掌上缠了纱布。吃午饭时，朱林问道："手怎么了？"侯大利非常平静，道："摔了一跤，擦破了皮。"朱林想起血迹斑斑的沙袋，暗自叹息一声。

吃过午饭，侯大利回到刑警新楼，找到滕鹏飞，要求提审李友青和肖霄。

滕鹏飞道："你要提审，应该有所针对，发现了什么疑点？"

侯大利道："我查看了卷宗，没有发现手机和手表。吴煜周五晚上来学校门口等女生，手机必不可少。我、丁勇和李主任到殡仪馆看了尸体，手腕上的表带痕迹显示手表应该是尸僵后才取下的。这就意味着有人在清洁工之前就接触过尸体，拿走了手表以及手机。张国强应该赶紧调查手机和手表。"

手表和手机正是滕鹏飞留下的破绽，如今破绽被侯大利第一时间看破，与自己的判断非常接近，虽然没有判断出是有前科人员所为，也非常不错了。滕鹏飞暗自赞了一声，却没有轻易表露，道："还有什么问题？"

侯大利道："我对刀伤有些疑问，死者胸口的致命伤与腹部另外三处刀伤的角度不一致，脖子上还有单手虎口扼痕，这是非典型扼痕，是体力相差较大时形成的伤痕。我要提审李友青和肖霄，核实这些情况。"

这是滕鹏飞没有注意到的新问题，他原本用很舒适的姿势靠在椅子上，闻言挺直了腰，道："有什么不一样？你把卷宗拿来，我看看相片。"

侯大利具有出色的记忆能力，一双眼睛如摄像机一般，能快速而敏锐地捕捉每一个细节，而且能在脑海中长期存放，随时复查。滕鹏飞没有这个本事，能记得住关键环节，却无法在脑海中完全复原现场，必须依靠卷宗。

看罢尸检报告，滕鹏飞靠在椅子上，默想细节：第一，丢失的手表、手机和钱包肯定不是被李友青和肖霄拿走的，他们当时惊慌失措，只想跑路，不可能在清晨又来取这三大件，更有可能是路人贪财，取走了这几件值钱的东西。第二，受害人身上留下的伤痕是同一把刀形成的，刀上只有李友青的指纹。李友青和肖霄的口供吻合。吴煜指甲里的皮肉DNA与李友青DNA比对成功，李友青脸上有抓痕。第三，在吴煜家中找到了裸照和视频，证明了李友青杀人的动机。第四，肖霄同学表示曾看到肖霄和吴煜走进小道。”

回顾所有细节以后，滕鹏飞道：“我来回答你的问题。第一个问题，张国强正在从销售渠道查找手机、手表和钱包，四大队和派出所全力配合，技侦也在监控吴煜手机。从历史经验来看，锁定销售渠道应该能找到手机。第二个问题，两人扭打在一起，身体位置不断发生变化，脖子出现伤痕以及刀伤形状略有不同也很正常，重点是同一把刀形成的刀伤。至于单手虎口扼痕形成的原因，也能解释——吴煜中了三刀，体力下降，李友青有能力用单手扼住他的脖子。”

侯大利暂时没有提起侦查实验，道：“内审的职责就是挑毛病，我提审李友青和肖霄就是为了解决有可能出现的问题。”

滕鹏飞点了点头，道：“凡有疑问，必须查证。我和你一起到看守所，你讯问，我就带个耳朵。”

第二章
利用足迹锁定犯罪嫌疑人

口供中的疑点

下午三点三十分，滕鹏飞和侯大利来到看守所。侯大利在看守所大厅办手续，滕鹏飞则到所长室抽烟，喝茶。讯问时，滕鹏飞基本一言不发，确实只带了耳朵。

李友青双手双腿被固定在椅子上，身上穿着印有“江州看守所”字样的青色外套，头发剪短成寸头，脸色晦暗，眼神无光，如案板上待宰的鱼。他今年刚满二十岁，正是人生最美的年华，捅人后失去了自由，精神迅速垮掉，犹如饱经沧桑的中年人。

侯大利声音平和，不急不缓，按照第一次讯问的步骤，从是否收到《犯罪嫌疑人权利义务告知书》、是否清楚知道自己的各种权利与义务、是否有故意杀人行为，再到有权委托律师作为辩护人或申请法律援助、基本情况、是否是人大代表和政协委员，到家庭成员、犯罪前科，详详细细地问了个清楚明白。

侯大利还没有进行实质性询问，却有一股成熟预审员才有的沉稳劲，这让滕鹏飞暗自称赞。滕鹏飞不知侯大利葫芦里卖的什么药，静听下文。签字笔在他右手指尖快速转动，灵活异常。

……

“你因犯什么事情在什么地方被抓获？”

“我因涉嫌杀人，在长贵县罗马皇宫小区 3 幢18楼1号被抓。”

……

“你把杀人的详细经过讲清楚。以前讲过的要讲；以前没有讲过，现在想起的，也要讲。讲得越清楚越详细，对你越有利。”

“我女朋友肖霄家里经济比较困难，公司破产以后，她爸爸负债累累，每天喝酒，基本上算是废了。肖霄妈妈以前是家庭妇女，如今找了一份工作，收入不高，一家人过得挺苦。肖霄到了江州技术学院后，我就开始追求她，在两个月前开始谈恋爱，关系挺好。肖霄为了赚钱，在隆兴夜总会当了服务员，那里工资比较高，有时还有小费。我不想让她去夜总会上班，里面乱七八糟的。有一天晚上，肖霄没有回来，第二天早上，她找到我，哭肿了眼，说是被吴煜欺负了。吴煜爸爸是大老板、黑社会老大，手下很多人，我虽然想报仇，但是没有办法。肖霄后来跟我说，她吃了一种叫‘任我行’的迷药，被吴煜拍了裸照。吴煜每次都骗她，说是最后陪一次就把裸照还她，结果每次去又被拍，越拍越多。肖霄曾经想过死，只是想到家里还有爸爸妈妈，所以没有自杀。前几天，肖霄再次让吴煜归还裸照。吴煜给肖霄打电话，说晚上到学校门口接她，到桃树林里再打一次野战，就还相片。”

讲到这里时，李友青萎靡的神情发生了些许变化，脸现愤怒：“我杀的是人渣，是为民除害，你们去搜吴煜的家，肯定能找到我女朋友被下药的相片，还有迷药。”

在吴煜家中确实搜出了肖霄的视频和裸照，不堪入目。除了肖霄的裸照，在他家里还有其他女孩子类似的相片，也就是说，吴煜年纪轻轻就伤害了好几个女孩子。

侯大利脑中浮现出视频中的女孩子，生出一股恶气。田甜被抽调到打拐办后，回家后经常聊到妇女儿童受到伤害后的惨状，因此，他对伤害妇女儿童的恶人深恶痛绝。

侯大利压住怒气，道：“刀是从哪里来的？”

李友青道："我从家里带的。"

侯大利道："是什么刀？"

李友青道："是一把匕首。"

侯大利问："你为什么要带匕首？"

李友青见眼前的警察态度冷淡，有些沮丧，道："吴煜是大个子，身高体壮，我担心打不过他，便准备了一把刀防身。当时我和肖霄商量，要让吴煜在桃树下做那事，肖霄到时肯定会反抗，我悄悄录下来，做成证据，然后威胁吴煜，如果不给裸照就告他强奸。吴开军刚死，吴煜肯定怕我这一招。我真不是想杀人，就是防身。"

随着李友青的叙述，不断有细节补充进入侯大利脑海，影像细节清晰，色彩逼真，拼凑出了完整的事件过程。

"你讲一讲杀人的具体过程，越详细越好。你捅了几刀？捅到什么部位？吴煜受伤后是什么状态？"

李友青为了自救，已经顾不得女友的脸面，谈了细节："吴煜跟着肖霄来到以前打过野战的地方，强迫肖霄做爱。我躲在旁边录像，原本计划等吴煜上了肖霄以后再冲出去。可是我看到他把肖霄压在草地上，特别是肖霄叫我的名字时，我就忍不住了，冲过去把他从肖霄身上拉开。我说我是肖霄男朋友，让他还裸照，否则告他强奸。吴煜完全不讲理，根本不理睬我的威胁，还骂我是疯子，动手打我。我和他从桃树林一直扭打到公路边。吴煜比我壮，还练过散打，把我按在公路上，我就用刀捅了他。"

侯大利道："吴煜喝酒没有？"

李友青道："喝了酒，满嘴酒气。他先动手打人，抬手就给了我一记耳光。"

"你捅了几刀？捅在他身上什么位置？"

"他卡住我脖子，我出不了气，感觉要被卡死了，就用刀捅了他，捅了两三下。"

"捅了一下、两下、三下，还是四下、五下？仔细回想，想好了再回答。"

李友青仔细回想了当时的情景，道：“他卡住我脖子，把我压在地上，我挣脱以后，就摸出刀，捅了他，两下还是三下，我记不清楚了。”

侯大利问：“捅在什么部位？”

“我从地上爬起来，用刀捅了他。我记得是捅在肚子上。吴煜挨刀以后，还踢了我，然后捂着肚子，蹲在公路边。我吓坏了，就带着肖霄跑了。”

侯大利走到李友青面前，给了他一支签字笔，道：“你当时是如何握刀的？”

李友青握住签字笔，小幅度比画，道：“就这样往上捅。”

侯大利取回签字笔，道：“吴煜捂着肚子后，你继续捅了几刀？”

“我拿刀捅了人，很害怕，当时只想跑，没有再捅。”

侯大利又问：“你的刀在哪里？”

“随手把刀扔进了树林。”

“你捅了吴煜，有没有打电话报警？打120没有？”

李友青道：“没有，我带着肖霄跑了。”

侯大利道：“肖霄知道你带刀了吗？你打架的时候，肖霄在做什么？”

李友青摇头，道：“肖霄只知道我拍照，不知道我带刀。我们打架的时候，她在一边哭。后来她还劝我打120，我没有同意。”

“你离开的时候，拿走吴煜的手机、手表和钱包没有？”

“捅了人，我当时只想赶紧离开那个鬼地方，没有拿手机、钱包和其他东西。”

侯大利突然又问：“你是不是用力卡住过吴煜的脖子？”

李友青有些茫然，道：“我记不太清了，应该没有，我打不过吴煜，他又高又壮，我迫不得已才拿刀子捅了他。”

侯大利慢条斯理地问过一遍，并在讯问的时候与以前的讯问记录一一对照。李友青在离开提讯室时，强调道：“警官，肖霄真不知道我带了刀。我带刀不是想杀人，只是想防身，是正当防卫。”

在等待肖霄进入提讯室的时候，滕鹏飞扔了一支烟给侯大利，道：“有什么新发现？”

侯大利没有正面回答，道：“问过肖霄以后，我再判断，现在不好说。”

滕鹏飞道：“卖什么关子？有话就说，有屁就放。”

侯大利靠在椅子上，淡淡道：“观点还不成熟，说出来有可能影响你的判断。”

滕鹏飞是一个急脾气，遇到一个不怵自己的慢性子，恶狠狠点了一支烟，独自抽起来。

被扔了两次的凶器

很快，肖霄被带进提讯室。

肖霄是个挺漂亮的年轻女子，穿着青灰色看守所服装，头发齐耳，脸色苍白，楚楚可怜。来到提讯室，她坐在椅子上，低着头，眼泪一颗颗往下落。

侯大利看了肖霄一眼，低头翻看卷宗。他表面上冷冰冰的，内心却着实可怜眼前的女生。肖霄个子娇小，看上去也就十六七岁，这样一个青春少女经历了父亲破产、被吴煜奸污、男友杀人等一系列糟心事，这些事情会成为毒药，慢慢腐蚀这个女孩子的内心，毁掉她的前途。当然，她的前途此刻已经有一半被毁掉了。

肖霄叙述打架过程时，身体发着抖。

“吴煜曾经强迫我在桃树林里做那事。那天，吴煜又要野战。李友青有一个主意，做那事之前，他躲在旁边录像，我会大声说不愿意。拿到这段录像，我们就可以告吴煜强奸。我们也不是真的要告吴煜强奸，就是想通过这个方法拿回以前拍的相片和视频。到了桃树林，吴煜喝了酒，酒气很重，他把我按在地上，我大声喊‘不要’。在他脱我衣服的时候，李友青冲了过来。李友青和吴煜从桃树林开始扭打，一路打到公路边。吴煜个子大，李友青打不过，被打倒在地上。李友青就拿出刀子，捅了吴煜。我在事前真不知道李友青带了刀子，我们真没有商量过杀人，我说的是真话。我还没有满二十岁，就被吴煜强奸了很多次，被拍了裸照，我只是想要拿回那些视频和相片。如果那些视频流出去，我还怎么活啊！”

“吴煜喝了酒，喝得很多吗？到喝醉的程度没有？你别急，慢慢说。”

“说话、走路都还正常，就是满身酒味。”

“李友青和吴煜打架的时候，你在做什么？”

“我吓傻了，在旁边站着。我胆子小，没敢去拉。”

“李友青用刀捅了吴煜的什么部位？”

“当时吴煜把李友青按在公路上，李友青取出刀，捅了吴煜。”

“你看得清楚李友青当时的动作吗？”

“公路路灯很亮，我看得见。吴煜站了起来，捂着肚子，还踢了李友青。李友青过来拉着我就跑。”

“李友青捅了几下？”

“三下。”

“三下？你记清楚了吗？”

“我隔得最近，看得很清楚，捅了三下。”

“李友青卡了吴煜脖子吗？”

“李友青一直在挨打，还摔在地上，没有卡吴煜的脖子。”

“李友青是如何握刀的？”

“我记不起来了。”

“李友青的刀子扔在了哪里？”

“我叫李友青跑，他就把刀子扔进了树林。”

“吴煜带手机没有？”

“带了，他给我打过电话。”

“你们跑的时候，取走吴煜的手机和其他东西没有？”

“没有。我们慌慌张张的，只想要离开，顾不得拿东西。”

"你为什么给李友青高压电击枪？"

"我和李友青真没有商量过杀人，这是真的。我平时用电击枪来防身。我怕吴煜在桃树林欺负李友青，就把电击枪给了李友青。"

"李友青使用电击枪没有？"

"没有。"

……

提讯完毕，侯大利伸了伸懒腰，道："在环卫工人发现尸体前，极有可能有人接触过受害者，此人可能是侵财者，也可能不是。"

滕鹏飞道："你今天讯问的重点在于李友青捅人的方式、捅了几刀、捅的部位以及李友青是否卡过吴煜脖子，难道你怀疑第四刀是另一人捅的？是这人拿走了手机、手表和钱包？"

侯大利略微沉思后摇了摇头，道："拿手机、手表和钱包的人在早晨出现在现场。我怀疑还有另一个人去过现场，捅了第四刀。"

正在这时，张国强的电话打了过来。接完电话，滕鹏飞斜眼看着侯大利，道："你的意思是，李友青捅人之后，又有两人来到现场，一人捅了第四刀，另一人取走了钱包、手机和手表？"

侯大利点了点头，道："这是猜想，还得找证据。"

滕鹏飞道："在混乱中，李友青不一定记得捅到什么部位，也不一定能记清到底捅了几刀。肖霄这种年轻小女孩心怀恐惧，也不会有精力去数到底捅了几刀。口供重要，现场勘查和尸检报告更为重要，你要说服我，必须得找出更为有力的证据。"

侯大利道："第四刀是不是另一个人捅的，还得找过硬的证据。但是，没有找到手机、手表和钱包，案子有漏洞。"

滕鹏飞突然哈哈大笑起来，道："刚才张国强打来电话，手表、手机和钱包找到了。在环卫工人发现尸体之前，有个家伙发现了尸体。这人是两劳释放人员，用衣服包住手，取下手表，又拿走了钱包和手机，没有留下指纹，也没有取走车钥匙。他是半吊子水，没能够沉住气，到手表维修店兜售那块名牌手表。派出所民警给这家店打过招呼，店家记住了手表的牌子和特征，看到这块手表便报了警。重案一组办了这么多案件，你以为老侦查员是吃素的，我们布下重兵在销售渠道，一举抓获顺手牵羊者。哈哈哈，这就是经验，在复杂的现场中发现真相。”

他长舒了一口气，意气风发地拍了拍侯大利的肩膀，道：“这个案子算是破了，你能发现漏洞，顺利过关。好好干，你一定会成为一名合格的侦查员。我这个观点没有变。”

侯大利不喜欢滕鹏飞拍自己的肩膀，往后缩了缩，脸上没有笑容，很认真地说：“未必能结案，在李友青和盗表者之间，或许还有一个人出现过。”

滕鹏飞对这个愣头青也有些无语，道：“既然有疑点，那就继续往下查，这也是内审的职责。”

提审结束不久，李法医和丁勇前往殡仪馆，做局部解剖。滕鹏飞和侯大利在一旁观看了解剖。解剖结果显示：吴煜颈部皮下和肌肉、甲状腺及其周围组织出血。

侯大利道：“解剖结果和李友青、肖霄的供述基本一致，李友青是被按倒在公路上，爬起来捅了对方。李友青一直没有形成对抗优势，而且，李、肖都没有单手卡住吴煜脖子的供述。在这种情况下，单手虎口扼痕就不好理解。我觉得第四刀另有其人，建议复勘现场，寻找新证据。”

局部解剖完成后，又看了侦查实验视频，滕鹏飞没有否定侯大利的观点，道：“勘查现场复审是常事，我没有意见。”

滕鹏飞从省公安厅专案组回到江州之后就听闻重案大队出了一位硬撑全队的“神探”，当初还不以为意，如今有了工作上的接触后，发现这位“神探”果然名不虚传。而且从“神探”接受内审到现在，表现出了极佳的业务水平，所以，他开始认真思考侯大利提出的“猜想”。

侯大利道：“幸好滕大队一直让人保存现场，而且幸运的是，虽然长青一直在下大雨，江州城区却滴雨未落，否则无法复勘现场。”

“别拍马屁。”滕鹏飞抓起电话，又道，“张国强，你按程序准备胜利桥下的现场复勘工作。注意两点，一是让老谭准备提取足迹；二是别忘记找见证人。”

张国强有些紧张，问道："麻子，'神探'看出啥问题了？"

"别啰唆，赶紧去办。"滕鹏飞挂断电话，望了侯大利一眼，道，"我们先到现场，等他们来。"

三辆车先后来到胜利桥下，滕鹏飞站在公路和小道的交叉口处，抬头望向江州技术学院，沉默不语。侯大利站在路边，观察桃树林。李法医和丁勇来到发现尸体的水沟边，低声讨论。二十来分钟后，张国强、老谭、小林和小杨等人来到现场，派出所民警通知了两名当地社区干部作为见证人。

老谭道："滕麻子，这次复勘的主要任务是什么？"

滕鹏飞指了指侯大利，道："听他指挥。"

老谭"哦"了一声，也不多问，径直去找侯大利。

滕鹏飞对站在身边的张国强道："如果你坚持复勘，最后什么都没有查到，会不会有压力？"

张国强道："没有把握，我不会向领导提出这种要求，否则耗费了这么多人力、物力，如果一无所获，我承担不起这个责任。但是，侯大利不会有这种压力。在侦办丁丽案时，他给市局打了提取生物检材的报告，结果全局动员了两百多名民警，还动用了省厅和秦阳、湖州、阳州的DNA实验室，花费了大量人力、物力，没有任何收获。事后，我们都在谈这事，侯大利胆子真肥，也真敢担责任。与那件事情相比，搞这种规模的复勘就是小菜一碟。"

滕鹏飞暗骂了一句："他妈的，我真有可能阴沟里翻了船。"

侯大利与老谭诸人关系很不错，详细讲了自己的想法以后，道："如果真有两个凶手，那么在第一次找到凶器的地点附近，应该还有一处痕迹，在这处痕迹附近很可能有凶手的脚印。也就是说，第一次找到凶器的地点，实际上是第四刀凶手丢弃凶器的地点。"

小林接受任务，拿着上一次的勘查记录，小心翼翼地走下公路。

张国强一颗心提到了嗓子眼，若是真如侯大利的判断，吴煜案就会出现大转折，自己也就犯了大错。

小林来到发现凶器的地方，蹲下来，仔细观察附近地面。桃树林里杂草不算太多，几乎没有行人，又由于过了收获季，果园管理者没有清理杂草，现场保存得比较完好。他很快就在距离第一次发现凶器的地方往西约三米处，发现了另一处血迹。此处血迹被杂草遮住，如果不是特意寻找，很难发现。杂草下，有变成褐色的血迹，地上有被刀子插过的痕迹。

小林直起腰，转身前先观察了地面，确定没有脚印，这才转身，对公路上的诸人道："'神探'真是牛！"

滕鹏飞大声道："到底啥情况？别磨蹭！"

小林比了一个胜利的手势，道："发现了第二处刀痕，刀痕周边有血迹。"

老谭是省内有名的足迹专家，对足迹非常敏感，得知在三米外的泥土中真有一处插痕，插痕处还有血迹，大声道："我们上次没有动过这边，多半有足迹，你别乱动，把刀痕周边的足迹找出来。"

小林犹如考古人员，从刀痕处开始往公路方向寻找。其余诸人站在公路边上，如站在河边船上的鱼鹰，紧盯水面，寻找河中一闪即逝的小鱼。七八分钟后，小林道："找到一枚，脚跟朝公路，脚尖朝刀痕。"

"肯定还有，仔细点，这应该是一脚长一脚短的步法。"现场勘查内容十分广泛，包括指纹、足迹、血迹、弹痕、爆炸物等繁杂内容。勘查技术员都是杂家，并非门门都精通，能够精通一类都算了不起。老谭精于足迹，是有绝招之人。

小林道："又找到一枚，这儿还有一枚。谭主任，确实是一脚长一脚短。"

老谭对身边诸人解释道："此人小心翼翼接近现场，目的是寻找凶器。这种脚印经常出现在现场附近的树下、房前屋后、墙角和窗下，特点是高抬脚、轻落脚。"

经过搜索，小林找到了六枚从公路到刀痕方向的足迹，其中有四枚完整足迹，可以提取；有两枚同方向足迹踩在草上，无法提取。另外，还有一排沿着公路方向的足迹，此行足迹距离插痕的垂直距离只有三十厘米。

小林将脚印标出来后，开始拍照。老谭这才下了公路，来到足迹前，拿出卷尺和放大镜，研究足迹细节。另一个痕迹技术员小杨准备建模，提取脚印和新发现的刀痕。

老谭蹲在与公路平行的一排足迹旁，道："足迹底面均匀，踏迹轻，步长短，步角小，这是女人的脚印。步宽较宽，应该是生过娃儿的女人，身高在156～160厘米，前掌部深，有负重，重物在臀部以上。结合桃树林情况，应该是背了背篼的妇女。"

他把注意力放在从公路到插痕方向的三枚足迹上。

在小杨提取脚模时，老谭对滕鹏飞和侯大利道："四枚完整足迹很有价值，另外两枚有参考价值。男性，一米八左右，体形魁梧，接近一百六十斤。一脚轻一脚重，一脚直一脚斜，一脚长一脚短，也就是通俗说的蹑手蹑脚，此人应该是过来取刀。"

滕鹏飞道："凶器上有几个人的指纹？"

老谭道："那把刀上只有李友青的指纹。凶手很狡猾，戴了手套。"

至此，滕鹏飞承认侯大利是对的，凶手极有可能另有其人。他被抽调到省厅，办的多是大案，与公安部刑侦局也多有接触，部里、厅里对他都颇有好评，若不是与总队一位领导有过一次激烈争吵，肯定会留在省厅刑侦总队。回到市局，他遇到了一桩看起来并不复杂的杀人案，有些大意了，若不是侯大利参加内审并瞧出破绽，差点就在阴沟里翻了船。

滕鹏飞惊出一身冷汗，给宫建民打通电话，如实报告了吴煜案遇到的变故。

宫建民在电话里略有沉默，道："重案一组推行案件内审制度，起到了极好的效果，你好好总结一下，在全支队推广。案件如今取得了关键性突破，滕麻子不要松劲，要紧盯不放，尽快破案。"

打完电话，滕鹏飞自嘲道："支队长就是支队长，看问题角度很辩证。"

回到刑警新楼，侯大利将吴煜案卷宗交还给探长张国强，又去306

办公室拿了单肩包，与杜峰打了招呼，便回了刑警老楼。

侯大利刚出门，杜峰探组立刻议论起来。他们都熟知吴煜案的案情，完全没有想到侯大利居然把如此完整的证据链活生生撕出一个漏洞。他们在感叹张国强探组如今遭受压力的同时，也对侯大利颇为佩服。

侯大利升官了

侯大利回到刑警老楼资料室，习惯性打开投影仪。

院内响起了汽车的声音，不一会儿，传来上楼的脚步声。

“侯大利，我还到306去找你。怎么又回专案组？”进来的是陈浩荡。陈浩荡警服笔挺，警容严整，气宇轩昂。

“根据市局文件精神，专案组未撤销，我就和原单位脱离关系，政治处应该知道吧？”侯大利起身，给老同学倒茶，道，“怎么有空到这里？”

陈浩荡道：“我接到任务，弄一篇文章，刚刚跑了重案一组。他们聊起你，说你很传奇。”

侯大利道：“狗屁传奇。”

陈浩荡道：“你不好奇我要写什么文章？”

侯大利端起茶杯喝了一口，道：“你专门到刑警老楼，我不问，你也会说。”

“我写的题目是《夯实规范执法根基，打赢命案攻坚战》，系统分析近两年破获的案件，包括长青灭门案以及六个命案积案，你看看。”陈浩荡从随身携带的手包里取过打印稿。

侯大利拿过来看了一眼。

“……为全面整改民警在执法过程中容易出现的问题，江州市公安局刑侦支队领导班子提出了以规范代替习惯的理念，研究建立了涉案财物保管制度、刑事案件报批制度、刑事案件办案质量及执法情况分析制度、执法突出问题整改情况考评标准等十余项制度规范……”

快速浏览之后，侯大利将打印稿放到桌上，道：“这不是政治处的职责吧，应该是宣传处的事。”

“宣传江州市公安局，这是每个干警的职责，何况干部选拔任用正是政治处的职责，你没有注意到其中的奥妙吗？”陈浩荡见同学看完稿子面无表情，道，“破案时你还真是天才，怎么从案子中走出来就成了笨蛋，没有听到什么风声？”

“没有。”侯大利还真有些茫然。

“你啊你，有本钱任性。宫支即将成为党委委员、副局长，正式成为局领导，已经公示。”陈浩荡用无可奈何的语气道，“这么重要的事，你居然不知道。破案重要，宣传舆论也很重要，当年朱支就是不擅长宣传，成天泡在案子上，所以没能更进一步。我过来给你提个醒，在支队工作，还得有政治敏锐性，别和滕鹏飞一个钉子一个眼。听林海军说，滕鹏飞就是在案情分析会上和某个领导针锋相对，才没有留在省厅。赢了道理，输了感情，没有必要。”

侯大利情商并不低，只不过注意力并未过多放在支队以及市局人事变动上，这当然也和他的家世有关。陈浩荡没有家族背景支撑，必须靠自己才能够成为家族英雄。侯大利见惯了太多社会阴暗面，一点儿都不鄙视陈浩荡把所有精力集中在人事上面，因为这是他的舞台，也是其安身立命之所在。

陈浩荡走到屋外看了一眼，又道：“我再跟你说一件事，你要绝对保密。打拐专案组牺牲了两名民警，这事对刘局影响很大，他极有可能退居二线。”

“我反复研究过铁坪镇之战，田甜和唐有德牺牲确实是意外，与指挥员关系不大。”凡是涉及田甜的字眼，侯大利说起来都挺艰难，他想装得举重若轻，语音却不自觉低沉下去。

陈浩荡道：“毕竟牺牲了两名民警，总得有人承担责任。朱支和刘局是师徒关系，你是105专案组副组长，这些都是有关联的，或者说你们就是一派的。所以，这一段时间你多在重案一组，对你有好处。”

“我不管这些事。刑警的责任就是破案，破案是我的中心工作。”侯大利说的是真心话。田甜牺牲后，他彻夜难眠，也无法住在高森别墅，只有白天连轴转地高强度工作，夜晚才能在江州大酒店入睡。

“你知道这些信息，总比一点儿不知情要好。”

大学时代，陈浩荡和侯大利关系一般，只能算是点头之交。在江州工作以后，陈浩荡和侯大利同时进入刑警支队，两人选择不同，走的路不一样，接触时间也不算多，关系反而变得友好起来。

陈浩荡刚刚离开刑警老楼，侯大利接到通知：晚上七点，在刑警支队小会议室，召开吴煜案案情分析会，请105专案组常务副组长和副组长参加。

六点四十分，侯大利和朱林一起来到小会议室。

六点五十分，分管副局长刘战刚和支队长宫建民、政委洪金明一起来到小会议室。刘战刚和朱林打过招呼以后，坐到大圆桌的正中位置，宫建民和洪金明坐在刘战刚两侧。

宫建民即将成为市公安局党委委员、副局长，任职公示贴在指挥中心一楼。但是，“即将成为”和“已经成为”还是有区别的，按照规矩，案情分析会还得请分管刑侦副局长刘战刚参加。刘战刚分管刑侦多年，与多数参会刑警都很熟悉。在开会前，他与大家随便聊了起来。

“老周，王永强那个兔崽子还不交代？”刘战刚看了侯大利一眼，点了老预审员周向阳的名字。

周向阳道：“我的三板斧砍完了，王永强还是不承认杀了杨帆。”

刘战刚笑道：“周三板都没有绝招了，看来有点麻烦。你的老师骆主任什么时候能来？”

周向阳道：“骆主任手头有个急案，办完就来。现在最麻烦的就是没有一点直接证据，所有的证据都是间接证据，找不到着力点。”

刘战刚道：“王永强其他几件案子证据确凿，不能因为杨帆案一直拖着。骆主任到来后，早点了结此事，让王永强受到应有的惩罚。他多活一天，都是对受害者的不公。”

1997年之前，侦查和预审是公安局内部的两个部门，周向阳是预审部门的高手。1997年经过刑侦改革，侦审合一，预审员被分配到刑警支队各大队。由于刑警支队的审讯不同于法庭的审判，仍然带有侦查性质，在实践中，市刑警支队逐渐将预审员集中到三大队，凡是大案、要案、难案，还是要组织老预审部门的高手来审讯。杨帆案是当前江州唯一没有侦破的命案积案，如果能突破王永强，江州市局就可以骄傲地宣布全市没有命案积案，或者加个限定词，没有二十年之内的命案积案。

侯大利得知刘战刚极有可能退居二线，此刻听到他与诸位民警打招呼，听出了一些告别的意味，又听到他提起杨帆案，内心堵得慌。他眼观鼻，鼻观心，尽量不让内心情感反映在脸上。

刘战刚将目光转向滕鹏飞，道："滕麻子，被吴煜案咬手了吧？这两年到省厅办了不少大案子，回市局就要把学到的本事都用出来。"

滕鹏飞笑道："不是咬手，准确来说，在全体侦查员努力之下，抽丝剥茧，笼罩在吴煜案中的迷雾一点一点被拨开了。"

刘战刚笑道："滕麻子到省厅两年，有进步，辩证法比以前强很多。"

七点，会议开始。会议由支队长宫建民主持。

首先，探长张国强谈吴煜案的总体侦办情况，包括抓获从吴煜尸体上取走手机、手表和钱包的过路人。

张国强原本以为吴煜案能够顺利侦查终结，前些天听说要由侯大利内审，当时心里就咯噔咯噔狂跳了好几下。移交卷宗后，他多次给自己打气："案件办得这么扎实，证据链完美，就算李昌钰来也挑不出毛病。"谁知，侯大利居然真的在鸡蛋里挑出了骨头。因此，他汇报此案时有些垂头丧气，感觉灰头土脸。

随后，丁勇汇报尸体检测的情况。

丁勇原本以为吴煜案是极为简单的案子，谁知不断起波澜。他暗自打起了回到县刑警大队的退堂鼓，起身来到投影仪幕布前，清了清嗓子，道："第一，致命伤是左胸这一刀，此刀捅穿了吴煜的左肺动脉，吴煜很快就死亡了。腹部三刀不是致命伤，如果没有左胸这一刀，吴煜在腹部中了三刀以后还有打电话报警和打120的时间和体力。第二，毒物实验显示，死者没有中毒现象。”

他取了一柄与单刃刀很接近的水果刀，道：“我们做了第二次解剖，是局部解剖，解剖结果显示，颈部皮下和肌肉、甲状腺及其周围组织有出血。第一次解剖时忽略了此处，这是我的失误。结合脖子上的扼痕，我们研究了刀痕，发现了一些奇怪现象，所以做了侦查实验。”

投影仪播放了侦查实验的视频。

会场非常安静，大家都抬头望着投影仪幕布上经过放大的四条伤痕，经过分析，胸口那一条刀痕确实显得很特殊。

丁勇讲完，由勘查人员小林讲现场勘查情况。

小林简要叙述了第一次现场勘查情况，道：“凶器是单刃刀，刀上只有李友青的指纹，刀上的血是吴煜的，刀的形状与尸体上的四条刀伤能够吻合。”

投影幕布上出现了第一次发现单刃刀的高清相片。

小林着重讲第二次现场勘查，道：“单刃刀和公路之间没有脚印，单刃刀南侧有一排脚印，与公路平行。沿着这排脚印走三米，再朝南走三十多厘米，就是第二次现场勘查中发现血迹和插痕的地方。血迹也是吴煜的，插痕也与单刃刀符合。在公路和插痕之间有两个人的脚印，一是与公路平行的这一排脚印，另外还提取到属于另一个人的四枚完整的脚印。”

投影幕布上出现了第二次发现血迹和插痕的高清相片。

老谭补充了一句，道：“从脚印判断，此人身高一米八左右，体重约一百六十斤，身高体壮。此人年龄在二十岁到二十五岁之间，走路的姿势可以用蹑手蹑脚来概括，这正是小心接近刀痕的姿态。李友青不会抛了凶器又捡回来再抛一次，而且脚印与李友青明显不符。结合刀伤的情况，我们判断有另一个人捡起李友青丢弃的单刃刀，给了吴煜致命一击。”

除了刘战刚、宫建民、陈阳和滕鹏飞等刑侦系统领导知道案件发生的变化，参会的其他侦查员越听越是惊讶，原本以为是线索简单的杀人案，谁知还有一个见钱眼开的人拿走了手机和钱包，差点把案子引入歧途。而此刻，突然间发现了捅第四刀的人。参会人员的眼光有意无意都望向“神探”侯大利。

宫建民问道：“侯大利负责内审，从哪个细节发现了第二个捅刀人的蛛丝马迹？”

侯大利道：“李友青和肖霄在供述中不约而同地使用了三刀这个表述，都没有出现第四刀的字眼，而吴煜身上明明有四刀。既然他们承认杀人，此处应该不会撒谎。一字之差，出现了一个疑点。我最初并没有想到存在另外之人，只是想要消除这个疑点。查看了尸体，重新提讯了李友青和肖霄，再做侦查实验，我才意识到有可能存在另一个，补了第四刀。”

宫建民道：“就这么简单？”

侯大利道：“没错，我只是想消除疑点。而且，滕大队让我内审之时，特别强调要站在检察官、法官和律师的角度来挑毛病。”

宫建民笑道：“我在这里要表扬两个同志，第一个是滕鹏飞，表扬他并不是因为抓到了捅人的李友青和同案肖霄，凭一组的能力，抓到李友青和肖霄是应该的。我表扬他是因为严格执行了内审制度，若不是重案一组有内审制度，案中疑点就无法被发现，我们在座诸人极有可能就要联手做一件冤案。我们以前总觉得制造冤案的同志很傻，其实不是他们傻，而是陷入迷雾中，没有来得及识破。有了内审制度，不一定能完全杜绝冤案，但是至少多了一把锁。下一步，刑警支队要以规范代替习惯，继续推动建立涉案财物保管制度、刑事案件报批制度、刑事案件办案质量执法情况分析制度、执法突出问题整改情况考评标准等制度规范。通过全面建章立制，有效规范执法行为。”

他稍有停顿，喝了口水，又道：“第二个要表扬的是侯大利，他是第一次搞内审，没有马虎大意，而是用严谨细致的态度来对待内审工作，这是落实制度的优秀案例。下面，请滕鹏飞讲一讲下一步的侦查工作。”

尽管受到了支队长充分肯定，滕鹏飞脸上还是火辣辣的。这是他回到江州办的第一件案子，谁知居然真在阴沟里翻了船。他直截了当地道：“现在也不能完全肯定就有第二个人刺了第四刀，只能算是推测，一切要以案侦最后结果为主。下一步的案侦工作就要以第四处刀痕为重点，从头到尾再清理一遍。第一，重新调查吴煜遇害当晚与谁在一起喝酒，喝完酒之后，谁开车前往技术学院。是他自己开车，还是另有其人？这个很关键，必须查清楚。同时，请第五大队协助查找视频，调查吴煜当晚行踪。第二，请技侦支队协助，重新调查吴煜当晚的电话情况，以及社交账号的活动情况。”

滕鹏飞又补充了一条：“此人能在吴煜颈部形成如此明显的单手扼痕，力量不小，要特别注意调查吴煜身边的壮汉，讲得更直接一些，这是熟人作案，要么有仇，要么图财。”

侯大利听到滕鹏飞的布置，暗自点头。第四刀非常诡异，刺出第四刀者没有侵财，直刺要害，是奔着夺命去的。要刺出第四刀有几个条件：一是凶手要掌握吴煜的行踪，完整看到李友青和吴煜的扭打过程，包括李友青扔刀的过程；二是要有刺杀吴煜的动机；三是此人具有一定的反侦查经验，懂得不留指纹，又将凶器扔回桃树林，但是反侦查经验又不算太丰富，留下了明显的漏洞。要符合这几点，最有可能的就是吴煜身边人作案。

宫建民想起从吴煜家里搜查出来的相片，哼了一声：“吴煜是自作孽，活该。”他又对副局长刘战刚道：“刘局，你有什么指示？”

“大家分析得很透彻，滕大队布置得很具体，我没有多的话了，抓紧落实，早日破案。”如今宫建民正在任职公示，即将成为江州市公安局副局长，刘战刚按照原则依然出席了案情分析会，便是没有如往常那样提出自己的要求。

会议结束，副支队长、重案大队长陈阳特意叫上滕鹏飞，道：“你回来这么久，一直没有抽出时间单独喝一杯。今天时间还合适，到小酒馆喝一杯怎么样？”

滕鹏飞道：“一组还要讨论案子。”

陈阳道：“张国强是老侦查员，知道该做什么。”

滕鹏飞知道陈阳肯定有话要说，不再推辞，到小会议室交代了几句，便与陈阳一起出了门。

从省厅回来，滕鹏飞立刻“抢”了一起命案到一组，吴煜案最初以为顺利结束，即将移送检察院，如今被侯大利审出一个大破绽，还得继续深挖捅第四刀的人。

“麻子，你心急了，这个案子弄得你很难受吧？”陈阳举起酒杯，与滕鹏飞碰了碰。

滕鹏飞仰头喝了一大口，道：“我从省厅回来，杜峰、国强和老克都找我诉苦，说一组是后娘养的，别人吃肉，一组净喝汤了。所以，吴煜案必须得由一组来办，这个没话说。再闲几年，一组精英都被养成了猪。吴煜案表面不复杂，证据链非常完整，我还真以为办完了。”

陈阳笑得很欢畅，道：“侯大利最初在刑警支队有一个绰号叫变态，后来演变成了‘神探’。虽然是调侃，可也并非全部是调侃。在朱建伟、黄大磊和吴开军这些案子中，刘局最后发言时总喜欢问105专案组有什么意见，每当刘局这样发问，主办侦查员浑身肌肉绷紧，汗毛全要竖起来。侯大利嘴毒，开会发言从不给人留面子，黄卫在办朱建伟案时就被侯大利找出破绽，暴露了疲劳审问等问题，这才被调出支队。你让侯大利搞内部审核，我听到以后差点笑喷。”

滕鹏飞脸上的尴尬一闪而逝，道：“一组搞内部审核就是防止办错案，在内部发现总比让检察院纠正更好，防止偏差，也保护了办案人员。至于吴煜案，幸好侯大利这小子还有几分能耐，否则李友青就麻烦了，他到目前为止还以为自己真的杀了人。”

陈阳作为副支队长，考虑问题更加全面和平衡，提醒道：“现在不能说得太绝对，李友青杀人的证据链还是存在的。在没有抓到真凶之前，没有人敢百分之一百否定第四刀是李友青所为。”

滕鹏飞道：“我知道这一点，所以必须使出吃奶的力气往前推，否则检察院那一关不好过。”

陈阳叮嘱道：“前一段时间，江州的命案积案被一扫而光，成绩非常突出，相关案例被省厅和部里刑侦局放进简报，媒体也是反复宣传，很出风头。支队长成为局领导，刑警支队能有更多话语权，对弟兄们的发展都有好处。宫支到了更进一步的关键时刻，绝对不能出大错。”

朱林担任刑警支队长多年，深得同志们信任。但是，这些年从刑警支队走出去担任科所队长的相对较少，部分大队一级领导对此隐有怨言。这些怨言只能意会，大家都不愿意点破。这两年，江州刑警几乎侦破所有命案积案，宫建民作为刑警支队长在全省刑警系统都有了名气，提拔使用成为顺理成章的事情。

滕鹏飞粗中有细，明白里面的弯弯绕绕，道：“啥都不说，拼死拼活也得把吴煜案整明白。”碰了一杯酒，他又道，“105专案组是为了侦办命案积案，如今江州没有命案积案，丁丽案也破了，专案组还有没有存续的必要？”

陈阳道：“宫支和我聊过一次，他没有把话挑明，但是我明白他的意思，专案组没有必要继续保持了。朱支马上退休，退休前就是刑警支队的刑侦专家，类似顾问，不负责具体指挥。葛向东这个老油条摇身一变成为香饽饽，省厅想调他过去专门搞画像，如果不调省厅，就调到技术室，和DNA工作室一样，专门成立一个刑侦画像工作室。特警支队看上了樊勇，等他出院，就到特警支队报到。省厅老朴多次提出调侯大利到省厅，只不过杨帆案始终悬而未决，田甜又刚刚牺牲，他不肯走。”

滕鹏飞道：“这小子是块干刑侦的料，在一组干几年，就完全成熟了。”

陈阳道：“你考虑得不够深远。宫支等任职公示结束以后就是市局党委委员、副局长，成为市领导后，事情会更多。林海军是省厅的人，迟早要走，我估计他会负责支队案侦工作，不再兼任重案大队队长的职位。你要负责重案大队工作，不仅仅是一组，二组、三组都要管。一组是刑警支队的尖刀，得挑选一个高手任组长。”

滕鹏飞眉毛挑了挑，道：“什么意思？莫非让侯大利来当一组组长？他才工作两年，杜峰、国强和老克都是经验丰富又屡次立功的老探长，他来当一组组长，老探长们不会服气。”

陈阳道：“我、黄卫以及秦力同一年出来，你比我们晚了七八年吧？

你刚出道的时候，比侯大利现在还要出风头。当初让你担任一组组长的时候，也有人不服，说你资历不够。朱支力排众议，说刑警支队是江州市公安局的拳头，重案大队是支队的拳头，一组又是重案大队的拳头，这个拳头的指挥员不能论资排辈，谁行谁上。你直说，侯大利能力够不够？”

滕鹏飞摸了摸脖子，道：“我居然活成了自己曾经讨厌的模样。那我实话实说，侯大利参加工作以来就是在专案组，专案组说到底是配合侦查，他本人没有完整侦办案件的经历。阳哥今天叫我来喝酒，就是为了谈这事？”

陈阳道：“我先吹吹风，你要有心理准备。如果关局同意这个安排，你要做通大家的思想工作，不能造成严重的对立。”

滕鹏飞脸色严肃起来，道：“侯大利担任一组组长，我确实担心办不好案子，心里不踏实。”

“有你压阵，出不了大乱子。”陈阳又强调道，“这事还只是一个想法，你心里有数就行了。”

虽然组长是没有编制的职务，可是按照惯例，重案大队长副大队长都是从三个组长中产生，如今侯大利担任一组组长，张国强、杜峰和江克扬想要担任副大队长就难免要再拖上几年。公安局原本职数就不多，过了这个村就没有这个店。滕鹏飞前些年极力反对论资排辈，可是当他成为指挥员时，才发现论资排辈也有合理性。

足迹主人露出马脚

公示结束，任命文件来到市公安局，宫建民正式成为江州市公安局党委委员、副局长，兼任刑警支队长。

上午召开的党委会有一个议题专门研究105专案组。宫建民作为议题的提议人做了简要发言：105专案组成立以来，成绩突出，连破命案积案，受到了省厅表扬。命案积案大部分已经侦破，只剩下杨帆案，此时再保留105专案组意义不大，建议让抽调人员回到原单位。

关鹏没有立刻答复此事，靠在椅子上，道：“专案组组长是战刚，战刚，你什么意见？”

刘战刚道：“105专案组如今成为市局的一张名片，省厅派人调研后，刑侦总队随即也成立了命案积案专案组。朱支提交了一份报告，建议扩展105专案组的职能，我觉得很有道理。如今全局命案积案只剩下一件，但是还有不少其他积案，涉及爆炸、劫持、放火、绑架、强奸、抢劫、伤害七类案件共77起，由于办案人员退休等种种原因，不少积案实际上处于无人过问的状态。这一次全局清理了各类积案，准备进入105专案组笼子的就有11件，拐卖妇女儿童案最多，最后进笼子的有五件，这是我们专案组下一步的重点。建议保留这块招牌，选一批案子划给105专案组，由其继续攻坚克难。”

关鹏道：“我看过朱林的报告，报告说得很中肯。我同意保留105专案组，成为没有编制的常设机构，继续由战刚担任组长，朱林任常务副组长，从经侦、治安各抽一名退居二线的老同志担任副组长，再抽几个年轻人充实到105专案组。”

说到这里，他停了下来，端起茶杯，吹了吹浮在面上的茶叶，慢慢喝了一口，继续道：“侯大利这个年轻人很有本事，名气不小。我到省厅开会，费厅长两次问起侯大利，刘真副总队长也一直在关注侯大利。继续让侯大利担任刑侦组组长，同时，让其担任重案大队一组组长。滕鹏飞刚从省厅回来，应该给他压更重的担子，让他担任重案大队大队长，这样一来，陈阳可以腾出更多精力负责刑侦支队日常工作。”

一般情况下，重案大队内部组长任命不会出现在局党委会，宫建民知道关鹏有这个想法，提前给陈阳吹过风，但是，他没有想到关鹏会在开党委会时直接提出由侯大利担任一组组长。

侯大利此刻并不知道自己就要担任重案一组组长之职，所有注意力皆在吴煜案上。接到支队办公室电话以后，他以为是案情分析会，特意开车到胜利桥转了一圈，再梳理了一遍吴煜案。

侯大利来到小会议室时，政委洪金明、副支队长陈阳、副支队长林海军、重案大队副大队长滕鹏飞、探长杜峰、探长张国强、探长江克扬等人都已经坐到了会议室。

政委洪金明翻开笔记本，道：“今天上午开了局党委会，根据党委会精神，我来谈一谈刑警支队内部人员变动。宫局除了刑警支队的工作，还要分管技侦工作，联系长青县公安局工作，担子更重，责任更大。因此，市局任命陈阳为常务副支队长，全面负责支队日常工作。滕鹏飞任重案大队长，不再担任一组组长。”

在座之人听到洪金明这一番话，都明白了其中的潜台词：宫建民升职以后，陈阳是下一任刑侦支队长的人选，滕鹏飞极有可能升任副支队长。

洪金明道：“重案大队一组三名探长都来了，根据局党委会的要求，由侯大利同志担任一组组长。组长这个职务没有编制，也就不需要公示，由支队直接任命。从现在起，侯大利要在滕大队直接领导下，抓好吴煜案。侯大利同志虽然参加工作的时间短，但是在侦办命案积案工作中表现突出，在石秋阳案中义无反顾地替换人质，获得省厅领导、市委市政府领导多次表扬，本人也立了三等功。由侯大利担任一组组长，是局党委经过慎重考虑后做出的决定，希望大家能够支持。”

在洪金明带领下，参会人员鼓掌欢迎。掌声稀拉，不太整齐。

掌声稍歇，洪金明语重心长地道：“希望侯大利能够带领一组全体同志，攻坚克难，再接再厉，拿下吴煜案。”

侯大利听得明白：若是自己拿不下吴煜案，这个组长位置会带刺。

尽管他并不在意一组组长这个职务，可是破案是刑警的天职，命案必破，这不仅是一句口号，更是责任和荣誉。他要为自己，也要为田甜，赢得尊严和荣誉。

会议结束后，滕鹏飞把侯大利叫到身边，道：“我要搬到副支队长办公室，你就用我原来的办公室。下午我搬家，你明天以一组组长身份正式报到。我只跟你说一句话，刑警支队是全局的尖刀，重案大队是支队的尖刀，重案一组是重案大队的尖刀。你这个一组组长要把吃屎的劲用出来，否则吃不了兜着走。”

侯大利一本正经地道：“滕大队，是吃奶的劲吧，平时没有吃屎的劲这个说法。”

“不管吃奶吃屎，必须把这两个案子拿下。”滕鹏飞见侯大利没有开玩笑的意思，一时没有吃准眼前这个富二代是反讽还是缺乏幽默细胞，缓了缓脸色，道，“一组兄弟们放出去都能独当一面，你工作时间短，却成了他们的顶头上司，不拿出真本事，大家不会服气。如果一组四分五裂，到时你会很难堪的。搞案子不是坐办公室，没法混日子，位置给你了，坐不坐得稳，还要看本事。吴煜案正在关键期，就差最后一把火，你要紧紧盯住，千万不要弄成一锅夹生饭。”

与滕鹏飞短暂交流以后，侯大利来到305办公室。探长张国强、谭大国和伍良友都不在办公室，只有严峰坐在桌前看电脑。

侦办朱建伟案时，严峰给了侯大利数次冷脸。他没有料到这个年轻人居然出任一组组长，成了自己的顶头上司，此时面对侯大利就有些尴尬。

“张国强不在？”侯大利没有称呼探长职务，而是直呼其名。他是一组组长，以后要天天和一组打交道，若是带头称呼“张探长”，对方多半会称呼“侯组长”，这就十分别扭。

严峰道：“刚刚出去了。”

“吴煜案进展到哪一步了？”侯大利自顾自拉了把椅子，坐在严峰身旁。

“我们从交警支队调来了吴煜小车行驶路线的视频，吴煜从隆兴夜总会出来时，前排坐着一个叫李春芳的年轻女子。李春芳坐在副驾驶位置，在江州学院附近下车后，前排就空着，后排是否坐人看不清楚。张国强、谭大国和伍良友到隆兴夜总会找李春芳了。”

严峰说话间打了几个哈欠，揉了揉发红的眼睛。

侯大利看了一眼严峰桌上的眼药水，道：“你一直在读视频？”

严峰道：“除了交警的视频外，我们还调了一些关键节点的社会视频，查看李春芳下车以后有没有人上车或者下车。”

侯大利道：“提取车内指纹没有？”

“还没有。”严峰见侯大利表情严肃，解释道，“车内指纹随时可以提取。当务之急是找到李春芳，了解那晚的具体情况。”

“思路是对的，捅第四刀的人多半和吴煜是一伙的，而且心存歹意，否则就不会捡起李友青的刀来捅第四刀。我跟技术室老谭联系，请他们提取车内指纹。”

侯大利打完电话以后，回到306室翻看卷宗。

半时左右，张国强急匆匆地走到306室，道：“我们找到了提前下车的李春芳。当天晚上，吴煜、施文强和李春芳一起吃了晚饭，李春芳下车的时候，施文强还在车上，坐在后排。施文强，二十二岁，身高一米八二。据施文强自述，李春芳下车不久，他也下了车。还有一个重要情况，施文强和肖霄认识，且有特殊关系。”

侯大利道：“什么特殊关系？”

张国强道：“肖霄父亲肖卫星，施文强父亲施家富，都曾经是建筑老板，后来跟着一个叫苟东的开发商准备干一票大的。肖卫星和施家富投入所有现金，还在银行贷了款，全部砸进这个项目，项目若是干成了，肯定会一飞冲天，大赚一笔。谁知道天算不如人算，2008年金融危机爆发，项目资金链断裂，苟东跑路，人间消失。肖卫星和施家富彻底垮掉，再无翻身的机会。”

侯大利没有料到居然还有这等背景，道：“肖霄和施文强是否认识？”

张国强道：“肖卫星和施家富曾经都是江州五建司的技术员，关系非常不错。五建司垮掉以后，他们出来承包工程，慢慢发了家。肖霄和施文强从小就认识。而且，肖霄、施文强和吴煜也是老相识。肖、施两家生意没有垮掉之前，三人都在同一个圈子里。”

“这事有趣了。肖霄应该说了不少假话。仅从卷宗材料看，肖霄就是典型的灰姑娘。”侯大利飞速翻读一遍询问笔录，道，“施文强的身高和桃树林足迹主人的身高很接近，又与吴煜同车，还和肖霄是熟人，具有重大犯罪嫌疑。马上调取视频，核实施文强提供的下车地点。”

张国强提了一个建议，道：“虽然现在还没有钉死施文强的直接证据，但是施文强的嫌疑极大。此人有打架斗殴等前科，如果不采取措施，让他跑掉，再抓就费力了。”

侯大利问：“施文强会跑路？”

张国强道：“我们问话时，施文强强装镇定，内心已经很慌乱了，自诉下车地点时眼睛乱转，明显说谎。我有强烈直觉，他要跑路，所以让谭大国和伍良友留在隆兴夜总会看住施文强。”

侯大利和张国强一起来到滕鹏飞办公室。

滕鹏飞当即拍板，道：“先把施文强带回支队，不能让人跑了。制作《呈请拘传报告书》，办理《拘传证》，强哥跑手续，我给陈支汇报。重头戏在侯大利这边，你赶紧制订工作方案，尽快调查清楚，找到证据，进行审讯。时间紧迫，必须在24小时之内拿下施文强，否则只能放人。审不出来，放虎归山，再想抓人就难了。”

张国强赶紧办理拘传手续。

侯大利拿着卷宗回到办公室，制订了三条方案。随即，重案大队一组召开了工作会，除去调查持刀抢劫案的杜峰探组，张国强探组、江克扬探组以及技术室老谭参会。

侯大利没有废话，直接安排工作：“拘传施文强以后，三件事情要同时进行，一是谭主任、小林和江克扬负责搜查施文强住宅，特别要比对桃树林提取到的足迹与施文强的足迹；二是伍强和袁来安到电信部门调取施文强和吴煜近期通话记录，重点是吴煜死亡前后的通话，还有就是查看肖霄和施文强之间的通话记录；三是严峰和马小兵再到交警支队调取视频，重点是查找吴煜死前的行车轨迹，核实李春芳和施文强的行动轨迹。”

交代任务后，他问道：“大家是否清楚了？”

侦查员们没有异议，皆答：“清楚了。”

侯大利又道：“滕大队还有什么要求？”

滕鹏飞道：“工作是动态的，有了新情况随时调整，及时跟我沟通。”

工作会结束，各组分头行动。

张国强、谭大国和伍良友将施文强带到刑警支队，采集血样、指纹、声纹、足迹，量身高，测体重，提取鞋印。

侯大利不动声色地观察施文强以后，回到办公室，给老谭打电话，询问进展。

“刚刚进入施文强家，我准备先看鞋。”老谭站在客厅中央，环顾四周。

施文强经常跟在吴煜身边，算是吴煜的跟班和酒肉朋友。他平时衣冠楚楚，实则经济条件非常一般，租住在距离隆兴夜总会约有两公里的一间老居民房内，一室一厅，室内陈设寒酸。

老谭挂掉电话后便径直来到鞋柜前，拿出现场提取的足迹相片，与鞋柜中的运动鞋和皮鞋进行比对。几分钟后，他对跟在身后的江克扬道：“老克，看来是找对人了。现场的鞋印号码是四十三码，这里的所有鞋子都是四十三码；现场提取足迹显示掌部磨损，且是中部磨损，磨痕和鞋柜里的鞋磨痕一致，只是没有找到在现场留下鞋印的那双鞋。”

江克扬道：“有两种可能，第一种，施文强跟隆兴的两劳释放人员学了半吊子水，作案后，扔了鞋，毁灭证据；第二种，他自以为天衣无缝，仍然穿着作案时的鞋子。”

老谭又拨打了侯大利的电话，问道：“施文强多重、多高？”

侯大利道：“一米八二，八十一公斤。”

老谭兴奋地道：“这和现场足迹显示的身高和体重吻合，加上鞋印上的痕迹，肯定就是施文强，绝对错不了。”

足迹能够对上，侯大利信心更足，又给伍强打电话，问道：“调取到电话记录没有？”

伍强道：“拿到了。在吴煜遇害当天晚上，施文强没有给肖霄打过电话，但是在十四天前，他们电话联系频繁。十四天后，他们一个电话都没有。事有反常即为妖，这里面有问题。”

侯大利放下电话，又给严峰打电话，道：“你那边情况怎么样？”

严峰道：“刚填完表格，交警这边手续复杂，按要求得找领导签字。交警支队领导正在开会，我只能干等着。前几天调视频都没有这么麻烦，新来的秦支队要求一切要讲规范。侯组长，你能不能给秦支队联系一下？”

“我马上联系。”侯大利参加工作时间短，且一直参加命案积案侦破工作，与公安局其他部门联系得很少，更别说其他部门领导。严峰提出的问题是一个不大不小的难题，他不愿意找滕鹏飞，便拨打了朱林的电话，开口没有称呼“朱支”，而是“师父”。

朱林接了电话，道：“以前与老秦的关系还不错，我打电话试试。”五分钟不到，他回过来电话，道，“老秦为人厚道，听说是胜利桥的事，立刻答应了，先调取视频，再补签字。”

侯大利又给严峰打去电话，要求重点查看施文强在当天晚上的所有行踪。

严峰火气挺大，道：“视频资料太多，我和马小兵长八只眼睛都看不完。又没有一个明确的方向，这是大海捞针。”

侯大利不等其继续发牢骚，当即打断，道：“其他组的同志回来以后，立刻过来增援。”

迅速打断对方的话，不让其发泄情绪，这是审讯人员常用的招数，侯大利初任一组组长，为了顺利开展工作，用上了这个技巧。

打完电话，侯大利深吸了一口气，让自己平静下来，暂时不再催促各组人马。他此刻需要让自己安静下来，思考施文强补第四刀的目的。从施文强的行踪来看，补刀行为显然经过精心策划，绝非临时起意。既然是精心策划，那就有明确目的。

“如果肖霄和施文强联手策划此案，用心如此深，不会只是为了取回相片，肯定是奔着财产去的。”侯大利本身是富二代，对富二代的心态掌握得很准确。相较普通人来说，富二代眼界更开阔，对钱的能量认识得更充分，肖霄和施文强这种跌入凡尘的富二代，对金钱的渴望比寻常人更加强烈。

“既然是奔着财产去的，那么补刀后，他在深夜里最应该到什么地方？那肯定是吴煜家。吴煜以前独居，吴开军死后，他就住在其父亲的家里，所以，重点在吴开军小区。”

侯大利做出“肖霄和施文强联手作案”的预设后，拨通严峰电话，道：“你们先查吴煜小区及其附近的视频，这是调查重点。”

一个小时不到，视频组传来重要发现：在交警提供的视频中找到了吴煜的另一辆车。此辆车在晚上10点57分来到吴开军所住小区，也就是吴煜现在所住的小区。通过调取吴开军小区的监控录像发现，晚上11点13分，施文强从吴煜所住楼层电梯走出，拖了两个旅行箱。从视频来看，两个旅行箱很轻。晚上11点37分，施文强从一层电梯中走出，仍然拖着两个旅行箱，而此时两个旅行箱变得沉重起来。

沿着吴煜小区倒查，结合以前掌握的情况，视频组在隆兴夜总会的停车场找到了另一段关键视频：晚上10点43分，一辆摩托车开到停车场，施文强下了摩托，打开了吴煜的车驶出停车场。

至此，施文强的行踪被大体勾勒出来：施文强、李春芳和吴煜喝了酒，李春芳下车不久，施文强也下了车，骑上事先在某个地方放置的摩托车，来到胜利桥下。补刀后，他骑摩托车来到隆兴夜总会停车场，开着吴煜的车，顺利进入吴煜居住的小区，把某些东西装进了提前准备好的两个旅行箱中。

虽然整个案情还有不少疑点，但侯大利已经信心十足，道：“施文强到吴开军房间是取东西，这就是吴煜遇害的原因。还得辛苦技术室一趟，搜查吴开军房间，找出施文强在屋里活动的证据。我和老克也去。”

侯大利、江克扬、老谭、小林等人立刻前往吴开军房间。

在房间门口，侯大利叮嘱道：“这一次现场勘查非常关键，如果能找到施文强的指纹和脚印，就基本能锁定胜局。”

老谭道：“施文强当天从桃树林直接来到吴开军房间，多半没有换鞋，应该会留下足迹。我们沿着施文强的足迹就能找出他进入吴开军房间的目的。”

进入房间，小林使用宽幅足迹灯很快找到了符合施文强足迹特点的脚印，脚印进入房间后，来到衣柜门口，接着出现在衣柜里。衣柜里有暗门，暗门里面是一间密室，密室里放有一台大型保险柜，保险柜周边有施文强留下的脚印，还在保险柜上提取到了十几枚指纹。

提取指纹后，老谭发自内心地道："大利，我从来没有叫过你'神探'，这一次我算是服气了，你还真是'神探'。"

肖霄的超级计划

经过两个多小时紧张而有序的工作，好几条线索指向施文强，补刀之人现出原形。

滕鹏飞、侯大利和一组侦查员再次开会，汇集情况。听罢三组汇报，滕鹏飞拍了桌子，道："就是施文强这个兔崽子，差点蒙混过关。现在一盘菜的材料都准备好了，由侯大利和张国强掌勺，先审施文强。"

稍稍准备，侯大利和张国强来到审讯室。

审讯室分为审讯区和嫌疑人约束区，中间用铁栏杆分割。审讯区是警察做讯问笔录的工作区域，有桌椅。约束区则有一把铁椅子，能固定住犯罪嫌疑人。固定住犯罪嫌疑人有两个目的，一个是无声的震慑，击碎犯罪嫌疑人的侥幸幻想，消除其斗志，另一个目的是防止自残。

根据事先拟定的策略，施文强进入约束区后就坐上铁椅子，双腿被椅子下端的两个圆圈脚镣固定住，双手被固定在椅子两个把手位置的铁环上，整个身体被警绳束缚住。施文强跟铁椅子几乎融为一体后，神情明显慌乱起来。他原本以为肖霄的计划天衣无缝，可是被警方关了几个小时，心里早就开始打鼓，不知道警方到底掌握了什么证据。

"我没有犯法，你们违反人权。"施文强额头上渗出汗水，强自镇静。

张国强道："我们是依法传唤，给你出示了拘传证。"

施文强道："我不是犯人，你们不能这样绑我。"

张国强冷冷地道："根据要求，有可能判处无期徒刑或者死刑的犯罪嫌疑人，在讯问过程中要进行录音或者录像。这是为了保护你，防止自残。"

施文强坐在约束区，越来越不安，冷汗唰唰地往下流。

侯大利在审讯区摆弄着电脑，不理睬施文强。几分钟后，他不紧不慢地开始讯问。

讯问开始，侯大利和张国强首先出示工作证件，进行自我介绍，然后告诉施文强他涉嫌故意杀人罪，希望他对于提问要如实回答，特别强调对于与案件无关的问题，有拒绝回答的权利。

讯问时，有一些是必要的问题，必须在讯问笔录中出现。没有出现这些内容，讯问则有瑕疵，甚至可能造成严重后果。

比如，你是否已经收到《犯罪嫌疑人权利义务告知书》，并清楚知道自己的各种权利与义务？

比如，根据相关法律规定，如实供述自己的罪行可以从轻或者减轻处罚。

比如，根据相关法律规定，有权委托律师作为辩护人，如果确实经济困难，可以申请法律援助。

比如，基本身份情况，包括但不限于：姓名、曾用名、绰号、性别、出生日期、出生地、民族、文化程度、身份证号码、户籍地、现住址、工作单位及职务、联系电话。

比如，是否有严重传染性疾病、精神病、导致生活不能自理的残疾或者身体有伤？

比如，是否有违法犯罪的前科劣迹？

……

这些基本程序讯问完毕后均要记录下来。如果有缺失，检察机关会挑出来，这就是最愚蠢的错误。

程序走完，这才开始进入攻坚战。因为施文强有打架斗殴等前科，且长期混迹在隆兴夜总会，审讯人员有了打硬仗的心理准备。

针对性措施就是要努力寻找犯罪嫌疑人拒绝交代的“心理支点”，想尽办法打消其侥幸心理。任何犯罪嫌疑人拒绝交代都有其“心理支点”，这是犯罪嫌疑人侥幸心理存在的根源。施文强的心理支点就是李友青先捅了吴煜，自己借用李友青的刀捅了吴煜，自以为神不知鬼不觉，天衣无缝。

要想砍掉其心理支点，就要施加强大压力，该揭穿的一定要揭穿。要利用已有的信息，让施文强相信自己已经彻底暴露。在这个过程中，还不能轻易暴露自己的虚实。

侯大利问："吴煜遇害以后，我们的侦查员找到你做过询问笔录，根据笔录，你是在胜利路下的车，是不是？"

施文强尽量让自己显得轻松，道："李春芳下车不久，我也下了车，应该是胜利路吧。"

施文强愿意说话，这是好事，比那些一言不发的家伙要好对付。侯大利慢慢翻看卷宗，问："为什么在这里下车？"

施文强道："我要回家。"

侯大利问："为什么不跟吴煜一起？"

施文强道："吴煜要去泡妞，我不当电灯泡。"

侯大利问："下车后做了什么？"

施文强道："回家。"

侯大利问："几点到家？"

侯大利围绕着回家细节，一直在套取施文强的话。施文强说得越多，错得越多。张国强坐在一边啪啪打字，没有说话。

侯大利原本是和颜悦色地问话，把施文强绕进去以后，突然提高声音，道："你不老实，你说回家睡觉，这是说谎！你家小区有视频，整晚都没有见到你，保安也证实没有见到你。你赶紧回答，别费脑子胡编！"

施文强脑门汗水冒了出来，支支吾吾不知道怎么回答。

侯大利声音渐渐严厉："你下车后，朝哪边走的？快说。"

施文强道："记不清楚了。"

侯大利用轻蔑的语调道："施文强，你脑子应该不笨啊，怎么没有想到到处都有监控？把你的行踪录得清清楚楚，板上钉钉的事，狡辩有什么用？"

施文强的头垂了下来。

侯大利再次提高声音，继续压迫对方："那天晚上，你骑摩托车东奔西跑，做了不少事情，最后停在哪里？你以为你能瞒得过监控视频？"

监控室，宫建民、陈阳和滕鹏飞都盯着屏幕。

滕鹏飞指着施文强额头的汗水，道："侯大利审讯水平很一般，还得历练。恰好遇到施文强这种没有太多经验的雏儿，若是遇到老手，不会上这种圈套。"

施文强意识到事情不妙，开始顽强抵抗。

交锋数个回合后，侯大利根据李友青和肖霄的口供，描述了当时的场景，声色俱厉，道："你口口声声称自己是吴煜的哥们儿，为什么眼睁睁看着吴煜被捅刀子？"

施文强道："我不在现场。"

侯大利咄咄逼人，道："你的义气被狗吃了。与吴煜分手后，你提前来到胜利桥，见死不救也就算了，还捡起扔到桃树林的刀子，还要卡吴煜的脖子，还要捅吴煜胸口，你以为你聪明，其实破绽百出。"

施文强以为有李友青作为挡箭牌，自己可以高枕无忧，这是他最为重要的心理支点，此刻侯大利的一系列描述，完全复述了当时情景，犹如在一旁亲眼所见。心理支点被砍掉，他顿时就蒙掉。

侯大利哼了一声："要想人不知，除非己莫为。你不说，你以为别人就不说？给别人当枪使，你是傻子吗？你不说，你就是主谋，肯定会受到法律制裁。见钱眼开，重色轻友，我为什么知道得这么详细，你想一想吧。"

这一段话没有明确内容，却具有强烈暗示，恰恰又戳中了要害，施文强精神慢慢崩溃，豆大的汗水从额头上滴落。

宫建民扭头道："这一段水平如何？"

滕鹏飞道："比起周向阳还差得远。他抛出的料太多了，遇到老练的对手，容易被看穿底细。"

宫建民笑道："不管白猫黑猫，只要审下来就是好猫。在年轻侦查员中，侯大利最全面，没有明显弱项。多压压担子，他就可以办大案。"

经过一番较量，侯大利抛出了施文强在隆兴夜总会停车场换车的视频，随后又抛出了施文强拖着行李箱的视频。侦查员用实和虚相结合的证据不断向施文强施压，施文强的心理支点逐渐被砍掉，最终心理崩溃，原原本本讲述了整个事件的来龙去脉。

……

“两个行李箱放在我外公家的红苕窖里面。”

……

“整件事情都是肖霄策划的。我爸和肖霄他爸投资失败后，我和肖霄彻底变成了穷光蛋，肖霄原本准备到国外读书，没有钱，还出去个狗屁，只能读个破得不能再破的烂学校。肖叔破产后，肖霄曾经想和吴煜谈恋爱，吃喝玩乐，啥事都陪着吴煜做，包括拍性爱相片和视频。我们两家没破产的时候，吴煜追求过肖霄，肖霄没有同意。我们两家破产后，吴煜就是想要玩玩肖霄。肖霄很快就认清了现实，多次在我面前发誓要拿回以前的一切。她表面看起来温柔清纯，实则性格非常要强，还爱走极端。以前我撩了她几次，她都以兄妹不上床为借口推托。这一次为了让我配合，她主动和我上了床。”

说到这里，施文强语带愤恨，道：“以前我和吴煜是哥们，我还带着他玩。我家破产后，他就把我当成马仔。我以前觉得赚钱很容易，随便投资搞点啥都能赚大钱。我家和肖家成为彻底的穷光蛋后，才晓得赚钱太难了。有一天肖霄突然找到我，说是吴开军卧室衣柜后面有一个暗室，暗室里有一个大保险箱，装了很多钱。吴开军是黑社会老大，觉得把钱存银行容易被查封，所以弄了很多现金在家里。吴煜有一次喝醉了酒，没有防备肖霄，当着肖霄的面进入密室，还打开过保险箱。肖霄便留了心，想办法趁着吴煜再次喝醉时，偷配了保险柜钥匙。但是，保险柜有密码，光有钥匙打不开，而且吴煜说过保险柜是和派出所联网的，只要有人动保险柜，保险柜就会报警，所以，我们准备弄到密码。”

……

“肖霄最初策划是绑架吴煜，从其嘴中撬出密码，我们拿了这笔钱就远走高飞。后来觉得如果只是绑架了吴煜而不杀他，我们很有可能会被警察满天追，迟早要被抓住。如果直接杀死他，警察也会满天追，仍然不安全，风险太大。后来肖霄想出了个找替死鬼的办法，那个破学校有一个叫李友青的傻瓜在追求肖霄，肖霄以前根本没有正眼瞧过他，后来因为想让李友青当替死鬼，这才和他谈起了恋爱。她策划了很久，弄了一个计划。”

……

“以前吴煜和肖霄在桃树林里打过野战。肖霄就给李友青编了一个故事，说是被吴煜强奸，还被拍了裸照。她请求李友青帮助，拿回裸照。李友青答应了肖霄，当天晚上提前躲到了桃树林里，拿了一台录像机，准备拍下吴煜强奸肖霄的过程，以此要挟吴煜。”

……

“我和吴煜分手后，提前在离家很近的胜利支路附近下车，然后骑摩托抄近路来到胜利桥，躲在桃树林更深的地方。计划实施得很顺利，肖霄主动邀吴煜到桃树林打野战，演强奸戏。在做爱时，肖霄先喊了两声不要，然后开始大声喊李友青的名字。喊名字就是为了刺激李友青，李友青果然如预想中不能忍受，跳出来和吴煜打架，并且拿刀子捅了吴煜。李友青捅了吴煜后，把刀扔进桃树林，拉起肖霄跑了。”

……

“我在桃树林找到刀后，站在吴煜面前。吴煜看见我拿刀，没有搞明白是怎么回事，还想让我打120。他死到临头，还对我趾高气扬。我捏住他的脖子，把他按在地上，要他说出保险柜密码。他被我卡得喘不过气，肚子还在流血，吓成了软蛋。等他说出了密码，我便捅了他一刀，然后就按照原计划，骑摩托车到了隆兴夜总会。”

……

“杀死吴煜是肖霄策划的，我只是帮手。肖霄的计划是李友青用电击枪打倒吴煜后，她就想办法拉走李友青。李友青是傻瓜，肯定会乖乖听话。原计划中，在李友青和肖霄离开后，我再上去找吴煜拿密码，最后用电击枪打死吴煜。电击枪是高压，多打几次，总能打死。打死吴煜后，事情就可以完美地推到李友青身上。这是肖霄的完整计划，我绝不说谎，说谎天打雷劈。我和肖霄都没有料到李友青会用刀捅人，这是计划之外的事。”

……

“我顺利打开了保险柜，保险柜很大，里面全部是现金，装了两个旅行箱，后来我才数清楚，共拿走了547万元现金。有李友青背锅，我只是烧了衣服和鞋子，没有跑路。若是跑路，有可能会成为公安的重点怀疑对象。这也是肖霄计划中的事。肖霄算得很准，李友青杀人，她是受害者，最多关几天就放出来。”

……

“我们怕公安通过电话记录查到我和肖霄的关系，所以有一段时间没有打电话，是通过手机QQ的小号联系。那天晚上，我搞到钱后，数钱花了很长时间，没有看QQ，准备看QQ时，手机又没有电了。后来我给她发QQ，她都没有回应。”

……

在看监控视频的领导们听到这里都目瞪口呆。肖霄不到二十岁，身材纤细，面容姣好，气质清纯，一副楚楚可怜的模样，谁知会策划这样一起迷雾重重的杀局。这个杀局实施难度很大，很容易出差错，但是初生牛犊不怕虎，在执行时虽有偏差，但肖霄和施文强居然顺利地实施了这一起谋杀案。

宫建民倒吸一口凉气，道：“这还真是半罐水响叮当，胆大包天，居然设计这样复杂的计划。这个案子最迷惑人的地方就是李友青在前面当替罪羊，看破了这一点，其他事情就简单。肖霄年纪轻轻，心思好歹毒。”

滕鹏飞略有些尴尬。若不是侯大利发现疑点，他还真要被这个半罐水耍了，无意中弄出一件冤案。

这时，梅山派出所所长施成打来电话，向宫建民报告在施文强外公家的地窖里搜出了两个行李箱，箱里全是现金。

审讯室里，侯大利击溃了施文强后，就用俯视目光透过铁栅栏打量约束区的施文强。身边张国强敲打键盘的声音如此欢快，如仙乐一般。

宫建民提示侯大利："你多问一些与肖霄有关的事，要弄清楚谁是首恶。"

侯大利通过耳机收到语音，不时提问。

施文强心理崩溃，交代得很彻底，把事情全部推到肖霄身上。

谁是吴煜案的主谋

拿到施文强的口供，另一组审讯人员经过四个小时的较量，肖霄终于开口说话。肖霄开口后，滕鹏飞骂了一句："如今世界颠倒了，女的嘴巴紧，男的成了软骨头。"

宫建民心情非常不错，笑呵呵地道："滕麻子，你说错了，从古到今，江州女人多是河东的吼狮，凶悍得很；江州男人里耙耳朵比比皆是，耳朵耙，骨头也就硬不了。"

侯大利心情复杂，坐在监控器前，听肖霄供述。

肖霄脸色苍白，表情却甚为平静，身体不再发抖。

"在我爸没有破产前，我原本以为世界是为我而存在的。那时，我要风得风，要雨得雨，所有人都围绕在我的身边。我永远记得那一天，我爸失魂落魄地回来，对我和我妈说钱被苟东卷走了。我在玩手机，根本没有明白这意味着什么。但很快我就明白了，别墅被银行收了，小车被收走了，家里一分钱都没有，还欠了很多钱，只能借住在外公外婆以前的旧房子里。有钱时，我爸风流倜傥，我妈不用出去工作，日子过得很悠闲，我准备到国外读大学。所有美好的生活随着破产烟消云散。我经常觉得以前的生活就和梦一样。我这个公主摔到地上，成了比灰姑娘还要落魄的泥姑娘。以前吴煜追求我，我爱搭不理。如今我高攀不起，只能去勾引他，主动献身。这是我最后的挣扎，想通过婚姻回到过去的生活。谁知吴煜压根没有想和我谈恋爱，只是玩弄我的肉体和感情。我不甘心失败，借钱读了江州技术学院这个破学校的播音主持。为了有点小钱，我接受到隆兴当公主这种屈辱工作，这还是吴煜赏给我的工作。

他随时可以把我带到房间睡觉，还要拍我的裸照和视频。”

说着这一段，肖霄回忆起家道中落的惨景，表情凄惨，痛不欲生。

……

“施文强和我一样，从王子变成了乞丐，以前他和吴煜是哥们，破产后，他变成了吴煜的马仔，甚至要努力讨好吴煜才能成为其马仔。我不服，凭什么我们要受这个罪。小马哥说过，失去的，我一定要拿回来。我爸靠不住了，我妈也靠不住，只能靠自己。江州技术学院大多数专业都很烂，唯独播音专业还可以，许多毕业生都到了市县的电视台工作。我想凭着自己的努力，自己养活自己，过上好日子。”

侯大利听到这里，心里暗自吃惊。在施文强的供述中，肖霄是整个事件的主谋，偷配钥匙、找替罪羊、获得密码、杀人灭口、盗取现金，所有一切都是肖霄所策划。但是，肖霄的供述则完全否定了施文强的说法。那么，谁是吴煜案的主谋？

……

“李友青太傻了。我只是想要回我的裸照，重新夺回我的人生，没有想到他居然会带刀子。杀人和我无关，李友青是激情杀人。”

侯大利静静地看着肖霄，听其供述。吴煜被害第二天，李友青和肖霄就被抓捕，所以，她不知道施文强补刀之事，仍然认为吴煜是李友青所杀。

……

“我认识施文强，从小就认识。我们更接近兄妹关系，没有男女关系。这段时间我们接触得不多，电话联系也少，施文强做过什么事情，我真不清楚。不管施文强做了什么事情，和我没有任何关系。”

……

“我脑子有些乱，让我想一想。有一次我心情不愉快，和施文强谈起过在桃树林拍录像的计划。施文强和我从小一起长大，我信任他。当时施文强还劝我不要冒险。”

……

“我被吴煜伤害过，只想远离他，从来没有其他想法。我不知道他有多少钱，什么保险柜，我不知道。”

……

“不知道。”

……

“我真不知道。”

……

“我没有小号。我和施文强互为QQ好友，偶尔聊天，聊什么内容，你们可以去查。”

……

肖霄讲完了事情经过，神情沮丧，垂着头，不再说话。

在施文强的供述中，肖霄的计划是要杀掉吴煜；在肖霄的供述中，她什么都不知道。侯大利对案件了解很深，更信任施文强所言。侯大利望着眼前正处在花样年华的女子，哀其不幸，怒其不争，道：“你想要东山再起，有太多方法。想要拿回相片和视频，想要惩处吴煜，可以走法律渠道，为什么选择一条毁灭自己的路？”

肖霄猛地抬起头，道：“你大约从来没有享受过不缺钱的富裕生活，所以没有什么可失去。我不同，从记事起就没有缺过钱。我爸破产后，我尝够了没有钱的日子。凭什么我要被生活抛弃，成为穷人？宁愿死，我也不愿意当穷人。你别用这种眼神看我，我不需要你可怜。你如果享受惯荣华富贵，突然变得一无所有，你怎么办？我不相信你能忍受低人一等的生活。我努力争取好一点的生活，有什么错？”

说到这里，肖霄放声痛哭起来。

侯大利暗自叹息一声，心情无比复杂。

到底谁才是吴煜案的主谋，施文强和肖霄的供述截然不同。审讯结束后，张国强探组来到侯大利办公室讨论此事。

严峰道：“审完施文强，我就开始固定数字证据。肖霄有一个QQ号，和施文强互为好友。我调取了双方的聊天记录，没有涉及吴煜案，一个字都没有提到。”

侯大利道："施文强提到，他们是用小号商量事情。这个小号查到没有？"

严峰道："在小号上，他们确实在商量事情。按照施文强的说法，肥猪就是指吴煜，阿里巴巴就是指密码，蟠桃园就是指桃树林。我把肥猪、阿里巴巴和蟠桃园等转换成现实中的词，他们确实是在商量吴煜案。但是，在法庭上这份证据会被质疑的。"

侯大利道："肖霄在供述中否定了这个小号，这说明她在说谎。"

严峰道："小号确实不是肖霄申请的，我查过。从里面的聊天内容来看，肯定是肖霄在用。在法庭上，谁都不能说这是肖霄的小号。"

张国强倒吸了一口凉气，道："我第一眼见到肖霄时，以为她就是一个很清纯的小女孩，是属于那种被欺负和侮辱的普通女孩。办案到现在，我发现这个女孩颠覆了我的三观，心狠手辣，算无遗策，把几个大男人哄得团团转。为了自己的目的，能陪人上床，能让男友背杀人的黑锅。我敢肯定地说，如果肖霄瞒天过海之计成功，施文强最终也得被暗算。"

侯大利脑中浮现出肖霄略带疯狂的神情，道："心思没用对地方，就好像我们侦查方向歪了一样，方向不对，努力白费，还要惹祸上身。"

严峰道："如果肖霄真是那种心肠歹毒的女人，那么施文强估计拿不出有力的证据。"

张国强道："我们换一个角度，如果肖霄说的是真话，把所有事情捋一遍，看有没有破绽。施文强和吴煜是老朋友，更是酒肉朋友，所以，施文强有机会进入吴煜房间，并在吴煜醉酒时发现了保险柜里的秘密。他起了歹心后，又找到另一个机会，趁着吴煜醉酒，拿到钥匙，并复制。"

侯大利道："要调查复制钥匙的环节，还是严峰去办。"

张国强接着又道："吴煜被害当天，施文强和吴煜在一起喝酒，随后施文强又乘坐了吴煜的车，所以极有可能知道吴煜的行踪。"说到这里，他觉得有些不妥当，"如果施文强没有和肖霄商量，他只能知道吴煜去找肖霄，又不能未卜先知肖霄和李友青的计划。”

侯大利道：“你忘记了一个细节，肖霄特意提到过一点，她向施文强讲过计划。”

张国强想了想，记起了这个细节，拍了拍额头，道：“我的个天，这是个心机女，太可怕了。接着上面说，施文强知道吴煜找肖霄，甚至知道桃树林野战，所以便明白了肖霄要实施计划，于是将计就计，提前来到桃树林。后面的情节便是事实了。也就是说，没有肖霄参加，整个事件还是很清晰，意味着肖霄说的有可能是真话，至少算是一种可能。还有一个细节要查清楚，施文强是否提前放置了一辆摩托车。如果提前布置，那就是在吃饭前便清楚桃树林将要发生什么事情；如果不是提前布置，那就有可能是在吃饭前后才知道桃树林之事。这两者是不同的。”

侯大利脑海中浮现出一幅地图，整个吴煜案的关键节点全部在脑海之中。他站起身，拉过白板，随手在白板上画出吴煜的行车路线、施文强下车地点和施文强家的住址，道：“从施文强的下车地点步行两三分钟便是施文强所住的出租房，在出租房骑摩托，能够沿着胜利东路，直接到达胜利桥。在这种情况下，施文强可以是临时起意，也可以是提前布置。”

再次调查以后，侯大利和张国强一同前往看守所提审施文强。

施文强理了短发，穿上看守所外套，垂头丧气，没精打采，所有生气都似乎被一抽而空。

走完例行程序后，侯大利直指问题的核心：“你说杀害吴煜、盗取保险柜的钱都是肖霄主谋，口说无凭，总得有什么证据，有什么证据，拿出来。”

施文强最初没有反应过来这是什么意思，几秒钟后，激动道：“什么意思？难道肖霄不承认。这就是她一手策划的事情，怎么可能不承认？让我和她对质。”

侯大利道：“你吼什么吼，吼得再大声也没有用。从头到尾梳理一下，有什么证据能够证明你说的是真话。”

施文强沮丧地道：“我们都是面对面商量，背着人的。商量这些事情也不可能让其他人知道。”

侯大利道：“找不出证据，就没有办法证明你说的是真话。”

施文强突然昂起脖子，道：“那个QQ小号，我们在上面商量过细节。”

侯大利拿起纸张，念了一段聊天记录的内容，道：“这些内容能说明什么？”

“肥猪就是吴煜，这是肖霄给吴煜起的绰号；阿里巴巴代表密码；蟠桃园就是桃树林；杀猪就是弄死吴煜。”施文强解释的声音越来越小，在解释的过程中，有一种不祥之感突然降临，脸色如土一般。

侯大利问道：“你为什么要带一把高压电击枪？”

施文强道：“是肖霄提出的，她说她有一把高压电击枪，李友青会用这把高压电击枪击倒吴煜。然后我拿到密码后，就用相同型号的高压电击枪干掉吴煜。这样神不知鬼不觉，把事嫁祸给李友青。”

侯大利道：“高压电击枪是谁买的？在什么地方买的？”

施文强道：“肖霄买过一把，她给我讲过方案后，我自己去买了一把。”

……

侯大利深入研究过吴煜案，知道很多细节，在心里倾向于施文强说的是真话。他突然有些可怜眼前的男子，眼前男子孔武有力，表面上看起来精明强干，实则被个子娇小的肖霄玩弄于股掌之中，如果拿不出有法律效力的证据证明他说的是真话，杀害吴煜这事便与肖霄没有关系。

施文强被带走后，侯大利和张国强走出提审室，抓紧时间抽了一支烟。张国强道：“在以前，邻家少女都是单纯、漂亮、善良的，吴煜案颠覆了我对少女的认知，肖霄就是武侠小说中的马夫人。”

抽了支烟，侯大利和张国强回到提审室，做完准备工作，肖霄被带入提审室。隔着铁栅栏望着肖霄，侯大利脑中幻化出丐帮马夫人的形象。

肖霄剪了短发，未施粉黛，脸色素净，清纯如一朵娇羞的水莲花。

她抹了下泪水，这才开始说话。

……

“我和施文强是朋友，从小一起长大的，就是没有血缘的兄妹关系。讨要相片之所以没有找施文强帮忙，是因为他和吴煜也很熟悉，还是很要好的朋友，我没有把握。还有一个很重要的原因，如果找施文强帮忙，我爸我妈就有可能知道我的这些事情，那我就没有脸面在我爸我妈面前抬头了。李友青是我男朋友，他会包容我的，这不一样。”

……

“我真没有想到李友青会拿刀捅人。我把我平时用的电击枪拿给李友青，是为了让我的男朋友防身。电击枪就是防身用的，我真没有想到李友青会这么傻。”

……

“除了刚才讲的事情，其他的真不知道。”

……

“我不知道。”

……

“警察叔叔，我真的不知道。我就是一个学生，什么都不懂。我被吴煜强奸了，想要拿回相片，其他的都不知道。”

……

提审结束，张国强看了讯问笔录，道：“肖霄在仓里应该彻底想明白了，什么该说，什么不能说，把握得相当准确。组座，你有什么高招找到真相？”

侯大利道：“不是每一个案子最终都能水落石出，这是现实。我们再努力一把，调查肖霄身边人，希望能找出真相。”

忙了几天，一无所获。

在内审之后，重案一组找到新证据，锁定了犯罪嫌疑人施文强，但是，证据链并没有闭合。根据口供进行搜查，证据链终于完整。

此案还有一个谁是主谋的疑问，到目前为止，施文强指认肖霄是主谋，而肖霄把所有事情都推得一干二净。虽然侯大利、张国强等侦查员都在怀疑肖霄，可是缺乏证据，杀人案和盗窃案都无法和肖霄联系起来。

李友青是以故意杀人罪被批准逮捕的，重案一组拿下施文强后，逮捕李友青的罪名也依程序发生了变更。

李友青被这个消息砸得晕头转向，隔了好久才明白自己并没有杀死人，只需要承担腹部三刀的责任。得知此消息，李友青望着仓室里的四方墙，恍若隔世，一时之间悲喜交加。

第三章
105专案组的排爆特训

刑警是我的生存方式

一辆车从江州高速路口开出，穿城而过，来到江州陵园。车停在陵园停车场，下来三人。秦玉和杨黄桷各捧着一束花，杨勇提着两包香、烛和纸钱。

杨黄桷道："妈，为什么爸爸要买两份？我记得以前都是只买一份。"

秦玉望着大女儿安息之地，轻叹道："大利哥哥的妻子田甜是警察，为了解救被拐卖的儿童，英勇牺牲了，我们以后都要给她上香。"

杨黄桷乖巧地点了点头，道："那大利哥哥和田甜姐姐有小孩吗？"

杨勇摸了摸女儿的头，道："他们没有。"

杨黄桷道："好可惜啊，如果他们有小孩，我在江州就有朋友了。"

一家三口走上陵园，先给杨帆上了香。杨黄桷从来没有见过姐姐，更准确地说若是姐姐不出事就没有她。阳州家中永远都有两张床，一张是姐姐的，一张是她的。在春节、元旦和姐姐生日的时候，家中就会增添一副碗筷，代表着姐姐和大家在一起吃饭。在这种氛围下长大的杨黄桷对姐姐杨帆特别亲近。她细心地把香烛插在墓前，当香烛燃起后，在心里说："姐姐，我以后也会经常来看你的。"

等到香烛燃尽，一家三口来到了警魂园区，给田甜上了香。杨勇看着墓碑上的"爱妻田甜"几个字有些愣神，下了山，杨勇神情犹豫，欲言又止。秦玉最了解丈夫，道："你有什么事？"

"刚才给田甜上香的时候，我突然很想去看望田甜的爸爸。听说他离婚了，现在是一个人过，这段时间肯定很不好熬。但是我担心贸然过去，田甜爸爸会不高兴。我想给大利打个电话，听听他的意见。"杨勇又解释道，"大利对得起杨帆，我们也要对得起大利。大利的妻子田甜牺牲了，我们无论如何也得出面，这是人之常情。"

接到杨勇电话的时候，侯大利恰好来到杨晓雨律师所住的小区。他看了一眼来电显示，停下脚步，道："杨叔，我在江州。"

杨勇道："我、秦阿姨还有黄桷也在江州，我们刚到江州陵园扫了墓，给小帆扫了墓，也给田甜上了香。如果方便，我们想见一见田甜的爸爸。"

侯大利没有想到杨勇一家人能过来给田甜上香，还要与田跃进见面，道："杨叔，你稍等，我就在田甜爸爸家门口，我得征求他的意见，几分钟后给你回话。"

按响门铃，屋内很快传来了女子的脚步声。房门打开，杨晓雨站在门口，道："今天中午就在这边吃饭，我炖了一锅鸡汤。"

侯大利问："我爸状态怎么样？"

杨晓雨道："情绪倒还正常，就是做事提不起精神。"

田甜牺牲前正准备和侯大利领结婚证，谁知还未来得及领证便英勇牺牲。虽然未领证，侯大利还是态度坚决地承认这一段婚姻，改口称呼田跃进为"爸爸"。

田跃进坐在沙发上，面无表情地盯着电视。电视里演什么节目，他也没有真正看进去，就这样坐在沙发上。侯大利来到卧室，他抬了抬手，指了指沙发，意思是让侯大利坐。

侯大利坐在沙发上，拿起一个削好的苹果，咬了一大口，道："刚才我接到电话，杨帆的父母在江州陵园，给杨帆和田甜扫了墓，他们想来家里坐一坐。”

“谁？”

“杨帆的爸爸妈妈，还有杨帆的妹妹。我来征求爸的意见，见还是不见。”

田跃进坐直了身体，想了想，道：“既然来了，那就是客人。”

杨晓雨紧张起来，道：“家里只有一锅鸡汤，没有其他菜，我们到外面找家馆子。”

侯大利道：“在外面吃饭没有意义，我给雅筑打个电话，让他们送餐。”

二十分钟后，侯大利在楼下接到了杨勇、秦玉和杨黄桷。看到杨黄桷的瞬间，侯大利感觉仿佛穿越了时光，又回到少年时代。杨黄桷在幼儿时期与姐姐杨帆长得并不像，杨黄桷读了小学后，却与姐姐越发相像，特别是笑起来的模样，和姐姐神似。在杨帆遇害后，侯大利陷入痛苦的深渊，人生方向随之改变。随着时间流逝，痛苦演变成深深的遗憾、永不磨灭的怀念和誓要捉住凶手的决心，成为其精神世界的一部分。

杨勇没有立刻上楼，抓紧时间和侯大利聊几句心里话。

“大利，如今王永强落网了，你真应该考虑换一个职业。”这是杨勇的真心话，从警魂园出来后，便想着劝一劝侯大利。

“杨叔，对于我来说，刑警不是一份工作，而是一种生存方式。”

田甜牺牲后，侯大利一直在假装平静地面对生活，内心的痛苦如一条长蛇，不停地噬咬着他的五脏六腑。在抓杜强和侦办吴煜案时，他全情投入侦破工作中，内心才稍稍平静，能够暂时不去想念逝去的爱人。

杨勇道：“我当医生也要面对生和死，我们面对的是病魔，能够从病魔手里抢一个人出来，那我们就赚了。所以，医生看到生和死以后，不会受到太大冲击。你们不同，遇到的都是意外，是非常残忍的事，还是尽量避免吧，人生就一世，尽量选择美好一些的职业。”

侯大利道：“杨叔，你讲得很有道理，但我暂时不会选择离开。田甜嫁给我的时候，我就是警察，她应该更希望我做一名刑警。”

秦玉道："你和田甜领了结婚证吗？"

侯大利道："我们选了黄道吉日，准备去领证，结果出了事。"

秦玉道："大利，我是看着你长大的，你又和杨帆谈过恋爱，在我眼里你就和儿子差不多。我和你杨叔是第一次劝你换一个职业，确实太危险了。如果你……杨帆走的时候，我们走到中年的尾巴上了，隔几年就是老年，这种痛苦我们体会太深刻了。"

侯大利没有明确回答，只道："让我好好想一想。"

杨黄桷站在一边听大人聊天，用好奇的目光打量着时常会出现在爸妈口中的"大利哥哥"。

三人上楼，与站在门口的田跃进和杨晓雨见面。

田跃进虽然颓废，但面对特意来看望自己的特殊人物，还是强打起精神，与对方寒暄："以前我也在刑警队，到世安厂办过盗窃案和打架斗殴的案子。"

田跃进眼皮浮肿，脸色晦暗，强作笑颜。杨勇曾经痛失爱女，完全能够了解田跃进的心情，这也是他主动要来看望田跃进的原因。杨勇找了个话题，道："那些年，社会治安比现在混乱，青工们都受港台电视影响，觉得打打杀杀的最时髦，我在医院做外科，三天两头给受伤的青工缝针。"

田跃进道："那时候打架没有理由，你瞪我一眼，我瞪你一眼，都有可能成为打架的理由。现在大家相对理智一些，要么是钱，要么报仇，要么为情，打架总得找些理由。"

杨晓雨削了一个苹果，细心地切成八瓣，道："小朋友，你吃苹果。"

杨黄桷接过水果盘子，道："谢谢阿姨。我叫杨黄桷。"

杨晓雨道："很好听的名字。"

杨黄桷道："我们家外面的院子里有一棵黄桷树，长得很好，根都插进石头缝里。爸爸妈妈给我取了这个名字，就是让我要坚强。"

田跃进不由得把注意力转向了这个乖巧漂亮的小姑娘。他明白杨勇和秦玉的用心，杨帆早逝，夫妻俩希望小女儿有着顽强的生命力。他算了算时间，杨黄桷应该是杨帆遇害以后才出生的。

聊了几句闲话，杨勇和田跃进沉默下来。两个男人有相似的经历，这也是联系两个男人最直接的纽带。他们小心翼翼地试探，都没有轻易开启真正的话题。侯大利在阳台打完电话，回到客厅，坐在杨勇和田跃进身边。

杨勇酝酿了几秒，说出了心里话："今天我到了江州陵园，看了小帆，还去警魂园看了田甜。这一个坎很难过，十年前，我差点过不去。后来辞职，搬到阳州，过了很久才接受了现实。老田可以换一个城市，重新开始。女儿走了，我们还得生活下去。我们活得好，她在另一个世界才能安息。"

田跃进被戳中最疼痛最柔软的地方，用手背擦了擦眼睛。杨晓雨坐在田跃进身旁，递了纸巾过去，随即又握紧了田跃进的手。

田跃进不再掩饰悲伤，哽咽着道："重新开始，谈何容易。"

"这是一个人生大坎，谁都不想遇到，遇到了还得翻过去。"杨勇看了侯大利一眼，又道，"我是看着大利长大的，大利为了抓住杀害小帆的凶手，这才当了刑警。他是我们的家人，也是你们的家人。刚才在楼底下，我劝他可以考虑换一个职业。侯国龙只有你这么一个儿子，他是真心希望你能回国龙集团。"

田跃进看向侯大利，道："你有过这种考虑吗？我尊重你的选择。"

侯大利道："爸，我暂时没有考虑这个问题。"

秦玉听到侯大利这一声"爸"，内心格外酸楚。侯大利一直称呼杨勇为杨叔，在杨帆墓碑上没有写侯大利的名字。而现在，田甜墓碑上写着的是"爱妻田甜之墓"，侯大利也称呼田跃进为"爸爸"。理智上，秦玉能够接受这种差别，所以和丈夫一起来看望田跃进；情感上，秦玉还是站在女儿的立场上思考问题，感觉女儿被侯大利遗忘了。

田跃进道："我其实能够理解大利现在的选择，怎么说呢，刑警是特殊岗位，大家对它有特殊的情感，很多人离开刑警岗位后仍然自称刑警，还有人在岗位上时经常发牢骚说不干了，但遇到案件就会忘记其他事，如饿狼扑食一样两眼放光。我如果还是刑警，在这个时候肯定也不会离开。在破案过程中，会暂时忘记个人的事情。”

田甜是侯大利的妻子，妻子牺牲在结婚前，这让侯大利始终无法释怀，表面镇定自若，实则内心的痛苦如大海一样无边无际，全心扑在案子上，一方面是自我麻痹和自我拯救，另一方面也是对田甜最好的纪念。他望着杨勇和田跃进，道：“在几位长辈面前说这话，也不知是否恰当。十年之内，我失去两位最爱的人，这让我不得不重新思考人生。我觉得人活一辈子，总得做对自己有意义的事情。我爸的工作对社会有意义，这是他的人生。我觉得目前最适合我、最有意义的岗位就是做刑警。每次抓住真凶，对于受害者及家人就是正义，这个时候，我很享受，能从中感受到人生的意义，这或许就是我的人生。杨帆和田甜都会支持我的选择的。”

杨勇知道了侯大利的心思，也就不再相劝。

雅筑餐厅除了送来了菜还特意派了一位大厨及其助手过来，在杨晓雨家现场炒制，以保持口味纯正。杨晓雨特意开了一瓶好酒，倒了三杯。共同的命运让大家走在一起。三个男人端起杯子，有千言万语却无法言说，于是举起酒杯，重重地碰在一起。

饭后，杨勇一家人离开，侯大利也离开。田跃进喝了些酒，上床休息。杨晓雨走进屋，坐在床头，道：“跃进，我当实习律师时就在你手下，从那时起，我就爱上了你。这几年你不顺，我看在眼里，急在心里。终于等到你出狱，田甜又出了意外。跃进，你也是个苦命人。”

田甜牺牲后，若不是杨晓雨精心照顾，田跃进很难挨过那一段艰难时光。他伸手握住杨晓雨的手，道：“谢谢你，没有你，我真不知道怎么办。”

“杨勇和秦玉是有情义的人，能过来给田甜上香，还特意来看望你，以后我们和他们就要同亲戚一样，互相走动。杨黄桷真漂亮，说实话，是我见过最漂亮的小女孩。跃进，我们结婚吧，我也想要一个这么漂亮的女儿。”杨晓雨一直有这个念头，只不过田跃进情绪过于低沉，她才没有把想法说出来。今天见到杨黄桷，她明白要让田跃进重新振作起来，最好的办法就是结婚，重组家庭，再生一个儿子或者女儿。

田跃进坐了起来，道："我老了，刚从监狱出来，一无所有，你愿意嫁给我这种失败者？"

杨晓雨抱着田跃进的头，让其靠在胸前，温柔地道："你不是失败者，永远都不是。我们结婚吧，不用办婚礼，也不宴请宾客，就领个结婚证，然后出去旅行。我等了你十年，再不结婚，我就老了。"

周涛尿了裤子

江州市公安局有人事变动。

现年五十二岁的市公安局副局长刘战刚由领导职务改成非领导职务，任调研员，继续担任105专案组组长。

借调到市刑警支队的丁勇由于在吴煜案中表现不佳，没能留在市刑警支队，回到长荣县刑警大队。

长青县女法医汤柳在省刑侦总队法医科培训了一年零九个月的时间，表现优秀。宫建民和李法医到省刑侦总队与汤柳见了面，动员其回江州工作。汤柳考虑到父母都在江州，身体也不好，同意调到江州市刑警支队法医室工作。

吴煜案是对新任一组组长侯大利的第一次考验。侯大利识破了施文强制造的烟幕弹，抓住了真凶，顺利过关。

侯大利回刑警老楼，直接走进朱林办公室。

朱林听到熟悉的脚步声，没有抬头，取下眼镜，道："你来瞧一瞧名单，提点意见。"

侯大利坐在办公桌对面，扫了一眼名单，道："专案组的新人？"

朱林谈兴甚浓，道："关局当时答应由我来选三个人，还是遇到了或明或暗的阻力。这是各部门提供的备选名单，你看看有没有合适人选。"

侯大利翻看了名单，道："我参加工作时间短，除了支队的人，和其他部门打交道的时间还真少。凭直觉，周涛可以选进来。如今是互联网时代，懂互联网的侦查员有优势。按理说，技侦需要这种技术人才，为什么把他推荐过来？”

“周涛只比你早一年参加工作，我没有见过本人。赵刚说周涛就是一个娘们儿，失恋以后萎靡不振，还学港台片借酒浇愁。看吧，又是一个问题选手。”朱林意识到这种说法不妥当，又解释道，“我不是说你们啊，你们都是好样的。”

经过两年合作，侯大利和朱林感情日益深厚，没有外人的时候，两人说话也就不避讳。侯大利道：“师父别解释，当时成立专案组时，确实进来了一帮问题队员，但是师父本领强啊，一帮问题选手都成了抢手货。这个周涛学历和能力都够，调过来试一试，若是不行，想办法退回去就行了。”

朱林笑眯眯地道：“老葛要调到省厅，而且是省厅主动过来要人，这在全省公安系统都极为少见。我们小小的专案组出了两个被省厅看中的人才，我这个组长挺有脸面。樊勇出院后，也不用回专案组了，特警支队看中他，准备要他过去，让其担任特警支队三大队的副大队长。他是刑警出身，又在禁毒工作多年，在专案组工作兢兢业业，实战能力很强，担任副大队长是一个合适的安排。”

“除了周涛，你还看上谁？”朱林在周涛名字上打了一个钩，又道，“再选一个。”

侯大利道：“治安支队王华。我在二中队实习时就听说过他，很有经验的副大队长，为什么是他过来？”

朱林言简意赅地道：“新提拔的大队长以前是王胖子的下级。”

侯大利明白其中意思，没有再问，道：“既然打拐案子多，再从二支队调一个人。”

朱林压了压额头，道：“我想调一名女侦查员来办打拐案，可是二支队本来就缺一线女侦查员，肯定不会放人，头痛啊。”

侯大利指着另一个名字道：“易思华，经济犯罪侦查系毕业，很适合专案组。她是什么原因被推荐过来？”

朱林道：“不太清楚。不管什么情况，都是对我们专案组的支持。

专案组是个大熔炉，当初老葛、田甜等人……”

说到这里，朱林想起田甜，神情黯淡下来。他望着侯大利两鬓间刺眼的白发，心生怜惜，却没有表露出来，只是换了话题，道：“武警山南总队机动支队要进行排爆训练，我和支队长是老朋友，通过官方兼私下的关系，机动支队同意让我们专案组参加一次为期四天的排爆训练。杜强使用过炸弹，以后的对手也有可能会使用炸弹。105专案组人员调整到位以后，我们到机动支队参加训练。”

隔了不到一天，朱林通知侯大利去参加排爆训练。

吴煜案刚刚顺利侦破，一组手里没有大案，宫建民略微犹豫，还是同意侯大利参加105专案组的排爆训练。

刑警老楼，参加排爆训练的共有三男一女：刑警支队侯大利、治安支队王华、技侦支队周涛，经侦支队易思华。

经过一个半小时车程，朱林带着105专案组组员来到位于巴岳山区深处的训练基地。负责105专案组的杨教官是个貌不惊人的年轻人，皮肤粗糙，举止沉稳，站在四名参训民警面前，道：“排爆手是个特殊而高危的职业。在真实战场上，没有围观者呐喊助威，没有队员提醒帮助，你只能在无声世界里瞬间做出判断，成败在一线之间，机会永远只有一次。胜者生，败者死，而且死得很难看。所以，我们的训练将与真实环境一样，你们对付的爆炸品都是真的，爆炸了，你们就完了。”

侯大利这两年见惯了死亡，杨帆遇害，田甜牺牲，自己也就不那么害怕死亡了。他对教官的话没有太大反应，依然挺胸而立。

来自技侦的周涛经常熬夜，脸色原本就发白，在游戏中被爆头是一回事，在现实中被炸得粉身碎骨又是另一回事。他听得浑身打了个哆嗦，随即看到朱林气定神闲的模样，心道：“骗三岁小孩啊，训练就是训练，和实战不同。”

王华是老油条，没把教官的话当一回事，挺着肚子，朝身旁易思华眨了眨眼，歪了歪嘴巴。

易思华在经侦支队主要承担审核业务，从来没有到过一线。她此刻紧闭嘴唇，并没有完全理解和相信警官所言。

按照训练基地规则，新来的参训者必然要经历下马威，下马威是参观机动支队的实弹训练。机动支队是全省突出的重精锐力量，实弹训练是常态化。看了实弹训练，参训人员就会被带入训练场的“腥风血雨”之中。

杨教官带领参训四人来到一队武警战士面前。这一队武警有十二人，站在一个射击平台上，远处一幢房屋的二楼窗口放着一个人形靶。

杨教官道：“你们这一次主要训练排爆，射击科目不在范围之内，带你们到这里，是让你们感受实战。机动支队武警在全风速情况下，射中两百米目标，这是基本要求，最好的战士能在全风速条件下在300米至400米外击中关键部位。”

侯大利目测平台到房间窗口至少有两百米。

一轮射击后，十二名战士全部射中窗口的人形靶。参训人员都觉得战士们枪法好，但也仅此而已。指挥教官对助手道：“你到窗口，站在头形靶旁边。”助手离开平台，很快出现在头形靶板旁边。他略微躬身，蹲在头形靶板下面，朝平台招了招手。

刚才一轮射击，十二名武警战士全部命中目标。此刻助理教官蹲在人形靶下面，射手的心理压力顿时增加无数倍。

射击教官道：“谁敢主动来打？”

武警战士望着窗口的助理教官，都迟疑了，不敢站出来。在教官的激励下，终于有一名战士走了出来。他瞄准后，迟迟不敢开枪，最终放弃。

旁观的侯大利、王华等人没有料到机动支队的训练如此刺激，把自己代入武警战士的角度，稍稍失误就有可能射中助理教官，顿时心惊胆战。

射击教官比战士也大不了几岁，道：“现场情况比这里复杂得多，在绑匪要杀人质的关键时刻，你们敢不敢开枪？这个时候考验的不仅是技术，还有心理。不要理睬人质，瞄准绑匪的头，扣动扳机就行了，就这么简单。有谁主动打这一枪？”

两百米的距离，子弹稍稍歪一点，那就是不可挽回的后果。武警战士们都在犹豫，最后还是没有人敢开这一枪。射击教官来到射击位，与观察员配合，开了一枪。他神态平静，行动从容，枪响，人形靶掉落。助理教官站直了身体，朝平台挥手。

侯大利数次与犯罪嫌疑人生死相搏，胆量不小，但是刚才射击教官开枪时，一颗心还是吊到了嗓子眼，脚趾紧紧抓地。他对王华道："看了机动支队训练，只有一个结论，绝对不要作奸犯科。"王华深有同感，道："犯了事，乖乖投降，绝对不要反抗。"

侯大利、王华等人都以为这是最刺激的项目，谁知射击只是一道开胃菜。排爆场地，一队战士围成一圈，中间有一个土坑。排爆教官拿出一个盒子，先讲解此炸弹的性能，要求侯大利、王华等人站远一些，然后点燃引线，让队员们围成一圈玩击鼓传炸弹游戏。炸弹引线燃烧发生呲呲声，在战士手中传递。即将爆炸时，一名战士将炸药丢进土坑，其余战士迅速脚朝土坑，趴在地上。

"这是真的炸药。"易思华被实弹射击刺激了一会儿，闻到空中的炸药味道，身体开始不受控制地抖动。

杨教官道："是真的。等会儿轮到你们了。"

易思华咬紧嘴唇，脸色发白，道："不行，我不行。"

杨教官道："到了排爆训练场，这是最基本的一关。"

朱林道："谁都不能尿，我也上。"

战士们扔进去的是真炸药，给105专案组参训人员用的是假炸药，只有响声，没有杀伤力。同时，坑底还有一颗威力不大的真炸弹，由排爆教官手动控制。朱林知道这个细节，侯大利、王华、周涛和易思华不知道。除了侯大利，另外三人都被吓破了胆。

排爆教官嘴角抽了抽，道："这有什么难处，引线上有标记，烧到标记时，扔到土坑里，大家趴下，一切OK。排爆要胆大心细，胆大在前，心细在后，胆子不大，做不了这个工作。"

朱林没有等到众人退却，大声道："我陪你们一起，成百上千人都能完成任务，为什么我们不行？"

五个人在土坑周围站好，易思华身体抖如筛糠，王华笑容僵硬，周涛面无人色，侯大利没有什么表情，拿到炸药包时甚至还想了想田甜。

他没有马上递给身边的周涛，而是拿到眼前看了几秒。

周涛看着引线越烧越短，大吼："快点给我！"

侯大利慢条斯理地把炸药递给周涛，周涛一秒没有耽误，直接扔给易思华。易思华吓了一跳，没有接住炸药包，眼睛望着掉落在地上的炸药包，呆若木鸡。

侯大利捡起炸药包，递给易思华。易思华如触电一般，立刻交给王华。王华迅速传给了朱林。朱林非常沉着地将炸药包交给了侯大利。两圈下来，炸弹引线已经接近警戒标记。侯大利拿到炸弹，等了一秒，道："趴下。"

所有人都趴在地上，听到脚后跟响起爆炸声。霎时，空中飘起炸药的味道，浮土纷纷落在参训人员身上。

"起来，起来，这个科目结束了。"排爆教官来到一直不肯爬起来的周涛面前。

周涛仍然不肯爬起来，道："我要趴一会儿，你们先走。"

朱林道："起来，不要掉链子，我们是一个团队。"

众人围观下，周涛仍然不起来。

侯大利蹲下，道："要不要扶你起来？"

周涛闭着眼，咬着嘴巴，道："你们先走。"当易思华也过来时，他突然大吼了一声："你们走开，我尿裤子了！"

三天后，排爆短训练束，最后一个科目是实战排爆。

在楼上楼下两个空房间里，各有一名武警战士被绑在椅子上，身上绑有炸药，上面设置了反移动装置，必须在三分钟内拆除，否则便会爆炸。

朱林等人在监控室用视频观察两组人员。

侯大利和周涛进入第二层空房间，来到被绑了嘴巴和手脚的武警战士身边，计时开始。尽管知道炸药不是真弹，但训练场的临战氛围还是深深感染了参训队员，让大家紧张起来。炸弹上的红色计时器在闪烁，发出咔咔的声音。

侯大利道："这是机械和电子双向控制的定时起爆装置，我们只有一次机会。”

周涛几乎是站在侯大利身后，道：“我不知道，听组座的。”

接近倒数十五秒时，侯大利果断出手，拆除了爆炸装置。他们走出房间时，见到了王华和易思华。两人身上全部都是番茄酱，狼狈不堪。

王华抹了一把脸上的番茄酱，道：“我拆的，没有想到是连环炸弹，爆了。我们临时参训人员是用番茄酱，机动支队都是用真弹，拆下来就往楼外扔，我的心脏受不了这种刺激。”

四天时间转瞬即逝，105专案组新老组员在这一次训练中迅速建立起感情，对爆炸品也有了基本认识。侯大利觉得这种训练模式挺不错，增强凝聚力，也能锻炼人，暗自准备抽时间让重案一组也来过一把瘾。

三人小组初形成

在训练场时，每天有任务，时间安排得满满的，而且是集体生活，侯大利对田甜的思念被有效分散。从训练场回来，与大家分手后，侯大利对田甜的思念又如海潮一般铺天盖地。他的情绪迅速低落下来，不敢回高森别墅，直接来到江州大酒店。

雅筑餐厅，夏晓宇正陪着侯国龙聊天。顾英接到服务员电话后，走进房间，道：“大利回来了，刚刚进屋。”

“叫他下来，一起吃饭。”侯国龙这两年回江州有七八次，每次都住在江州大酒店，办完事情便回阳州，与儿子几乎没有联系。如今儿子渐渐成熟，彻底过了青春叛逆期，他才有了与儿子交流的欲望。

侯大利进门时，神情非常平静。

侯国龙看着儿子两鬓的白发，瞬间想起小时候带着儿子玩耍的情景。那时儿子个子不高，最喜欢的就是坐在自己肩上。想到这些场景，他的一颗钢铁之心顿时软了下来，端起小杯茅台，慢慢喝了一口，对儿子道：“喝一口吧，放松点。”

自从和父亲去了江州陵园后，侯大利对父亲的抗拒之心在一点一滴消融，能够理解父亲提出的要求，接过小杯茅台，仰头喝了进去。

夏晓宇也喝了一杯酒，道："那个小兔崽子就是一个天生的坏坯子，等他满了十四岁，我找人收拾他，不说断手断腿，至少要打得他认不了爹妈。"

侯大利道："你们说的是谁？"

夏晓宇道："我们一个员工的女儿被一个小兔崽子欺负了，这个小兔崽子不满十四岁，进去就被放出来了。"

侯大利道："许海？"

夏晓宇道："你知道许海？"

"许海曾被田甜抓过。"侯大利脸现苦涩之情。

夏晓宇提高声音，道："法律制裁不了那个小兔崽子，我来办。给断手杆或者陈雷打个招呼，狠狠地招呼许海一顿。"

"胡说八道！现在是什么时代了，我们是什么身份，不要动不动就喊打喊杀的。"侯国龙骂了一句，又道，"江州大酒店经营得不错。你上次说要在城西再修一个五星级饭店，我当时没有答应，今天在城区转了一圈，这几年江州发展得很快啊，可以在新城修一个饭店，档次在江州必须第一。我上次在省里和赵书记碰了面，他希望新楼成为地标市建筑，位于广场旁边，与新搬迁的市委市政府大楼形成配套，这样才能凝聚人气。从阳州到江州将有一条高铁经过，修好后，阳州到江州的时间会缩短到二十分钟，这是一个机遇。把新的五星级饭店和温泉资源结合起来，可以打造一个比较时尚的消费区域。"

顾英闻言暗自欢喜。她是江州大酒店的副总经理，总经理是夏晓宇，如果在新区再修一座五星级饭店，夏晓宇自然会将主要精力放到新饭店，那么自己就会成为江州大酒店实际上的负责人，工资肯定会涨，而且还有更多好处。

侯大利对饭店诸事没有太大兴趣，还在回味着夏晓宇和父亲之间的简短对话。父亲能在短时间内白手起家，早年肯定经历过腥风血雨，如今实力雄厚了，自然不再参与低层次的竞争，能与其对话的人也换成了市委书记、市长等人。想到这里，他暗道："站在父亲的角度，确实不能理解我的选择。我若是选择到集团，也就能成为书记的座上客。若是没有父亲这一层关系，我至少要奋斗二十年才能进书记办公室，甚至奋斗终生也进不了书记办公室。但是，进了书记办公室又有什么意义？”

“现在私立医院的政策有明显松动，国龙集团可以在这方面投资，结合你手里的房地产项目，搞一个比江州医院更高端的医院。你把医院档次提高以后，国龙集团高管生病，就有自己的医院。对外定位就是高档医院，比公立医院收费贵两倍，用钱来设置门槛，选择顾客。”

侯国龙在构建商业规划时信心勃勃，对于他来说，一次投资能够赚钱，能改变该地区人们的生存状态，钱多到一定程度之后还能变成权力，他喜欢这种感觉。

“我最近才接触医疗行业，真要投资建高档医院，资金不是小数。”夏晓宇是侯国龙的嫡系，一直坐镇江州。近些年来，侯国龙的想法发生了变化，决定让夏晓宇到总部，以副总裁身份负责房地产以及附属医院、酒店等项目。随着国内经济快速发展，这一块的利润也越来越大，不能小觑。

侯国龙道：“赚来的钱必须投资，不能躺在账上睡大觉，流动性很重要。江州到阳州通了高铁后，就要联成一体，高档医院不仅要为江州的富人服务，也要为阳州的有钱人服务。再说远一些，老年化社会已经到来，我们、你们，难道能依靠娃儿养老？”

饭后，夏晓宇离开，留给父子单独谈话的空间。

侯国龙沉默了一会儿，道：“事情已经发生了，你得想开点。”

侯大利道：“谢谢。”

听到倔强的儿子说谢谢，侯国龙心情有些复杂，既有高兴的一面，又有遗憾的一面，道：“你也要注意安全，不是让你贪生怕死，而是要动脑子，学聪明点。有危险的行动可以叫援兵，这样做，你没有危险，同事也没有危险。要在绝对有把握的情况下才动手，集中兵力打歼灭战。”

侯大利拿起分酒器，给父亲倒了一杯酒，道：“我会注意的。”

“我事情多，也不知道什么时候能到江州陵园，你帮我给田甜烧几炷香，还有杨帆，那是我看着长大的，你也别忘记了。”侯国龙拿出五百块钱，很认真地道，“香烛得自己花钱，这是规矩。你收着吧。”

虽然父子俩之间的坚冰已慢慢融化，但是相对而坐时，能够交流的话题仍是不多，有些冷场。吃过午饭，侯大利回到顶楼套房，坐在窗边，看风云变化和人来人往。

电话响起，杨红道：“我旅行才回来，听说了那事，准备去给田甜上香。你在上班吗？我直接到办公室来。”

侯大利接到电话才收回心神，道：“有两个年轻朋友约了三点在江州大酒店见面，然后一起去江州陵园。”

放下电话，杨红对张晓道：“你担心提及田甜会惹侯大利不高兴，其实错了，如果我们所有人都不再提起田甜，侯大利才会真正伤心。知道为什么吗？只要有人提及田甜，那么田甜就不会彻底烟消云散。当年侯大利在谈到杨帆时，提起过这个想法。”

“侯大利真可怜，以前喜欢杨帆，杨帆遇害了；准备和田甜结婚，田甜牺牲了。传统给我讲过，唐太宗总认为太圆满就会招来大祸，所以每个碗都会敲碎一块。金传统家赚了不少钱，结果金传统被绑架，差点死了。”张晓又兴致勃勃地道，“你一直都喜欢侯大利，现在机会来了。”

杨红摇了摇头，道：“我错过了最佳时期。当初他在政法大学读书的时候，我脸皮薄，数次到了校门口都没敢进去。如果我当时真有勇气走进政法大学，机会还很大，现在我只能做他的红颜知己。”

张晓道：“侯大利以后还会找警察女友吗？”

杨红道：“估计不会了。我希望他以后运气好些，喜欢的人不会再出事。”

两点五十五分，侯大利到了楼下，杨红已经来到大厅，正在与顾英聊天。

“我在法国得到消息，一直不敢相信。一得到消息，我就订了机票坐红眼航班回来了。”杨红和杨帆都是侯大利的同学，属于江州一中高一年级（1）班的两朵花，被称为“二杨”。虽然并称“二杨”，杨帆从相貌、身材到气质都明显胜过杨红，这是大家所公认的。虽然杨红逊色于杨帆，但走在人群中也是回头率超高的美女。

“谢谢你。”侯大利内心充满矛盾，一方面不希望人们过多提及田甜的事，另一方面，若是人们装作没事人一样，都忘记了田甜，也是很悲伤的事。

“还等人？他们来了吗？”高中阶段，杨红还带有几分青涩，如今她散发出成熟女人的魅力，所穿咖啡色长裤把臀部和腿部勾勒得非常曼妙。

一辆出租车停在大门口，黄小军、李琴和王夏下了车。这三个小孩有一个共同特点：都是在突然间失去父亲。黄卫和李超是英勇牺牲的警察，王涛则是遇害者，相似的特殊经历让三个小孩子走到了一起，成为亲密朋友。在黄小军的召集下，几人特意去江州陵园探望田甜，也给各自的父亲上香。

黄小军道：“王夏知道我们要去陵园，也要去。”

侯大利道：“你们三人怎么走到一起的？”

黄小军道：“我和李琴从小就认识，李琴和王夏在一个学校读书，王夏高一，李琴初三。”

五人坐上越野车，侯大利坐在驾驶室，认认真真戴上白手套。坐在副驾驶座位的杨红道：“你的习惯保持得好。”侯大利苦笑道：“别表扬，这是强迫症。”

车进了陵园，侯大利轻车熟路地来到门口商店，选了一个产品质量最好的店，买了六份香烛，对杨红道：“香烛得自己出钱，你也买六份吧，黄小军、李琴和王夏的爸爸都在陵园里。”

杨红原本以为这三个孩子只是去给田甜上香，没有料到这些孩子的父亲都在陵园，有些吃惊，心里直犯嘀咕。

买香烛的商店见来了回头客，热情得紧，给每个人都准备了六套香烛，主动打折。侯大利满脸严肃地付钱，一丝不苟。杨红鼻尖一酸，眼前的英俊男人要才华有才华，要颜值有颜值，要财富有财富，却弄得两鬓霜白，成为丧葬用品的回头客，这是多么令人悲伤的事情。

沿着石梯向上，最先到达的是王涛墓地。王夏给父亲上香时，默念道：“爸爸，我要考刑侦系，成为一名警察，把坏人绳之以法。我知道当警察有危险，可是，没有大利哥这些警察，永远没有办法逮到石秋阳。”

然后再到杨帆墓地。在外人面前，侯大利情感非常内敛，默默为杨帆上香。

一行人最后行至警魂园，田甜、唐有德、黄卫、李超的墓地并排在一起，注视着远处的江州城。上香时，李琴面对逝去的父亲抹起眼泪，喃喃自语。侯大利定定地站着，默默面对田甜。

回程时，气氛相对轻松。

黄小军主动道：“大利哥，我考了山南大学刑侦系；李琴想要考法律系，以后去当法官；王夏想要考刑侦学院侦查系，以后也当侦查员。”

李琴不等侯大利发问，主动道：“我本来也想和爸爸一样，做一个刑警，可是妈妈肯定不会同意。我妈曾经反复给我讲过，不准嫁给警察，自己更不准当警察。我妈妈很辛苦，我不会违背她的话，可是我又很喜欢爸爸，所以我准备当检察官或者法官，和小军哥一样，也要考山南政法。”

“王夏为什么要考刑侦系？”侯大利其实大体知道王夏的想法，只不过问过了李琴，若是不问王夏，有些另外相看的意思。而且在侦办王永强案时，侯大利和田甜到王夏奶奶家去过，对这个坚强的小姑娘很有好感。

王夏与李琴虽然都失去了父亲，但两人的感受还是不一样。李超是英勇牺牲，是烈士，获得了荣誉，警方和社会都给了他的家庭很多照顾。李琴痛失了父亲，却感受到了社会的温暖，心理上的创伤恢复得快些，准确来说，是整个社会帮助李琴走过了最艰难的日子。

而对于王夏来说，父亲遇害是其人生巨大的转折点。父亲生前在银行工作，待遇不错，她小时候生活条件比同龄人更为优越，是家中的小公主；父亲遇害后，王夏家庭并没有得到全社会的关注和安慰，甚至还受到歧视。奶奶去世后，她拒绝再和母亲一起生活，独自住在奶奶家里。她学习非常努力，用勤奋学习来填补空荡荡的心灵。

当侯大利提问后，王夏抬起头，认真地道："我爸爸是受害者，他不是第一个，也不是最后一个，只要人类社会存在，就会有凶手和受害者。我要和大利哥一样，做一名刑警，铲除人世间的罪恶，给受害者报仇，让凶手害怕。"她来到江州大酒店时，跟在黄小军身后，胆小、羞涩，此刻谈起理想，神情变得坚毅起来。

残酷的现实生活让眼前这个小女孩变得早熟，侯大利内心深处着实有些心疼，道："其实，不管你从事什么职业，只要你的生活过得幸福，就是你爸爸最希望看到的。你可以树立当刑警的理想，这没有任何问题，但是，你年龄还小，还有更多选择，现在不必急于拒绝其他的人生选择。"

"这是我反复考虑过的选择。我听小军讲过大利哥的事，我要和你一样。"王夏摇了摇头，态度非常坚决。

侯大利理解王夏的选择，没有再劝。人生的许多选择看似是由自己做出的，其实从更广义的角度来说，不过是从社会已经规划好的前进路线中选择一条，若是拒绝社会提供的选择，那就是离经叛道。侯大利做出了当警察的选择，这其实也是社会提供选择的一种，并非真正的背离，他所背离的只不过是侯国龙希望儿子选择的人生道路。

当夜，侯大利做了一个奇怪的梦，在梦中，他和田甜已经结了婚，田甜也只是受了重伤，并没有牺牲。

梦中，受伤的田甜下床，坐在窗边，晒着秋日暖阳，道："王夏会来看我，我很意外。王涛遇害，这个小姑娘的人生彻底被改变了。她的性格挺坚强，如果真能考入刑侦系，说不定是一个好侦查员。"

侯大利坐在田甜身边，握着妻子的手，道："我考刑侦系这事，已经影响了黄小军和王夏。这就像蝴蝶的翅膀，轻轻抖动以后，会产生谁都无法预料的结果。"

田甜仰头迎接着阳光，感受太阳的热量，道："你很少问我以前的感情生活，难道不好奇吗？”

侯大利道：“你以前是冰美人，这就是为了拒绝所有人，专门等着我。”

“臭美吧。”田甜又道，“在市局，滕鹏飞曾经追求我。滕鹏飞参加工作比陈阳、黄卫这一批骨干要晚一些，近些年屡破大案，进步很快，若不是抽调到省厅，极有可能当上副支队长。他破案是一把好手，但工作是工作，生活是生活，他不是我喜欢的类型，所以我干净利索地拒绝了他。你在他手下工作，说不定会起冲突。”

“在案子上有一说一，有二说二，其他方面我不怵他。从目前来看，我觉得他还行，粗中有细，表面大大咧咧，其实挺精明。”侯大利随手翻看手机短信，道，“说曹操，曹操到，杜峰给我发短信，让我下午到滕鹏飞办公室去一趟，有任务交给我。”

田甜道：“滕鹏飞很有大男子主义和个人英雄主义，你在他面前别㞞，㞞了一次，他就要骑在你头上。朱支、老朴包括宫支的年龄都比你长得多，看你就和看晚辈差不多，滕鹏飞比你就大个七八岁，你若做错了事，必然会受到他的毒舌攻击。你面子观念强，又不会服软，所以最初就要给他顶回去。”

侯大利亲吻了妻子的脸颊，开心地笑道：“放心吧，你老公也很会怼人的，而且是很认真地怼。”

梦中的场景格外真实，真实得如发生过一样。侯大利不愿意离开梦境，又闭上眼睛想要回到梦中与妻子继续交流，可是，无论如何也睡不着，更无法回到刚才的梦境之中。

张小天来江州

省厅老朴再次来到江州，与老朴一起过来的还有省刑侦总队六支队心理测评室主任骆援朝。

骆援朝，五十出头，正处级预审员，刑事技术高级工程师。他白白胖胖，脸带微笑，让人如沐春风。

老朴如往常一样拉风，穿红皮鞋，披灰风衣，手拿折扇，看着侯大利就呼啦一下打开扇子，指着骆援朝，道："这是我三顾茅庐请出来的诸葛亮。你年纪轻轻的，在工作场所之外就叫一声骆叔。"

侯大利恭敬地上前打招呼。

骆援朝对侯大利微微点头，朝朱林伸出了手，道："朱支，好久不见。上次为了杀人抢劫案，我在这里住了十九天，好多人都想放弃了，终于还是突破了。"

朱林紧握骆援朝的手，感叹道："上次到这幢老楼是十年前的事情了。"

骆援朝环顾刑警老楼，道："我每次到市县都喜欢到各地的刑警老楼，工作了三十多年，最有朝气的时间都泡在各地的刑警老楼里，有感情啊。如今指挥中心建得富丽堂皇，合成中心也很牛。可是，楼建好了，人和人的间隔远了，一个市局的民警甚至老死不相往来。还是老楼好，大家抬头不见低头见，有感情，遇到危险时才能拼命，才敢把后背亮给战友。"

老朴在旁边毫不客气地道："凡是讲这种话，那就意味着老了，应该退出历史舞台。趁着还没有完全退休，赶紧多做点事，留下点念想。"

老朴和骆援朝是为杨帆案而来，侯大利自然热情主动，得知老朴和骆援朝要住在刑警老楼，便亲自上四楼安排寝室。老朴曾经在四楼住过，还留有洗过的被套、枕头和被子。侯大利打开衣柜，发现床上用品有些发潮，摸上去不太舒服，而另一个房间还差很多生活用品。他坐在床垫上，给顾英打电话，"顾姐，我是侯大利。"

江州大酒店副总经理顾英第一次听到"顾姐"的称呼，惊了一下，双眼居然有了泪意，亲切又温柔地道："大利，有什么事？"

侯大利客气地道："两个省厅的前辈来帮助我工作，住在刑警老楼四楼。四楼宿舍设备太差，生活用品不够，被子潮湿，你能不能派人来看一看，为两个老前辈弄点生活用品。"

顾英笑道："布置房间是江州大酒店的特长，我马上安排。"

江州大酒店是国龙集团下属产业，侯大利以前提要求都是直截了当，不会如此客气。在刑警支队工作两年后，他深入接触了基层社会，见到太多阴暗面，对人对事便少了些“太子”气息，变得宽厚沉稳。

侯大利客气，顾英这种老职场更不敢怠慢，亲自安排客房服务员。半小时以后，顾英和四个客房服务员带着全新的生活用品来到了刑警老楼。

顾英到来时，老朴、骆援朝、朱林坐在资料室，听侯大利讲案子。

小时候和杨帆在一起玩耍的细节、高中重逢的细节、每天下午在世安桥分手的细节、杨帆在舞台上的细节……为了抓住杀害杨帆的凶手，侯大利必须痛苦而又冷静地从头讲述这一切。

每个成功的侦查员都有属于自己的绝招。老朴破案有“社会关系、行动轨迹”的侦查八字诀，骆援朝有“时间—空间”的讯问秘法。除了把案子吃透，还得把犯罪嫌疑人的时空背景吃透。时间，是指犯罪嫌疑人的成长环境，也就是家庭背景、民族习惯、人生经历、学校教育、重大事件、父母性格及工作、学历状况等；空间，是指犯罪嫌疑人当前住在什么地方、与什么人交往、从事什么职业、社交账号等。时间和空间整理齐全，就对犯罪嫌疑人有了全面准确的把握，甚至超过了犯罪嫌疑人父母和爱人对犯罪嫌疑人的了解。时间和空间的交叉点，便是审讯的切入点。这个方法说起来简单，可是真正能把审讯工作做到如此细致的预审员寥寥无几，能做到的都成了行业翘楚。

听完基础情况介绍，骆援朝拿着王永强案件资料，准备到楼上休息，再去吃午饭。上楼时，他接了一个电话后，对侯大利道：“张小天要过来，你再安排一个房间。她这两年搞审测一体化，还算有些心得。”

侯大利想起陈浩荡曾经谈起过的师姐，道：“张小天是不是刑侦系毕业的师姐？”

骆援朝道：“你也是山南政法刑侦系的？”

侯大利道：“比张师姐要低几级。上次她到过江州，听说酒量极佳。”

骆援朝大笑，道：“这叫好事不出门，坏事传千里。女孩子能喝点酒，居然从阳州传到了江州。张小天不是女酒鬼，她是天赋异禀，体内天生解酒酶超多，很多市局领导不知道这事，最后被小女子反戈一击。”

四楼，两间卧室在专业人员打理下迅速变了模样，窗明几净，床上用品全是五星级宾馆的配置。顾英没有离开，正在指挥服务员在整个楼层做清洁。诸人上楼，她又陪着大家参观房间，解释道：“最麻烦的是卫生间，一层楼才一个，我已经让师傅过来安装马桶了，领导们坐马桶舒服一些。”

骆援朝头摇得如拨浪鼓，道：“公共环境，马桶多脏啊，还是得蹲坑。”

老朴时尚得多，调侃道：“老骆就是土鳖，我们两人用一个马桶，是你屁股脏还是我屁股脏？我要用马桶。如果你嫌脏，那就到三楼用蹲坑。不管你用不用，反正我要用。”

安排妥当后，骆援朝和老朴就在刑警老楼享受星级配置了。老朴试了试马桶按钮，道：“骆名提，你就别用了，到三楼蹲坑去。”

骆援朝不服气，道：“凭什么我不能用？休想独霸。”

省厅两个老同志在楼上休息，侯大利和朱林则坐在资料室喝茶。

朱林接过侯大利递过来的小茶杯，道：“宫建民是党委委员、副局长、刑警支队支队长，估计还得兼一段时间支队长，局党委得考察合适的支队长人选，最有可能是副支队长陈阳。你是我徒弟，我就给你说点真话。你不能只盯着业务，还得关心人事。你不想占位置，若是有笨蛋占据指挥位置，命案积案必然越来越多，一将无能，累死三军。到了这个时候，你要么不干刑警，要么就得听笨蛋指挥，气死你。以你的自尊心和家世，可以退出，但对于其他人来说工作就是饭碗，无法退出。你占位置不是为了自己，也是为了事业。”

这是朱林第二次谈起相同话题，他是打心底里希望自己的关门徒弟能够在刑侦道路上走得更远、更高。

“我先把一组组长当好，再说以后的事。”侯大利最初当刑警是为了破杨帆案，做了两年刑警，心态发生微妙变化。王夏、李琴和黄小军给田甜上香时，他表面甚为平静，内心深处还是起了波澜。找出隐藏在人世间的妖魔鬼怪，是一件很有成就的事情。妖魔鬼怪在人间为恶，改变了很多无辜者的一生。父亲创办了国龙集团，改变了很多人的命运。他作为刑警，同样也改变了很多人的命运。心态有了微妙变化以后，侯大利慢慢融入刑警集体之中，不再是局外人。

“你的思路是对的。重案一组是我们江州市公安局刺刀上最锋利的刀尖，你要好好抓几个大案，然后更进一步，当大队长。另一条思路，调到刑侦总队，在更大的平台上发挥更大的作用。”朱林又道，“我和老姜局长讨论过很多次，真希望你能在刑侦岗位上做出更多贡献。如果你回国龙集团，只能是非常一般的老板，应该还不如白手起家的侯国龙。但是你继续做刑警，肯定能成为省内最顶尖的刑警高手，保一方平安。这不是说着玩的，而是有实实在在的意义。每个人都要做自己最擅长的事，祖师爷赏你吃这碗饭，你一定不要辜负。”

侯大利成为刑警后的第一个师父是李超李大嘴，教给他很多实际的工作方法。李超牺牲后，朱林成为侯大利的第二个师父。朱林位置不同，眼界宽阔，更多是帮助侯大利走好自己的人生路。在具体刑侦业务上，反而是老朴言传身教，对侯大利指点得更多。

楼下响起了汽车声。

侯大利来到走道上，俯视小院，见到一辆男性气息十足的越野车停下，从驾驶位走下一个打扮干练、行动利落的女子。来人到后备厢提起箱子，刚走到门口便见到一名身材挺拔、剑眉星目的年轻人。

年轻人道：“师姐好，我是侯大利，也是山南政法刑侦系毕业的。”

来者正是省公安厅的张小天，她微笑道：“我知道你。刑侦系从建系到现在有两个学生被费老爷子看上却不读他的研究生，我是第一个，你是第二个。抽个时间，我们两人一起回学校，见一见费老爷子，给他赔礼道歉。”

侯大利接过拉杆箱，先到二楼，把张小天介绍给朱林，然后再把张小天带到四楼。顾英办事非常利索，指挥服务员在短时间内又收拾了一个房间，还特意放了一些女性用品。张小天进屋，道：“江州公安真有钱啊，客房标准达到五星级水准了。”

她随即看到桌上摆着印有江州大酒店字样的洗漱用品，道："侯大利这是假私济公啊。"

师姐张小天爽快又直接，一点不忸怩，很对侯大利的脾气。

侯大利刚刚退出房间，手机响了起来。与此同时，张小天的手机也响了起来。

侯大利来到走道，问："啥事？"

陈浩荡道："刚才海军给我说，小天师姐跟着骆主任过来了，你正餐时少吃一点，我们四个刑侦系的师兄弟吃夜宵，然后唱歌。海军正在追求张小天，我们要给他们创造机会。"

张小天站在窗边，也在接电话："我才到，行李都没有打开。晚上肯定要和朱支一起吃饭。"

电话对面的林海军道："我约了陈浩荡和侯大利，你们吃完正餐，我们去吃江湖菜，难得在江州能聚齐四个刑侦系的校友。"

张小天爽快地道："好吧，今天可以放松一下。"

下午六点，支队长宫建民和政委洪金明宴请三位省厅同志，作陪的有林海军、陈阳、朱林和侯大利。礼节性宴请原本寡淡无趣，但由于大家都是一线刑警，聊了些闲话后，谈及这些年发生在全省的大案、要案、疑案，气氛很快热烈起来。

正式宴请在九点结束，林海军、侯大利和张小天打车前往隆兴夜总会旁边的大排档。如今每个城市都有一个或者数个大排档，适合三朋四友在夜间小聚。大排档环境一般，菜品以江湖菜为主，重油重辣，对于刚从饭局中下来的人们来说其实并没有太大吸引力。大家喜欢聚于此的原因主要还是气氛轻松，无拘无束。

四人要了一个小桌，点了龙黄鳝、烤鱼、辣子鸡丁等辣菜。侯大利和陈浩荡之间摆了一箱啤酒，林海军和张小天之间也摆了一箱啤酒。

举杯之时，陈浩荡道："今天只喝酒，不能谈案子啊。"

张小天道："大家都是吃刑侦饭的，为什么不能谈案子？谈案子正好下酒。"

陈浩荡指着侯大利和林海军道："上一次吃饭，这两人为了案子上的事情争执不下，火气都上来了，我居中苦劝，结果是老鼠钻风箱，两头受气。”

林海军道：“案侦工作和科学研究一样，来不得半点虚假，我有自己的看法，肯定要坚持，除非对方能够说服我。”

陈浩荡道：“大利也是这种观点吧？”

侯大利点了点头。

陈浩荡摊了摊手，道：“所以你们在喝酒时不谈案子，要谈，也不能针锋相对，要求同存异，互相启发。”

张小天竖起大拇指，道：“我们刑侦系培养了一个官僚。官僚不是贬义，当领导也是技术活儿，要当一个成功的领导并不比当一个成功的侦查员容易。陈浩荡的性格很难成为优秀的侦查员，却是一个优秀的领导者。来，举杯，希望大家在各自领域都成功。”

最初喝酒的时候，四个人互相敬酒，颇为客气。气氛热烈起来后，三个男子轮番与张小天碰杯。张小天相貌和气质其实挺文静，端起酒杯，仰头入喉，很是豪爽。喝了五箱啤酒，张小天脸不变色，三个男侦查员坐不住了，频繁上厕所。张小天是来调查杨帆遇害是否与王永强有关，侯大利心怀感激之情，主动敬酒，严重超量。

师姐张小天很有气场，在其带动下，四人喝完了五箱啤酒，一瓶茅台。回家路上，侯大利、陈浩荡和林海军互相扶着肩膀，高唱《山南政法大学刑侦系系歌》，声音高亢激昂。张小天双手插在风衣口袋里，走到三个师弟后面，面带微笑。侯大利越走越快，高声歌唱，眼泪顺着脸颊流下，掉落在胸前，形成一大片湿渍。

晚上回到江州大酒店，侯大利到卫生间，蹲在马桶前哇哇吐了起来。

吐完之后，侯大利坐在马桶旁的地面上，鼻涕和眼泪在脸上纵横。

侯大利倒在床上，很快进入梦乡。梦里浮现起杨帆写给自己的那封信：“我一直想写这封信，每次提笔，满肚子话却又不知从何写起，真是剪不断，理还乱……千言万语，我是希望你成长为真正的男子汉，但这句话可能太正式了，也可能会给你太大压力……今天就写到这儿吧，希望你能理解我。”

这封信是杨帆多年前写给侯大利的，如今，每个字都变成了石碑上的文字印在头脑中。今天省公安厅高手来帮助破解这个谜团，又将侯大利带入多年前的梦魇之中。这封信充满温馨，让侯大利再次在梦中回到当年时光，杨帆的面容、气息、声音和味道距离自己如此之近，仿佛触手可得。

杨帆低着头，脸微红，道："你别和社会青年交往，学生还是要以学习为主。期末考试若在倒数十名之内，我就不理你。"

忽然，天空中飞来一个凶恶的妖怪，呼啸着从天空飞来，狠狠地将自己牵着杨帆的手吃进嘴里，骨头在妖怪嘴里发出咔咔的响声。妖怪将骨头吞进肚子，阴险地笑起来，笑着笑着，妖怪的脸变成了王永强的脸。王永强身处审讯室内，望向监控镜头，脸上露出诡异的笑容，固定在椅子上的双手用力朝外伸，右手做出一个奇怪动作，嘴里模仿女生声音，道："求求你，饶了我。"这句话说完，王永强的脸又变成妖怪的脸。

忽然，田甜出现在侯大利身前，平举六四式手枪，对准妖怪的脸扣动扳机。六四手枪发射出无数子弹，全部打在妖怪身上。妖怪没有受到伤害，抖了抖翅膀，子弹全部被弹了回来。田甜打光了子弹，妖怪飞过来，利爪直接穿透了田甜的胸膛。

"啊！"侯大利大叫一声，从梦境中醒来，坐在床上，心潮难平，妖怪的脸仍然在脑中栩栩如生。

以前做噩梦时，总是梦到杨帆遇害，如今噩梦的结尾，总是以田甜牺牲结束。噩梦升级，这让侯大利害怕黑暗。

第四章
一波三折的测谎

奇葩父母的奇葩事

来到刑警老楼时，侯大利将昨夜的噩梦压在了内心深处，脸色平静。他抽空整理了资料室，又给自己泡了一杯茶，再拿出多人用的茶具，旁边放着产自江州的顶级毛峰绿茶。

老朴、骆援朝和张小天在老楼对面的餐厅吃早餐。

刑警老楼对面的餐厅是丁晨光特意为105专案组准备的伙食团，为了免得其他人说闲话，也对外正常营业。由于厨师水平高，餐厅价格公道，生意格外火爆，很能赚钱。丁丽案破获以后，常总原本不用再经常到此餐厅，但他习惯了餐厅的几味特色菜，有空闲时间就跑来餐厅，在此享受说一不二的快感，甚至将餐厅名字也改为“常来餐厅”。常总来到餐厅时，恰好见到老朴、张小天等三人，得知是专案组的客人，常总让服务员上好茶，又陪着聊天。聊天时，常总谈起了丁丽案前后的故事，唏嘘不已。

等到常总离开，张小天道：“朴老师讲了105专案组破获的几起命案积案，很有特点，我准备给费老爷子提供点线索，选进刑侦系最新的案例，很有借鉴意义。”

骆援朝道：“侯大利在专案组起主导作用，若是作为刑侦系的教材，他就会成为风云人物，太年轻，未必有好处。”

老朴指着骆援朝，嘲笑道：“你这人年轻时咄咄逼人，三十岁不到就被人叫作骆名提，怎么到了退休年龄，反而保守起来？”

骆援朝道：“我的教训深刻，捧得越高，摔得越痛。”

三人消灭了六个特色大肉包，又到资料室和侯大利一起喝茶，慢慢进入正题。

骆援朝道：“王永强心理变态，这种人往往不好审，要让他开口就得找到七寸，七寸就是心理薄弱点。这个薄弱点有可能找到，也有可能找不到。小天搞审讯测谎一体化，准确率很高。测谎结果只能指导侦查方向，在没有其他证据配合的情况下，不能作为法庭证据。我们极有可能只得到一个我们想要知道的真相，但是真相或许永远都不能大白于天下。”

侯大利深吸了一口气，道：“我想知道真相，受害人需要真相，法律需要真相。”

骆援朝道：“小天，你来谈方案。”

张小天昨日喝酒十分爽快，快言快语，到了谈正事时，收起微笑，态度严肃，道：“我研究过王永强的资料，这些资料对于我来说还不够深入细致，还得从头搜集，从其父母开始，其父母的基本情况、性格爱好、宗教信仰、经济条件、对待亲人和邻居的态度，我都需要。王永强的资料也与此类似。我这里有一个表格，要短时间内填满所有内容。”

王华看了表格内容，道：“要填满得费些工夫。”

老朴道：“骆主任和小天都很忙，一大堆案子等着他们，能够专门到江州办这个案子，非常不容易，你们一定要想办法高质量填表。”

朱林拿过表格瞧一瞧，道：“没有任何问题，这是105专案组手里最后一个命案积案，按我们江州的俗话来说，收头一定要结个大南瓜。105专案组可以调人手配合。”

张小天道：“我要全程参加调查，没有到实地观察，或许会遗漏重要情况。”

讨论后，侯大利、王华陪同张小天前往长青县铁坪镇，到王永强父母家中了解情况。前往铁坪镇的路上，王华打了一通电话，与铁坪镇派出所刘所长取得了联系。

铁坪镇是山区镇，全镇只有一条街，从很远就能看到派出所。

2005年，《全国公安机关派出所建筑外观形象设计规范》发布后，山南省公安厅严格按照公安部《设计规范》的要求，统一了基层派出所的外观标志。派出所墙面整体以白色为主，窗户、墙裙、房檐檐口配以警蓝色。派出所的门面和写明派出所名称的门牌均为白字、警蓝色底板。屋檐的横式门头为蓝底白字，处于中心位置的左面是"公安"两字，中间为警徽，右边是英文"POLICE"。同时，对内务、档案、办案等各方面按要求进行规范管理，在户籍大厅设置了办事流程指南的电子滚动屏和户籍接待室，户籍室内还放置了办事指南宣传单和填表式样的表格，并放置一次性纸杯，以方便群众。

越野车刚进入派出所小院，两名着装民警走了出来，走在前面的是刘所长。刘所长高声道："王胖子，稀客啊。"

"刘所，你这是批评我到基层少了。我如今抽调到105专案组，专办大案要案，最好不到铁坪，来了就有麻烦事。兄弟之间喝个酒是例外啊。"王华干过多年治安，熟悉各方面情况，与辖区内绝大多数派出所都打过交道。"人熟好办事"在各个社会都是通行规则，主因并非开后门，而是熟人往往知道根底，戒备心会降低，而对于陌生人，为了降低风险，往往会严格按程序来办事，不会提供额外帮助。

得知张小天是省公安厅专家，刘所长用略带夸张的声音道："我说今天一大早就听到喜鹊叫，原来是省厅领导到我们派出所检查工作。铁坪派出所成立以来，第一次接待省厅的领导。"

张小天道："省厅领导还在阳州，我们都是搞业务的办事员，派出所建得挺好，规范，干净。"

刘所长笑道："偏僻乡镇，条件简陋，怠慢了省厅领导。"

王华又介绍侯大利。刘所长脸上的浮夸笑容收了起来，仔细看了侯大利一眼，道："久闻大名，真不是客套话。前些日子回城，请姜局吃了饭，他给我讲过你的事。”

张小天目光如炬，对刘所长的心态了如指掌，站在一旁微微皱了皱鼻子。她的鼻子挺直，鼻梁细长，衬托得脸上五官很是立体。她皱鼻子并非表示不满，而是觉得有趣。刘所长对自己的态度表面热情，实则敷衍，毕竟省厅侦查员与基层派出所隔得太远，没有利害关系，今天来了一次，或许这辈子再也不会在派出所出现，有经验的基层老麻雀纯粹应付。而侯大利是江州市公安局的后起之秀，家世又特殊，山不转水转，以后说不定还要打交道，刘所长发自内心更重视侯大利。

进入小会议室，侯大利问道：“刘所，你们熟悉王永强爸妈的情况吗？”

刘所长道：“熟得不能再熟。王永强爸妈都是镇上名人，他妈姓邱，绰号邱疯子，经常在街上与人吵架，吵起架来就停不下来，能吵个三天三夜，什么脏话都敢骂。王永强的爸爸平时三脚踢不出个屁，喝了酒就打老婆，邱疯子挨了打就出来骂人。前几天我们还把邱疯子弄到所里教育了一顿。”

这是在卷宗里看不到的鲜活材料，也正是张小天最需要掌握的一手材料。

一个民警进屋，道：“接到报警电话，王永强母亲又在骂人。”

刘所长骂了一句：“太讨厌。基层就是这种烂事，事情不大，不处理又不行，只能抹稀泥。”

张小天道：“我们去见识一下能骂三天三夜的悍妇。别开派出所的车，我要录一段视频。”

铁坪镇街道中心，一个五十多岁的妇女站在公路上，面朝一幢小楼，正在破口大骂。周边街坊邻居没有围观，各做各事，仿佛眼前没有骂街妇女一般。

“你生个娃儿没有屁眼……我晓得你有几个男人……腿下面可以塞磨盘……你们家的娃儿都不像老汉，和街上张疯子长得一模一样……我们娃儿杀人，该受国法就受国法，你们家女娃到南边站街，千人睡，万人操……”

骂人的正是王永强的母亲，她手指着对面小楼，破口大骂。

终于，小楼上的人受不了这些污言秽语，一个膀大腰圆的妇女提着扫把冲了出来，准备打邱疯子。王永强母亲毫不示弱，抓起地上石头，就要和对方硬碰硬。

派出所民警这才出面，制止了两个准备争斗的妇女。张小天跟在民警身后，冷眼旁观王永强母亲的一言一行。

王永强母亲张牙舞爪，道：“为什么只叫我一个人到派出所？是她打我。”

刘所长吼道：“不要吵了，城里有公安过来找你，不到派出所，到你家。你娃儿在别人手里，你多吵一句，娃儿就多受点罪。”他这番话半真半假，多有威吓成分。严格来说作为一名所长不应该这样说话，可是面对文化少的悍妇，讲道理有时候是对牛弹琴，只能直接点其要害。

王永强母亲的要害就是儿子王永强，听了这话，顿时泄了气，跟在刘所长身后，走了几步，突然又回转几步，对准胖妇女吐了口浓痰，骂道：“生了儿子没屁眼。”

刘所长拉住王永强母亲，道：“你再闹事，我真要拘留你。”

王永强母亲恨恨地道：“那个卖批的，昨天跟别人说我儿要遭枪毙，他们全家才要遭枪毙。刘所长，我们娃儿从小胆子小得很，鸡都不敢杀，别说杀人了。”

刘所长道：“公安局不会冤枉一个好人，也不会放过一个坏人，你要配合调查，听懂了吗？”

王永强父母在铁坪镇里有房子，王永强母亲刚走进自己房子，捂着肚子开始呻吟：“我才做了阑尾手术，好痛啊。那个卖批的，把我弄痛了。”

诸人见到这种没脸没皮的妇人，对视一眼，皆摇头。

在顽固防线中找到入口

侯大利的目光一直跟随着张小天。办案是与犯罪分子交锋，来不得半点虚假，若有虚假就是违法办案。骆援朝是省公安厅久负盛名的预审员，到了江州放手让徒弟张小天制作审讯方案，这就说明张小天肯定有独到之处。

王永强母亲回家后躺在床上不起来。张小天在堂屋和卧室走来走去，不时走到床边和王永强母亲聊两句。她在王永强母亲床边看到一本明显不是正规出版物的印刷品，拿起来看了一眼，道："你信这个教？"

"这个教很灵的，我每天去唱诗，身上就不痛了。"王永强母亲原本还在呻吟，说这话时翻身坐起。

张小天道："你和别人吵架，骂得很脏。你和信教的人吵不吵架？"

王永强母亲道："你说啥子话哟，我们信教的互相都不吵。"

张小天又道："堂屋还上香？你信佛，又信这个教，这是乱拜菩萨。"

王永强母亲急眼了："你这个公安乱说话，菩萨和天帝都会处罚你，快点收回去。"然而双手合十朝天空拜了拜，又拿起那本书默念，念完以后，道，"我以前就是不信教，所以给娃儿带来灾害，害得娃儿坐牢。"

侯大利站在门口，听张小天和王永强母亲聊天。

聊了些闲话，张小天走到门口，低声道："王永强的爸爸在农村老屋，我们过去看一看，这边差不多了。"

离开前，刘所长教育了王永强母亲几句。王永强母亲坐在床上，拿着书，嘴里念念有词，极为虔诚。这时，她站在道德制高点，暗自对刘所长等凡人充满鄙视。

铁坪镇和梅山镇都在巴岳山山区，铁坪镇在山的北面，梅山镇在山的南面。越野车沿盘山路上山，在半山坡找到一幢半新不旧的老楼。平原地带的村庄多是聚居，在山区地带，农户大散居小聚居，王永强家则独居于竹林中。

一行人走上坡，刚近院子就听到麻将声音。几个打麻将的见到刘所长，赶紧抓走桌上的钱。王永强父亲是主人，迎了上来，赔笑道："刘所长，我们没打钱，就是几个叔伯玩一把。"

王永强父亲长得黑不溜秋，如稻田里的泥鳅，笑容满面，从其神情根本看不出儿子被关在看守所，不久以后就要被处以极刑。

刘所长道："儿子还在看守所，你还有心情打麻将？"

王永强父亲道："我把王永强供到参加工作，尽了力。他犯了国家的王法，我天天哭，把眼睛哭瞎了也没有用。如果有点用处，那我就天天哭。"

张小天没有理睬王永强父亲，直接进入堂屋，左看看，右瞧瞧。侯大利跟在张小天身后，观察其动作。张小天道："神探，你想偷师，其实可以大大方方问我在找什么。"

侯大利道："你在观察，我也在观察，最后看看我的判断和你的想法是不是一样，这样才能找到差距。"

张小天夸道："你比我预想中还要聪明，真聪明的人会谦虚，假聪明的人才会武断和骄傲。那好吧，我把判断藏在心里，等到审讯的时候你来对答案吧。"

看完屋内，张小天又屋前屋后转了一圈，拖了长条凳，和王永强父亲聊天。

调查结束，越野车下山，在铁坪镇吃午饭。回城后，越野车直奔王永强的家。进入家门后，张小天在屋里慢慢转圈，在书柜前停下来，翻阅王永强读过的书，又打开抽屉，查看了所有小物件。

"你们在外面等我半小时，我在卧室里单独待一会儿。"到了此时，张小天已经有了基本方案，坐在王永强卧室的单人沙发上，望着门上贴着的道符，陷入沉思。

半小时后，张小天从卧室出来，道："帮我安排一下，我要和看守所管教谈一谈，了解王永强在看守所的表现。我还有一天时间，所以必须安排在今天和管教见面。明天，不管他是否承认，我都能判断他是否说谎。不过，你真的不想知道我的想法吗？”

侯大利道：“我大体知道你的思路，明天我在监控室再来判断是否能跟上你的思路。我们是同门，思路大体差不多。”

王华与看守所取得联系，确定了晚上与管教交谈的时间。他看了看表，道：“今天我老婆过生日，先走一步。”

张小天收起笔和录像机，道：“我们到世安桥去一趟。”

听到这个要求，侯大利心里咯噔响了一声，脸上却没有任何表情，道：“去了世安桥，随便找个地方吃饭，然后去看守所。”

城郊仍然一片绿色，偶尔能看到一些树叶金黄的银杏树，出了城，即将到达世安桥时，还出现了一大片牡丹花。这是江州市新近流行的都市乡村旅游项目，引进了雪映桃花、香玉、百园红霞等牡丹品种，千娇百艳，很是喜人。今年江州城区雨水少，世安桥下的河水比往年降低不少，往日恶龙变成了温驯绵羊。

“当年石秋阳就是藏在那边，看到桥上发生的事？”张小天来到桥上石栏杆前，左手扶着栏杆，右手指向岸边电线杆旁的灌木丛。

“石秋阳看不清凶手的面容。”尽管河水流速慢，水量少，侯大利的目光还是躲开河水，注视远方。

“王永强性格偏执、狭隘又固执，形成这种性格的原因复杂，有自身原因，也有父母的原因。今天查看了他的父母，对探究犯罪心理形成很有好处。其母是乡村泼妇，没有什么道德感，和人闹了矛盾能当街脱裤子。其父对强者卑躬屈膝，对弱者肆意欺凌。王永强性格有缺陷，但并不影响其智力，所以在社会上发展得相当不错。可是性格上的缺陷终究害了他，他有强烈的仇富心理，所以才要陷害金传统。你家比金家还要富吧？以王永强的性格，肯定也仇视你，再加上你和杨帆关系好，杨帆是王永强心中的女神，他对你的仇恨是指数级增长。”

张小天道：“所谓自作孽不可活，我们研究王永强的成长经历，并非要为其开脱，也不是同情他，而是寻找其内心的弱点。你要有心理准备，骆主任、我以及许多经验丰富的预审员都不是神，都遭遇过滑铁声，走过麦城。我不是为我自己开脱，而是想让你有心理准备。”

离开世安桥时，天已经黑透，侯大利陪着张小天在雅筑吃过晚饭，又开车送其到看守所。张小天和管教谈完，已是接近晚上十一点。凌晨一点，张小天又打来电话，再次询问王永强案的细节。

谈完案子，侯大利道：“师姐，还不休息？”

话筒里传来一阵哈欠声，张小天道：“明天审讯和测谎一起搞，我得把十二组问题再推敲一遍。”

侯大利整夜都在浅睡状态，总想着明天的审讯。好不容易睡着，又进入总让自己伤神的梦境。当田甜举起手枪时，他朝着田甜大喊：“打头！打头！”田甜听不到未婚夫的喊声，对准犯罪嫌疑人的胸口扣动了扳机。

上班时间，骆援朝、老朴、朱林、洪金明、陈阳和林海军等人陆续到达监控室，诸人注意力很快转到审讯工作中。

洪金明道：“骆主任，您老今天不出马？”

骆援朝笑眯眯道：“张小天和周向阳配合，没有任何问题，我们坐山观虎斗。”

洪金明又道：“上次在省厅开会时，刘总队多次谈到审测一体化，今天算是一个实例。除了滕大队有案子来不了，支队几个领导都过来了。”

侦查审讯和心理测试原本是两个概念。侦查审讯是以让犯罪嫌疑人自愿交代犯罪事实、提取犯罪证据为目的，审讯活动要与犯罪嫌疑人进行对抗。心理测试活动是运用心理测试技术测试犯罪嫌疑人的心理，在公安、检察、司法、军队各个部门都有应用。

在实际审讯活动中，要及时发现和处理嫌疑人的谎言，而在专门测试过程中，发现了谎言存在，也需要讯问来完成对谎言的处理。因此，形成了审中有测、测中有审的审测一体化审讯模式。江州没有正式开展此项工作，因此，当张小天进行实践操作时，刑侦领导都过来旁听。

提讯室原本是普通的提讯室，重新布置以后，增添了测谎议。张小天和周向阳来到提讯室后，交流了几句。几分钟后，王永强被带进提讯室。

侯大利瞳孔瞬间收缩，如果瞳孔是枪，他一定会将扳机压到底，把所有子弹都射向王永强。

王永强比被抓获时稍瘦了些，由于长期在室内，脸色呈现病态的苍白。他进门突然见到一个年轻女警察，眼睛顿时直了，盯着女警察的脸不放，目光下移，久久停留在修长白皙的脖颈，徘徊一会儿，再往下移，盯住了女警的胸部。尽管制服有效抹杀了性别差异，他还是观察到了胸部的隆起。

林海军指着监控器，道："真变态，要吃枪子的人，居然进来就盯紧小天看，那双眼睛色眯眯的。"

陈阳道："反正难逃一死，王永强是破罐子破摔。"

张小天开始发问，用的是标准的江州口音。前些天，张小天一直在使用阳州口音，大家听起来都觉得顺耳、自然。阳州口音和江州口音都属于山南地方话，口音之间虽然存在差异，但交流完全没有障碍。

基本程序走过，张小天开始发问。

"你叫什么名字？"

王永强眼睛仍然盯着女警的胸部，答："王永强。"

张小天问："你今年多大了？"

王永强道："二十八岁。"

"家住哪里？"

"江州城中山路225号。"

张小天又问："老家在哪里？"

王永强回答："铁坪镇。"

"你是铁坪镇这十七年里唯一考进江州的，成绩挺好，为什么只考了铁道中专？"

王永强自嘲道："当时精虫上脑。你们想要问什么，我很清楚。我没有杀杨帆，这么多事都承认了，何必否认这一件，没有必要。"

张小天道："你是独子，被枪毙后，你这一脉就断了。"

王永强愣了愣，声音略微小了起来："我是1982年的人，当时遇到计划生育，是运气不好。”

张小天咄咄逼人：“你这一支绝后是你自己掐断的，怪不得别人，天道轮回，因果报应，你逃不掉。我明确告诉你，你这一辈子完了。”

王永强歪头，开始反击：“你是无神论者，谈这些很滑稽吧？”

张小天：“从现在开始，回头是岸，立地成佛，下辈子还能成为好人。我再做一下自我介绍，我姓张，是省公安厅测谎专家，是江州市公安局通过省厅请我来的，让我来鉴定杨帆案的情况。我既是来审讯你的，也是来测谎的，明白吗？”

王永强仰着头，傲慢地道：“难怪你和旁边的警官不一样，总算有些新鲜的。”

周向阳是老预审，并未受激，只是沉默地看着王永强。

张小天道：“你是十恶不赦的混蛋，毁了多少家庭，这点你自己要承认吧，你是不是混蛋？男子汉大丈夫，说真话。”

王永强道：“我确实是混蛋。”

张小天道：“话又说回来，你这种混蛋不管做过多少坏事，干坏事时有多丧心病狂，来生都想做个好人，是不是？你是个爷们，说老实话，别像个尿包。”

王永强声音比刚才要小一些：“你不用使激将法，我就是个大混蛋，不是好人。”

张小天道：“听管教说，你在外出放风时，发现了一个小泥团，泥团上面有一棵小草。你每天用小木棒拨下露水，给小草浇水，这说明你这个大混蛋也有好的一面。”

王永强低下头，不说话。

张小天道：“你在纸片上画了一个佛像，每天坐班时都要把佛像放在身前，有这回事吧？……既然不否认，那就是事实。我到你老家的房子里，看到你爸找道士画了些符，贴在你枕头和门上，希望你能好一些。你妈更是拜遍了江州所有的寺庙、道观和教堂，为你赎罪，希望你下辈子能做好人，平平安安过一辈子。我到铁坪镇时，你妈听到有邻居说了你一句坏话，在公路边骂街。他们文化水平低、教育水平差，对你有伤害，但是，他们还是希望你能清清白白地离开这世界。”

王永强神情有些烦躁：“不要谈他们，我不想听。”

张小天道：“你妈为你准备了一双青布鞋，穿青布鞋才能顺利投胎到好人家，来世才能变好人。我答应她，到时一定会把青布鞋带给你。”

王永强问：“我能穿青布鞋？”

张小天道：“我向你保证，只要你配合，那就能够。”

王永强道：“谢谢你。我没有想到能穿青布鞋离开这个罪恶的世界。”

……

张小天以宗教以及信仰入手，慢慢消除了王永强的对抗心。半小时后，王永强同意接受测谎，签署了测谎协议书，按下指纹，戴上仪器接受测谎。

测谎仪是记录多项生理反应的仪器，在犯罪调查中用来协助侦讯，以了解受讯问的嫌疑人的心理状况，从而判断其是否涉及案件。测谎的依据来源于人体的生理信号，人在说谎时可以控制呼吸，可以控制心跳，却无法控制瞳孔的放大和皮肤温度反应。公安部物证鉴定中心对测谎仪的解释为“对谎言的鉴别活动”。准确地讲，“测谎”不是测“谎言”本身，而是测心理受到刺激引起的生理参量的变化。从这个角度，测谎仪应科学而准确地叫作多参量心理测试仪。

张小天花费大量精力来达到让王永强自愿接受测试的目的，主要原因是使用仪器进行心理测试，必须要求被测试人自愿配合。如果被测试人是被强迫参与，无论是身体强迫还是心理强迫，所得数据一旦出现异动，都不能确定是平静状态下的心理异动，还是来自被测试人心中不情愿的情绪。

陈阳挺兴奋，夸道：“省厅专家果然不凡，切入点选得不错，很有针对性，确实是花了真工夫。看来这一次侦测一体化实验能取得成功，江州最后一件命案积案要侦破了。”

骆援朝道：“我们制定的方略就是攻心为上。王永强爸妈迷信，逢神便拜，特别相信轮回之说，我们就选了其父母给他请道符、他本人养小草、送他青布鞋等细节，尽量打破其心防，这样做的目的也是为了让测试顺利开展。现在看来，小天成功从王永强的防守中找到一个洞口，攻了进去。”

张小天行动娴熟，态度平和，有条不紊地开始测试。测试共有十二组经过精心设计的问题，问题指向世安桥上发生的杨帆案。

测试过程中，王永强承认在世安桥上杀害了杨帆。

监控室内，现场所有人都紧紧盯住监控器，不肯漏掉一个字。侯大利再次听到王永强承认用手掰开杨帆抱住石栏杆的手臂，握紧双拳，瞋目切齿。

第二次测谎

一个多小时后，测试结束。

朱林、老朴、陈阳、骆援朝、张小天等人分乘两辆车回刑警老楼，准备午饭后稍加休息，下午三点在刑警支队会议室座谈。

回刑警老楼的路上，侯大利一直没有说话。王永强的供述和石秋阳的供述基本能够重合，如果不是凶手，绝对无法得知这些细节，他在内心确定王永强就是杀害杨帆的凶手。

朱林坐在副驾驶位置，回头问老朴，道：“骆主任嘴巴严，我不方便询问。我觉得水落石出了，等到下午座谈会以后，可以把消息告诉给杨勇和秦玉夫妻，总算找到真凶。”

多年前在江州河边寻找杨帆的往事仍然历历在目，朱林同样没有忘记。

午餐安排在常来餐厅，侯大利刚吃了一口毛血旺，嘴唇便传来一阵剧痛。他去洗手间，吐掉一块沾满辣椒的牛肉片，用清水漱口，在镜子里，看到下嘴唇被咬破了一大块。侯大利仔细回想，应该是在监控室看审讯时不留意咬了嘴唇。当时他的注意力全部在监控画面上，完全没有意识到嘴唇破了一个大口子。

侯大利在镜子前舔了舔嘴唇，忽然一个念头涌了上来：“找到真凶，杨帆也永远回不来了。走了就走了，就如田甜永远消失在自己身边一样。”

他又想起了曾经的一个细节——有一次从江州陵园回来，田甜抱住了自己的脑袋，用脸挨着自己，道：“如果我遇到了这样的事情，你会像想念杨帆一样想我吗？”当时自己坚决制止了她这种傻念头，谁知一语成谶，自己从此陷入对她绵绵无期的思念之中。

下午三点，座谈会开始。

等骆援朝说完开场白，张小天给出了综合测试结论：王永强供述的推杨帆到河里的事情是假的。

江州警方所有人都认为王永强已经如实供述，没有料到张小天会得出相反的结论，不禁面面相觑。

侯大利双手撑在桌上，缓慢地站了起来，道：“王永强和石秋阳没有见过面，供述却基本一致。如果王永强没有作案，他为什么在现场？”

骆援朝道：“在现场不一定就是凶手。”

侯大利道：“一个凶案现场有两个现场目击者，这不可能。”

张小天平静地道：“测试结论就是如此，我尊重测试结论。至于形成这个结论的原因，这需要侦查员调查。”

朱林低声道：“冷静，深呼吸，不要失态。”

侯大利做了几个深呼吸，没有再说话，坐了下来。

张小天解释道：“心理测试最重要的作用是排除嫌疑人。在测试过程中，如果数据没有出现异动，被测试人说谎的概率很小，可以初步进行排除。数据波动有三种情况，第一种情况，没做过且说没做过，很容易通过测试；第二种情况，做过却说没做过，犯罪嫌疑人很难掩饰和控制住身体生理指征的微小变化，即使外表没有任何变化，也会被敏感的仪器捕捉到；第三种情况，没有做过却说做过，生理指征的变化也会被敏感地捕捉到。王永强属于第三种。”

她环视大家一圈，道："有三种情况会导致测试失效，第一种，被测试人真的认为自己没有做过，或者完全不记得了，那么就不会出现生理指征的异常变化，仪器再敏感也捕捉不到。第二种，即使数据有异动，也只能逆向推导为被测试人在回答这个问题的时候，身体因为某些原因发生了异常的生理指征变化，除了说谎，还可能是害怕被冤枉，不想戴着仪器做测试或者被怀疑等，甚至连测试过程中突然的噪声、画面等意外刺激，都会导致仪器记录的数据产生异动。第三种，如果被测试人经过训练，了解测谎仪的功能和原理，就可能在头脑中用思维构造出一个虚拟场景并让自己信以为真。这种情况下，理论上可能做到与第一条类似的效果，就算不能让自己伪装成100%的假象，也可以通过一些小动作故意造成数据异动，从而破坏正常的数据记录。"

侯大利道："王永强有反侦查经验，会不会构造虚假场景，进行自我麻痹？"

张小天道："王永强是有一定的反侦查经验，但是没有经过专业训练，做不到虚构场景来对抗仪器。我在测试前做了开导工作，目的就是消除王永强的对抗情绪，尽量让测试结果真实。王永强头脑清楚，情绪正常，所以，测试没有失效。"

侯大利一时间无法接受这个测试结果，瞪着眼睛，不说话。

"小天，再做一次测试，多留一天。"老朴陪同骆援朝和张小天来到江州，一直甘当配角。从其内心深处，他希望王永强就是凶手，只要杨帆案大白于天下，侯大利也就没有留在江州的理由，调到省公安厅刑侦总队命案积案专案组便顺理成章。只是，希望是希望，现实是现实，这一点必须分开。

骆援朝也道："既然来了，又做到这种程度，多做一天，我给你请假。"

张小天道："那我要重新编题。"

侯大利郑重地道："谢谢你。"

张小天道："你应该清楚，最高检察院在1999年就有了明确规定，测谎结论不可以作为定罪证据，只能用于辅助侦查。"

侯大利道："我想要心安。"

对于侯大利来说，这是一个不眠之夜。

对于张小天来说，这又是一个烧脑之夜。她以调查走访摸到的情况和第一次测试为基础，到了凌晨两点才完成新的编题。编好新题之后，她打开一盒香烟，坐在台灯前，再次思考如何完成对王永强的心理突袭。

第二次测试在上午进行，由骆援朝和张小天一起审讯王永强。

进入设置成测试室的提讯室前，骆援朝提醒道："测谎机器只是辅助，人机结合，以人为主，起关键作用的是被测试人员。稳定情绪，依次发问，控制进度，观察图谱，准备好了吗？"

张小天道："准备好了。"

骆援朝道："如果有什么异常情况，我会提醒你。在结束前，你要提起凡士林，这是他很深的一块伤疤，让他在男女方面特别自卑。"

王永强进屋后，目光落在张小天身上，脑中浮现将眼前女警带到地下室的画面：脖子修长的女警被锁在地下室，上身穿制服，下身不着片缕。他从楼梯上下来时，女警跪在地上，替自己拉开裤子拉链……

"别做白日梦了。"张小天目光犀利地看穿了王永强的内心，直接打破了其意淫，动作麻利地为王永强戴上设备。

王永强用力吸鼻子，尽量收集空气中散发的女人味道。这个味道进入鼻腔，给了他极大的精神享受，这也是他愿意再次接受测试的原因。深吸两口气后，王永强道："我不久就要吃枪子，这是大家都明白的事，能做白日梦，说明我还不算是尿货。"

"我见过不少悍匪，在外面杀人如麻，被逮住就彻底崩溃了。你还不错，没有尿。下辈子投胎，找个好家庭，争取做个好人。"张小天没有回避他色眯眯的目光，继续做其思想工作，安抚其情绪。

测试开始，张小天一边发问，一边紧盯图谱，观察曲线变化。

"你是乘坐客车到的世安桥？"

"是的。"

“为什么要跟踪杨帆到世安桥？”

“我想保护她，不想让侯大利伤害她。”

“跟踪过几次？”

“多次。”

“你下了客车，有没有走到世安桥上？”

“我走到了。”

“你看着杨帆骑自行车经过身边？”

“没有，我在桥上跟她打招呼。”

“你躲在世安桥东边的草丛里？”

“我在桥上。”

……

“还有一个年轻人在桥上招呼杨帆，不是你。”

“是我。”

“你趴在草丛里，没有露面。”

“我在桥上。”

……

“你认识那个年轻人吗？”

“我没有见过这个年轻人。”

……

“你为什么不制止凶案？”

“没有其他人，就是我把杨帆推下去的。”

……

张小天注意观察王永强，王永强额头上出现了汗滴。这和昨天状况不一样，曲线一路向阳。她用余光瞧了一眼师父，师父右手摸着鼻子。看到师父这个动作，张小天心里更有底了。

监控室，侯大利呆若木鸡。他坚信王永强就是杨帆案的凶手，从来没有怀疑，听到张小天步步深入的对话，汗水争先恐后地从他每个毛孔钻了出来。

“你看见了那个年轻人把杨帆推到河里的过程吗？”

“不知道。”

“杨帆大声呼救没有？”

“不知道。”

……

“自行车砸到石栏杆了吗？”

“不知道。”

“年轻人是如何离开的？”

“不知道。”

……

“后来下雨了，你是怎么回去的？”

“不知道。”

……

“你那天穿的什么颜色的衣服？”

“不记得了。”

“灰白色衬衣？”

“是的。”

……

图谱上的数据波动越发明显，几乎每一个问题都呈阳性反应。而这些反应，都集中在一个年龄接近王永强的年轻人身上。

整个监控室鸦雀无声，只有沉重的呼吸声。

测试即将结束的时候，王永强擦掉了额头上的汗水，失去了玩弄警察于手掌的自信。他脸色灰暗，望着心平气和的漂亮女警，故意显得信心十足，道：“我知道测谎结果不能作为法庭证据，不论你得到什么结论，我都会保持最初的说法。”说话时，他现出少有的沮丧。

“我们两人都心知肚明，到了这种情况，当天的事情我已经很清楚了。你交代吧，把所有冤孽和罪恶都留在这一世，清清白白投胎，来世做一个好人。”张小天神情变得友善，用对亲兄弟的口吻道，“我让管教给你准备一些凡士林，少量的，定期带给你。每到秋冬季，你的皮肤会出现蛇皮，脚上会开冰口。在仓里没有秘密，平时可以擦一点，皮肤不要太难看，免得被别人嘲笑。每个人都要有尊严，你也需要。”

从小到大，每到冬天就会变得非常严重的皮肤病一直深深困扰着王永强，让他深受其苦，极度自卑。他没有料到张小天会知道此事，还为自己准备了凡士林，愣在了当场。

张小天说完，便站起身，准备拆解测试设备。

“暂时别拆，我给你讲一个故事，你再来判断真假。”王永强突然开口。

张小天又回到座椅上，顺手拿了一瓶饮料，道：“这是手工做的苹果汁，你喝点。”

王永强苦笑道：“连我喜欢苹果汁都知道，真是服了你。等会儿我讲的事情可能是真，也可能是假，信不信随你。这次讲完，我不会再接受测谎了。我知道侯大利肯定在看监控。侯大利，你这个狗日的也来判断一下，我说的是真话还是假话。”

王永强必然难逃一死，在临死前还是如此嚣张，心理未曾彻底崩塌，这也有些出乎侯大利的预料。他的表情没有明显变化，隔着监控器望着昔日的同学、如今的阶下囚。

“其实你想知道的都知道了，对于警方来说，这就足够了。杨帆确实不是我推进河里的，这是实话。我从初中到现在都很迷恋杨帆，在我心目中，没有任何女子可以与她相比，我是这个世界上最爱杨帆的人，比侯大利这个花花公子强一百倍。我每年都要到江州陵园给杨帆上香，你们想不到吧？读高中后，我经常跟踪杨帆，悄悄跟在她的身后，不是想做什么，就是想偷偷看一看我心中的女神。”

王永强脸朝镜头，愤怒地道：“侯大利，当初我发现你和杨帆的秘密时，真是恨不得杀了你，你侮辱了我心中的女神！”

他平息了心中情绪，又道：“那天，我发现侯大利没有取自行车，猜到他肯定不会送杨帆到世安桥。杨帆经常和侯大利在世安桥旁边的草地约会，他们以为做得很隐秘，但我躲在桥边草丛里看得很清楚。侯大利这个富二代是个草包，有什么资格和杨帆在一起？我没有自行车，只能坐公交车前往世安桥。为了节省饭钱坐公交车，我宁肯一个星期一次肉都不吃。一个星期不吃肉，侯大利明白吗？那一天，公交车到达世安桥时，我远远看见杨帆骑在自行车上，单腿撑在地面，停在桥中间，正在和一个年轻人说话。”

在杨帆出事时，侯大利设想过好几个画面，其中一个画面就是有人站在世安桥上向杨帆打招呼，杨帆停下，与打招呼者说话。

王永强道：“那个年轻人的年龄和我差不多，肯定是学生。我当年胆子很小，下车后，看见桥上有人，便躲在草丛里朝世安桥张望。这是我平时经常藏身的草丛，距离下车地点不远，恰好又能看到河对岸。公交车开走后，那个年轻人很生气地叫嚷，随后把杨帆从自行车上拉了下来，用力朝河里推。我被吓惨了，不敢说也不敢动。后来，那个年轻人就骑着摩托车离开了。”

如果王永强没有说假话，凶手骑摩托车，这是以前不知道的线索。

张小天道：“摩托车是什么牌子？”

王永强道：“江州牌摩托车。”

在江州曾经出现过三款摩托车，最早出现的就是江州牌摩托车，随后是丁工集团的晨光摩托，再后来就是国龙集团的国龙摩托，一个城市三个品牌，厮杀得异常激烈。最先倒下的是江州牌摩托车，随后国龙摩托又收购了晨光摩托，现在，市面上只有国龙摩托。杨帆出事时，江州摩托已经破产，但是市面上还有不少江州摩托。

侯大利脑筋急速转动：“年龄和王永强接近，又能骑江州摩托，凶手家庭环境不差。”

“摩托车离我藏身的草丛很近，他表情很凶，我吓得要死，趴在草丛中一动不动。他戴上头盔，骑车走了。我后来一直后悔当时没有站出来帮助杨帆，如果我站出来，她就不会死。后来，杨帆被推下河的画面总是在我脑中闪现，想得越多，越发现杨帆抱住石栏杆苦苦哀求的画面非常刺激，总想亲自来一次。若不是目睹杨帆遇害，我不会走上杀人的道路。这是我第一遍也是最后一遍说这事，以后不会再说。谢谢你给我准备凡士林。我的皮肤有蛇皮，这对我来说是很耻辱的事情，曾经也被同学羞辱过，希望张警官兑现承诺，让我走的时候穿上青布鞋。张警官，你让我人生最后一段时光感受到了关爱，下辈子投胎，我会好好做人。”

王永强说最后一段话时，脸上惯有的嘲讽笑容消失，变得很虔诚。

这一次测试结果显示：王永强说的是真话。他不是杨帆案的凶手，凶手另有其人。

这是一个令江州警方没有想到的结果。王永强不久以后就会走完人生最后一段路，杨帆案或许会成为永远不能破解的谜案。

骆援朝和张小天完成任务后离开了江州。老朴在临上车前，把侯大利叫到一边，道：“省厅已经成立了命案积案专案组，我是专案组副组长，葛向东来到刑侦总队后，会被抽到专案组。专案组给你留了一个位置，你什么时候想来都可以。”

这两天，侯大利的心情犹如坐过山车，突然到了顶点，又极速滑下，此刻他已经接受了现实，神情如潭水一般平静，紧握老朴的手。

小车开动，张小天坐在驾驶室，向送行的江州诸人挥手。

侯大利挥动手臂，看着小车消失在视野里，内心泛起一股浓浓的苦涩。

从参加工作到现在只有两年时间，侯大利作为侦查员非常成功，获得了“神探”的绰号。他根据已有的线索，坚信王永强就是杀人凶手。可事实证明，他的判断错了，杀人凶手另有其人。

朱林拍了拍侯大利的肩膀，道：“我们回老楼，讨论案子。”

来到老楼，坐到资料室，朱林道：“你和杨帆在河对面的青草地，从来没有发现王永强在草丛里窥视？”

侯大利苦笑道：“我当时注意力全在杨帆身上，哪里顾得上观察周边情况，那时候也没有这个意识。”

朱林取过白板，道：“现在多了一条线索，那个凶手骑摩托车。从石秋阳躲藏的角度，看不到这辆摩托车。当时现场的进入顺序是石秋阳最先，其次是凶手，再次是杨帆，最后是王永强。石秋阳是因为另外的事情到现场；王永强是一直在跟踪杨帆，知道其行踪很正常；凶手知道杨帆行踪，还有一辆江州摩托，那他肯定也是你们学校的学生，家庭环境较好，也有可能喜欢杨帆。”

侯大利明白朱林所指，道："金传统符合全部条件，但是，王永强认识金传统。如果是金传统，王永强何必费尽力气去栽赃金传统。"

"对啊。"朱林用双手揉了揉太阳穴，道，"我们以前的思路还是正确的，凶手就潜伏在学校。"他突然拍了下桌子，道，"王永强这个蠢货，早点说凶手骑江州摩托车，案子也许就破了。"

侯大利也拍了桌子，道："王永强这个蠢货！"

朱林道："还得提审一次石秋阳，不知道他有没有听见摩托的声音。"

石秋阳提供了一条警方没有掌握的杀人案线索，有立功表现，同时他又是杨帆案的重要证人，所以法院一直没有审判。石秋阳的策略取得了成功，等到了儿子出生。

朱林离开后，侯大利拿起手机，犹豫良久，准备向杨勇和秦玉说一下今天的突发情况。

杨勇刚刚做完手术出来，拿起手机看了一眼，见是侯大利的号码，先放下手机去洗手，回来时挺直腰，回了电话过去。

"什么？我没有听清楚，王永强有可能不是凶手？"杨勇霍地站了起来，大声道，"王永强不是凶手谁是凶手？"

侯大利道："还要继续追查。"

杨勇努力让自己平静下来，道："我对测谎略知一二，这个也不是很准确，不能完全排除。如果真是王永强，他又被执行了死刑，那么小帆的案子就永远悬在半空。"说到这里，他哽咽起来，又道，"我希望就是王永强，他承认了，然后被枪毙，小帆也就能真正安息。"

这个时候，任何劝解都苍白无力。杨勇挂断电话后，在办公室坐了一会儿，走到外面对助手道："我身体不舒服，下一台手术找老李来帮我完成。"

杨勇开车回到小区，坐在车里待了近一个小时，这才下车，坐电梯上楼。隔着防盗门，他听到了妻子和女儿的笑声，母女俩笑声清脆，发自内心的喜悦连厚厚的高档防盗门也关不住。他用力搓了搓脸颊，让自己神情正常起来。

妻子秦玉对女儿说：“爸爸回来了，让爸爸一起参加我们的游戏。”

“爸爸，爸爸，我们一起来做游戏，可好玩了。”

妻子问道：“你怎么提前回来了，不是还有一台手术？”

“老李正好有空，他来做，我有点累。”

“手术是做不完的，你年龄不小了，也得悠着点。”

为了不影响家庭气氛，杨勇陪着妻子和小女儿玩得十分开心。夜里，小女儿睡着后，秦玉从房间走出来，来到客厅，坐在杨勇身边，问：“你心事重重的，到底什么事？”

从丈夫口中得知王永强极有可能不是凶手后，秦玉沉默了一会儿，双手捧着脸，埋在膝盖上，轻声抽泣。

凶手的动机

侯大利重新查看提审王永强的视频。

杨帆是自己青梅竹马的女友，其生命永远定格在高一，凶手极有可能是变态杀人者王永强。审讯视频中，王永强突然望向监控镜头，脸上露出诡异笑容，固定在椅子上的双手用力朝外伸，右手做出一个奇怪动作，嘴里模仿女生声音，道：“求求你，饶了我。”做完这个动作，王永强变成了石佛，面无表情，不管审讯人员问什么都不回应。

侯大利一动不动地盯着视频，看到数小时后，王永强开口：“杨帆的事情与我没有关系，不要浪费时间。”说完这句话，他又对着监控镜头做了一个诡异表情。

花了五个小时看完第一部分视频，侯大利关掉电脑，站在窗边看着大楼外面的灯光，呼吸着略带汽车尾气的城市空气。杨帆逝去多年，其音容笑貌如今想起仍然栩栩如生，日常接触的细节一点都没有遗漏，这是值得欣慰更是让人痛苦的事情。在查看提审王永强的视频时，他又打开了几段杨帆在舞台上表演的视频，其中有一个视频是杨帆穿着红裙子跳舞。看到这段视频，他又想起河中的那一抹红色，隐藏很久的疼痛感袭来，如尖锥一样刺在心上。他赶紧关掉视频，离开电脑。

十年时间，他原本以为可以面对杨帆遇害之事，当真正面对时，才发现伤口在内心深处，依然没有结痂。

上班后的第一件事，侯大利和朱林一起前往看守所，提审石秋阳，核实王永强的口供。

办完手续，侯大利和朱林稍等一会儿，石秋阳就被带到了提审室。石秋阳杀害多人，按理是应该立刻执行死刑的，但是他提供了杨帆遇害的线索，有重大立功表现。杨帆案还没有侦破，石秋阳仍然被关在看守所里。

相较被抓捕时，石秋阳的精神面貌发生了很大变化，往日戾气消失得干干净净，脸皮白净，坐下来，抬起头，见到侯大利，还微微笑了笑。世事之奇，超过了所有人的预料，当时穷途末路的石秋阳居然被女大学生刘菲爱上，还生下了一个儿子。看到儿子相片，石秋阳放下所有人生包袱，安安静静等待最后一天到来。在最后时刻，他天天读佛，坚持给儿子写信。

这一次提审由朱林来发问。

朱林道："石秋阳，我们今天来找你，还是核实当年世安桥发生的事。"

石秋阳道："朱警官，我是知无不言，言无不尽，绝对不会藏着掖着。"

朱林心平气和地道："每个人都有无穷潜能，眼、耳、口、鼻、舌，都能独立捕捉外部世界的信息，这一点你本人或许都没有意识到。你再讲一遍当时的情景，尽量描述出所有细节，很多细节你认为没用，或许对我们就很有用。"

朱林在来之前做过功课，这是每个参加提审的侦查员的基本功课。但是，当朱林说出这一番话时，侯大利还是有些惊讶。

石秋阳再次完整地讲述了一遍当日在世安桥上发生的事，与前几次供述没有区别。

朱林听得很仔细，道："我要提问题了，你想清楚再回答。杨帆骑自行车来到桥边，被桥上的凶手叫住。你觉得杨帆和凶手认识吗？"

石秋阳闭着眼想了一会儿，睁开眼，道："虽然我隔得远，看不清楚面容，但是从杨帆的反应来看，她靠在桥边时，一只脚踩在桥上，应该并不认识桥上的年轻人。"

朱林问："这个年轻人是多大年龄？"

石秋阳道："从身形来看，很年轻，身体没有长开，瘦弱。"

朱林道："这年轻人穿的衣服质地好不好？凭感觉说。"

石秋阳道："这个还真没有注意，衬衣和裤子都是当时那种穿法。若是凭感觉说，不会太差，不是那种破破烂烂的衣服。也不算太好，总体来说很普通。时间太久远了，我离得又远，记忆不准确。"

朱林问："凶手将杨帆推下河以后，是怎么离开的？"

石秋阳道："他朝城区方向走的，然后就看不见了。"

朱林问："听到什么声音没有？比如汽车发动声、摩托声等。"

石秋阳道："我以前左侧耳朵听力受损，躲在草丛里恰好是左侧朝着桥的方向，还真没有听到什么声音。凶手朝城区方向走，有可能是在路边等汽车。"

提审结束后，侯大利和朱林再次一起来到世安桥。连续的大雨终于从长青县扩展到了江州市区，河水大涨，流速极快，发出阵阵轰响。

侯大利来到石秋阳藏身之地，朱林站在桥上。侯大利用数码相机拍了相片后，又来到王永强的藏身点，再给朱林拍相片。

拍照完成，两人站在桥中间，凑在一起看相片。朱林即将退休，长出了寿眉，有些仙风道骨的味道。侯大利面容年轻英俊，唯独两鬓发白，且在眉毛间有点点白色。走过的行人见到这两个怪人，都要多看几眼。

侯大利道："王永强和石秋阳没有见过面，他们的供述能够互相印证和补充，有几点可以基本确定，第一，凶手年龄不大，应该也就在十五岁到十八岁之间，极有可能是学生；第二，王永强不认识凶手，杨帆应该也不认识凶手，说明凶手不是江州一中的学生；第三，凶手能骑江州牌摩托车，家境不差；第四，凶手在世安桥等待，说明了解杨帆行踪，是蓄意谋杀。”

朱林顺手拍了拍石栏杆，道：“凶手的动机是什么？没有提出财产方面的要求，也没有侵犯受害人，基本排除激情杀人，最大可能就是报复杀人。杨家有没有仇恨大到要杀害杨帆的仇人？”

侯大利道：“杨叔是医生，为人谦和，在厂里很有名望，绝对没有要杀对方家人的仇人。

朱林道：“你有没有仇人？”

侯大利摇头，道：“我在省城打架斗殴是有的，跟着圈子里的朋友吃吃喝喝也是有的，但是没和谁有深仇大恨，毕竟当时还是个初中生，瞎胡闹。”

朱林道：“杨家没有仇人，你没有仇人，那你爸有没有仇人？”

侯大利想了一会儿，道：“我进入青春期后就在反抗我父亲，有一段时间非常鄙视父亲，不跟他说话，忽视他的一切。我对他真不了解，他如何创业，如何把企业做到这个规模，我统统不了解。回到江州工作，我绕不开他，这才慢慢了解他，突然发现，我爸还真是牛人。从黄大磊这些案子来看，我爸在创业早期真有可能有仇人。”

朱林道：“我们是不是可以这样思考，你爸的仇人迁怒于你，出于我们不了解的原因，受害者成了杨帆。凶手杀害杨帆的动机是什么，我想了很久，这一条应该最靠谱。光有动机也不行，还得一步步往前推，找到证据。”

“我今天回阳州，先和我爸见面，聊一聊他的历史，再请老葛回来，结合王永强和石秋阳的回忆，给凶手画一幅像，哪怕模糊一点，也有一个参考。”案发之初，所有人都认为此案是“因情生恨”，注意力全部在杨帆的追求者上，石秋阳和王永强两个目击者交代以后，侯大利的看法在一点一点发生变化。朱林所言正是侯大利内心深处隐约的想法。

侯大利开车直奔阳州。侯国龙接到儿子电话后，道：“国龙集团正在召开董事会，很重要的一次会，我没时间出来。你到会场等我，休会的时候我们再谈。你给宁凌打电话，由她来安排你。”

国龙集团新总部在阳州工业园区东角，占地很广，有一幢总部大楼和四幢附楼，还有单独的两幢建筑，包括一处宾馆和一处活动中心。总部内有一个小湖，小桥流水，亭台楼阁，建筑总体是中式风格，又融入了非常多的现代元素。

侯大利知道国龙集团有了新总部，却一次都没有来过。来到总部后，他原本想给宁凌打电话，拿起电话，却又放下。

车至大门，一个帅气的保安过来，道：“请出示出入证。”

侯大利经过血与火、生与死的历练，早年的纨绔之气早就丢到太平洋，变得深沉内敛，道：“我没有出入证。”

保安道：“没有出入证，不能进入。”

侯大利道：“出示身份证登记也不能进入？”

保安瞅了瞅侯大利的豪车，摸不准来人虚实，道：“今天开董事会，没有出入证或者提前预约，真不能进入。你如果有预约，让里面的人给门岗打电话。”

父亲的企业管理如此严格，从外观来看也确实很有气势，侯大利不禁高看了父亲一眼。在青春叛逆期，他眼里的父亲就是一个落后于时代的老家伙。此时此刻，他才慢慢意识到父亲是一个时代的佼佼者。

后面又有车开来，按响了喇叭。保安看到车牌，略有些紧张，道：“你把车挪开，别挡住路。如果里面没人打电话，今天请离开。”

侯大利拨通了宁凌的电话，可宁凌的电话处于无法接通的状态。面对保安越来越严厉的目光，侯大利苦笑起来，直接给父亲打电话，结果父亲电话也无法接通，再给母亲打电话，仍然如此。他让开通道位置，站在门外仰望大楼兴叹。

保安禁不住有些好奇，道：“你到底找谁？”

侯大利指了指“国龙集团”四个金光闪闪的大字，道：“我找他。”

保安抬头看了看侯大利手指的方向，火了，道：“你是不是来捣乱的？我再说一遍，请你离开，如果不离开，我就呼叫支援了。”

侯大利看了看保安的身姿，听其语言，道：“退役武警？”

又一辆小车开过来，到了门口，保安看到此车立即立正，敬礼。来者没有回礼，拉开车门，敏捷地跳下车，笑容满面地道："大利，稀客啊。你过来开会？"

来者张义超是国龙集团的常务副总裁，国龙集团的创业功臣，也是随侯国龙辞职的世安厂老人。侯大利道："张叔，我不是集团的人，没资格开会。我有事找我爸，没有出入证，打电话，又打不通，被拦住了。"

张义超道："今天开董事会，会场做了信号屏蔽，无法通话。"

正在这时，宁凌电话回了过来。侯大利道："我在门口和张叔说话。"宁凌道："你稍等，我下来接你。"

张义超拨通保安部长的电话，道："你到大门岗。"

后面又有车来，见到张义超站在门口，就安静地等待。有的车掉转车头，走另一道门。一个体格健壮的中年男子从大楼出来，一阵急走，来到门岗前，道："张总，什么事情？"

"我上次给你交代过几个特殊车牌，你没有布置下去？"张义超说话声音不大，可以说是轻言细语。

中年男子明显紧张起来，看了一眼侯大利，顿时知道发生了什么事，道："张总，我工作不细致，深刻检讨。"

侯大利劝道："张叔，他们是执行规定，没错。我其实有一张出入证，只是没有放在车上。"

宁凌这时也出现在门口，喘着气，解释道："大利哥，对不起，会场接不通电话。"

门口小风波迅速平息，张义超与侯大利握手告别后，前往会场。宁凌带着侯大利来到附楼。

门口中年男人望着越野车的车尾，对当值门卫道："我给你们几个特殊车牌，你没记住，记性被狗吃了。"当值门卫红了脸，道："我是刚刚想起，这个车牌从来没有来过，真忘记了。中队长，他是谁？"

中年男人道："以后把车和人都记住了，绝对不能再犯错。他是大老板的儿子，独生子。"

当值门卫说了句“我操”后，道：“大老板儿子还不错，彬彬有礼，不急不躁，我还以为他就是普通的有钱人。”

侯大利和宁凌来到了附楼。

宁凌彻底放弃了对杨帆的模仿，身着职业套装，干练，漂亮。她带着侯大利进入三楼，道：“这是国龙老总休息的地方，你在这里等他，他休会就过来。”

“我妈有自己的休息室吗？”侯大利是第一次进入父亲的休息室，只觉得非常陌生，里面的陈设华贵，家具皆为上品。房内没有母亲的物品，非常男性化。

“干妈住另一幢楼，在对面。”宁凌给侯大利泡了茶，又匆匆回了会场。

侯大利用刑警的眼光观察着房内陈设，转了一圈，在一个小角落看到了一架小玩具汽车，制作非常精良。如果在父亲休息室出现一辆玩具摩托，这在国龙集团的业务范围之内，而出现玩具汽车则非常意味深长。放下玩具汽车，他又转了一圈，没有再找其他可疑物品。他觉得这个世界有些离奇，作为儿子准备跟父亲和解，而父亲却另起炉灶。当然，不管是不是另起炉灶，侯大利和侯国龙的父子关系是永远不会变化的。

等了一个多小时，侯国龙进屋。一个漂亮女服务员拎着钥匙，开门后，迅速离开。侯国龙进门后，拉开领带，把西服扔到沙发上，道：“太憋屈了，谁发明的领带，简直是受刑。”

侯大利道：“你得锻炼了，肚子和脖子有赘肉了，还很明显。”

侯国龙好久没有听到如此直白的语言了，稍稍愣神。他坐在沙发上，道：“你还是稀客，是第一次到总部来吧。隔几天你过来，我带你走一圈。今天过来是什么事？”

侯大利简单讲了关于杨帆案的最新发现，道：“以前，我们主要从因情生恨角度进行侦查。根据新的线索，凶手动机有可能和感情无关。我想了解，当年你有什么仇家没有。”

“如果是我的仇家，第一下手的目标应该是我，第二是家人，为什么会是杨帆？道理讲不通。”侯国龙表情严肃起来，眉毛上扬，大老板威严立显。

侯大利道：“道理讲不通是我们调查得不够深入，以我的经验，随着证据越来越多，以前讲不通的道理最后都能够讲通。”

侯国龙默想了一会儿，道：“小帆是在2001年10月18日下午遇害的，在2001年以前，国龙已经搬到省城，与江州没有太大关系。我以前最大的竞争对手是丁晨光，斗得很凶，后来我们化敌为友，互相合作，关系还不错；其次就是杨国雄，这人后来跳楼自杀了。他以前生产江州摩托，质量赶不上后起之秀国龙摩托和晨光摩托，再后来就被晨光摩托兼并，我们三家摩托厂都位于江州，竞争很是激烈，互相之间也用些手段，纯属商业上的手段，没有出格。杨国雄之败并不在于我和丁晨光的竞争，还有一个重要原因是分散投资，占用大量资源，他收了不少煤矿，恰好遇到煤炭价格滑落，卖不出去。国龙集团发展后，后来对手的体量都不够大，我都没有出面，晓宇和义超等人就直接对付了。”

侯大利道：“丁晨光和杨国雄是国龙集团发展起来以后的对手，更早的时间段有没有仇人？”

侯国龙道：“你爸做生意讲究合作共赢，很多对手最后都成为合作伙伴，纳入国龙体系。国龙集团发展这么快，有内在原因，靠不留余地地斗狠永远达不到现在的规模和水平。现在我不管具体业务，只管大方向。”

如果是一般人，话说到这个地步也就放弃了。侯大利没有放弃，让父亲开了一个十几人的竞争对手名单。临行前，侯大利很委婉地提醒道：“爸，财大招风，你要注意安全，不仅是你，还有家人。”

侯国龙目光瞬间锐利，如鹰一般盯紧了两鬓斑白的儿子，道：“什么意思？”

侯大利诚恳地道：“我是一线刑警，短短两年看过太多阴暗肮脏的事，小心无大错。”

离开国龙集团总部，侯大利在刑侦总队见到了老葛。老葛请假后，和侯大利一起回到江州。

晚餐，105专案组在常来餐厅聚餐，除了田甜，新老人员全部到齐。在朱林提议下，大家举杯敬了田甜。

次日，侯大利、葛向东再到看守所提审了石秋阳和王永强。

葛向东根据两个人的描述，画出一幅犯罪嫌疑人的素描。这幅素描没有面容，是一个站在世安桥上年轻人的远景。

石秋阳和王永强皆认为非常传神。

第五章
半坡惊现黑色人骨

半坡惊现黑色人骨

滕鹏飞曾经在殡仪馆脱口而出的话果然犯了忌，凡是犯忌必有重大案件出现，这种事屡试不爽。

连续多日暴雨，长青县各地山体滑坡事件频发。长青县和江州市区交界处的二道拐村，一名老村民身披雨衣，肩扛锄头，沿泥结石公路走向山坡。泥结石公路路面被水浸透，老村民满脚稀泥，走起路来极不爽快。

昨夜，山腰处滑坡，滑落的泥土阻断了公路水沟。山水改道，直接冲入山沟大田。山水冲入大田，带来大量山石，带走肥力，必将严重影响大田产量。老村民等到雨水稍停，便上山清理阻断公路的泥土。

挖了几锄头，老村民发现泥土中有骨头。他最初不在意，又挖了几锄头，土里忽然滚出来一颗黝黑人头，两只空眼眶直愣愣地瞪着老村民。

“啥子鬼！”老村民叫了一声，如触电般扔掉锄头，跌跌撞撞地跑下山。他走进山口处的小卖部，大口喘着粗气，道：“给支书打电话，老子挖到一个死人脑壳。”

一个胖女人好奇地问："死人脑壳，在哪里？"

老村民惊魂未定，指了指山坡，道："昨天滑坡，泥巴堵了公路，我去掏水沟，挖出死人脑壳。脑壳上没的肉，就是一个骨头，黑麻麻的，吓人得很。"

胖女人笑道："死人脑壳都是灰色的，哪有黑的，你龟儿子是不是骗我？"

"我儿骗你！"老村民赌咒发誓道。

"你龟儿子经常拍胸脯吹牛皮，说自己胆大包天，结果是骟鸡公打掰掰——提虚劲，脸青面黑的，硬是被吓惨了。"胖女人给村支书拨打电话时，笑得很是欢畅。

老村民慢慢缓过劲来，骂道："大田也有你家的，我为好不得好，反而遭狗咬。幸好是我去挖水沟，如果是你男人看见死人脑壳，爬都爬不回来。"

村支书老刘当过兵，做过生意，是村里为数不多的壮劳力。他接到电话，打着伞，急匆匆来到二道拐，看了一眼稀泥里的黑色头骨后，便给派出所打电话。

派出所民警到达现场时，村支书和几个老年村民还守在公路边。出警的派出所民警头发花白，蹲在泥堆前观察了灰黑色头骨，道："这案子难度大，一般人办不了，估计又得由支队接手。"

江州刑警支队接到市公安局指挥中心通知后，副局长宫建民、常务副支队长陈阳、副大队长滕鹏飞、重案大队侦查员、勘查技术人员和法医以最快速度来到现场。

按照惯例，勘查技术人员首先进入现场。宫建民、陈阳、滕鹏飞等人退到一边，旁观技术人员勘查现场。

陈阳远远地看了一眼黑森森的头骨，骂了一句："妈哟，刚刚抓住杜强，破了黄大磊案和吴开军案，以为能轻松几天，案子又来了。"

滕鹏飞背着手，慢悠悠地道："人类社会出现以来，不管是太平盛世还是天灾战乱，刑事案件都没有断绝。有案子才是正常的，真没有案子，我们就失业了，只能喝西北风。"

黑色骨头非同寻常，宫建民脸上没有表情。小雨滴飘下来，在脸上聚成水团，慢慢往下滚。他抹了抹脸上的水滴，道："滕麻子的话有道理，话丑理端。江州几百万人口，按照每十万人命案发案数二点五来算，每年总得有好几十件命案，每个月摊下来得有好几起。按照江州市局规定，凡是市区范围内的大案要案都得送到重案大队，你这个大队长想偷懒，门都没有！"

现场是滑坡地带，尸体已经完全白骨化，骨头发黑，寻常案发现场的指纹、脚印等统统没有。技术室老谭、小林、小杨和几个年轻侦查员，小心翼翼翻找现场，寻找泥土中有可能存在的蛛丝马迹，拣出来的尸骨由汤柳负责收集。

警察到来后，村民闻讯而来，在现场围观。汤柳不便在现场摆弄人骨，准备将人骨装进袋子，带回殡仪馆再慢慢检查和拼接。村民们没有料到摆弄人骨的警察是年轻女子，站在远处，紧盯着便衣女警察的一举一动，议论纷纷。

"这个女警察胆子好大，晚上会不会做噩梦？"

"她嫁人没有？如果没嫁人，谁敢接这种婆娘。"

"你想得倒美，女警察长得这么俊，癞蛤蟆想吃天鹅肉。"

滕鹏飞突然走过来，拿起颅骨，举到眼前看了看，随后从眼孔里抽出一条树根。他拿起树根准备请周边村民辨认，刚走到警戒线处，围观村民就如看到怪兽一般快速后退。滕鹏飞拉下口罩，露出鼻子和嘴巴，大声道："这是什么树的树根，有谁认识？别退，你们这些大老爷们怕什么！"

有一个满脸胡须的村民被众村民推了过来。他大着胆子，凑过来看了一眼，道："这是青枫树的根。"他又指了指被埋了大部分的小树，道："就是那种树，本地杂树。"

滑坡的泥土里倒着四株青枫树，皆有碗口粗细。

滕鹏飞问："这树长了几年？"

胡须村民道："三到四年。"

滕鹏飞又问："你怎么知道？"

胡须村民道："我在集体林场工作过。"

警方离开后，村民们都在谈论摆弄骨头的女警察和麻子警察，在佩服他们胆子大的同时，都觉得他们的家人跟他们生活在一起定会做噩梦。

滕鹏飞放下颅骨，拍了拍手，把村支书叫到一边，先散了烟，再问道："刘书记，这条公路通向哪里？"村支书老刘道："以前是通往老铅锌矿，是专用道。现在铅锌矿新修了公路，不走这边了，基本上是村里在维修。"滕鹏飞道："你们村，或者周边村社，有没有失踪的人？"老刘抽了口烟，道："没有听说谁家走失了人。丢了人，这在村里是大事，我肯定知道。"

这两年，命案现场必定会出现朱林和侯大利。吴煜案发时，朱林、侯大利诸人恰好在审讯杜强。今天，陈阳在现场没有见到这两人，自言自语道："没有通知105专案组？"

宫建民淡淡地道："专案组职责是侦办命案积案，他们在调查杨帆案。二道拐这个案子，你是什么想法？"

"尸体应该被烧过，烧得很严重，他杀的可能性最大，大概率不是第一现场，但应该是焚烧现场。从村民表情以及现场情况来看，遇害者应该不是本村村民。这个案子线索少、难度大，若是勘查和尸检找不到线索，只能从失踪人口倒查。"陈阳是重案大队的老侦查员，见多识广，尽管勘查报告、法医报告和调查走访还没有完成，也能凭着经验得出一些基本结论。

"和我想的差不多。"宫建民指了指在旁边与村民聊天的滕鹏飞，道，"吴煜案办得漂亮，很快可以移送起诉。这个黑骨案不好搞，难度很大，滕麻子是铁脑壳，做了大队长，还在天天嚷着一组没有捞着大案。这次还是由一组来办，让苗伟和李明松口气。这一年多时间，大案不断，他们压力太大了。另一方面，一组组长侯大利是新人，得压压担子，增加一些锻炼机会，案件难度越大，越能把他这把刀打磨得锋利。"

说到这里，宫建民想起滕鹏飞以前为了抢案子做的一系列"小动作"，笑道："不少一线单位都在躲案子，这小子主动抢大案，很难得，是稀有品种。以后我们还是要形成竞争机制，让一组、二组和三组竞争起来，激发内部活力。”

重案大队一组、二组和三组之间的竞争格局是原支队长朱林设置的。朱林退居二线后，三个小组间的竞争格局并没有消失，由于一组最为强势，是三个小组中的优等生，所以形成了二组和三组联合对抗一组的局面。滕鹏飞被借调到省厅后，一组竞争力明显下降，朱建伟案、杜文丽案、黄卫案、吴开军案和黄大磊案被二组和三组瓜分。滕鹏飞回归，在支队长和政委面前大发牢骚，以一组组长身份抢到了吴煜案。如今形势稍稍发生变化，滕鹏飞成了重案大队长，不管一组、二组还是三组谁来办这个案子，都在他的领导之下。

勘查结束时，阴云一扫而光，天空格外晴朗，空气中负氧离子多到爆表。

刑警们撤离现场后，村支书老刘买来一盘大鞭炮，在二道拐驱邪。驱邪后，他带着村民准备清理滑坡的泥土，防止再下暴雨。正准备动手时，滕鹏飞和探长杜峰回到现场。

“这堆泥土还有用，你们暂时别动。”滕鹏飞给村支书老刘发了一支烟。

满脸麻子的刑警大队长脸色黝黑，身体壮实，相貌接地气，谈吐爽直，很对村支书的胃口。老刘接过烟，掏出打火机，给滕鹏飞点上，道：“滕大队，水沟不挖出来，下大雨，水还会冲进田里。这一湾都是大田，被水冲了，这几年都会有损失，我们社员靠天靠地，承担不起。”

“我们要派人挖走这些泥土，给你们省点力气。”滕鹏飞看了看手表，对跟在身边的杜峰道，“这事交给你，找辆车，把所有泥土弄到老训练场去，细细过筛。”

得知城里警察要带走堆在公路上的泥土，老刘热情地邀请滕鹏飞到家里吃饭。滕鹏飞下午还要开会，散了一圈烟，告辞而去。

滕鹏飞再考侯大利

下午三点，针对二道拐黑骨案的第一次案情分析会召开。

这种例行分析会，程序相对固定。

首先，最先到达现场的派出所民警汇报情况：接警后来到现场，保护了现场；特意强调除了挖水沟村民，附近村民只是围观，在市局刑警到来前没有接触滑坡泥土。

案发地处于长青县和市郊交界处，滑坡地所在村为二道拐村，且不知受害者身份，也不知发案时间，此案被命名为“二道拐黑骨案”。

其次，探长江克扬报告调查走访情况：附近村社没有失踪人口；滑坡地带位于半山坡，再往上走就是长青铅锌矿；长青铅锌矿在2005年之前是长青县下属国有企业，后来被民营长盛矿业收购，成为长盛矿业旗下企业；如果村社无人失踪，长青铅锌矿是下一步的重点调查对象。

宫建民插话道：“现在关键是要找到尸源。如果是十几年或二十年前的尸骨，根本没法查。另外就是要找到第一现场，否则谈不上确定侦查方向。”

再次，由老谭报告现场勘查情况：初步勘验现场后发现，尸体位于滑坡泥堆中，完全白骨化，散乱分布在泥土中；尸骨四周有植物根茎生长，目前滑坡泥土已经运回老训练场，还得慢慢清理。他又谈了一个具体情况，技术室人手少，等会儿还要出发去长荣县帮助处理一起重大盗窃案现场，清理滑坡泥土还得依靠办案单位。

长荣县上午发生了一起盗窃案，县长寝室被盗。这是比较敏感的案件，长荣警方向市刑警支队求助。经关鹏批示，老谭在会议结束后，立刻带勘查人员前往长荣县勘查现场。

最后，由法医室李主任报告情况。在现场勘查没有什么结果的情况下，法医结论相当关键。李主任清了清嗓子，不紧不慢地报告了尸检情况。

一是尸骨检验：尸骨完整，完全白骨化；尸骨呈灰黑色，疑似被焚烧过；按照人体骨骼解剖学结构摆放，该具骨骼全长173厘米；发现疑似甲状软骨、环状软骨、胸骨多处骨折，暂时无法判断是焚烧过程引起的骨折还是外力作用引起的骨折，需要到解剖室进行细致比对。

二是个性识别：该具尸骨的耻骨角呈“V”形，角度约70度，右侧缘支角角度为147.1度，左侧缘支角角度为149.2度，判断死者为男性。

三是年龄判断：根据耻骨联合面评分标准和数量化理论评分法，推测该死者年龄为23~28岁。

四是遇害时间判定：该具尸骨大部分已白骨化，且被焚烧，准确遇害时间还要进一步检测后进行推断；在头骨中发现了根须，当地村民判断是当地青枫杂树的根，在滑坡泥土中发现四株本地青枫杂树，大小差不多，不是人工种植；据周边村民判断，这棵树得长三四年才有现在这么粗，所以，时间大体可以判断最起码是三到四年以前就埋在此处，更准确的年份，暂时无法得出。

五是死亡原因判定：尸体没有肌肉组织和脏器，死亡原因还得做进一步鉴定。

六是死亡性质判定：本例中的尸骨掩埋于半坡内，没有坟墓，还被焚烧，不符合当地的丧葬风俗，其死亡性质应系他杀，但是最后还得依据尸检报告来确定。

七是DNA提取：尸骨埋藏时间长，又被焚烧过，提取DNA难度很大，不一定能够成功。

李主任报告结束后，宫建民首先明确由重案一组侦办此案，再布置了工作，最后强调道：“下一步关键是找到尸源，否则无从下手。话不多说，大家立刻行动，希望尽早破案。”

分管副局长干脆利索地做了总结，众侦查员都觉得很爽快。忙了许久，大家很疲惫，若真是听一席没有实质意义的空话，还真累。

有局领导参加的案情分析会结束，重案一组全体转移到一组小会议室，继续开会。

滕鹏飞把调查走访材料往桌上猛的一扔，发出啪的响声，道：“刚才领导们在场，我给大家留了面子，没有发火。现在都是自家人，我就要说道说道。大家都在等待省厅提取DNA，等待是对的。我要说的是另一个观点，现在有一种新毛病，离开了视频、离开了DNA、离开了技侦手段，我们的侦查员就变成了傻子、聋子、瞎子，完全不会办案。具体到这个案子，老克，你的调查马虎了事，敷衍塞责！”

侯大利拿出笔，记录讨论要点。

滕鹏飞瞪着眼，对私交颇佳的江克扬道：“看你神情，还不服？说一说你的调查。”

江克扬拿起调查询问笔录，赶紧扫了一眼，禁不住暗自犯嘀咕：“这份调查材料挺细致，不知道滕麻子为什么肝火如此旺盛。”

他简明扼要地谈了调查材料的主要内容：“第一，沿滑坡地带公路主要有两个村六个社，再往上走有一个国有林场，国有林场没有固定住所，只有一个工房。六个社共有一千二百户，合计四千六百七十七人，长期在家的有两千三百三十八人，主要是老弱妇孺。据调查，两个村六个社和国有林场没有失踪人员。第二，调查了周边场镇餐馆、旅馆、小歌厅从业人员，没有失踪人员。第三，调查了江州失踪人员名单，确实还要等待省刑侦总队提取DNA，如果提取成功，就可以进行比对。”

“DNA技术直到2005年才真正发展起来，以前市局都没这本事，必须到省厅甚至部里去做。没有DNA的时候，我们就不破案了吗？”

滕鹏飞指着侯大利，道：“侯‘神探’，二道拐黑骨案，你估计能不能提取到DNA？”

侯大利挺反感“侯‘神探’”这个称呼，“神探”是善意调侃，而“侯‘神探’”则明显带有嘲讽意味。田甜牺牲后，他变得更为内敛，没有在众多侦查员面前与滕鹏飞较劲，也没有附和其说法，道：“尸骨被烧，又被埋在地下多年，无法判断能否提取到DNA。市局若是做不了，可以送到省刑侦总队提取。”

滕鹏飞有意看一看山南政法学院刑侦系毕业生的水平，问道：“从尸骨颜色，你能不能判断出燃烧的温度？”

侯大利道：“尸体软组织被烧光后，通过骨骼表面颜色可以推断出焚烧尸体的温度。如果骨头表面是褐色，可以推断当时的温度在一百到两百摄氏度；如果骨头表面是黑褐色、炭化，那么温度就在四百到四百五十摄氏度之间；如果骨骼表面呈灰白色，就有七百摄氏度以上，但在野外焚烧很难达到。除了颜色，还可以观察裂纹，温度超过三百摄氏度时，骨骼会出现长轴裂痕。温度越高，骨骼脆性越大。”

滕鹏飞目不转睛地看着侯大利，道：“果然有两把刷子，不愧为‘神探’，明天跟着我，再去查看尸骨。”

他把注意力重新转向江克扬，道：“我们再来谈调查。那条上山的泥结石路面修在二道拐村，修路的目的是什么？是什么时候修建的。是为了林场，还是为了更上面的矿山？矿山是哪一年兴建的？现在的业主和以前的业主分别是谁？尸体被烧得这么厉害，没有助燃物烧不到这种程度，发现尸体的地方就是焚尸的地方，白天就得有浓烟，夜晚则有火光，有没有附近村民看见过类似现象？老克，你这个破案无数的神眼搞调查走访，这些都是明摆的事情，难道熟视无睹？”

“确实有不完善的地方，我再去调查。”江克扬早就习惯了被滕鹏飞当面挖苦。近两年来，滕鹏飞被抽到省厅搞专案，江克扬很少被其挖苦，最初还很不习惯，如今滕鹏飞回来了，没有因为在省公安厅工作两年而发生改变，毒舌依旧，还是原来的味道，还是原来的配方，江克扬居然迅速找回了从前的感觉。

散会以后，滕鹏飞、杜峰、江克扬来到老训练场。训练场是半开放空间，有一个大篷，四面透风，却能挡雨。大货车运来的滑坡现场泥土堆放在训练场上。老训练场由即将退休的老警察老邢管理，老邢看到湿漉漉的泥土倒满了训练场，很是心疼，抱怨道：“滕麻子，你这个败家玩意儿，把这堆烂泥堆在这里，就是把训练场往死里毁。”

滕鹏飞哈哈大笑道：“这叫不破不立。以前训练场还马虎能用，被我破坏了，彻底不能用，局里肯定会花钱来修。”

老邢恶狠狠地挑刺，道：“滕麻子到省厅办专案，怎么不留到省厅，还要回市里？你平时尾巴翘得高，到了省里能人多，你的尾巴就翘不起来了。”

滕鹏飞揉了揉脸上的麻子，道：“宁当鸡头，不当凤尾，在厅里得听指挥，我这个小字辈说话不管用。再说，我也舍不得弟兄们，多指挥破几个大案，也不枉当了一回刑警。这泥里躺过尸体，我得细细查找，看能不能翻出有用的线索。”

“泥巴中有名堂，我嗅到了里面的味道。”老邢丢了一支烟给滕鹏飞，道，“秦力的事情你听说了吗？秦力、陈阳、黄卫还有你，你们几个算是当年的后起之秀，天天凑在一起讨论案子，也不洗澡。有一次我进你们屋，差点熏了一个大跟头。谁能想到，秦力居然为了弟弟找人杀了黄卫，如果不是事实确凿，打死我也不敢相信。”

提起此事，滕鹏飞脸色阴沉下来，道：“无论如何，秦力都不能杀自家兄弟。我不想听到他的名字，脏耳朵。”

下班后，滕鹏飞、杜峰、江克扬和老邢等人在苍蝇馆子喝酒，尽兴而归。分手时已经是晚上十一点，滕鹏飞安排道：“老克，明天记得把侯‘神探’叫到训练场，大家都要吃土，他也不能搞特殊。”

江克扬提醒道：“侯大利是田甜的未婚夫，现在情绪低落。”

滕鹏飞很硬气地道：“做刑警就得有牺牲的心理准备，侯大利这个时候更应该振作精神，不要像娘们儿一样，这样才能真正不辜负田甜的牺牲。若是他过不了这一关，那就配不上田甜。”

侯大利收到江克扬发来的短信后，翻身起床，坐在床边。月光透过树林和窗棂，十几个光斑落在枕头上。以前这个时候，田甜已经进入梦乡，偶尔醒来，必然催促自己上床睡觉。他在床前坐了一会儿，还是没有睡意。床上空空荡荡，田甜永远离开了这个世界，往日温柔乡荡然无存。侯大利无法忍受孤寂，拿起车钥匙，开车离开高森别墅，来到江州大酒店，要了一个套间。在与田甜没有关联的新房间，他躺在床上，看着窗外，迷迷糊糊中，进入浅睡状态。

在梦中，一条红色裙子在脑中旋转，越转越快，快得让人头晕。紧接着，场景转换到巴岳山深处，一个猥琐到极点的男人从地道爬出来，和田甜面对面而站。枪声响起，田甜血肉模糊。

“啊！”侯大利从梦中醒来，额头全是汗水。

刨泥巴找证据

起床后，侯大利洗了淋浴，洗掉整夜睡不好带来的疲惫。他开车来到老训练场，在门口遇到杜峰、张国强、江克扬、马小兵等一组侦查员。

老训练场内，滕鹏飞穿了一件没有符号的旧警服，拿着一把铲刀，扫了一眼诸人，道："老克，给你说了要穿旧衣服，你穿西服做什么？强哥，你的皮鞋锃亮，是要到省厅开会吗？侯'神探'，你这件夹克不便宜吧？弄脏了别怪我滕麻子没有提前打招呼。"

他指着一大堆泥土道："今天一组是麻子打哈欠——全家总动员，全部当考古学家。任务是寻找泥巴中可能会遗漏的证据，查看泥土里有没有烧过的痕迹。为什么不找工人来帮助，原因很简单，工人不知道我们要在泥土中寻找什么东西，而你们知道。现在分堆，每人一堆，全程录像。等一会儿，技术室的同志要过来增援。"

重案一组十二人加上滕鹏飞，每个人都分到一大堆湿泥巴、一张塑料小凳、一把铲刀和一个口罩。侯大利脱掉夹克衫，戴上口罩，穿着短袖T恤，开始刨泥土。

"马儿，戴口罩。"

"麻子，湿泥巴，又没灰尘，用不着。"

"戴上，听指挥，叫你戴上就戴上！"

滕鹏飞没有当甩手掌柜，和大家一起刨泥巴，嘴里不停嚷嚷："你们注意啊，尸体被烧成那个样子，肯定有助燃剂。如果找到烧焦的土块，那么埋藏地最起码是焚烧现场；如果完全找不到，那么这个地方就有可能不是第一现场或者第二现场。"

重案一组都是经验丰富的侦查员，明白其中道理，所有人都如考古专家一样，精心侍弄分到的泥巴。滕鹏飞刨了一会儿泥巴，又开始四处转。泥巴中曾经埋过尸体，仿佛散发着令人作呕的味道。他到屋外洗了手，跑到老邢值班室，弄了一瓶江州老烧，道："兄弟们，都喝一口。你们莫要停，张嘴就行了。"

滕鹏飞倒了满满一碗江州老烧，依次送到侦查员嘴边，让大家喝一口。

“老克，你是酒鬼投胎吗，喝这么大一口？”

“强哥，两年不见，你硬是屎壳郎戴眼镜——冒充斯文人。”

滕鹏飞给大家喂酒，顺便还踢一脚或者拍拍肩膀。他提着酒瓶来到侯大利身边，道：“整一口。”侯大利喝了一大口。江州老烧是本地高粱酿造的烈性酒，六十度，喝一口下去，从嘴到腹部犹如被熨斗过了一遍。滕鹏飞解释道：“弄这玩意，说不定就有细菌，喝点烈酒，杀杀毒。”

刨泥巴是辛苦活儿，一个小时后，大家都腰酸背疼，而每个人身前还有大堆泥巴。

不一会儿，老谭、小杨、小林和葛向东也一起来到老训练场。滕鹏飞拿着铲刀，叉着手，道：“老谭，这原本是你们技术室的活儿，我们全家总动员，你们却来得慢吞吞的，悠闲得很。”

老谭道：“麻子讲话没道理，我们才把长荣的事情做完，马不停蹄就过来了。事要一件件做，饭要一口口吃，好事不在忙上。”

侦查员们已经忙了一个多小时，纷纷直起腰，喝水，抽烟。

葛向东来到侯大利这边，道：“这具尸骨被烧得惨，颅骨受损，有缺失，良主任觉得很有挑战性，同意进行颅骨复原。我今天要送头骨到良主任工作室，同时还要留在那边承担辅助工作。”

侯大利和葛向东来到相对安静的角落，点燃香烟，边抽边聊。

“我到良主任工作室辅助复原头骨，樊傻儿牙齿被打掉了好几颗，你又来挖泥巴，只有朱支还坚持到刑警老楼上班，我怎么感觉专案组就要散伙？我真舍不得离开专案组，若不是专案组，我还在经侦那边混日子，如今尝到了被人尊重和需要的感觉，再混日子会就很难受。你也真有定力，一代‘神探’在这里挖泥巴。”

葛向东开了句玩笑，想起了田甜，笑容慢慢消失，道：“唉，有时候我都不知道该不该提田甜。不提她，似乎我们就忘记了她；提起她，又怕惹你伤心。”

侯大利在葛向东面前没有隐藏悲伤，道：“我们还是要经常提起她，如果没有人提起她，她就真被人忘记了。我们提起她，她就还活着，和我们一起。”

葛向东转过头，擦了擦眼睛，这才转过来，道：“这他妈都是什么事啊！”

在滕鹏飞的强烈要求下，技术室的小林和小杨留下来与重案一组一起刨泥巴，滕鹏飞、侯大利、老谭和葛向东来到物证室。

人骨摆在物证筐里，无声地诉说着自己的冤屈。葛向东拿到一个盒子，里面装的正是那颗灰黑色头骨。

“葛朗台，颅骨复原要多长时间？”滕鹏飞完全没有料到“葛朗台”居然入了良主任法眼，想起“葛朗台”以前颇为不佳的名声，仍然觉得这个变化有些魔幻。

葛向东道：“如今技术水平提高了，利用扫描后的数据建模，再填充，比以前快得多，最多半个月就完成颅骨复原。”

滕鹏飞原本还要开两句玩笑，见葛向东一本正经地谈专业问题，玩笑话便没有说出口，道：“侯‘神探’，那天开会你讲得头头是道，凭着骨头颜色就能判断火的温度，二道拐这具尸骨摆在这里，你看得出来什么道道？”

由于田甜的关系，再加上侯大利经常参加现场勘查，老谭视侯大利为自家人，怕他应付不了很有些“赖皮劲”的滕麻子，有意提醒道：“隔行如隔山，这事应该由李主任来做，他是副主任法医师，我们都不专业。”

滕鹏飞道：“骨头多处骨折，李主任拿不准哪些是生前骨折的，哪些是焚烧骨折的，拍了些相片，发到刑侦总队法医室，请高手帮助判断。”

老谭道：“小林和小杨帮助你刨泥巴，老葛拿到了颅骨。我们技术室在这儿没用，大利，我们走吧。”

“稍等，我看看这些骨头。”侯大利戴上手套和口罩，拿起一根折断的骨头，用高倍放大镜观察，道，“骨头断面有玻璃样变，这是焚烧骨折。骨骼颜色呈灰白色，至少有四百摄氏度，滕大队判断准确，焚烧时确实加了助燃剂，否则烧不成这样。”

滕鹏飞瞥了侯大利一眼，道：“你学得还挺杂。”

“杂而不精，贪多没有嚼烂。论足迹比不过谭主任，论勘查基本功不如小林，DNA提取检测不如张晨，画像不如老葛，打枪不如樊勇，法医不如李主任，侦查基本功不如大部分侦查员，特别是调查走访这类工作与朱支差得太远，他能轻易问出来的话，我费了大劲都问不出来。”

说话间，侯大利轻轻将长骨放下，又拿起一片断掉的肋骨，继续用放大镜仔细观察，道：“焚烧前的创伤骨折，不管是压缩、拉伸、扭转还是冲撞，都会留下相应骨折线，如果要准确判断，还得拍X光片。”

滕鹏飞嘲笑道：“侯‘神探’，你拿自己和全队精英比较，我不知道你是骄傲还是谦虚。”

侯大利突然停下来，道：“这根肋骨有一处特殊痕迹，应该是刀伤，捅得非常用力。”

法医室李主任已经发现此处伤痕，滕鹏飞故意没有指出来，想考一考侯大利的眼力。他原本以为侯大利看不出，谁知这个小年轻的眼光还真是老辣。他又等了一会儿，见侯大利没有新发现，道：“李主任发现了这处伤痕，也认定是刀伤。在脊柱上还有一处刀伤，和这一刀类似。”

在放大镜下面，脊柱上的刀伤很明显，从刀伤位置来看，这一刀是从背后捅进去的，非常凶狠，直接刺到脊柱，留下了刀痕。

看到骨头上出现的伤痕，侯大利脑中出现一幅非常清晰的画面：遇害者被正面捅了好几刀，其中一刀捅到肋骨上，留下了永久的伤痕；遇害者受伤后想要逃离，又被凶手从背后捅了几刀，其中一刀捅在了脊柱上。从这两刀来看，凶手极其凶残。

离开物证室，老谭回刑警新楼，葛向东带着颅骨到省城，其余人又回到老训练场。

侦查员们继续刨泥巴，刨了整整一天才完成工作，没有新发现。

剧变后的专案组

下班后，侯大利仍然不敢回到充满田甜气息的高森别墅，直接去了江州大酒店的顶楼套间。他刨了一天泥巴，腰酸背痛，加上前天晚上基本没有入睡，晚十点上床，这一次终于沉入梦乡。睡到半夜，醒来时看见窗外明亮的月光落在床头，下意识伸手想要搂住田甜，这是以前在高森别墅形成的习惯。枕边空空荡荡，侯大利只摸到床单。他瞬间清醒过来，田甜永远走了，阴阳相隔，再也无法拥抱，一时之间，悲伤涌了上来，重重叠叠，无穷无尽。

上班前，侯大利稍有犹豫，决定先到105专案组，和朱林碰个面，商量一下杨帆案，然后再到刑警新楼。专案组成立有正式文件，在没有新文件的情况下，他其实还是属于被抽调状态，应该到刑警老楼上班。只不过，二道拐黑骨案交由重案一组侦办，作为组长，他必须将重心放在此案。

朱林夹着手包，准点来到刑警老楼。

刑警老楼生活过大李和旺财两只退役警犬，在与犯罪嫌疑人做斗争的过程中，大李活生生累死，旺财被炸得尸骨无存，皆牺牲得非常英勇。由于先后两只退役警犬牺牲，朱林再向警犬中心提出领养退役警犬的要求时，被爱犬心切的警犬员委婉拒绝。此时，院内没有旺财，樊勇还在医院治伤，葛向东送颅骨到省厅，老楼顿时冷清许多。朱林正在感慨时，听到健身房传来砰砰声，便加快脚步来到健身房门口。

侯大利正在打沙袋，背心前胸后背全部打湿，豆大汗水从额头滚落。王华没有做器械，正在练习开合跳，跳完三十个，大口喘气。

朱林对王华竖起大拇指，道："太阳从西边出来了，王胖子居然开始锻炼了。"

王华自嘲道："前些天，我和大利到医院去看樊傻儿，遇到熟人，顺便测了血压和血糖，低压120，血糖11。熟人警告我，再不减肥，活不了几年。而且我们这一行总要面临危险，我胖成这样，跑不能跑，跳不能跳，打不能打，只能靠一堆肉来狐假虎威。"

朱林笑道："继续，继续，不要让心跳慢下来才有效果。"

王华做完开合跳，又高抬腿，气喘如牛。

朱林又道："昨天是什么情况？"

侯大利跟在朱林身后，来到院中，道："昨天到老训练场，跟着滕大队刨从黑骨现场挑回来的泥巴，没有发现。滕大队的思路是正确的。从逻辑上来看，凶手不会搬动一具烧过的尸体，而是应该把尸体带到二道拐，烧了以后就地埋掉，滑坡地带应该是焚烧地点，雁过留痕，人过留影，必然会有焚烧痕迹。二道拐黑骨案很棘手，我这一段时间没有太多精力跟踪杨帆案。"

"105专案组的职责就是侦办命案积案，你把精力放在二道拐黑骨案，我带着王华等人继续调查杨帆案，杨国雄儿子和你年龄差不多，后来失踪了，只找到一张身份证相片。这条线索有点意思，要继续查下去。"朱林作为在刑警支队工作二十多年的老同志，坚守在105专案组，也正是因为他的坚守，105专案组才保持着原来的框架没有散伙。

"虽然大部分命案积案都侦破了，但是我觉得105专案组应该保留，江州历年累积下来的刑案还很多，若是没有专门的机构盯着办，档案发黄变黑的老案多半就永远变成未侦破案件了。"侯大利又道，"我这一段时间精力得放在二道拐黑骨案，晚上若有空，我就回老楼，整理杨帆案的材料。"

"英雄所见略同，我们想到一块儿了。105专案组可以换名字，机制应该保留，用处很大。这是我给市局的建议，你赶紧帮我做成正式文件。"朱林从手包里取过几页纸，递给侯大利，又道，"你没有必要天天过来，有突破，或者有疑点，我会联系你。"

侯大利拿着朱林的建议到楼上打印。朱林的建议不长，主要内容是保留105专案组这个已经在全省打响的品牌，不必拘泥于命案积案，将其他重大未侦破案件纳入专案组，持续保持力量，必将获得更大成果。

朱林拿到打印件，戴上眼镜，仔细检查了一遍，道："我其实已经很满足了。我还有一年退休，在退休前，除了杨帆案，专案组已经把命案积案一扫而光，这在全省都很罕见，这是一名老侦查员的最大光荣。

如果市局同意我的建议，专案组会起越来越大的作用。宫支是刑警支队长，下一步会成为局领导。他不太赞成继续保留105专案组，你应该能够看得出来。这不是对和错的问题，而是观点问题。关局长站的角度不一样，他是一把手，一把手更注重全局，105专案组是全省公安系统刚刚树立的品牌，他不会让这个品牌倒下，所以肯定会同意我的建议。你是优秀的侦查员，但是要成为优秀指挥员，不仅要紧盯案子，也要学会分析全局。只要你还在公安系统，那就得为了事业动脑筋，想办法占据一个好位置，千万不能犯幼稚病。”

他略微停顿，道：“这一次解救人质，后来复盘，战刚的指挥没有明显失误，只不过情报信息不充分，不知道屋内有地道。两位民警牺牲得非常英勇。当初战刚把田甜和老唐放在后方，其实就是为了保护他们。可惜，天算不如人算。我提这件事情不是讨论谁的责任，而是要你明白一位优秀指挥员对于整个队伍的意义。你有这个能力，就要承担起这个责任，这样才对得起田甜的在天之灵。”

杨帆遇害时，侯大利年龄尚小，情绪完全失控。田甜牺牲，侯大利已经成为一名出色的刑警，心理发生了很大变化，虽然悲伤，却一直很好地控制住情绪。朱林将这一切看在眼里，对侯大利更是高看一眼，所言皆是没有保留的真心话。

侯大利背景特殊，并没有一定要在公安局占位置的急切想法，如今朱林作为领导和师父反复告诫他不能犯幼稚病，与其被平庸者领导，还不如自己当领导，这样对整个事业有利，对一线刑警有利。他最初对这个告诫不以为然，但由于经常被熏陶，已不知不觉在内心深处接受了这个建议。

聊天之后，朱林拿着文件到市局向局长关鹏汇报。

侯大利回到刑警新楼，和探长江克扬一起前往二道拐村。

侯大利开车，江克扬坐在副驾驶位置上。

江克扬瞅了一眼侯大利戴着的白手套，道：“今天来做什么？”

侯大利道：“昨天刨泥巴时，我觉得滕大队思路是正确的，只不过做得不够，我们应该把滑坡地带所有泥土都清理出来。”

"工程量太大，我们一组做不了这事。"江克扬透过车窗，看到不远处小河湾有一处工地，道，"那是丁工集团的工地，丁工集团也做房地产？"

侯大利道："丁工集团主业还在制造行业，有子公司做房地产。国龙集团在江州也做了房地产，这个不奇怪。"

"这个世界是有钱的越有钱，穷人是越难发财。组座，我有些好奇，你明明可以潇洒走一回，何必当一名苦哈哈的刑警。你不是超人，用不着拯救世界。"江克扬是第一次在侯大利面前说出心里话，说完，便看侯大利如何反应。

侯大利没有回答这个问题，道："刨泥巴这事没法找人代劳，必须靠我们来辨认火烧的痕迹，还有各种寻常却又关键的物品。"

发生滑坡的山坡相对高度有百米，具体滑坡点距离公路的斜线距离约为三十米。路边有一个砖砌圆柱体，一两百米处还有两个。圆柱体中空，上面无盖，下面还有一个孔，砖体有烟熏痕迹。

侯大利反复打量圆柱体，还拍了相片，问道："这是做什么用途的？"

江克扬道："这是熏香肠、腊肉的土设备。长青二道拐村这边的柏树最适合熏香肠、腊肉，城里卖的香肠、腊肉都打着二道拐村的名字。看来你很少逛超市，对这个品牌没有印象。"

侯大利道："确实如此，这是一个缺陷，我还得经常逛一逛菜市场之类的地方。"

江克扬道："刑警要懂得杂，不仅是刑事技术，各种事情都要了解。比如办赌博案，你不懂赌博里面的道道，问话都不会。"

一辆警车开了过来，跳下车的是滕鹏飞和杜峰。

滕鹏飞打量着侯大利拿着的单反，道："侯'神探'，你过来看什么？"

侯大利不喜滕鹏飞如此称呼，此刻不是会场，便单刀直入地道："滕大队，这样调侃有意思吗？"

滕鹏飞被顶了一下，有些尴尬，打了个哈哈，道："进了重案一组，大家就是一条战壕里的战友，只要不是正式场合，没有必要这么严肃吧。”

侯大利没有再说话，抬头观察滑坡地带。重案一组挖回来的泥巴仅仅是堆积在公路边上的泥巴，从滑坡点到公路还有大量滑落的泥土，火烧的痕迹完全可能遗留在这些未被清理的泥土里。他离开公路，沿着塌方泥土往上爬，在滑坡点转了两圈，又跳回公路。

滕鹏飞问道：“有什么发现？”

侯大利道：“滑坡地带大约四米宽，五米长，厚度有三四米，尸骨应该埋在这个区域。我建议做进一步挖掘，这样可以弄清楚两件事，第一，尸骨混在泥土里，滑到公路，昨天泥巴里没有发现，但是并不意味着没有其他物证；第二，尸骨被烧过，挖开泥土，可以确定焚烧地点是否在此地。”

这两点正是滕鹏飞想要弄清楚的地方。面前的年轻人虽然不怎么合群，可是业务能力还真是不错，滕鹏飞对此还是有了一个客观评价。

“一组只有十几个人，挖开泥土的工作量太大。”这两年来，在几个重大案件的关键环节，市局多次采用了侯大利的建议，杜峰立刻将侯大利的想法在脑中演化成了行动，叫起苦来。

滕鹏飞对杜峰的反应感到奇怪，今天侯大利说出一个想法，他还没有表态，探长却开始叫苦，这有点意思，说明侯大利这个菜鸟组长挺有威信。他扫了杜峰一眼，道：“这里面或许有重要物证，工作量再大，也必须挖开。你赶紧安排，不要怕工作量大。”

“滕麻子，费用怎么走？两年前的费用还有没报的。”杜峰拿起手机，准备找人清运滑坡地带的泥土。

滕鹏飞还没有回答，侯大利已经拨通一个电话，道：“常总，有件事情需要帮忙。我在长青县和江州交界的二道拐村，丁工集团在这附近有一处工地。这边有个现场需要挖掘，多带点大筐，十个人就行了。”

丁丽案侦破后，侯大利成了丁工集团的座上宾，丁晨光打过招呼，侯大利和105专案组有任何需求，一律无条件支持。常总是丁晨光的心腹，摸得准大老板心思，接到侯大利电话后，赶紧通知工地派人到二道拐村，听从侯大利指挥。安排下去后，常总犹觉得不踏实，叫上驾驶员，亲自前往工地。

杜峰问道：“你叫人来挖泥？”

“丁工集团在附近有工地，我请求他们支援十个工人。他们工具齐整，比我们有效率。”侯大利又爬上滑坡地点，然后蹲在滑坡地点的顶上，抓起泥巴揉捏。

滕鹏飞斜眼看着侯大利，把江克扬和杜峰叫到身边，道：“侯大利科班出身，确实有几把刷子，可是毕竟经验少，从参加工作时间来看还是新刑警。重案一组都是啃硬骨头，你们作为老资格探长，在工作中要注意保护他，如果有问题要及时提出来，绝对不要有重大失误。”

杜峰道：“侯大利确实有本事，前几个案子，他都是关键人物，我早就忘记他是新刑警。”

江克扬道：“我觉得他最大的优点是敢于承担责任，遇事不缩头。”

“越是如此，你们作为探长的责任越大。有了重大失误，那就毁了一个可堪大任的好刑警。”滕鹏飞虽然会在工作上骂人，但这几年来对所有侦查员爱护有加，没有整人害人之心，加上本事足够硬，破得了案子，所以在重案一组中威信很高。

滑坡地带的老矿洞

十多分钟后，两辆工程车轰隆隆地出现在侯大利、杜峰等人眼前，二十名戴着工程帽的工人跳下车来，十人提铁铲，十人拿锄头，货厢里还有两个大筛子和两个竹筐。领头的工人组长大声道：“请问哪位是侯警官？我们从哪里开挖？”

侯大利跳下山坡，道：“具体听滕大队指挥。”

滕鹏飞点了点头，道：“老克，你把刘支书叫过来，让当地基层组织做个见证，也免得挖到周边树木，莫名其妙起纠纷。杜峰到滑坡点，指挥工人们清理现场。侯大利负责录像和照相。”

江克扬发动越野车，开车去找刘支书，在路上又给派出所打了电话。

滕鹏飞和杜峰分别从滑坡带两侧爬到滑坡点。

侯大利取出摄像机，找到合适机位，开始录像。打开录像设备后，他又拿起相机，拍摄周边环境。除了摄像机和相机，侯大利胸前还戴有高清摄像头，这是作为摄像机和相机的补充，主要用于研究现场。

滕鹏飞是老刑警，这两年又在省厅专案组见过大世面，眼光很是挑剔。他站在高处俯视侯大利，寻找其工作中不规范之处，看了一会儿，没有找到毛病。他与侯大利虽然是最近才在一起工作，却产生了共事多年才有的默契感——两人根本不需要商量该做什么事、难点如何处理，思路基本一致，很有一种水到渠成的畅快感。

工人效率极高，五人一队，二十人排成四队，挖开滑坡泥土，装入筐中，装满一筐，就运到公路。滕鹏飞、侯大利、杜峰则蹲在一旁，查看挖开的泥巴。

挖了四十来分钟，杜峰激动地叫了起来，道："停！停！我看一下。"

一个工人铲开表面泥土后，露出一大块黑色泥土，明显与周边泥土不一样。

杜峰、侯大利和滕鹏飞也相继跳入滑坡地带。侯大利蹲在坡上捏了捏土块，土块板结，虽然被雨水打湿，但仍然坚硬。滕鹏飞几乎是跪在地上，用鼻子嗅，又取了放大镜观察泥土情况。

工人都停止劳动，好奇地打量三个刑警。

"是不是被火烧过？"滕鹏飞问道。

侯大利不停揉捏泥土，道："这边很多泥块的硬度很高，不是原生土，应该是被反复碾压过。"

滕鹏飞取过一个筐，把能找到的黑灰色硬土块都扔进筐里。

两辆车开了过来：一辆是越野车，另一辆是丁工集团常总的车。

侯大利回到公路上，对村支书老刘道："那个滑坡点，就是最上面一排工人的位置，以前有建筑或者其他设施吗？"

老刘想了一会儿，道："在我记忆中，应该有一个铅锌矿的老矿洞，早就废弃了，具体位置有点模糊，应该就在这一片。”

在侯大利指挥下，几个工人来到滑坡点最高端，从上往下挖。一个小时后，距离滑坡顶端两米的地方，豁然出现了一个直径约一米的矿洞。矿洞没有倒塌，矿洞口墙壁上有明显的“V”字形烧迹，矿顶还有大片焦黑痕迹。

侯大利蹲在矿洞口观察“V”字形痕迹，道：“尸体就是在这里焚烧的，起火点就是‘V’字形的最低处。”

滕鹏飞蹲在洞口望了几眼，拨通电话，大声道：“老谭，带你的家伙到二道拐村，我们挖出一个老矿洞，洞口有烧过的痕迹。”

老刘和围观群众讨论了一会儿，爬上坡，找到滕鹏飞，道：“滕大队，我问过几个老人，他们说这个矿洞以前是村集体的，后来被老长盛铅锌矿收购。矿洞被封了好多年，外面全是杂草，大家平时也没留意。”

滕鹏飞道：“老长盛铅锌矿？”

老刘道：“长盛矿业收购长青县国有的铅锌矿厂后，老长盛铅锌矿就改成了现在的铅冶炼厂。”

找到焚烧点，滕鹏飞兴致高昂，撕开熊猫烟，给每人发了一支。

常总拿着大瓶矿泉水，沿着公路朝上走了一段，找到一条杂草丛生的通道。此通道连接老矿洞和公路，废弃多年，仍算平整。

“大利，洗手。”常总已经五十多岁了，腰身肥胖，此刻满脸笑容。

侯大利道：“常叔从哪里上来的？”

“有矿洞必然有公路，我这么胖，爬不上坡。”常总举起矿泉水瓶，替侯大利冲手。

等到侯大利洗完手，常总举起矿泉水美美地喝了一口，道：“大利，你们在这儿挖什么？”

侯大利道：“土里滚出来一具尸体。”

常总一口水差点吐了出来，顿时觉得阳光下的山坡有些阴森森的，道：“大利，别做这工作了，你爸是真想你回去。”

这是一个老话题，侯大利礼貌地笑了笑，没有回答。

常总面对侯大利时如一个慈祥长辈，和蔼可亲，面对手下施工队时就换上了老总的威严，说道："快点清理，别磨磨蹭蹭。"施工队稍加休息，又继续工作，很快将公路清理干净，跳上货车，轰隆隆地离开了现场。常总又和侯大利聊了几句，然后和滕鹏飞打了个招呼，便也离开了现场。以常总在丁工集团的地位，能够进出分管副市长的办公室，所以，他除了对侯大利态度亲切，对待其他公安人员就很平淡，态度多少有些矜持。

矿洞有明显的焚烧痕迹，意味着尸体是在此地焚烧，那就有可能出现两种情况：一种是矿洞位置就是第一现场，凶手在此地杀人，然后就地焚烧；另一种是凶手在其他地方杀人，然后把受害者尸体带到此处焚烧。不管是哪一种情况，凶手都应该熟悉此地。

侯大利联想起尸骨中的两处刀痕，反复琢磨此地是第一现场还是第二现场。从目前的线索来看，还无法得出准确结论。他内心倾向于凶手杀人以后，将尸体转移到此处焚烧。

滕鹏飞随手扯了一根野草，咬着草根，嘴巴里弥漫起一股青草味道。

江克扬道："滕麻子，这里滚出来一具尸骨，你就别咬草根了。你不嫌硌硬，我还嫌硌硬。"

"尸体被焚烧过，早就白骨化了，和这根野草没有半毛钱关系。"滕鹏飞站起身，吐出一段青草，指着公路延伸的方向，道，"山体滑坡破坏了焚烧现场，得把所有滑坡的泥土全部拉回去，全面筛查，说不定能从泥土中有发现。"

从发现黑色人骨到现在，最大的突破就是有可能发现了焚烧现场，算是前进了一小步，下一步最重要的还是寻找尸源。

半个小时后，老谭带着技术室诸人来到现场，开始勘查，提取物证。等工作告一段落，时间已过了下午两点，附近场镇的饭馆都关门休息。派出所同志敲开一家饭馆，炒了大盘肉，煮了大盆汤，一群人围在一起狼吞虎咽，香甜无比。

经过前期工作，二道拐黑骨案有了一个重要成果：发现尸骨的滑坡地带就是焚烧现场。

当前最困难的是确定尸源，存在三个难点，第一个难点，省刑侦总队DNA室传来消息，由于尸体焚烧严重，埋在土里时间长，提取DNA失败；第二个难点，村社、林场和长青铅锌矿都没有失踪人员；第三个难点，头骨被烧得很严重，面部小骨有掉落，复原难度大。

滕鹏飞为重案一组“抢”来了两个案子，吴煜案基本完结，二道拐黑骨案极为难啃。

颅骨上的种植牙基座

二道拐黑骨案一直没有关键性突破，无法确定尸源，这也意味着案侦工作无法继续推进，陷入停滞状态。而突破往往会在反复折磨侦查员后，不经意间出现。

老训练场里还有一部分从二道拐拉回来的泥土。这一段时间，重案一组各探组排了日程表，只要没有工作任务，便按日程表轮流到老训练场筛土。

侯大利只要有时间就去筛土。在筛土过程中，他可以和侦查员们讨论案情，在共同劳动中改善关系。他不愿意为了团结去迁就侦查员，当然也不愿意成为与部下敌对的一组组长。

筛土两小时，老训练场中所有人头发上都蒙了一层灰。

“休息一会儿，抽支烟。”侯大利招呼大家一声，又给队员发烟。

严峰洗了把脸，从水管处走过来，用力扇了扇头发上的灰尘，接过侯大利递来的香烟，道：“二道拐带来的泥土只剩下十分之一了，若是筛完了所有土都没有找到有用的证据，那我们就白忙了。”

一头卷发的胡志刚更是满头灰尘，道：“以前朱支经常说，查否就是进步，我们这也是查否。”

严峰深吸了一口烟，道：“不要乱用查否的概念，我担心真是无用功。”

侯大利没有说话，只是站在旁边吸烟。重案一组每个侦查员都有本事、有个性，侯大利以前接触不多，现在才开始有所体会。严峰属于那种比较难以合作的，说话方式也不讨喜。胡志刚有一身极为结实的肌肉，与樊勇有几分神似。相较之下，侯大利更喜欢胡志刚。

正在吞云吐雾，葛向东打电话过来，他的声音喜气洋洋："我今天有一个关键发现，二道拐颅骨做过种植牙，左边的一颗磨牙残留了种植牙的底座，你赶紧抽时间过来一趟。"

侯大利大喜过望，道："你确定是种植牙？"

葛向东笑道："应该没错。"

挂断电话，侯大利望着灰头土脸的队员们，高声道："告诉大家一个好消息，葛向东在二道拐颅骨中发现了一颗种植牙底座，应该是焚烧残留物。我马上和汤柳一起前往阳州，确定此事。"

严峰道："我们这边还继续吗？"

侯大利没有丝毫犹豫，道："还得继续，没有全部筛完，谁都不敢说里面没有什么东西。坚持下去，说不定就有新发现。"

严峰自嘲道："也许全部筛完，除了泥巴还是泥巴，什么都没有。"

"也许全部筛完就会有重大发现，现在放弃，以前的苦功就白废了。"侯大利洗了手，离开训练场，开车到刑警新楼接法医汤柳。

汤柳坐上越野车副驾驶位，道："葛老师在阳州修复颅骨，急急忙忙叫我去总队，在修复过程中有了什么发现？"

侯大利道："老葛在观察颅骨的时候，发现有一颗牙齿似乎是种植牙。二道拐黑骨案最难的地方就是找尸源，你去看看更有把握。"

汤柳同样喜形于色，道："有种植牙？这是大好事啊，你在电话里怎么不说清楚？"

侯大利道："我给李主任打电话，他没有接，估计正在忙，此事耽误不得，所以叫你赶紧出发，正好可以在车上给你谈具体情况。这具颅骨被烧得变形，牙齿掉了一半，牙床全烧黑了，不容易发现。"

汤柳和田甜都是女法医，风格却完全不同。田甜身材高挑，五官立体，行事风格干练，平时笑容不多，是标准的女警。汤柳相貌清秀，单眼皮，面部线条柔和，个子不高，身材偏瘦，穿一件稍稍发白的牛仔裤。如果说她是正在读书的大学生，没有任何人会怀疑。侯大利并不希望法医室再调来一个女法医，女法医出现在现场，总会让他想起田甜。但是，命案侦办掺不得半点个人情感，汤柳是除了李法医最优秀的法医，他愿意和她合作。

两人简单说了几句之后，侯大利陷入沉默，专心开车。

汤柳悄悄用余光打量了侯大利一眼。从省城回到江州刑警支队后，富二代侯大利的故事便多次出现在耳中，汤柳对这个不要万贯家产、执意要为女友报仇的年轻警察颇有几分好奇，又因为田甜牺牲而对其抱有天然的同情。在其心目中，这个富二代应该既风流倜傥又很是深情，但是在实际接触中，这个富二代警官毫无幽默感，板着脸，皱着眉，和以前预想的“风流倜傥”毫不沾边。

车内，吉他曲《雨滴》如泣如诉的旋律在车内回荡。车是E级越野车，音响极佳，关了窗自成一体，汤柳靠在椅子上听着音乐，想着自己的心事。

一个小时后，车至省刑侦总队办公楼。汤柳在此工作了近两年，熟悉办公楼环境，直接引导侯大利将车停在最靠近五号电梯的车位，从五号电梯上行，出电梯后就看到了良主任的工作室。

良主任到省厅开会，工作室只有葛向东一人。他穿着白大褂，头发梳得很整齐，成熟稳重，与当年略显油滑的经侦民警迥然不同。

葛向东在进入105专案组以前算是单位老油条，进入105专案组后，他突然人生开挂，美术专业充分发挥了作用，所画的犯罪分子模拟画像居然与犯罪分子非常接近，随后又被省刑侦总队良主任看上，成为良主任弟子，如今更是成为全省刑侦队伍中少有的专职负责模拟画像的画像师。被人需要的感觉很好，葛向东由差等生变成优等生，精神面貌发生了极大变化。

“这具颅骨被大火烧过，而且是被汽油烧过，温度很高，又埋了好几年，颅骨有不少地方出现破裂和脱落。鼻子是五官中最为关键的一环，也是每个人个人特征区别最大的一部分，如果鼻子能够还原成功，头部基本轮廓也就确定了。这些复制品里面有不同人种，但是我们从肉眼来看，几乎看不到区别。”葛向东指着眼前一排骷髅复制品，如弹钢琴一般，手指从一排骷髅模型中划过。

“葛主任，长青的那具颅骨是哪一具？”汤柳是很优秀的法医，所以才得以在省刑侦总队工作近两年，若非家庭原因，也不会回到江州。只是隔行如隔山，她对颅骨复原技术很陌生。

“呵呵，汤柳给我封官了，还是第一次有人称我为主任。以前在江州市局时，大家都称呼我为葛朗台，在公开场合也是这样叫，所有人都习以为常，包括我本人。只有侯大利客气，叫我老葛。如今在良主任这边，领导统统叫我老葛，普通民警都叫我葛教授。”

葛向东自嘲一番，带着两人来到三具新做的颅骨模型前，道：“每具尸骨都有独一无二的特征，头骨上看似毫无区别的山洞鼻也有细微差别，鼻子最下端如山峰一样尖尖的突起，专业名词叫前鼻椎，它支撑鼻子组织，也就是说，前鼻椎的朝向决定了死者生前鼻子的朝向。组座可以摸摸鼻子底部，人中上方可以摇动的部分就是前鼻椎，前鼻椎有个突起决定鼻型，突起指向上方，对应的也是上扬鼻；突起指向下方，就是下钩鼻；突起比较平，那就是底部水平的平鼻。这具颅骨恰恰前鼻椎部分缺失，在良主任指导下，我根据颅骨其他部分做了三个模型。”

三个头骨复原模型摆成一排，由于鼻型不一样，三人相貌明显不同。

“抱歉，目前只能到这个水平了。提供三个复原模型，这是没有办法的办法。头骨模型中肯定有一个与本人接近。”葛向东身穿白大褂，侃侃而谈，充满自信，散发着教授光环和魅力。

侯大利在刑侦系读书时学过解剖，算是学了点皮毛，听得津津有味。

汤柳摸着人中上方的鼻骨，很容易找到可以摇动的前鼻椎。

葛向东领着两人来到另一个专门放置颅骨原件的房间。这里放置的都是真实的颅骨，真实颅骨与颅骨模型从形状上没有差异，给人的感觉却完全不一样。面对模型时，大家能有说有笑；面对真人颅骨空洞洞的眼窝和斑驳骨面时，大家都不由自主收起笑容。

“这具颅骨被火烧过，牙齿掉了很多。我最初没有注意到有一颗牙齿与众不同。昨天为了研究面部肌肉纹路，我又来查看颅骨，用了放大镜才发现有一处被烧过的地方似乎有不属于牙床的小凸点。我和良主任反复辨认，后来确认是种植牙基台。我请教了牙科医生，固定式种植牙分成种植体、基台和牙冠三个部分，种植体相当于根基，基台相当于主干，牙冠就是整个主干上的树枝和树叶。”

经过清理后，种植牙的基台部分在放大镜下很清晰。

侯大利兴奋之情溢于言表：“这是重要线索，身高一米七三左右，二十来岁的男性，做了种植牙，这简直是呼之欲出。”

汤柳走到一边，给李主任打电话，汇报刚刚看到的种植牙。

“组座，再教你一个诀窍，这是良主任传授给我的绝招，你可以来试一试。”葛向东伸手到颅骨额头部位，轻轻摸了摸，道，“你来摸我刚才摸过的位置，前后左右，闭上眼，摸一摸，能够感受到什么？”

侯大利找准了葛向东手指碰过的地方，闭上眼睛，手指在颅骨上来回滑动。

“什么感觉？”

“说不准，一边要粗些，另一边要光滑些。”

“你的感觉非常出色。我们做颅骨复原，研究方向和普通法医不一样，普通法医不会关注颅骨表面哪些地方粗糙、哪些地方光滑，但是对我们的意义就不一样了。粗糙的那边长头发，光滑的那边没有头发，这样我们就可以找出大体上的发际线。”

“术业有专攻，佩服。”侯大利再次用手指抚摸发际线两边。

正说话间，滕鹏飞的电话打到侯大利手机上，道：“那具颅骨有种植牙，这是关键发现，汤柳都给李主任报告了，你怎么不报告？”

“我和汤柳正在老葛这边，还在探讨。”侯大利能想象出滕鹏飞瞪着眼睛生气的模样，觉得他有点像青蛙。

滕鹏飞道：“中午简单吃一点，别喝酒。下午三点，召开案情分析会，安排调查工作。”

侯大利看了看手表，道：“事情没有办完，下午三点肯定回来不了。”

滕鹏飞道：“那把会议推迟到晚上七点。这个会今天一定要开，二道拐黑骨案迟迟没有进展，继续拖下去，队员们的办案热情要被耗尽。”

午餐时间，侯大利、汤柳和葛向东在附近找了一个雅致的环境，点好菜，等老朴。

聊了些闲话，葛向东感叹道：“国内做颅面复原技术的公安机关只有数家，山南技术靠前，良主任在业界很有地位。我过来做颅面复原，三五年就能成为国内本行业数得着的好手。以前在经侦的时候，由于自身和队里的多种原因，我被边缘化了，办不了案子，所以也就自我放弃，把主业当成了副业，副业当成主业，别说省厅和市局，就是支队领导都不会正眼瞧我一眼。每个人都有自尊心，我也一样。到了105专案组，我居然成了画像师，成了省厅领导和专家看重的人才，想起来很感慨。汤柳，说句实话，你真应该留在总队，平台毕竟不一样。”

汤柳没有解释，道：“家家有本难念的经。”

葛向东举起茶杯，道：“我们以茶代酒，碰一杯，祝我到省厅开始人生第二春。刑侦总队也搞了命案积案专案组，老朴一门心思想要调组座过来。组座应该过来，我们兄弟又能在省厅相聚。还有一件事，我老婆家族在江州，还请组座多多提携。”

听到最后一句话，汤柳想起“葛朗台”这个绰号，抿嘴而笑。

侯大利端起茶杯，一饮而尽，道：“前几天骆主任和张小天到江州来了一趟，审了王永强，王永强大概率不是凶手，我暂时没有办法走。”

葛向东道：“恕我直言，以现在的线索，基本没有破案的可能。我画的那张图太模糊，而且少年人会成长，现在的身材早就彻底改变了。除非天上掉馅饼，其他案子带出来杨帆案。”

“若是我放弃了，杀人真凶真有可能就逃过惩罚。”侯大利脑中迅速闪过了杨帆和田甜的身影，黯然神伤，便转了话题，道，“你在良主任工作室的状态真好，很有教授风采。”

葛向东兴致盎然地道：“我准备花点苦功，收集不同地区、性别、年龄段人群的颅骨样本，按照面部特征类型分类，并进行断层扫描，建立一个颅骨样本数据库。系统建成后，我们就可以把要处理的颅骨扫描后与数据库中的样本进行比对，重建骨骼层、软组织外形等，还原度可达85%~90%。”

“有志气，这是大好事。以后再遇到类似黑骨案的情况，还原起来就又快又准。”老朴出现在门口，刚听到最后几句，禁不住插话道。

喝了口茶，老朴单手挥动，扇子啪地打在手心，道：“葛向东能够有这个胸襟，我很欣赏。大利应该张开胸襟，走出江州，到更大的平台发挥才能。刑侦总队的命案积案专案组集中了全省精英，你若迟迟不来，过了这个村就没了这个店，等我退了，你还真没有机会。”

侯大利朝着老朴拱了拱手。

老朴用扇子指了指侯大利，道：“你还真是固执。老葛这点比你好，能接受意见。”

席间，四人很自然地聊起了二道拐黑骨案。

侯大利让服务人员拿了一张白纸，由葛向东当场画素描，道：“我来描述被烧的那具尸骨的特征，身高一米七三，有一颗种植牙，这颗牙齿不便宜。根据这些特点，我们可以勾勒出这样的形象和气质，2004年左右的年龄在25岁左右，也就是20世纪80年代前期出生，从骨骼来看，成长阶段营养充足，经济条件不差，应该是工薪族，不过工资比较高。”

葛向东又道：“你估计死者读过大学没有？”

侯大利道：“大学1997年扩招，他有可能遇到扩招，读过大学概率是百分之五十。”

素描很快画出来，是一个身高一米七三左右的年轻人，素描的面部并不清楚，比较突出的特点是发际线很高。虽然面部缺失，却很有些意气风发的气质。

老朴拿着画像琢磨，道：“我们考虑问题时要从最常见的思路入手。犯罪动机有很多种，政治、财物、性、报复、自尊、友情、妒忌、戏谑、恐惧、好奇等都能成为动机，此案政治动机的可能性最小；如此残忍，又处心积虑，还得有一定实力，财物动机最有可能。摆在矿洞里焚烧，说明矿洞与犯罪者有密切关系。至于具体什么关系，就得你们去寻找了。”

老朴的分析与侯大利的分析完全一致。

午餐即将结束的时候，老朴要了一瓶二两装的白酒，给四人倒了一小杯，道："这杯酒敬田甜，虽然提起田甜会让侯大利难受，但是我们不能忘记她。干一杯，努力工作，多抓坏人，这是对她最好的纪念。"

"努力工作，多抓坏人。"侯大利跟着念了一遍，举起酒杯，一饮而尽。

第六章
用微表情锁定嫌疑人

第二处关键突破

晚上六点，侯大利来到刑警新楼。经过306室时，他见杜峰、胡志刚等人都没有离开，正围在一起讨论得热火朝天，便走进室内。

侯大利走进房间，所有人的目光齐刷刷射向了年轻的一组组长。他摸了摸脸，道："我脸上没有什么异物吧。"

杜峰头发干干净净，笑容满面，道："种植牙确认了吗？"

"确认了，确实是种植牙基座，位于左边第二颗磨齿。"侯大利拖了椅子，和大家坐在一起，问道，"老训练场的土筛完了？"

杜峰啪的将一张相片拍在桌上，道："功夫不负有心人，终于找出了这个。"

侯大利接过卷宗，翻看里面的相片，看了第一张，抬头问道："没有比例尺？"

现场痕迹、物证照片要用于比对检验，且要作为诉讼证据，拍摄时应在被拍物同一平面上放置比例尺，以示原物大小。侯大利在专案组时经常照相，算是行家。

一组刨了无数天泥巴，终于有了成果，谁知这个年轻组长没有说一点客气话，见面就说问题，杜峰有些郁闷，道："这不是正式卷宗，有些相片在组卷时要剔除，下面几张有比例尺。"

相片是一个黝黑的金属扣，长三厘米，宽两厘米。侯大利摸出放大镜，仔细观察，得出结论："这是爱仕皮带扣，方块H皮带扣，原价一万二三，这一条应该是仿品。"

胡志刚有点怀疑，问道："烧成这样，怎么判断是仿品？"

"凭感觉吧，我天天摸这款皮带。仿品做得再逼真，感觉还是稍稍有不对。"侯大利拉开衣服拉链，显露出皮带扣，正是爱仕皮带。

刑警支队侦查员由于工作原因，基本没有机会穿常服，执勤服也少穿。滕鹏飞还特意要求不准佩戴警用皮带，免得在关键时刻露出破绽。胡志刚佩的是一根旧牛皮带，三年前有摊贩在街上现场割牛皮制作皮带，他见牛皮成色还不错，花一百块钱买了一根。这根皮带质量真心不错，用到现在还没有变形。他看了一眼侯大利腰上的皮带，用力抓了几把自然卷头发，道："一万二三，这么贵的皮带在江州有卖吗？"

侯大利道："这条皮带是我妈出国时带回来的礼物。这是2004年秋季新款，也就是说，黑骨案肯定是发生在2004年秋季后。"

二道拐黑骨案最关键一步是寻找尸源，侯大利一口断定皮带最早可能出现的时间，这对寻找尸源极有用处。

侯大利见诸人都盯着自己，道："你们继续讨论，我先听听你们的分析。"

侯大利在105专案组时，参加刑警支队主持的案情分析会，经常会提出针锋相对的意见，其意见往往还很有道理，弄得刑警队主办侦查员下不了台。今天他回到306室，几句话之后，大家思路被打乱，一时之间，没有人发言，场面冷了下来。

侯大利见无人发言，道："你们聊啊，我就在旁边听一听。"

杜峰清了清嗓子，道："我们继续啊，刚才谈到哪里了？"

胡志刚幽幽道："刚才讨论的所有问题都已经被废掉了。我们原来是准备从1999年开始调查，现在最应该做的事情是确定皮带扣是不是2004年秋季新款。"

"江州没有爱仕皮带扣专卖店，阳州有，我找这方面的行家问一问。"侯大利拨通了金传统电话，直接问道，"老金，哪个地方有爱仕皮带扣专卖店？阳州有没有？……有啊，是哪一家？别废话啊，我要知道详细地址。"

结束通话，侯大利看着诸人，道："我问清楚了，阳州有一家专卖店，派两个人到爱仕皮带专卖店取材料。我提醒一下，根据上次到阳州取证的经验，没有本地公安出面，这些外国的店不一定配合，在出发前，胡志刚要与阳州南阳分局联系，请他们协助。"

安排完了工作，侯大利起身到滕鹏飞办公室汇报颅骨种植牙的事，离开了306室。

屋里鸦雀无声。过了整整一分钟，胡志刚用力抓扯自己的卷头发，道："我靠，滕麻子给我们几人打招呼，说不要在侯大利面前摆老资格，还强调侯大利到一组当组长是局党委决定，要我们讲政治、守纪律，维持一组安定团结的局面，不要给年轻人压力。结果，侯大利这个菜鸟，坐在我们面前安排起工作顺溜得很，丝毫没有压力。我比他的工龄长十一年，也算是老刑警了，结果他安排我的工作，我居然没有觉得丝毫不妥当。这是怎么一回事？我们一组的骄傲哪里去了？"

这一番话说出了大家的心声，纷纷附和。

胡志刚补充道："'神探'还真没有拿组长身份压人，安排很合理，都是必须做尽快做的事，我们没有理由反对。以前他以专案组身份捋我们重案大队，现在风水轮流转了，以后他是以重案一组组长身份来捋其他人，想起这个画面也是很美。"

话题彻底被带偏，杜峰道："讨论到此结束，等会儿去喝杯小酒。胡志刚和南阳重案组老唐联系，请他出面协调，明天一早出发。"

在诸位侦查员的议论声中，侯大利来到滕鹏飞办公室。

滕鹏飞看了种植牙底座的局部清晰相片，仰头想了一会儿，道："这是一个重大突破，价值比皮带扣要高，等明天胡志刚和蒋超从阳州回来，我们再布置下一步工作。给你半天时间，理清思路，强力推进。"

第二天，胡志刚和蒋超前往阳州。在南阳分局老唐的协助下，阳州之行非常顺利。下午两点，两名侦查员回到江州。

下午三点，重案一组组长全体成员来到滕鹏飞办公室。

由于是组内案情分析会，大家也不来虚的，滕鹏飞道："那就开始谈，侯大利和汤柳、胡志刚和蒋超分别去了阳州，先谈皮带扣的事情。"

投影仪上出现两张相片：一张是正版爱仕的相片，另一张是盗版爱仕的相片。胡志刚介绍道："正品价格如今一万七，盗版也不便宜，一千两百块。以我的工资，买盗版都困难。如果不是太贵，可以买实物回来。"

滕鹏飞道："侯大利戴的是正版，取下来，给大家摸一摸，找找感觉。"

侯大利取下皮带，传给大家，增加直观印象。

胡志刚又道："我们取了调查材料回来，这条皮带的全球上市时间是2004年秋季，以前没有这种形状的皮带扣。"

滕鹏飞在白板上写下2004年秋季，打上着重符号。

"受害者尸体被焚烧，大体上是在哪个季节？春天、夏天和初秋肯定不行，原因很简单，你们注意到上山道路前有'严防山火'的标语没有？我到村办公室去看过，春天、夏天都有防山火安排表，不管是否落实，防山火肯定是大家的共识，春天、夏天和初秋季节焚烧尸体，有火光、有浓烟，这肯定不现实。但是，深秋和冬季不一样，农村有烧稻草茬的习惯，一旦烧起来，四处都有浓烟。二道拐还有一个特殊情况——盛产二道拐熏肉，很多公司或者农家利用山顶柏树枝熏制香肠腊肉，每年深秋和冬季，整条公路都是浓烟滚滚。在这个季节焚烧尸体，就算烟再大，也不会引起大家注意。再者，颅骨中有杂树的根系，而滑坡地点的青枫杂树生长了三到四年，所以焚烧时间大体确定为2004年、2005年、2006年的秋冬季节。"

分析完时间，滕鹏飞把签字笔扔到桌上，发出咔的一声响，道："侯大利说一说颅骨种植牙的情况。"

侯大利已经将黑骨案的颅骨相片传到了投影仪，投影仪出现了三个复原图像，脸型一致，只是鼻型不同，人像便显示出了不同气质。

滕鹏飞皱着眉道："怎么是三个图？我们发协查通报，不能发三个图。"

侯大利解释了画三个图的原因后，又拿出几张素描，道："这是老葛画的素描，没有加入脸部特征，可以增加直观印象，作为复原相片的补充。"

江克扬是铁路警察出身，看人眼光极准，道："从素描上看起来是个城市青年。"

侯大利解释道："遇害者很有可能就是城里人，而且经济条件还不错。种植牙要六七千，一般农村青年和矿工们不会为了美观花这么多钱，再加上一千多的皮带，肯定是城市青年。"

"最有价值的就是种植牙，当务之急是到各大医院查找做种植牙的记录。一米七三左右、男性、二十来岁、2004年以前，这些条件限定以后，搜索范围就缩小了很多。"

滕鹏飞安排了此项工作后，又道："老克谈谈针对二道拐附近的补充调查。"

江克扬翻开笔记本，道："滑坡公路往上行就是长青铅锌矿，这条公路不是铅锌矿的主要通道，是一条生活便道，也是备用道路。长青铅锌矿最初属于长青县政府，建成于1984年6月，矿区占地五万平方米，是长青县骨干企业，2005年被江州长盛矿业集团收购。长盛矿业这几年收购了不少地方中小企业，做得挺大。我们到长盛矿业集团做过调查，这几年没有失踪员工；又通过长青县原来的中小企业局找到长青铅锌矿的老矿厂和办公室主任，据他们回忆，收购前，他们没有员工失踪。"

侯大利在笔记本上写上"收购"两个大字，又看了一眼白板上的着重符号，在"收购"两个字后面加上了三个着重符号。着重符号本是滕鹏飞的使用习惯，侯大利觉得好，立刻就用在了自己的笔记上。

滕鹏飞略微斟酌，道："杜峰探组和国强探组兵分两路，彻查医院，先从江州的医院查起，江州的医院查不到，就到阳州去找，在阳州查不到，就到周边的秦阳和湖州，一定要从种植牙入手查找尸源。老克探组带着画像沿着铅锌矿追查，焚烧现场距离长青矿这么近，应该有某种联系，认真排查，不要有遗漏。要让矿上工人辨认这几张图。长青铅锌矿在2005年改制，除了要找到现在的长青铅锌矿的工人进行询问，还得找以前国有长青铅锌矿的人进行辨认。”

江克扬翻着几张画像，道：“范围太宽，大海捞针，难度不是一般大。”

滕鹏飞语气坚定地道：“大海捞针也得捞，专门工作和群众路线相结合，这是永不过时的工作方法。”

他安排完具体工作后，这才想起自己已经不是一组组长了，这些事情应该由一组组长来安排，自己有些越俎代庖，便补了一句，道：“侯大利，你有什么想法？”

“铅锌矿这条线要特别注意黄大磊收购长青铅锌矿期间出现的异状。收购期间，有利益往来，人来人往，容易出现冲突。”侯大利虽然没有在企业工作过，可是在家族企业的耳濡目染下，知道企业收购过程中藏有不少猫腻，特别是新千年初期的国企收购更是充满了争议，暗藏不少刀光剑影。

没有任何线索指向长青铅锌矿收购案，大家都听到耳中，却没有太多关心。

会议结束后，滕鹏飞道：“侯大利留一下。”

诸位侦查员走完，滕鹏飞看了一眼侯大利，道：“侯大利，一组都忙事去了，你做什么？组长不是官，相当于部队中的班长。班长是要带领全班前进，与战士一起冲锋。”

侯大利道：“我准备抽点时间研究黑骨案卷宗，找一找突破点。”

“突破点是顺着证据挖出来的。朱支以前最喜欢说的一句话——现场，现场，现场，仅仅依靠卷宗是破不了案的。”滕鹏飞的工作习惯和侯大利不一样，更喜欢刺刀见红，直接到现场，而不喜枯坐在办公室。每次到了现场总是灵感迸发，而在办公室内则完全无感。

“我作为一组组长必须有自己的判断，提出调查重点，明确侦查方向，这样才能少走弯路。”每个优秀侦查员都有自己的路径依赖，侯大利参加工作以来，大部分时间都在105专案组，专案组负责侦办命案积案，而命案积案的现场早就不复存在，因此，他对深挖卷宗有自己独到的体会，经常在苦读卷宗以后发现有价值的线索。

滕鹏飞瞪着侯大利，道：“不管白猫黑猫，抓到老鼠就是好猫。我不管你用什么方法，必须破案，拿下二道拐黑骨案。”

人生得意须尽欢

江克扬队伍接受任务，回到307室，讨论如何落实调查走访任务，讨论时，不免要谈论一组新组长。

侯大利早被人议论惯了，并不在意一组侦查员对自己有什么看法。他有自己做事的节奏，不会为了迎合滕鹏飞而随队调查，该参加调查时自然会参加调查，该在办公室谋划就坐在办公室谋划。

众侦查员出动后，他独坐于办公室，安静地读卷宗，从中寻找可能对案件有帮助的蛛丝马迹。阅读卷宗时，他不时想起张小天查找王永强内心弱点的过程。他原本以为自己调查走访很细致，谁知与张小天相比就显得相当粗糙。张小天提出根源理论，认为每个人的行为模式都可以从其出生地和成长地找到根源，这个根源就是击破其内心防御的关键点。这个根源理论与老朴的“社会关系、行动轨迹”八字真言相类似，各有侧重点。

侯大利接受了根源理论，借鉴了张小天的思路来思考二道拐黑骨案。凡是有预谋的凶杀案，必然会有一个击破整个犯罪设计的关键支点，这个关键支点用最通俗的话来说，就是这个案子为什么会发生？找到了发案动因，也就抓住了牛鼻子。目前，老克探组和杜峰探组分两个方向开始调查，有可能成功，也有可能失败，不管是成功还是失败，仍然离不开对发案动因的探查。105专案组近期调查杨帆案，正是围绕重新确定的发案动因开展。

从历年统计来看，与情感有关的杀人案数量长期排在第一位，与财物有关的杀人案数量排在第二位。从此案仅有的线索来看，不符合因为情感纠葛而杀人。情感纠葛更多是激情杀人，案发场所多在家庭内部，手段相对单一。此案涉及尸体转移和焚烧，焚烧后将尸体掩埋在废弃矿道里，风格上更接近为财杀人。

为财杀人，焚烧地点靠近铅锌矿，死亡时间最有可能在2004年、2005年或2006年的秋季。那三年间，二道拐村周边最重大的事情是长盛矿业集团2005年收购了原本属于长青县的国有铅锌矿。黄大磊的发家史充满了血腥，虽然他从1995年后就没有再次作案，但是此人心狠手辣，为了巨大利益极有可能做出这种残忍之事。

侯大利独自沉思，时间不知不觉中滑走。接近下班时间，他拨通了夏晓宇电话，准备请教这位江州生意场上的老江湖。

“大利难得给我打电话，是不是遇到疑难问题了？到雅筑见面谈吧，喝杯小酒，见一见老朋友。你妈还在跟我发牢骚，说你脑袋里全是案子，你的案子全是血淋淋的，担心长期弄下去，你脑子会坏掉。过来和我喝顿酒，你妈会开心的。”夏晓宇和侯大利说话没有什么顾忌，想说就说。

侯大利道：“好，我六点二十分过来。”

夏晓宇道：“我们两个喝起来没有意思，达不到放松脑袋和身体的作用。我给杨红打电话，让她过来。杨红约了我好几次，我还真抽不出时间。”

“杨红要来？行吧。”

在金传统没有出事前，江州一中几个同学偶尔会在金山别墅聚一聚。金传统出事后，同学聚会就再也没有重启。如今侯大利度过了失去田甜后最痛苦的时候，从理智上明白不能长期陷入哀痛中不能自拔，这才同意聚会。

下班后，侯大利准时来到雅筑。服务员径直将侯大利带到一个小房间，道：“夏总到了，在等你。”

小房间是安置在雅筑旁边的小茶室，专供饭前喝茶聊天所用。一个漂亮女孩在泡茶，夏晓宇微闭双眼，享受清茶和音乐。

“找我肯定有事，在这里说话没事，她不会出去说的。”夏晓宇端起一杯茶，放在鼻尖嗅了嗅，道，“这株鸭屎香有银花香味，很地道。”

“每次喝这茶，我都想笑，这个名字太有损这个香味。”侯大利接过小茶杯，细细品味茶中的银花香。

“这应该和给人取狗蛋等贱名差不多，反其道而行之。”夏晓宇仍然一副悠闲模样，不紧不慢地品茶。

“夏哥熟悉长盛矿业旗下的长青铅锌矿吗？”侯大利把杯子递还给女子，直奔主题。

夏晓宇道：“江州圈子不大，很多事情在圈子里是半公开的。长盛收购长青铅锌矿，收购价一亿两千万元，是江州这些年比较大的收购案。长盛矿业旗下有多个矿山，长青铅锌矿是目前效益最好的一个。”

侯大利道：“既然长青铅锌矿很赚钱，长青县为什么要卖掉这个会赚钱的金蛋？”

“隔行如隔山，国龙集团主营业务是机械行业，后来才涉足房地产和酒店行业。我们最初搞过一个煤矿，冒顶死人后，你爸就彻底退出了矿山这一行，所以我还真不了解矿山里面更深的门道。如果要讲场面话，那就是长盛矿业管理水平高、经营方式灵活，加上国内大环境好，所以收购长青铅锌矿能够赢利。”

夏晓宇见侯大利对这个回答明显失望，道：“我不了解矿山经营的细节，但是有个老哥一直在搞矿山，是真行家。秦永国参加过当年的胜利煤矿招标，原本是丁总邀请来围标的，后来丁丽出事，丁总没有心思搞煤矿，让给了秦永国。秦永国这个老狐狸前些年阴沟里翻了船，被人举报偷税漏税，数额巨大，最近才从监狱出来。他在外面散心，最近要回来，我找机会安排你们见面，他肯定什么都愿意说。”

侯大利道：“秦永国和黄大磊是竞争对手？”

夏晓宇道：“秦永国和黄大磊都搞矿山，是同行，前些年斗得水火不容，矛盾很深。秦永国曾经是矿山企业老大，后来被黄大磊全面打压，本人还被弄进了监狱。如果有猫腻，秦永国多半听说过，也很乐意提供给警方。”

茶室门被打开，杨红还未现身，清脆的笑声先飘进房门：“夏总打电话，说是有贵客，要我带美女过来，我可是带来了江州最漂亮的两位美女。”

她进门见到侯大利，笑声戛然而止，道：“大利也在？”

夏晓宇大笑：“大利难道不是贵客？”

杨红嫣然一笑，坐在侯大利身边，道：“大利是我的高中同学，不算贵客。走吧，肖婉婷和林风到了。”

和田甜交往时，侯大利拒绝了杨红送上的红线，却接受了其善意，带着她认识了夏晓宇。从现在的情况看，杨红应该从夏晓宇那里拿到了不少业务。

三人来到雅筑包房，包房里有两个十分养眼的美女，其中一人是标准的大众脸美女，江州电视台播音员肖婉婷；另一个则是江州学院附中的音乐老师林风。这两人主动热情和夏晓宇打招呼。侯大利跟在夏晓宇身后，没有说话，又帅又酷。两个美女目光在侯大利身上转了一圈，再回到夏晓宇身上。

杨红道：“大利，我高中同学。”

“大利，我兄弟，江州公安局刑警支队的大‘神探’。”夏晓宇介绍完，又指着大众脸美女，对侯大利道，“肖婉婷，大利应该熟悉吧？她可是我们江州的门脸。”

侯大利实话实说：“对不起，我还真不熟悉。”

夏晓宇道：“你不看江州电视台？”

侯大利摇头道：“除了案子，只看新闻联播。”

肖婉婷认识公安局好几个局领导，没有将侯大利这个“神探”放在眼里，被眼前帅哥无视后，给了他一个大白眼，故意用淡淡的口气道：“电视台和市局新闻处合作得挺好，联办了一个法制栏目，收视率挺高，关局请我们吃过好几次饭。”

夏晓宇看了杨红一眼。杨红眼中含笑，微微摇头。夏晓宇这才明白肖婉婷不清楚侯大利的另一个身份，却没有马上点破，又介绍道：“这是林风，音乐家，等会儿我们听她唱歌。”

林风站起身，伸出手，微微欠身，自我介绍道：“我是林风，不是音乐家，是师院附中的音乐教师。”她知道侯国龙有个儿子在江州当警察，曾在山南师范大学假扮过老师，见到夏晓宇这个态度，眼前之人是谁就不言而喻。

杨红平时在闺密面前从来不提与侯大利有关之事。侯大利没有接受自己的爱意，这就意味着侯大利对自己抱有“歉意”，有了这个“歉意”，自己要找侯大利帮一点不太为难的“小忙”，基本上不会被拒绝。这种心理很微妙，能意会不便言传。作为漂亮女人，杨红从小就能把握这种细微感受，也能轻松利用人与人之间的情感变化来为自己争取利益。她的家世普通，正是借着这种高情商，才苦心经营起了属于自己的关系网。

田甜牺牲后，杨红立刻回国到陵园上香，再次夯实了与侯大利的关系。她很理智地选择成为侯大利的红颜知己，而不再发生其他关系。

顾英准时出现在房间，问道：“夏总，今天吃山南菜，还是粤菜？”

夏晓宇道：“问大利，我难得请他吃顿饭。”

顾英道：“大利肯定吃湘菜，这几次都点了湘菜，还特别喜欢吃臭鳜鱼。”

臭鳜鱼的味道很特别，是田甜的最爱，侯大利不愿与其他女人共享这道菜，选了粤菜。

话音未落，放在桌上的手机响了起来。侯大利接通电话，金传统的声音飞奔而来：“你在哪里？今天我们哥俩要喝一杯，不醉不归。”

金传统声音太大，冲击力很强，侯大利让手机离耳朵远一些，道：“遇到了什么喜事？我正准备吃饭，杨红也在，你过来吧。”

很快，金传统和张晓出现在房间门口。他进屋跟夏晓宇打了招呼，也不管其他人，拉着侯大利就朝外走。两人来到一个安静角落，金传统嘿嘿狂笑：“告诉你一个天大的好消息，刚刚，我和张晓在家里完成了一次正式的夫妻生活，老子酣畅淋漓地打了一炮，是正式的性生活。”他一扫往日的颓废，一脸的春风得意。

侯大利道："难怪张晓红光满面。"

"你会不会用形容词，是满脸娇羞。我到京城做了手术，一直在等待恢复。刚刚成功了，比以前还厉害，张晓满意极了。前段时间亏待了她，这一段时间我要全力做爱。"金传统到国外留学时，在一次车震时被绑架，后遗症之一就是阳痿不举。回国后，他表面过着放荡不羁的生活，内心实则相当痛苦，又无法得到外界安慰，今天终于再起雄风，他第一时间想到的便是知情人侯大利，急切地与之分享幸福。

侯大利道："这应该祝贺，好好享受人生。"

"我要和张晓结婚，在我生病这段时间里，只有她在帮助我，就凭着这一点，她就应该是我的妻子。"金传统激动的心情稍有平复，问，"你今天怎么出现在这种场合？"

侯大利道："你对长盛矿业收购长青铅锌矿这事有什么看法？"

金传统道："黄大磊都死了，你还管长盛矿业的事？我知道的纯粹是小道消息，长青铅锌矿矿长梁佳兵在收购案中大赚了一笔，应该是和长盛矿业一起赚了国家的钱，具体情况不太清楚。前些年流行抓大放小，好多国有企业都被私人买了，这很正常。"

虽然金传统说的是"小道消息"，但是他提到梁佳兵大赚一笔，应该是无风不起浪。侯大利在脑中给梁佳兵打上了着重符号。聊了几句，侯大利和金传统走进雅筑，两人勾肩搭背，有说有笑。

肖婉婷主动与金传统打招呼，面带疑惑，问道："你们也是同学？"

金传统笑呵呵道："我和大利是高中同班，他是我的带头大哥，后来误入歧途，去当'神探'，把国龙叔气得够呛。"

"侯大利是侯国龙的儿子。"肖婉婷这才知道真相，暗骂自己真傻，这个当警察的大利和夏晓宇称兄道弟，与顾英也是极熟，刚才自己脑子进了水，居然没有转过弯来，还想用关鹏来压一压侯大利，真是蠢。

粤菜陆续上来，味道地道。晚餐后，大家又到江州大酒店的歌城开了房间唱歌。林风和肖婉婷都有一副好嗓子，尤其是林风，非常专业。侯大利很认真地听林风唱歌，听到深情处，伤感慢慢就涌了上来。

林风把话筒让给肖婉婷后，坐在侯大利身边，道："我们是同年级的。我不在江州一中，在江州学院附中。我一直学音乐，和杨帆在一起演出过好多次，还有十来张和杨帆在一起的演出照。"

"找个时间，我过来翻拍演出照，可以吗？"听到杨帆的名字，侯大利脸色僵了僵。室内灯光昏暗且闪烁不定，掩盖了他的神色变化。

"当然可以。"林风递过来一张小字条，"这是我的手机号码，平时在学院上课，家也在学院，你有时间过来翻拍，提前一小时打电话就行了。"

晚十一点，夏晓宇喝高了，端着酒杯，道："我们明天到东南亚找个海岛玩几天，阳州有一条红眼航班，带上护照，现在过去还来得及。上了飞机睡一觉，第二天早上就可以到海岛潜水。国龙集团在那边设有办事处，我们只管玩，什么事情都不用操心。"

林风有课，去不了。张晓要陪金传统，自然不会去。杨红和肖婉婷欢喜雀跃，愿意同夏晓宇一起坐红眼航班到海岛玩两天。

分手前，夏晓宇揽着侯大利肩膀，喷着酒气，道："人生得意须尽欢，否则大家拼死拼活赚钱有个屁用！你爸放不开，肚子里有死规矩，你更是一个花岗岩脑袋。如今的女人反而放得开，大家各取所需，互相享受。"他用力揉着侯大利脑袋，又道，"情和性可以分开，我无法想象你这段时间是怎么过来的。"

杨红开车过来，来到夏晓宇身前，道："我送肖婉婷回去拿护照。"

夏晓宇道："太麻烦，你们都坐我的车，先到你家，再到婉婷家。拿了护照，直接去机场，抓紧时间在飞机上睡觉，明天早上就可以到海边潜水了。"

长青铅冶炼厂调查

昨夜，夏晓宇喝得多，携带杨红和肖婉婷，醉醺醺地前往阳州机场，坐红眼航班前往海岛。侯大利喝得不算多，早上起来没有宿醉感，刷牙时，突然意识到杨红和肖婉婷应该不止一次进行过这种说走就走的旅行。

“这是他们的生活，不是我的。”侯大利用力将嘴里的牙膏泡沫吐到洗手台里。

响起门铃声，侯大利放下杯子，过来开门。

平常时间，早餐都是由江州大酒店服务员直接送到房间。拉开门，只见宁凌推着餐车，站在门口。宁凌以前刻意打扮得接近杨帆，绑架案发生后，彻底恢复了寻常装束。

“大利哥，早餐是小笼包、海鲜粥、烤牛肉、中式咸菜和水果，可以吗？量有些多，我能和你一起吃早餐吗？”

侯大利点了点头，让宁凌进来。餐桌在窗边，宁凌麻利地摆放食物。

侯大利问道：“你怎么在这里？”

宁凌道：“集团准备在这边修酒店和医院，调我过来协助晓宇哥推进这两个项目。阳江高铁通了后，江州和阳州就连成一片，很有发展潜力。我这一段时间都在江州，就住在江州大酒店。”

侯大利道：“王永强系列杀人绑架案就要开庭，你来江州，会不会有心理阴影？”

宁凌略微低头，道：“每个人都有心理阴影，全靠自己克服。为了生存，什么阴影都能克服。”

一直以来，宁凌在侯大利面前都表现得如同可爱的邻家小妹，可爱是可爱了，却显得花瓶，今天这几句话，让侯大利高看了宁凌一眼。他夹起一个小笼包，默默地塞进嘴里。

早饭后，侯大利来到刑警新楼，路过307室，停下脚步。几个侦查员正聊得热火朝天。侯大利出现在门口时，聊天戛然而止，所有人保持原来的姿势，没人说话。侯大利虽然担任了一组组长，指挥吴煜案可圈可点，可是他在一组组员面前仍然是个“外人”，是闯入一组家门口的陌生人。从制度上，大家必须接受他；从情感上，大家仍然和他保持微妙的距离。

“老克，昨天进展怎么样？”侯大利进屋，拉了把椅子坐在大家旁边。

江克扬的绰号叫作“老克”，一般都是滕鹏飞、陈阳或者探组内部才这样称呼。江克扬听到从侯大利嘴里飞出“老克”两个字，明白其想融入集体，便笑道：“我们探组分成两组，一路调查原来的国有长青铅锌矿，一路调查现在的长青铅锌矿。国有长青铅锌矿被收购后，原来的员工大部分离开了铅锌矿，要确定这些人的行踪很费劲，靠我们两人得查到猴年马月；另一路调查现有的长青铅锌矿，询问了不少员工。目前没有什么发现，没有员工见过画像上的人。”

侯大利道：“原来的矿长梁佳兵和副矿长这些领导层，你们见到没有？”

江克扬道：“我们准备陆续调查走访原来的矿领导。目前见到一个副矿长，但身体状况很不好，在医院住院，没有收获。梁佳兵现在是长青铅冶炼厂老板，铅冶炼厂的位置就在原来属于长盛矿业的老铅锌厂。我昨天和梁佳兵联系时，他正在市政府开会，准备等会儿再和他联系。”

侯大利道：“不用提前联系，我和你直接到铅冶炼厂，其他人继续手里的工作。”

侯大利和江克扬出门后，伍强、袁来安和马小兵没有立刻行动，反而兴致勃勃地讨论起新组长。

伍强道：“侯大利真是怪人，每次他进门，我的后腰都会发紧，耳朵竖起。我仔细体会，这就是猎狗的临战状态，他让我感到了紧张。”

马小兵发出一声怪笑，道：“幸好是后腰发紧，而不是菊花发紧。”

袁来安自嘲道：“侯大利水平不错，就是和我们气场不和。我们都是平民子弟，生活水平和质量都差不多。侯大利一块表、一件衬衣都够我们全家用一年了。我家里那位喜欢订时尚杂志，只能算是过一过眼瘾。侯大利不一样，穿名牌挖泥巴，毫不尊重名牌。”

伍强站起身，抓起放在桌上的车钥匙，道：“走吧，废话少说，开工。”

一组的办公条件在整个刑侦支队还算好的，每个探组配有一辆警车。侯大利把警车留给其他侦查员，也不管梁佳兵是否在办公室，开着越野车来到铅冶炼厂。厂办麻主任接到门岗电话后，到楼下迎接，将来人请进厂办小会议室。

“梁厂长到车间去了。请问你们什么事？”厂办麻主任五十来岁，甚是精明，手脚麻利，眼观六路，耳听八方，散烟，泡茶，试探来者意图。

“麻主任，你以前是长青铅锌矿的吧？”侯大利本身是工厂子弟，走进冶炼厂就有几分回到世安厂的感觉，眼前办公室麻主任就如当年世安厂的干部。

麻主任道：“是啊，我以前就在长青铅锌矿厂办，冶炼厂不少职工都是原来铅锌矿的。”

江克扬得知麻主任也是老铅锌矿的，就想从包里拿出画像。侯大利伸手轻轻压了压江克扬手背，道：“你们这个厂有多少原来的职工？”

麻主任道：“三十来个，都是各部门骨干。冶炼厂之所以这么快就搞起来，论本钱，我们不如那些大老板，我们的长处就是有一批老骨干。”

侯大利道：“我不太懂企业，说外行话别笑话，原来的长青铅锌矿生意挺好的，当初为什么要卖掉？”

麻主任道：“刚才没有听得太清楚，你们是经侦支队？”

侯大利道：“我们是刑警支队。”

二道拐村滚出一具人骨，这是二道拐村周边的重大新闻，麻主任自然知道。他明白眼前警察的具体身份，顿时轻松下来，道：“以前国有企业管得非常死，利润上交，再由县里按计划拨款，矿山没有积累，技术落后，市场意识差。厂里连开除人的权力都没有，有一大堆关系户。员工都变懒了，偷奸耍滑，跑冒滴漏，搞得好才有鬼。改革开放，一下子就把企业推进市场，能活下来才怪。”

“谁找我？”从屋外走进来一个长得颇为魁梧的黑脸汉子，身穿工装，头发上落了不少灰。

麻主任大声道："刑警支队的。"

"我去洗把脸再过来。"梁厂长拿了条毛巾，到屋外洗了脸，走进屋，又端起搪瓷杯，狠狠喝了一大杯水。

江克扬简单介绍了二道拐黑骨案，提出要让老铅锌矿的员工辨认画像。

梁佳兵坐到办公桌后，双手放在桌前，道："在我印象中，原长青铅锌矿没有失踪人员，至于新的铅锌矿有没有失踪人员，那我就不清楚了。老麻，你对这事有印象吗？"

麻主任用很肯定的语气道："以前的长青铅锌矿绝对没有人失踪，我记得很清楚，491名员工，一个都不少。"

侯大利道："有没有当年的员工名单？"

麻主任道："几年前的名单，天知道在什么地方。我们被扫地出门后，不管以前的事情。"

侯大利道："麻烦梁厂长把以前长青铅锌矿的员工请到会议室，我们要请他们辨认画像。在辨认过程中，我们要全程录像。"

梁佳兵道："老麻去安排。生产岗位先不要叫，不要一起过来，免得影响生产。"

小会议室，桌前摆了一台便携式摄像机。侯大利随身带有自配的针点高清录像机，一直在工作。江克扬拿出四张画像，道："我们做了三张颅骨复原图，另外这一幅是素描，请梁厂长先来看一看。"

侯大利坐在圆桌对面，不动声色地观察梁佳兵。

江克扬按照侯大利的要求，拿出画像，摆在梁佳兵桌前。梁佳兵戴上眼镜，认真看画像，随即摇头道："长青铅锌矿没有这个人。"

老铅锌矿员工陆续来到小会议室，看了画像，都说老厂里没有这个人。能来的工人全部看了画像后，侯大利和江克扬这才离开长青铅冶炼厂。

江克扬坐在副驾驶室位置，道："昨天我们走访了十七个，加上今天接触的三十六人，一共走访了五十三个老员工，里面有厂长、中干和普通员工，很有代表性，看来失踪者确实不是国有长青铅锌矿的人。我刚接到电话，马小兵和袁来安走访了新长青铅锌矿，也没有结果。”

侯大利道：“在老矿洞放火焚烧尸体，凶手绝对熟悉周边地形。排除了老厂员工和新厂员工，再排除周边村民，那么有一个问题，死者是哪里的人？”

江克扬道：“凶手应该在这里生活或者工作。从穿着、种植牙来看，死者经济条件比较好，如果真与矿山有关，排除了员工，那么是否可以考虑死者是与铅锌矿有业务关系的人？”

“我陷在惯性思维里，老是想着失踪的是员工。老克这个观点非常重要，是一个很重要的思路。”侯大利从随身携带的包里拿出笔记本，记下这条思路。

江克扬道：“以前黄大队也喜欢记笔记，有什么思路或者线索，都要记下来。”

侯大利道：“我就是从黄大队那里学来的招数。好记忆也需要烂笔头，记录的过程就是整理思路的过程。”

想起黄卫，两人都有些感慨。

铅冶炼厂办公室，梁佳兵坐立不安，坐下又站起，站起又坐下，思来想去，终于下定决心，拨打了长盛矿业总经理黄大森的电话。打完电话，他快步下楼，坐上小车，直奔江州矿业大厦。

黄大森和被炸死的大老板黄大磊是隔房堂兄弟，同一个爷爷，是没有出五服的亲戚。黄大磊崛起后，黄家不少人都投奔了这位家族英雄。黄大森在众多黄家亲戚中脱颖而出，成为黄大磊的左膀右臂，长盛矿业的具体管理工作就是由黄大森操作的。

半个小时后，梁佳兵来到矿业大厦黄大森办公室。

“梁矿长有什么要紧事，特意跑一趟？”黄大森咬着大烟斗，靠在皮椅上吞云吐雾。

梁佳兵试探道：“黄总，最近二道拐村出了一件事情，不知道你知不知道？”

黄大森靠着皮椅，道："什么事情啊？不清楚。长盛矿业旗下企业多，我这一段时间没有到长青铅锌矿。"

长青铅锌矿目前是长青矿业旗下最赚钱且前景最好的企业，黄大森的小车每周来一到两次，要说不了解情况，那完全是假话。梁佳兵对此心知肚明，道："各种烦心事多，警察也经常过来。"

黄大森看了看手表，道："梁矿长难得来一趟，中午到长盛会所小喝一杯。我等会儿还得处理一个要紧事，你先过去，等我半小时。"

梁佳兵走出黄大森办公室时，下意识朝最里面的办公室望了一眼。最里面的办公室是董事长办公室，也就是长盛矿业大老板黄大磊原来的办公室。如今黄大磊被自己喝过血酒的兄弟杜强炸死，黄大磊的妻子朱琪就坐了这间办公室。朱琪曾经出演过连续剧的三四号女演员，偶遇黄大磊后，当了小三。七八年时间，小三熬成正室，黄大磊遇害后，她坐上了丈夫原来的位置。

梁佳兵在业务上主要依靠黄大森，不愿与朱琪见面，怕惹上麻烦，准备悄悄离开。谁知刚走到电梯口，朱琪就从办公室出来，站在门口，皮笑肉不笑地道："梁老板，到了大楼，都不到我这里坐一坐。"

若是平时，朱琪开了口，梁佳兵肯定要到朱琪办公室坐一坐。今天他心里藏着事，敷衍了几句，走向电梯口。朱琪望着梁佳兵身影消失在电梯口，俏脸挂寒霜，骂道："狗眼看人低，以后叫你知道水深火热，呸！"

黄大森没有动弹身体，坐在皮椅上继续抽雪茄。半个小时后，他终于站了起来，前往长盛会所。

长盛会所吃喝玩乐都有，是黄大磊谈重要事情的地方，朱琪基本不到此处活动。黄大磊死后，最隐秘的那间办公室便归黄大森使用。

梁佳兵喝了一会儿茶，心绪仍然不宁，试探道："二道拐公路滑坡，泥土里有一具人骨，公安出过现场。"

黄大森神情如常，道："是不是以前的老坟堆滑出来的老骨头？"

梁佳兵道："公安根据颅骨搞了一个画像，画了三张，让我辨认。公安搞的是复原像，不是真相片，有可能接近真人，也有可能和真人完全不一样。画像中的人肯定不是铅锌矿的人。我在铅锌矿工作了二十年，几百号工人的相貌都印在我脑子里。我觉得像是一个外来人，有可能是送货的，也有可能是谈生意的，或者是搞测量的，反正不是铅锌矿的人。”

这个话题很敏感，梁佳兵讲完要讲的事情，传递了足够明确的信息，便点到为止，话题转到经营方面。2005年，长盛矿业收购长青铅锌矿后，将老矿以白菜价卖给了梁佳兵。如今铅冶炼厂是长盛矿业的配套企业，合作非常紧密。

梁佳兵谈了近期工作上的一些具体困难，提出些不大不小的要求。黄大森痛快得很，全力支持。

交通肇事逃逸案

越野车离开了盘山路，来到长青县。江克扬叫上了长青刑侦大队副大队长吴青，找了家特色餐馆，边吃饭边聊案子。

长青灭门案中，长青刑警大队和江州刑警支队密切合作，迅速破案，获得市局表彰。吴青与江克扬在侦办此案中加深了友谊，变成了可以随时喊出来吃路边摊的朋友。吴青听说过无数关于“神探”侯大利的传闻，见面后，才发现这个传闻中“衣服角角都要扇人”的桀骜不驯的年轻人其实挺温和，说话有条有理，气度沉稳。

二道拐黑骨案由江州市刑警支队主办，由于二道拐往北就是长青县，长青刑警大队副大队长吴青配合调查此案。

吴青道：“我们查过长青县最近十年的失踪人口和失踪人口网上系统，没有符合条件的。我现在高度怀疑此人不是本地的。”

“吴大队和老克不约而同都说有可能是外地人。如果在江州医院查不到种植牙，那真得考虑外地人的可能性。”侯大利夹起一块长青土豆花，在蘸水碟里裹了一圈，放进嘴里。豆花的质朴香味顿时从舌尖传至大脑，产生了大量多巴胺，整个人都舒服起来。

江克扬其貌不扬，丢在人海中便迅速消失。但是人不可貌相，海不可斗量，他曾经是铁路警察，很有些识人不忘之能，除了“老克”，还有一个“电子眼”的绰号，调到江州刑警支队后办过不少大案，这才成为重案一组的探长。他看了一眼吃得津津有味的侯大利，暗道：“刚刚担任一组组长就遇到这么难的案子，算是给‘神探’一个下马威，也不知道最终能否破案。如果不能破案，三板斧没有打开，很不利。”

侯大利吃了几块豆花，道：“老克，下一步怎么走？”

江克扬没有急于回答，认真想了想，道：“到目前为止，只能寄希望在医院查到种植牙，若是查不到，此案真有可能悬了。”

这是餐中闲谈，江克扬答得如此正式，吴青有些意外。

侯大利道：“吴大队，我们下午去一趟长青国资委。当年长青铅锌矿改制就是由他们操作的，问一问当年改制的情况。”

吴青很惊讶，问道：“为什么要找国资委？”

侯大利道：“省厅名提骆主任到江州来审王永强之前，派其助手张小天把王永强根根底底都刨了出来，这才找出王永强全家都迷信的弱点。以前我认为自己调查得很仔细了，对比起来才发现做得还不够，我们可以把事情做得更细，做到极致。二道拐黑骨案线索少，我们要横向到边、竖向到底，全面找线索，说不定，线索就在不经意间找了出来。”

江克扬道：“你怀疑梁佳兵？”

侯大利道：“从逻辑上来讲，在二道拐焚烧尸体，多半与周围的人有关，这一点是我们的共识。收购案是2005年，二道拐黑骨案大体也在这两三年，很容易让人产生联想。今天我们看了铅冶炼厂，投资有上千万吧，梁佳兵以前是厂长，厂长工资高一些，也没有这么多钱，他的第一桶金从什么地方来的？我想从这个角度找找线索。”

在刑警支队一大队侦查员心目中，侯大利是怪人，也是一个神人。经过这一段时间接触，江克扬发现侯大利是挺正常的一个人，非常擅长学习，时刻记笔记是学自黄卫，全方位细致调查学自张小天，向周向阳学习审讯，在重点内容上使用夸张的着重号的习惯则来自滕鹏飞，还能从王永强、黄大磊、吴开军身上总结犯罪经验。他又琢磨道："难怪侯大利工作两年就能当上一组组长，善于学习和总结是非常突出的优点。"

吃过午饭，稍作休息，吴青带着侯大利和江克扬前往县国资委。

分管领导姜梅得知市局刑警来意后，道："长青县国资委成立的时间短，长青铅锌矿改制工作，县政府交给我们来办。我那时没有管长青铅锌矿，是另一个副主任唐国兴分管。"

侯大利道："唐主任在不在办公室？"

姜梅道："唐国兴出车祸去世好多年了。"

重案一组刑警长期与命案打交道，比普通人敏感得多，得知分管改制领导出了车祸，侯大利和江克扬的目光就碰了碰。

侯大利道："唐主任是哪一年出的车祸？改制前，还是改制后，或是改制进行中？"

姜梅道："2005年，改制进行中吧。他出车祸后，就由当时的改革发展科继续抓改制工作，直接向一把手汇报。长青铅锌矿改制完成后，我才调过来分管改革发展科。"

侯大利听出了姜梅话里话外有"甩锅"的意思，道："我们想调取当年的改制资料。"

姜梅望了吴青一眼，道："吴大队，莫非又有新案子？"

侯大利兴趣更浓，道："以前有案子？"

"交通肇事逃逸案。唐国兴在下班路上，发生车祸，没有抢救回来，撞人的驾驶员跑了，一直没有抓到。这事以后，唐国兴爱人夏艳产生了妄想症，精神出了点问题，总觉得唐国兴是被人谋杀的，长期上访。现在夏艳没有上班，单位还继续发工资，每到重要节日，县里都把安全稳定工作压在我们单位。这其实和我们国资委有什么关系？交通肇事逃逸案是刑事案件，没有侦破，这和原单位没有任何关系。"

姜梅说得很委婉，话里话外还是挺抱怨夏艳。她抱怨完，又道："改制的资料都在县档案馆，你们可以到档案馆查阅。"

侯大利道："交通肇事逃逸案，发生在什么时间？"

“几年前的事情，记不太准确，我得查一查。”姜梅打开办公室柜子，翻看了一会儿，道，“这是当时的会议记录，是2005年11月10日。”

交通肇事逃逸案的时间和二道拐颅骨案的发案时间应该非常接近，侯大利顿时觉得挖到宝，征得姜梅同意后，复印了这篇会议记录。

走出国资委大楼，侯大利道：“交通肇事逃逸案正好发生在长青铅锌矿改制期间，这事有点意思啊。”

吴青道：“也有可能是巧合。”

侯大利道：“世界之大，确实是无奇不有，不管是不是巧合，我们都要查一查，与夏艳见个面，说不定还能找到新线索。”

警车还未开到夏艳所住小区，吴青接到一个电话，脸色变得古怪起来，道：“侯组长，封大队想请你到办公室去，有事情和你商量。”

侯大利道：“封大队有什么事情？”

吴青道：“我也不知道，封大队没有说。”

一行人来到长青县公安指挥中心。封长胜大队长办公室里坐着一位老交警和县信访办副主任，面前摆有资料。

封长胜热情地与侯大利握手，道：“多次听宫局谈起你，年轻人，屡破大案，了不起。”

略微寒暄，封长胜道：“大家都是内部人，那就不藏着掖着了。唐国兴出车祸后，他爱人夏艳悲伤过度，变得很偏执，甚至可以说是精神上出了点小问题，数次越级上访，弄得领导们很紧张。你们去见她，有可能给夏艳错误的信号，刺激她，让她产生错误的认识。信访办姜主任和交警吴大队都来了，他们都熟悉唐主任和夏艳，带来了相关资料，侯组长想问什么，他们清清楚楚。”

侯大利道：“我们想要了解当年交通肇事逃逸案的细节和夏艳上访的原因。”

封长胜道：“你认为交通肇事逃逸案和二道拐黑骨案有关联？”

侯大利道：“现在不能确定。我们顺线一路摸过来，恰好摸到交通肇事逃逸案。”

封长胜房间还有一名头发花白的老交警，坐在旁边闷头喝茶，一直没有说话。他抬头看了一眼侯大利，继续喝茶。

“这是老谷，当年是他在办交通肇事逃逸案，具体情况由老谷介绍。”封长胜与市局刑警领导们关系不错，接触很多，听说侯国龙儿子侯大利有些“轴”，很担心这个年轻人到长青县一番操作猛如虎，最后啥也没有查出来，却引得夏艳再次越级上访，让基层倒霉。在老谷开始介绍的时候，他走出办公室，给朱林打电话，敲定了晚上的饭局。

老谷放下茶杯，朝旁边垃圾桶吐了一口茶叶，道：“案情很简单，唐国兴下班步行回家，在十字路口的拐弯处被车撞了，肇事司机逃跑了。我们后来做了大量走访调查，才找到交通肇事逃逸车辆的车牌，结果是个套牌。那时没有安装天网系统，线索不多，交通肇事逃逸案至今未能破案，估计以后也很难。”

吴青特意解释道：“唐主任是国资委领导，出车祸后，县局相当重视，刑警大队和交警大队组成了专案组，费了很多精力，最后没有结果，案子现在还挂着。”

卷宗里面有当时的现场勘查相片、手绘图和其他材料，非常规范。侯大利将卷宗递给江克扬，又问：“夏艳为什么上访？”

县局负责信访的陈主任道：“凡是要上访，总会找到理由。夏艳和唐国兴感情不错，丈夫早上还好好的，晚上回家路上就没了，悲伤过度，一直想不通。唐国兴出事后，长青县公安局成立了专案组，顺带把以前发生的交通肇事逃逸案都破了两件，但很遗憾的是，没有找到这次交通肇事逃逸案的犯罪嫌疑人。”

侯大利道：“夏艳上访的理由就是没有抓到交通肇事逃逸案的犯罪嫌疑人？”

陈主任道：“不完全是这事。唐国兴火化后，夏艳说起家里进了贼，具体丢了什么东西又说不出来。公安这边没有办法立案，确实不符合立案规定。”

信访办卷宗里，有夏艳写的数份上访材料。从材料反映的事实来看，夏艳所言确实达不到立案标准。

夏艳自述："我丈夫是很严谨的人，有人行道绝不走公路，走到公路上绝对不会闯红灯，左看看，右看看，没有危险才过马路。当天，据周边商店的人反映，我丈夫正在过马路，那辆车直直地冲过来，速度快得很，这就是预谋杀人。我丈夫下班总要提一个包，包里没钱，就是习惯有个包，否则手就空着。有时工作上做不完的事情也放在包里。我丈夫才调到国资委，国资委负责改制，这是涉及好多人工作的事情，有工人围过县政府，还有工人来砸我家的窗。我丈夫肯定是因为改制的事情被害的……我丈夫过世以后，我和儿子在医院守着，后来又忙着安葬，很少回家。等到事情忙完了，我和儿子回家，才发现家里进了贼，我丈夫的柜子被翻乱了，不是原来的顺序。我丈夫做事一板一眼，他的柜子从来都是整整齐齐的，我们动一下，他都知道。我们回家发现丈夫的柜子被翻乱了，东西不在原来的位置。家里没啥钱，存折放在书里，小偷肯定找不到。公安凭什么不立案？明明家里进了人。我丈夫就是因为改制被人害死的。"

这是夏艳的自述，她四处投送，有的送给长青县政府，有的送给江州市政府，还有的送给江州市公安局，内容都一样。

老谷道："夏艳报案后，公安很重视，当时县刑警队技术室都出动了，没有在抽屉里找到其他人的指纹，只有唐国兴和夏艳本人的指纹。另外，唐国兴家里门窗都关得紧紧的，没有遭受破坏，家里值钱的东西也没有丢失，所以，城关派出所没有立案。臆想，这在很多上访人中都存在，这是受害者家属很多都有的反应。"

市刑警支队和县刑警大队关系很微妙。市刑警支队负责全市公安机关刑事犯罪案件的侦查指导工作，管辖重特大刑事案件，负责给县刑警大队提供技术支持。刑警支队可以介入辖区内任何刑事案件，但是不直接管理县刑警大队的人财物。县刑警大队经费和人员都受本地管理，所以，考虑问题时必须考虑长青县本地利益。

朱林和王华接到了封大队邀请，来到长青县。诸人共进晚餐，气氛融洽。

晚餐结束，封长胜在前往停车场时，握紧朱林的手，道：“如今上访责任太重，基层被弄怕了。有些上访者看准了这一点，闹访、缠访，不达目的不罢休，希望老领导理解。如果在案子上有什么要求，直接布置，长青刑警还是有战斗力的。”

梁佳兵的身体语言

晚上十点，侯大利回到江州大酒店。

以前这个时间点，他回到高森别墅时，别墅二楼窗口会透出柔和灯光，田甜总是坐在卧室沙发上或读书或看电视。有了女主人，回到高森别墅就真是回家。如今回到江州大酒店，饭店是五星级服务，可是服务再好，没有了女主人，房间总是冷冰冰的。

电话响起，在安静的房间特别刺耳。

“我还以为你已经睡觉了。”夏晓宇声音懒洋洋。

侯大利道：“正准备睡觉。晓宇哥，有事吗？”

从听筒里隐约传来笑声和说话声，其中一个女声非常嗲，辨识度很高，侯大利认真听了听，判断这是肖婉婷的声音。

夏晓宇道：“今天下午，我接到秦永国的电话。他从外地回来，准备约饭局，我顺便提了一句你对长盛矿业收购长青铅锌矿的事有兴趣，只是提了一句，他立刻让我穿针引线，想与你见面。明天你如果有空，他就直接到你办公室。”

侯大利道：“秦永国为什么这么急切？”

夏晓宇道：“秦永国前些年被黄大磊弄得惨，他如今逮住机会就要报复。”

第二天上午，秦永国如约来到重案一组侯大利办公室。侯大利办公室是以前滕鹏飞的办公室，有两间，前间是小会议室，后间是办公室。秦永国进入办公室，回头看了一眼小会议室，关上中间的门。他是典型的乡镇企业家气质，名牌夹克外套穿出了土豪气质，手指上的金戒指犹如假货般明晃晃的。侯大利原本以为秦永国这种级别的老板应该和父亲、丁晨光等人差不多，早就洗干净脚板上了岸，由小人物变成衣冠楚楚的大人物，没想到秦永国依然保持着20世纪90年代初乡镇企业家的形象，土气中透着精明，或者说是精明中透着土气。

“侯警官，你和你妈长得挺像。来，抽支烟。”秦永国取出烟，递给侯大利。在他们发家那个年代，烟是敲门砖，酒是通行证，尽管拥有数个大矿，他仍然保持着年轻时的习惯。

“你认识我妈？”侯大利接过香烟，没抽。

秦永国道：“你爸和你妈刚从世安厂出来的时候，我们就开始打交道，有一段时间还经常和你妈见面。你妈是能干人，很好的内当家。那个时候大家都不懂什么叫生意，也不讲规矩，都是一通乱整。真人面前不说假话，当年我们那一批老板，用一句时髦的话来说，那是有原罪的，真要查，谁的屁股上都挂着屎。我是一根肠子从嘴巴到屁眼，直来直去，包括国龙集国、丁工集团，要说没有烂事，那是假的。只不过，你爸、丁总都很聪明，早早地抽身上岸，如今都成了著名企业家。”

“秦总熟悉矿山，听说知道一些长盛矿业收购长青铅锌矿的内情？”几句话之后，侯大利便明白秦永国是那种“脸有猪相，心头嘹亮”之人，身上乡镇企业家的土味正是其伪装。

秦永国想起自己数年的牢狱之灾，对黄大磊恨得牙痒，就算黄大磊已经到了黄泉路上，也还想再捅他一刀，道：“我们都是搞矿山的，有什么小动作，瞒得过外行，瞒不过内行。长盛收购铅锌矿就是黄大磊和梁佳兵联手做的局，梁佳兵为此大赚了一笔，否则他也开不起铅冶炼厂。长盛矿业都是些吃人不吐骨头的家伙，凭什么把老的长盛铅锌矿交给梁佳兵？这是利益交换。”

侯大利道：“做的什么局？”

秦永国道：“地底下的东西到底有多大储量，没有挖出来的时候根本说不清楚，只能依靠地质勘查。从这几年长青铅锌矿的产量来看，当年绝对弄低了储量。国资委那帮人不懂行，被蒙蔽了，或者说吃了钱，故意放水。”

侯大利问：“有没有证据？”

秦永国道：“这些事情天知地知，你知我知，我是凭经验推测的。若是有证据，我早他娘的把证据寄给纪委、检察院了。我听说二道拐滑坡滚出人骨，十有八九和长青矿有关。矿石埋在地下，挖出来就发大财，有些人为了钱会变得非常恶毒，说出来都吓人。凭着我的江湖经验，二道拐黑骨肯定是挡了某些人的道，然后被暗算，被封到废井里。如果不是滑坡，这人死得冤枉，永世不得超生。”

侯大利道：“你刚才说挡了某些人的道，这个‘道’具体是指什么？”

“我没有具体证据，只是凭行业经验说话。那人多半是挡了改制的道，顺着这条线去查，肯定没错。今天我到这里来给侯警官说这些事，是冒了风险的，出了门绝对不认。黄大磊有个跟班叫黄大森，两人是隔房堂兄弟关系，很多坏事都是黄大磊在背后摇扇子，黄大森冲在最前面。如今黄大森是总经理，与黄大磊的老婆朱琪争斗得厉害，两人狗咬狗，一嘴毛。”

秦永国是资深矿老板，了解行业，所报密料非常重要。

秦永国离开后，侯大利在小本本上记下刚才得到的信息，又翻看了前面的记录，这才拨打了张小天的电话，想请其帮助判断梁佳兵是否说谎。

简略听了案情，张小天道：“你把两个视频传过来，可以不过来，到时我给你标注。”

侯大利道：“我还是要到阳州，当面交流，比起标注要直观。”

张小天道：“来也行，稍晚一点，我手头还有事，处理完后，再研究你传过来的视频。”

侯大利以前认为自己的工作已经足够细致，看到张小天深入调查王永强父母的过程，他意识到每个人的眼光都有局限，当眼光达不到时，就算看见了某些关键物证都会视而不见，成为睁眼瞎。他在自己的笔记本第一页补写下六个字——“细致、细致、细致”，在这六个字上面还有六个字——“现场、现场、现场”。

“细致”来自张小天；“现场”来自朱林。

翻完笔记，侯大利把江克扬叫了过来，一起看电脑里播放的视频。

江克扬看了几眼，道：“这不是我们录的那个视频。”

侯大利道：“在梁佳兵的会议室，我们说了要录视频，但没有承诺只从一个角度来拍。这是我平时随身携带的高清针点录像机，勘查现场时会启动。这个视频的镜头不会受我主观印象影响，能够真实记录现场。梁佳兵只是注意到摆在明处的镜头，不会留意我随身携带的录像机，所以，这个角度的视频会更加真实。”

“你觉得梁佳兵有问题？”江克扬其貌不扬，但一双眼睛颇为有神，闪动时，立刻显现出刑警的精气神。

侯大利道：“我们的工作是与犯罪嫌疑人打交道，见识了各种各样的犯罪手段，有时会把案子考虑得过于得复杂。我们是职业选手，他们绝大部分是业余选手，很多犯罪嫌疑人一辈子只是做过一两件坏事，就算惯犯的经验相对于刑警来说也是不足的，想清楚这一点，黑骨案就应该从简单处入手。为什么要在矿洞里焚烧？原因多半是作案人熟悉这个矿洞，而且肯定是就近处理。”

江克扬道：“不管矿洞是不是第一现场，把尸体移至此的人肯定熟悉矿洞。但是，也有可能是附近村民，他们同样熟悉矿洞。”

侯大利道：“农村表面上有很多荒地，其实所有荒地都有主，作案人焚烧尸体后，堵住了矿井入口，这说明他对矿洞有使用权、处置权。这个信息很重要，说明这个矿洞多半与焚烧者有关联。这条废弃的矿洞曾经属于村集体，后来被长青铅锌矿不远处的长盛铅锌矿收购。村民堵了矿洞，长盛矿会干涉。如果是村民埋尸，还不如自己挖个坑，这样不招谁惹谁，更稳当。也就是说，焚烧者多半在拥有矿洞的原长盛铅锌矿。长盛矿业完成收购后，原长盛铅锌矿变成了梁佳兵的铅冶炼厂，这就很有意思了。”

这时，视频中出现了梁佳兵看画像的镜头。

侯大利道：“视频已经发给刑侦总队六支队心理测试室副主任张小

天，请她解读梁佳兵的表现。下午我们两人跑一趟，当面听听她的想法。”

下午四点，侯大利和江克扬来到省刑侦总队，见到张小天。

“四幅画像，你们带过来没有？”张小天前一个项目刚刚结束，略显疲惫，喝了一杯浓咖啡。

侯大利打开卷宗，取出四幅画像，道：“由于被焚烧过，遗骸的前鼻椎少了一段，没有办法确定鼻子走向，老葛就画了三幅不同鼻型的头像。另一幅是素描，没有面部。”

张小天打开视频，调至梁佳兵的镜头，道：“这人是谁？”

侯大利道：“原来国有长青铅锌矿的厂长。”

“除了这个厂长，其他人看到图像后没有异常表情。”张小天放了一遍梁佳兵看图像的视频，道，“这是针点式高清录像设备，没有面对被测试人，恰好很真实地录下了被测试人的身体语言。你们看了视频，是什么感觉？”

侯大利道：“他表情凝重，神情略有不安。”

江克扬道：“我也是同样感觉。”

张小天重放视频，指着画面，道：“这人在看图像的时候，有三次将手指放在衣领和脖子之间，用手拉衣领，让衣领离开自己的皮肤。这个动作我们称之为通气动作，用于缓解压力和情绪上的不适，是对压力的一种反应方式，也反映一个人遇到了让他不愉快的信号。”

她又定格视频，道：“你们再观察这个厂长的双脚，他的脚是一种很特殊的姿势，用脚踝紧锁椅子腿，这是典型的冰结反应。冰结反应来自远古，那时的人们突然发现身边有一只老虎或者狮子时会是什么反应？凡是逃跑的多半死掉，吓得一动不动的反倒有可能逃过，久而久之就形成了冰结反应。冰结反应从原始人类到现代人一代又一代传递，成为我们防御危险的第一方案，这是我们大脑的边缘系统在悄悄指示人类应对危险。”

这段视频来自针点式高清录像设备，而正面视频拍不到双脚的动作。江克扬发自内心对侯大利竖了竖大拇指。

经过提醒，侯大利注意到梁佳兵在看图像时双脚踝果然紧锁椅子腿，非常明显。

张小天道："再注意他的右手，时不时搓一下裤管，这是安慰行为。冰结反应和安慰行为同时出现，说明这人肯定隐藏了什么。"

侯大利道："能不能从梁佳兵的表现看出哪一幅图更让他感受到压力？"

"这正是我下一步要讲的事。"张小天换上了另一个视频，道，"这台摄像机应该放在被测试人的正对面，非常清晰地录下了面部表情。你们注意，他看第二幅画时，眼睛突然睁大，瞳孔迅速收缩，并轻轻地眯了一下眼。这个动作意味着他不希望看到这张图像。对于多数人来说，他们觉得自己掩饰得很好，实际上这些细微的信息已经出卖了他的真实想法。"

第二幅图正是那幅平鼻的画像，也是三幅画像中最英俊的那一幅。

张小天的解读不仅印证了侯大利的怀疑，还意外地挑出了最有可能接近受害者本人的画像。侯大利抱拳拱了拱手，道："师姐，你帮了我们大忙。"

张小天微笑道："解读只是说明了可能的侦查方向，距离破案还有十万八千里，够你们忙的。"

侯大利道："有了与受害者本人接近的画像，我们算是前进了一大步。师姐，晚上一起吃顿饭，我约一下老葛和朴老师。"

张小天很爽快地道："平时肯定没有问题，今天不行，我还要到湖州办案，你们进屋前接到的通知，还有半小时就出发。你们也别约老葛和朴老师，帮我一个忙，带我妹妹张小舒到江州去。她要到江州学院演出，原本我准备送她去，正好你们来了，任务交给你们。"

"保证完成任务。"侯大利满口答应。

在等待张小舒的时候，侯大利和江克扬径直到良主任工作室找到葛向东。葛向东依照张小天的判断，在没有脸部的素描上添加了面部，一幅栩栩如生的人物画像便出现在众人面前。

侯大利工作两年多时间便得了“神探”的绰号，内心深处还是颇为自负的，张小天的专业能力让其意识到术业有专攻，人外还有人；葛向东的进步让其意识到每个人都有特长，哪怕以前不起眼的人也有可能隐藏着特殊才能，所以不能小觑天下人。

回江州途中，侯大利提出一个问题：“老克，梁佳兵认出了画像中人，这意味着什么？”

江克扬道：“这意味着他说谎，既然说谎，里面就有戏了。”

侯大利拿到新的全身画像时，张小舒刚好来到省刑总办公楼附近。

张小天道：“小舒是我的堂妹，在山南大学读研，毕业在即，此次要到江州学院参加校园音乐会的演出。”

张小天五官稍显平凡，可是气质出众，有一种特殊的亲和力。张小舒扎着马尾辫，脸颊优美细滑，皮肤吹弹可破，文静淡幽，背着一个吉他盒，仿佛幽巷深处走来的撑着油纸伞的姑娘。她略有些羞涩，道：“给你们添麻烦了。”

张小天道：“小舒，学院安排住宿吗？如果条件不好，你给侯大利打电话，让他给你安排。”

张小舒急忙道：“不用安排，演出结束，我要去看欣桐。”

越野车离开省刑侦总队，朝江州方向而去。

侯大利抬头看了一眼后视镜，道：“你是山南大学音乐学院的吗？”

张小舒道：“我是山南大学医学院的。小时候就学音乐，参加了校音乐团。”

交流几句后，三人便没有再说话，越野车很快就进入高速路。侯大利觉得车内气氛有些沉闷，随后打开了音响。音响里播出的音乐是吉他曲《水边的阿狄丽娜》。

音乐在车内流淌，音符在小小的空间内碰撞，张小舒眼睛一亮，道：“好巧啊，今天晚上我是吉他独奏，也要弹这首曲子，正好复习。”

江克扬坐在副驾驶室位置，在吉他曲中，很快睡着了。侯大利没有再说话，专心开车。张小舒坐在后座，安静地让音符飞进耳朵。

一个小时后，车至江州学院。江州学院正在搞音乐节，校外有很多彩色气球，青年男女都打扮得很漂亮，整个校园洋溢着青春气息。侯大利从年龄来说也属于青年，可是他历尽沧桑，心境与校园轻松快乐的环境格格不入。

到了音乐厅大门，过来接待张小舒的居然是曾经与侯大利有过一面之缘的林风。林风和张小舒交流几句后，道："侯警官，七点有一场音乐会，小舒要演出，热情邀请你来欣赏。"

自从杨帆遇害后，侯大利便再也没有进入过剧场，便礼貌地拒绝道："谢谢，我还有事，就先告辞了。"

在离开时，他看了一眼后视镜，张小舒背着吉他盒，站在音乐厅前，很认真地挥手告别。

第七章
黑骨案的重大突破

再次产生分歧

上班后，侯大利在办公室如驴子一样转圈，琢磨长青县那一起交通肇事案，思考如何接触老上访户夏艳。转了十几圈，他又坐回办公桌前，拿起夏艳的材料，看到其儿子正在读高中，灵光突然闪现。

恰在这时，江克扬敲门而入，道："梁佳兵对平鼻画像反应最为强烈，所以这幅画像应该最接近颅骨本人，可惜，在山南人口信息库再次比对仍然没有成功。"

"老葛画得应该很逼真，估计是人口信息库功能有局限，应该升级了。还有一种可能，受害者不是本省的，不在库里。"侯大利又道，"强哥在不在？请他过来商量下一步的侦查方向。"

江克扬道："我刚才遇到他，他去参加市局政治处组织的'执法为公，立警为民'的演讲比赛。"

"案子这么紧张，还把我们的探长弄去搞演讲比赛，应该从闲一点的部门抽人。"侯大利扔了一支烟，在江克扬面前发了一句牢骚。

"去年全省大读书活动，我们办案不管再忙，只要在江州市，晚上都得赶回来参会，今年还算是比较轻松的一年。"江克扬见侯大利对这事没有太深的感触，问，“去年你没有参加吗？”

侯大利道：“105专案组人少，容易集中，基本没有在晚上搞读书活动。强哥演讲水平很高吗？”

江克扬道：“强哥这人和我们一样长期跑外勤，总是晒不黑，普通话好，演讲水平高。若不是当年朱支压着不放，早就调到机关去了。”

侯大利道：“朱支压着不放，肯定有理由。强哥有什么特点？”

江克扬道：“他创过蹲守四十一天的纪录，还有抓捕从不受伤的纪录。”

侯大利道：“他有这个纪录还晒不黑，确实是奇葩。”

聊了一会儿组里的闲事，话题自然而然转到二道拐黑骨案，侯大利道：“交通肇事逃逸案和二道拐黑骨案有三个联系：第一，二道拐黑骨案大体发生在2005年秋冬季，长青铅锌矿收购案也是发生在2005年；第二，梁佳兵是国有长青铅锌矿矿长，在辨认复原画像时说谎，极有可能认识受害者；第三，唐国兴分管国企收购，又在收购期间出事。既然二者间有密切联系，我们就应该接触夏艳。只不过夏艳偏执，有可能是马蜂窝，那水路不通我们就走旱路，先绕开夏艳，直接和她儿子接触。唐国兴意外身亡时，夏艳的儿子在读初中，十三四岁的初中生应该对爸爸的事情还有印象。”

江克扬觉得侯大利的想法简直是异想天开，道：“你找了她儿子，那就相当于找了夏艳，这是一回事。而且，封大队专门请吃饭，就是不想碰这种老上访户。夏艳这种老上访户惹不得，如果捅了马蜂窝，真不好收场。”

“有没有用处，我们总得试一试。这事我们暂时不出面，让其他人试探。如果可行，那我们就和唐国兴的儿子见面。如果不行，再想其他办法。黄卫的儿子黄小军在山南政法刑侦系读书，让他出面去联系夏艳的儿子，年轻人容易沟通，说不定比我们出面效果要好。”

侯大利加强了语气，道：“我下定了决心，如果找夏艳儿子没有作用，那我冒着捅马蜂窝的危险也得和夏艳见面，因为怕惹事不和事主见面，说出去是个笑话。”

黄小军在读刑侦系，由他出面还算靠谱，更关键是侯大利态度坚决，已经下定了决心，江克扬不再反对。

接到侯大利电话后，黄小军声音透着欢喜，道："大利哥，我开车在回江州的高速路上。你在哪里？我过来接受任务。"

侯大利告诉了刑警新楼里的具体门牌号和房间号，便在办公室继续和江克扬一起分析案子。四十分钟后，黄小军出现在办公室，身后还跟着王夏。

侯大利有点惊讶地问道："王夏，你不上课？"

王夏道："我成绩好，缺几节课没有关系。"

父亲王涛遇害后，母亲改嫁，王夏在很长一段时间内都情绪低落，意志消沉，转折点在公安机关抓住了杀害父亲的凶手，从那一天起，王夏开始努力改变自己。她与黄小军结识后，很是佩服侯大利，并以其为榜样，树立起要考山南政法刑侦系的目标。

黄小军道："王夏和唐光宪谈话更能引起共鸣，我自作主张把她也叫了过来。"

王夏恳求道："大利哥，让我参加吧，唐光宪是高中生，我们能够进行沟通。我们的遭遇很接近，有很多共同语言。"

在侯大利印象中，王夏还是一个怯生生的小女孩，不过两三年时间，小女孩已变成了明眸皓齿的少女，有了质的蜕变。他认可了黄小军和王夏的说法，让王夏留了下来。

侯大利讲了大体情况，再给黄小军和王夏布置任务，道："当前的难点是要让唐光宪完全信任和配合你们，这样就可以不引起他妈妈夏艳的过度反应。我是希望尽量在夏艳不知情的情况下，了解一些细节，最好能在唐光宪配合下，到他家实地调查。"

江克扬完全没有料到侯大利会采用这一招来获取情报，看着黄卫的儿子和一个相对瘦小的女孩，暗自觉得侯大利这样做会没有效果，甚至会搬起石头砸了自己的脚。

黄小军认真地道："需要什么样的细节？我们可以提前摸底。"

侯大利道："我也不知道。"

王夏更是一脸惊讶，道：“大利哥也不知道，那让我们找什么？”

侯大利道：“刑警查案的时候经常面对错综复杂的信息，有很多时候极度缺少信息，这就需要我们根据现有信息寻找方向。刑警和考古工作者很接近，下一步是什么还真不明白，必须摸索着前进，有可能发掘下去就有大收获，也有可能一无所有。具体到这个案子，我们不妨认同夏艳的说法——唐国兴是被害。在这种情况下，遇害的原因可能与钱财有关，钱财又分别人要谋他的财、他去抢夺别人的财、挡了别人的财等种类。如果与色有关，最有可能出现第三者。预设的立场只是一种常规思路，最后还得靠证据说话。”

黄小军和王夏听得十分认真。

江克扬颇有些不以为然，让两个学生联系夏艳的儿子，寻找蛛丝马迹，也只有“神探”才能想得出来。就算黄小军是山南政法大学刑侦系的学生，毕竟才入校不久，能起多大作用，只有天知道。而王夏是高中女生，没有多少社会经验。让这两人组合去联系高中生唐光宪，那真是盲人骑瞎马，夜半临深池。

黄小军和王夏接受了任务，满脸深沉，目光坚定，肩并肩走出房门。

两人即将迈出会议室大门时，侯大利再次叮嘱道：“你们先不要直接接触唐光宪，要从外围调查此人性格。如果经过调查，没有配合的可能，那么就撤回，不必强做。”

黄小军回过头，道：“大利哥，你放心，我们够聪明，不会捅娄子。”

王夏比了一个胜利的手势，道：“大利哥，我们一定会成功的。”

江克扬目送着两个学生离开，道：“组座，让他们出马，靠谱吗？我怕小孩没有分寸，说不定会捅到夏艳那里去。若是我们依照程序调查，夏艳跑去上访，那是她的事情，我们没有太大责任。若是黄小军和王夏把事情搞砸了，弄得夏艳去上访，那我们还真不好说。”

侯大利起身，来到窗前，站了不到两分钟，看到黄小军和王夏出现在大院内，道：“他们都是在遭遇过重大挫折的家庭中成长起来的孩子，比同龄人早熟，办起事来更顺手，也相对安全。但愿他们能有所突破。”

江克扬站在侯大利身边，道：“说实话，我们都不知道在什么地方突破，也不知道黑骨案是否和长青铅锌矿的收购案有关联。这两人没有任何经验，我实在想不出他们能在什么方面有所突破。”

侯大利道：“乱拳打死老师傅，说不定就能有我们意想不到的结果。”

两人站在窗边议论时，杜峰走进办公室，面带喜色：“好消息，黑骨案那边有消息了，胡志刚和蒋超在秦阳一家私营牙科医院找到了病历，病历显示有一个二十六岁的男性左脸做过种植牙，具体是哪一颗牙齿，病历中没有显示。五点半，滕大队召集开案情分析会。”

侯大利道：“这人多高？什么时间失踪的？”

“还不清楚。胡志刚和蒋超查到的这条线索，正在回江州的路上。”杜峰随即又兴冲冲地通知一组其他侦查员。

江克扬道：“情况有变，是否需要暂停黄小军和王夏的调查行动？”

侯大利态度很坚定，道：“不管是否查到尸源，刚才谈到的三个联系仍然存在，还是需要我们调查。”

五点半，重案大队召开案情分析会。除了滕鹏飞，副支队长陈阳也出现在小会议室。两位领导坐在圆桌中间，不时低声讨论几句。

陈阳看到侯大利坐在后排，道：“侯大利，你是一组组长，坐到我身边。”

陈阳和滕鹏飞身边有几个空位，侦查员们有意无意地都没去坐那几个空位，自然而然形成了一个属于领导的空间。侯大利坐在陈阳身边，拿出笔记本，扭开笔盖，准备记录。

也就是从这一次会议开始，在这间小会议室里，凡是重案大队开会，侯大利的位置便固定在此，不再轻易改变。最初，众多资历更老的侦查员会不习惯他坐这个座位，但是多开几次会就习惯了，以后侯大利不坐这个位置反而会让人不习惯。

会议开始，由找到线索的侦查员胡志刚汇报。

胡志刚道："我和蒋超这一段时间都在跑医院，调查种植牙，今天上午，我们在秦阳一家名为春天牙科的私营医院里发现了一份病历。四年前一个名为龙新东的人在春天牙科做了种植牙，位置是左脸的磨牙，但病历上没有标明具体是哪一颗牙齿。春天牙科是成立不久的连锁私营医院，我们是在其档案室里翻到了这份病历。"

副支队陈阳插话道："我要表扬胡志刚和蒋超。当时他们先查电脑，没有找到合适的病例。如果他们放弃，估计就找不到关键证据了。他们在电脑中没有找到线索，没有轻易放弃，又去翻查纸质病历，从一大堆旧病历中找出了这一份最接近二道拐受害者脸部种植牙的病历。"

胡志刚又道："龙新东，1980年4月8日出生，身高一米七四。在2006年元旦节后失踪，至今下落不明。龙新东长住江州，没有正式工作，属于社会青年，被多次拘留，是派出所常客。我在这里说明一下，虽然是元旦节后龙家报失踪，但是龙新东长期住在江州，与家里人很少联系，元旦节后报失踪，并不意味着龙新东是在元旦失踪。"

无论从年龄、身高、失踪日期、种植牙基座位置还是长住江州的信息，龙新东都和二道拐黑骨案受害者非常接近，这意味着大体上找到了尸源。侦查员们脸露兴奋之色，开始议论起来，有人拿出香烟，庆祝重大突破。

侯大利在笔记本上写下"龙新东"的名字、年龄、主要经历。

投影仪打开，幕布上出现了龙新东的相片。此人消瘦，朝天鼻，头发浓密，相貌还算端正。

侯大利微微仰头，凝神细看。幕布上的相片似乎脱离了幕布，飞进他的脑海中，与脑海中的朝天鼻颅骨复原像并排在一起。头型相差不大，细节却有差异：一是复原像是大眼睛，但龙新东眼睛明显比复原像要小一些，虽然不是眯眯眼，却也不是大眼睛；二是龙新东头发浓密，发际线很低，与颅骨的发际线位置不同。

胡志刚又介绍道："我有一个亲戚做过种植牙，据他介绍，种植牙有几个系统，包括瑞典、瑞士、美国、韩国和国产等。找到龙新东的病历后，我给滕大队做过汇报，滕大队要求请春天牙科的医生去看一看颅骨上的种植牙是否是春天牙科做的，如果真是他们做的，那就靠谱了。现在蒋超和秦阳支队的老张一起开车送春天牙科的医生到刑侦总队，估计很快就要出结果。”

滕鹏飞道：“蒋超应该到了阳州，你再给他打个电话，看一看什么情况。”

打完电话后，胡志刚笑呵呵地道：“报告一个好消息，春天牙科赵医生看过了，颅骨上的牙齿和他们医院的产品一致。”

滕鹏飞用力拍了桌子，道：“陈支，妥了，死者就是龙新东。”

“龙新东，我总觉得这个名字有些耳熟。你们先坐一会儿，我打个电话。”陈阳拿起手机走出会议室。过了一会儿，他把滕鹏飞叫了出去，道：“刚才问了打黑除恶专案组的老涂，龙新东的绰号叫作龙头，是断手杆的马仔，专案组一直在找这个人，原本以为外逃了，谁知早就被做掉，难怪专案组找不到人。这事涉及省厅督办专案，我要向宫局汇报，你暂时别动。”

滕鹏飞顿时急眼，道：“陈支是重案大队出来的人，胳膊肘得往大队拐，这是一组的案子，不能拿到打黑除恶专案组。”

陈阳神情严肃，道：“案子非常复杂，我说了还不算。专案组常务副组长就是宫局，你赶紧去找他。”

案情分析会暂时结束，侯大利让胡志刚拷贝了一张龙新东的正面像。回到办公室，他仔细观察龙新东正面像和三张颅骨复原像。

“龙新东的头发密，发际线很低。按照老葛的说法，二道拐颅骨的发际线比较高，这是个问题。”侯大利亲手摸过二道拐案的颅骨，感受过发际线，印象特别深刻。他拨通葛向东电话，问道：“从二道拐颅骨骨面的粗糙度来判断发际线，是否准确？”

葛向东自信心十足，道：“二道拐受害者的颅骨一边光滑，一边粗糙，分界线特别明显。分界线实际上就是发际线，真实情况略有差异，差异不大。”

侯大利道：“眼睛大小会有明显差异吗？”

葛向东道："颅面复原不是克隆，只能产生一个近似的面部。鼻子、眼睛、嘴、耳朵等五官含有较多软组织成分，重建结果可能和实际有偏差，还有一些信息不能从颅骨推断，更何况二道拐的头骨被火烧过，有少量骨骼脱落。我看过蒋超带来的龙新东相片。龙新东从身高、年龄还有种植牙等诸方面都与二道拐颅骨相似，失踪时间也接近，我不能做出肯定判断，也不能做出否定判断。"

侯大利道："老葛，私下谈话，不要打官腔。你觉得龙新东和二道拐颅骨是不是一个人？"

"在正式场合，我不会肯定或者否定龙新东和二道拐颅骨之间的关系，在正式报告中会用比较模糊的话语来表达。如果是我们两人之间的讨论，我更倾向于龙新东和二道拐颅骨没有关系，除了发际线，二道拐受害人更大可能是单眼皮，龙新东是双眼皮。更关键的是，龙新东和二道拐颅骨长得不像，我对自己的技术还是有信心的。"

最后，葛向东特别强调道："我们工作室是提供侦查方向，不是鉴定机构，不会给出鉴定结论。我们复原的颅骨，画出的犯罪嫌疑人画像，都只能做参考。"

与葛向东通完电话后，侯大利拿起龙新东相片和二道拐颅骨复原画像去找滕鹏飞。滕鹏飞不在办公室，房门紧闭，敲门也无人回应。

侯大利站在门口拨打滕鹏飞电话。

滕鹏飞直接挂断电话，发了一条短信，短信内容是手机预设："我正在开会。"

约莫一个小时，滕鹏飞的电话打了过来，道："侯大利，叫上杜峰、张国强和江克扬一起到我办公室来。"

一组四个核心骨干来到滕鹏飞办公室，围坐在办公室小茶几周围，滕鹏飞道："这不是开会，是小范围沟通，大家喝水自己倒，想抽烟就抽烟。"

他拿了一包烟扔在茶几上，和大家围坐在一起，道："二道拐黑骨案原来是一件很难办的悬案，大家都很努力，一点点挖线索，如今找到了尸源，距离破案就越来越近了。"

侯大利道："滕大队，对不起，我打断一下，我认为龙新东和二道拐颅骨不能完全画等号。"

滕鹏飞目光闪了一下，道："理由？"

三个探长相互交换了眼神，大家从眼神中都能读懂对方的意思：侯大利又开启怀疑式撑人模式。

侯大利讲了发际线和单双眼皮的区别，又谈了单眼皮和双眼皮的差异。

滕鹏飞静静听完，道："你很相信葛朗台，他到良主任工作室时间不长。良主任是什么意见？葛朗台能不能出一个书面意见？"

侯大利摇头，道："良主任工作室不会出鉴定结论，他们只是给出建议。"

"二道拐颅骨烧得那么厉害，又在地下埋了几年，连DNA都提取不了，颅骨复原像只能作为参考。目前，二道拐尸骨中有几个比较确定的结论，一是性别，男性；二是年龄，二十五六岁；三是身高，一米七四；四是失踪时间，在2006年元旦报失踪；五是种植牙，左脸的磨齿，出自春天牙科。"

滕鹏飞用力挥了挥手，道："如果有一项、两项符合二道拐颅骨的条件，有可能是巧合，如今有这么多项条件符合，我不认为是巧合，至于在小细节上的出入，可以认为是焚烧原因和埋在地底造成的。龙新东是黑社会重要成员，和断手杆有极大关联，是打黑除恶专案中一个关键人物，目前很多线索都在他身上断掉，导致打黑除恶工作陷入停顿状态。刚才，局党委决定临时抽调我和杜峰探组进入打黑除恶专项组，从龙新东入手调查断手杆。"

侯大利坚持自己的意见，道："龙新东不一定是二道拐的黑骨。断手杆主要在西城活动，做掉龙新东后，没有必要跑到二道拐焚尸，这样做的风险太高。我个人认为，在二道拐老矿洞焚尸，只能是周边人所为。我建议把长青铅锌矿收购案这条线索也纳入打黑除恶工作，从断手杆和长青铅锌矿收购案两个方向同时开展侦查。"

滕鹏飞态度强硬，道："长青铅锌矿收购案和二道拐颅骨有关系吗？暂时没有任何联系。你要否认二道拐颅骨不是龙新东，就得解释种植牙，用巧合说不过去。至于为什么要在二道拐焚尸，这正是我们调查的重点。二道拐黑骨案由打黑除恶专案组经办，一组就不要插手了。这不是建议，是命令。”

侯大利毫不退让，道：“我服从命令，但是坚持我的意见，而且要向支队做正式汇报。”

滕鹏飞道：“那我们现在就找陈支。”

一组侦查员们都在动脑筋，各有各的想法。江克扬和侯大利讨论案情最多，觉得侯大利的说法挺有道理，发际线有出入暂且不提，断手杆到二道拐焚尸是一件很不合常理的事。

杜峰和张国强更倾向于滕鹏飞，毕竟从种植牙、身高、年龄到失踪时间来看，龙新东在二道拐遇害的可能性极高。

重案大队副大队长和重案大队一组组长素来都是刑警支队的重要角色，没有真本事坐不住这个岗位。而且按照惯例，重案大队一组组长往往都是由副大队长兼任，一组组长的意见很有分量。

滕鹏飞和侯大利一起来到支队办公室，向常务副支队长陈阳做了汇报。陈阳没有现场表态，向宫建民汇报了滕鹏飞和侯大利在侦查方向出现的分歧。

分管副局长宫建民担任了打黑除恶专案组常务副组长，了解更多内情，深知打掉断手杆团伙的难度，权衡以后，特意把侯大利叫到办公室，语重心长道：“大利在一组工作很出色，吴煜案破得相当漂亮，省刑侦总队每年都要编案例集，供全省各刑警单位参考，吴煜案肯定会被选进案例集。这一次将龙新东案拿进专案组，主要是出于保密作用，打黑除恶任务艰巨，得防止走漏消息。”

侯大利道：“我肯定会服从命令，但是，我坚持龙新东不是二道拐黑骨案的受害者，会向领导报一份书面材料。”

宫建民望着倔强的下属，点了点头，道：“你关于二道拐黑骨案的想法也有道理，专案组会充分考虑。”

执着的上访者

得知滕鹏飞和杜峰探组都抽调到打黑除恶专案组，一组侦查员们顿时精神振奋。这两年多时间，重案大队被105专案组侯大利在会上会下捋了多次，全队被一人压制，早就有了一股“恶”气，今天，滕麻子和侯“神探”两大高手“对决”，滕麻子压倒了侯“神探”。尽管侯“神探”如今已经是一组组长，大家还是觉得心情舒畅。

在305、306和307办公室，大家面带喜色，详细分析滕鹏飞和侯大利的观点，最初大家都有点小小的恶趣味，喜欢看侯大利吃瘪。讨论了一会儿，有部分侦查员开始支持侯大利的观点：龙新东之死如果与长青县铅锌矿或者周边村民没有关系，为什么要在这个地方焚尸？一般来说，作案者都倾向于在自己熟悉的、能够掌握的地方作案，跑到一个完全陌生的地方来焚尸是不可思议的事情。

更多侦查员和滕鹏飞的观点一致：虽然现在不知道龙新东被焚尸于二道拐的原因，但是顺着这条线查下去，肯定会水落石出。

双方正在争论的时候，侯大利回到重案一组。和往常一样，他经过三间办公室时，办公室内的议论声顿时停止，所有人的目光全部望着门外，等到侯大利身影消失，议论声才又响起。

侯大利回到办公室，泡了杯茶，在袅袅升起的热气中，开始沉思。

吴煜案已经侦破，剩下的事就是程序性工作，用不着操心。二道拐黑骨案交由打黑除恶专案组侦办，连杜峰探组都临时抽调到专案组，也用不着操心。他刚刚聚起全身力气咬住了长青铅锌矿收购案，此刻失去目标，全身力量扑了个空，极为难受。他心里空落落，慢慢地还有一种挫败感，这种挫败感并不强烈，却真实存在，还无处诉说。他深吸一口气，强迫自己从不良情绪中跳出来，给汤柳打去电话，道：“法医室有真正的头骨吗？老葛说摸头骨能摸出发际线，比较粗糙和比较光滑的交界处就是发际线。”

汤柳道：“有，头骨在法医室柜子里放着，我有钥匙，你随时过来。”

侯大利随即来到法医室，找到汤柳，拿出头骨。按照老葛讲的法子，侯大利拿起放大镜仔细观察头骨，又轻轻用手指头抚摸。这个头骨表面上看起来很光滑，若是细细用手指体会，会感受到确实有一条还算明显的发际线，一边更光滑，一边则稍粗糙。两边的区别实则很小，必须细致感受才能发现。

汤柳接过头骨，细致观察和触摸后，道："老葛是对的，确实有一条浅浅的发际线，这是实践经验，值得重视。"

亲手摸到另一个头颅的发际线之后，侯大利再次提出疑问：二道拐颅骨真的是龙新东吗？

汤柳接过头颅，放回柜子，洗手后，给侯大利调了一杯咖啡，道："差之毫厘，失之千里，我站在你这一边。"

喝完咖啡，侯大利离开法医室，前往刑警老楼。他仍然是105专案组副组长，只不过105专案组暂时没有新案子，所以将主要精力放到了吴煜案和二道拐黑骨案。如今吴煜案已经侦破，二道拐黑骨案又被纳入打黑除恶专案组，他轻松下来，无事可做，便回专案组看一看杨帆案的进展。

105专案组很安静，二楼办公室有两间开着门，一间是朱林办公室，另一间是王华办公室，其他几个成员都不在。侯大利先到王华办公室坐了几分钟，再到朱林办公室。

朱林戴着眼镜，桌上放了厚厚一本书，听到脚步声，道："案子办完了？"

侯大利坐在师父对面，道："吴煜案破了，二道拐黑骨案由打黑除恶专案组侦办，一组暂时没有大案要办。"

朱林取下眼镜，道："你和滕麻子对二道拐黑骨案的侦查方向有不同意见，宫局采纳了滕麻子的意见。"

侯大利惊讶地道："师父怎么知道得这么清楚？"

朱林笑道："市局聘请了一批退休的刑侦专家当顾问，我很快要退休，所以这次也被聘请成为专家。我们顾问组讨论了二道拐黑骨案，建议将龙新东案件纳入打黑除恶专案组。我刚从刑警新楼回来，屁股还没有坐热。"

侯大利道："上级决定要执行，我还是保留着自己的看法，二道拐颅骨并不能绝对等同于龙新东，存在不少疑点。"

朱林道："你坚持认为二道拐颅骨与长青铅锌矿有关？"

既然师父作为专家组专家，已经知道案情，侯大利也就不再隐瞒，细数自己心中存在的五个疑点：一是资深矿山老板秦永国认定长青铅锌矿收购案有很大猫腻；二是张小天判断梁佳兵看到老葛的第二幅画像时神态异常，明显是说谎；三是龙新东头发浓密，发际线很低，是双眼皮，二道拐颅骨是高发际线、单眼皮，相貌存在差异；四是死者出现在偏僻的二道拐，绝对与二道拐有某种联系，不可能平白无故被带到这里焚烧；五是二道拐黑骨案、长青铅锌矿收购案、长青国资委副主任唐国兴交通肇事逃逸案都发生在2005年秋季。

朱林轻描淡写地道："既然你认为长青铅锌矿收购案、长青国资委副主任唐国兴交通肇事逃逸案有密切关联，可以继续调查交通肇事逃逸案，这和龙新东案没有关系，也就不算违纪。"

侯大利猛然站了起来，拍了拍脑袋，道："师父果然是师父，一语点醒梦中人。我不能再调查二道拐黑骨案，但是调查发生在长青县的交通肇事逃逸案，完全和龙新东没有关系。"

交通肇事逃逸案由长青县刑警大队侦办，按照管辖原则，支队在认为必要的时候，可以侦查县大队管辖的刑事案件。

朱林道："我提醒你一点，在调查交通肇事逃逸案时，只要发现任何与龙新东有关的线索，你就必须停止往下追查，将线索交给打黑除恶专案组。这是纪律，你不能违反。"

回老楼前，侯大利心情着实郁闷，朱林一番话吹散了心中迷雾，只觉神清气爽，如三伏天吹了空调，冬天有了地暖。坐在三楼资料室，他想起朱林安排的排爆训练，心道："师父即将退休，若不是出于公心，也不会费这么多心思培养专案组的成员。我到了退休年龄，能否保持师父这份境界，还真不好说。"

人是复杂的，每个人都有崇高的一面，也有卑微的一面，朱林不例外，侯大利也不例外。朱林在临退休时还想着培训专案组成员，增加了崇高的份额，减弱了卑微一面，值得尊敬。

侯大利打开投影仪，105专案组负责的七件命案积案已经侦破了六件，只剩下杨帆案。若是王永强不是凶手，谁是凶手？这是一个线索极少的案件，侯大利空有“神探”的绰号，同样一筹莫展，只有耐心等待线索出现，而线索有可能出现，也有可能永远不会出现。经过了十年岁月洗礼，侯大利已经能够在面对杨帆案时内心不起大波澜，相对平和，更加理智。

对于牺牲在歹徒枪口之下的未婚妻田甜，侯大利则时常陷入难以排遣的思念之中。侯大利和田甜原本即将结婚，共同度过人生，谁知无法预料的命运再次显示其狰狞的一面，将他幸福平静的生活打得粉碎。这一次他连敌人都没有，想反抗都没有机会，只能独自承受痛苦。

即将下班的时候，侯大利接到黄小军电话。

黄小军在电话里尽量保持平静，可是仍然透着兴奋：“我们说服了唐光宪。今天下午，唐光宪的妈妈要到外公家里吃饭去，明天才回来，这是到家里去的好机会。”

侯大利道：“好，我很快就过来。”

江克扬得知此消息，道：“黄小军和王夏真有点办事能力。但是，组座，二道拐案子已经交给了打黑除恶专案组，这是涉密的，我们不能再参加了，否则就要违纪。”

侯大利用非常平淡的口气道：“我们是去侦办二道拐黑骨案吗？错了，我们是在办案过程中发现了一起交通肇事逃逸案的线索，这和龙新东没有任何关系，不算违纪吧？而且就算违纪，也是我的责任，与你无关。如果你有顾忌，不愿意去，可以明确提出来。”

交通肇事逃逸案确实和龙新东案没有任何关系，这是“明修栈道，暗度陈仓”之计，江克扬竖起大拇指，道：“组座，你厉害。能够到一组来的人都没有孬种，走吧。”

从江州到长青县只有半小时车程，越野车停在县政府机关老家属。为了不引人注目，黄小军独自出门，接侯大利和江克扬来到夏艳家里。

“王夏有一名初中同学在长青中学读书，她通过这个关系找到了唐光宪。唐光宪成绩还行，容易沟通。听了我们两家的遭遇后，他彻底放下戒心，同意配合。”黄小军带着侯大利和江克扬走进小区，来到稍显老旧的家属院。

侯大利道：“这是政府家属院？保安形同虚设。”

黄小军道：“这个政府家属院修得很早，真正当官的都没有住在这里，平时管理得不好，还不如那些商业小区。”

侯大利环顾四周，道：“夏艳提到过家里进了贼，看小区情况，还真有可能。”

室内，王夏听到门铃声，透过猫眼朝外望了一眼，见到黄小军的脸，迅速开门。唐光宪是典型高中生模样，身穿长青中学校服，嘴唇上有淡淡的胡须，见到来人颇为拘束。王夏道：“这是大利哥，我们都叫大利哥，你也叫大利哥。”

唐光宪满脸青春痘，叫“大利哥”时满脸通红，青春痘个个鲜红透亮。

侯大利没有多说废话，道：“你爸爸有没有工作日志，平时有没有记笔记的习惯？”

唐光宪摇头道：“我那时还小，不知道。”

侯大利道：“我要看一看你爸爸的东西，包括影集、笔记本、电话本、手机，凡是与你爸爸有关的东西，我们都要看。”

唐光宪带着侯大利和江克扬来到卧室，拉开抽屉，道：“这是我爸的抽屉，从来没有动过，还保持原来的样子。”

抽屉里放着笔记本、木盒子、小影集等东西，摆放得整整齐齐。小木盒子里装有部队里的旧帽徽和领章，还有老式红色长方块的领章，以及在部队的出入证、转业证等。小影集里全是与部队有关的相片。笔记本则有在部队上的笔记本以及转业回地方的工作笔记。唐国兴的笔记没有规律，有时接连几天都记，有时隔了许久才写一篇，数量不多。与长青铅锌矿的记录只有一条，内容极为简单：明天准备到长青铅锌矿实地去看一看，眼见为实，耳听为虚。

侯大利把笔记本递给江克扬。

江克扬看罢这一条日记，道："这是车祸前四十三天。后面没有了？"

"后面有几页在谈国资委日常工作，还写了一点家事，没有太大参考价值。"侯大利又问道，"国资委的老通信录上有你爸的手机号码，他的手机在哪里？"

唐光宪道："我爸的手机平时放在提包里，提包被抢了，手机也没有找回来。"

侯大利道："当时有没有通话清单？"

唐光宪道："我不知道。"

侯大利又道："除了这个柜子，家里还有你爸留下来的东西吗？"

唐光宪拉开衣柜，道："我妈和我爸关系好，从不吵架，爸爸出车祸后，我妈保留了爸爸的衣服，有一件衣服发了霉，妈妈都不准洗，说是洗了就没有了爸爸的味道。"

侯大利道："没有洗过？我看看。"

唐光宪把爸爸的衣服从衣柜里抱出来，让侯大利和江克扬逐一检查。

时间不知不觉过去了，到了晚上八点还没有查完。王夏给大家煮了鸡蛋面，撒了葱花，又挑了些猪油，味道很传统。到了晚上九点，侯大利和江克扬检查完唐国兴遗留下来的所有物品，一无所获。

离开唐家时，侯大利叮嘱道："这件事情不能惊动你妈，免得刺激她。你有了新线索，在第一时间通知我们。"

唐光宪眼中带着渴望，道："大利哥，能抓到凶手吗？"

侯大利道："办案来不得半点虚假，有线索才有可能破案。我们会努力争取，但是不能说大话，更不能给你承诺。"

侯大利等人下楼后，王夏又特意在唐家停留了几分钟，安慰道："你要相信大利哥，他是江州最厉害的警察，没有之一，就是最厉害的。我爸遇害后，我和奶奶都丧失了希望，后来江州成立了专门破老案子的105专案组，大利哥真的抓到了杀害我父亲的凶手。你不要放弃，再仔细想一想，说不定就想起来了。"

越野车朝回开，江克扬主动开车，说是要体验开豪车的感觉。

黄小军道：“唐光宪爸爸去世的时候，他还在读小学，很多事情模模糊糊。他觉得父亲是被人害的，其实是他妈灌输给他的想法。”

“小军读刑侦系，算是半个同行。唐国兴遭遇车祸，线索很少。如果找不到更有力的证据，我们会放弃这条线，这可能会让唐光宪失望，你们要安抚其情绪。”江克扬停了停，道，“如果唐光宪嘴巴不严，让他妈妈知道了今天的事，说不定又要起波澜。到时闹起来，我们还得承担责任。

王夏道：“唐光宪发了誓，绝不给他妈妈说起这事。”

“但愿如此。”在江克扬这类老侦查员眼里，发誓是靠不住的，有无数情况可以演变成特殊情况，将誓言戳成筛子。

侯大利没有说话，靠在座椅上，陷入沉思。

车将至江州城，唐光宪的电话追了过来：“小军哥，我突然想起一件事情，我爸出车祸时用的是新手机，老手机换给我妈用。他出车祸后，我妈又买了一个新手机，把我爸的老手机存了下来。我爸老手机有一些短信，我妈经常翻看他们的短信。”

越野车立刻掉转方向，径直开往长青县。唐家餐桌上摆了一部老手机，是几年前的老款。唐光宪道：“这是我妈最看重的东西，平时放在我妈卧室的衣柜抽屉里，是用盒子装起来的。你们只能在这里看，不能带走。我给手机充了电，能开机。”

侯大利道：“王夏读短信，黄小军记录，内容要准确，来电是谁、短信时间都要搞清。不要怕麻烦，绝不能遗失任何信息。”

王夏读短信的声音响起，黄小军飞快记录，侯大利和江克扬凝神细听。绝大部分短信是夏艳发给自己先生的，多与生活有关，比如：晚上回家，带把面；少喝点酒，别这么老实；你儿在学校惹祸了，我去见了家长……

父亲逝去的时候，唐光宪还在读小学，数年时间冲淡了他对父亲的记忆，王夏轻言细语读出往日一条条带有时间的短信，往日时光顿时在记忆中复活。唐光宪想起了素来乐呵呵的爸爸，再次意识到这辈子永远见不到他了。以前他很少如此想，在王夏的声音中，这个念头如炸弹一样爆炸开来，让他胸口堵得难受。

老式手机容量有限，可以存储的短信数量和2010年的智能手机相比差得太多，很快就读完。在最后几条信息里，有两条信息吸引了侯大利和江克扬的注意力。

一条是：唐主任，我是小王，昨天见过的，我有事给你汇报，很急。

另一条是：唐主任，我到楼下了。

出现命案时，最后的接触者、最后几个打电话者往往会被列入怀疑对象。由于这是旧手机，所以县刑警大队没有看到这几条信息。

侯大利道：“这个小王，你认识吗？”

唐光宪摇头，道：“我那时还在读小学，和爸爸的同事不熟。”

一通折腾，回到江州城时已经是凌晨两点，王夏和黄小军没有回家，住进了江州大酒店。

王夏知道侯大利的爸爸很有钱，可是有钱只是一个抽象概念，住进了五星级大酒店才真真实实体会了一把。她坐在马桶上看到闪烁的按钮还真有些茫然，不知道应该如何使用，大着胆子使用后，感觉比起家里的旧马桶舒服多了。

侯大利没有上床，习惯性打开电脑，消磨睡前时光。除了进入门户网站看新闻和看电影之外，侯大利还保持着看本地论坛的习惯，尽量熟悉本地情况。

江州学院音乐节是今天本地论坛的热门话题，在“今日江州”版块里有不少带视频的帖子，侯大利不停往下划拉，突然看到了张小舒的图片，图片下面还有视频。点开视频，熟悉的吉他曲便飘了出来。

这是《阿尔罕布拉宫的回忆》，是杨帆非常喜欢的曲目。张小舒坐在一把翻板椅上，怀抱一把朱红色吉他，神情专注。她的皮肤白净，修长手指在吉他上灵巧地滑动。

《阿尔罕布拉宫的回忆》的主题旋律在分解和弦衬托下格外优美、抒情，恰似夜幕下连绵、雄伟的宫廷城墙在眼前不断浮现。阿尔罕布拉宫历经沧桑，光芒不再，人们追忆往昔，迷蒙，回忆，幻想，憧憬，感慨万千，心忧神伤。

侯大利原本是随意点开视频，却一下子就迷失在连绵起伏的旋律之中。他思绪随着吉他曲在飘移，穿越回往昔，来到高森别墅，与未婚妻田甜在其间缠绵，无比甜蜜。他反复看这一段视频，看了八遍以后，这才关掉视频。整夜，脑海中都有轮指奏出的“珠落玉盘”之声。

早餐时，宁凌坐在黄小军和王夏对面。三人很快就聊到了一块儿，互相留了联系方式。

早餐后，四人各奔东西。侯大利先到刑警新楼，和江克扬碰头交流，确定了下一步工作。江克扬随即到电信部门查号码。

侯大利在办公室坐了一会儿，再到刑警老楼，参加新105专案组第一次全体会议。

原来的105专案组主要负责命案积案，新的105专案组扩展职责，可以用“破积案”三个字来概括，虽然破积案比起命案积案要少一字，内容则要丰富得多。专案组组长由退居二级的刘战刚负责，朱林为常务副组长，副组长除了刑警支队的侯大利以外，经侦、治安、禁毒和技侦各出一名副支队长担任副组长。

会议由常务副组长朱林主持，最后一个程序就是由刘战刚来发表总结讲话：“……全局将对各类未破案件认真梳理，从中获取新的线索，力争破获一批。行动中，将发挥刑警主力军作用，实行全警出击，确保专项行动取得明显实效。市局将把专项行动与侦破命案、打黑除恶，打击涉枪、涉拐、涉毒等犯罪工作有机结合，做到整体推进，形成常态化打击犯罪的工作格局。105专案组在破积案行动中要发挥特殊的作用，市局将挑选一批即将成为死案的积案交给专案组，这样可以让各单位集中力量侦办新发案件，对犯罪分子形成威慑，又不能让一批久未侦破的大案变成死案……”

刘战刚正在讲具体政策，侯大利手机振动起来。他见到是江克扬电话，便拿起手机来到门外。

永不销号的电话号码

前往电信局查电话号码时，江克扬带上搭档马小兵。查询完毕后，江克扬先给侯大利打了电话，然后开车回刑警老楼。

马小兵坐在副驾驶位置，翻看电信局开出的单子，道：“宫局最终还是认为龙新东就是二道拐颅骨案受害者，这一次滕麻子总算扫了‘神探’的面子。虽然侯大利如今已经是一组组长，但是他身上105专案组的色彩太重，我们大家都还不能完全适应，‘神探’单枪匹马赢了重案大队好几次，我希望这一次是滕麻子获胜。”

“我最近和‘神探’接触得多，觉得这人还真不错，一门心思在案子上，没有乱七八糟的歪心思。”江克扬想起黄小军、王夏和侯大利的密切关系，又道，“黄卫牺牲后，我们都很难过。后来我们也没有管过黄卫家人的生活，一来是事情多，二来是大家经济也不宽裕，三是多数都没有这个心思。侯大利一直在帮助黄卫的儿子黄小军、李超的女儿李琴，甚至还有受害人的子女，他们家有钱固然是很重要的原因，更重要的是他有这个心。”

马小兵道：“我们从唐国兴手机上找出这些短信，和二道拐黑骨案更没有联系。‘神探’脑回路清奇，不知道还有什么怪招。”

两人刚在车库停车，就见到侯大利那辆霸道越野进入车库。

三人来到侯大利办公室，互相发了烟，开始讨论案件。

江克扬道：“我和马儿到电信局查了十七个发过短信的手机号码，三个停止使用，还有十四个仍然在使用。十四个仍在使用的号码里，有十三个是江州用户，一个是岭西用户王大辉，也就是短信中的小王。江州用户中有九个是长青用户和四个江州市区用户。江州市区用户全是市国资委的人。长青用户有四个是县国资委的人，两个是县政府的人，另外三个是夏艳和唐国兴的家人。”

“王大辉的手机还在使用吗？”

“一直在使用。”

“既然王大辉的手机一直在使用，这条线看来走不通。”侯大利有些失望，随后下定决心，道，“死马当成活马医，先调查这个王大辉。你们查过人口信息没有？”

江克扬道：“我和马儿刚回来，还没有来得及查人口信息。”

侯大利打开电脑，登录了人口信息网，在姓名一栏输入了王大辉的名字，没到一分钟，两张带有王大辉基本信息的材料打印出来。他扫了一眼户籍相片，猛拍桌子，道：“你们过来看！踏破铁鞋无觅处，得来全不费功夫。”

相片中的王大辉是平鼻，高发际线，单眼皮，和老葛画的第二幅画像简直一模一样。侯大利抓起电话，向陈阳报告。

马小兵悄悄向江克扬做了一个夸张表情，低声道：“这不科学啊，‘神探’居然翻盘了，又要压住滕麻子。”

“办案需要证据，但是确定侦查方向时除了证据还得有直觉，侯大利有这方面的天赋，鼻子灵得很。”江克扬突然意识到一个问题，道，“既然王大辉死了多年，为什么他的电话还在使用？”

侯大利结束通话，掩饰不住脸上的笑意，道：“这是重大线索，陈支队和我马上要向宫局报告，领导还没有发话，这个发现暂时不要外传。”

侯大利和陈阳一起来到宫建民办公室，汇报最新发现。

侯大利刚刚开了头，宫建民做了一个暂停手势，脸色严肃，道：“二道拐黑骨案交由打黑除恶专案组，一组不能再查，你为什么又去查？”

侯大利早就对此有预案，不慌不忙地道：“我们没有查二道拐黑骨案，而是调查长青县一起交通肇事逃逸案时顺便发现了与二道拐颅骨复原像相似的相片，所以赶紧报告。”

宫建民神情依然严肃，道：“哪一起交通肇事逃逸案？”

侯大利道：“龙新东还没有出现的时候，重案一组准备从长青铅锌矿收购案中寻找线索，在前往长青县国资委调查时，发现长青县国资委副主任唐国兴恰巧在2005年11月10日下班途中出车祸意外死亡，此案一直未破。我们通过唐国兴一部旧手机上的短信查到了一个叫王大辉的人。这是王大辉相片，和葛向东画的复原像基本一致。”

宫建民心里非常明白侯大利这是打擦边球，只要擦边球说得过去，没有违反纪律，也就不必追究。他脸色缓和下来，拿起相片。

作为老侦查员，宫建民看了相片便明白王大辉才是二道拐案中的遇害者，而龙新东不是。他欣慰地道：“这是关键性突破，看来二道拐黑骨案和龙新东案是两个独立的案件。滕大队和杜峰探组在打黑除恶专案组负责龙新东案，颇有进展。一组负责继续侦办二道拐黑骨案。侯大利马上回去开会，布置工作。陈阳和我一起到基地，通报王大辉的情况。”

江克扬探组和张国强探组接到会议通知，来到重案大队小会议室。侯大利已经准备好了投影仪，当队员到齐以后，道：“开会前，大家先看投影。”

投影幕布上开始播放二道拐黑骨案的现场勘查材料。

除了江克扬和马小兵，其他侦查员都有些莫名其妙。严峰低声问张国强，道：“强哥，案子归打黑除恶专案组，怎么又来讲？”

张国强眼睛盯着幕布，摇了摇头，没有说话。

二道拐案的现场勘查相关材料播放完毕后，出现了长青铅锌矿改制的相关情况，随后又是发生在长青县的交通肇事逃逸案。到此，侯大利暂停播放，道：“龙新东案移交之时，我和老克恰好追到了这起交通肇事逃逸案。从一部老手机里，老克和马小兵查到了一个岭西的号码，号码主人叫王大辉。”

投影仪继续播放，王大辉户籍相片和葛向东所画颅骨复原像并排在一起：两者都是高发际线，单眼皮，五官几乎一致。

“我们现在判断，交通肇事逃逸案不是偶发案件，而是有预谋的。我们目前只是调出了王大辉的户籍相片，王大辉是什么具体情况并不清楚。”侯大利用遥控器关掉了投影，道，“大家还有什么问题，提出来研究。”

侦查员明白了一个让他们不爽的事实：侯“神探”这一次和滕麻子对战，似乎又占了上风。

一个小时后，侯大利和江克扬带着办案协作函前往岭西省会南州。

江克扬曾经与南州市青阳区公安分局刑警支队重案大队有过密切合作，关系不错。两人将行李放在南州国龙大饭店后，便下楼与青阳重案大队几名侦查员会合，直接来到当地最有特色的美食街。

美食街，南州梁大队端起酒杯，道："天下刑警是一家，这可不是说着玩的。我到江州抓捕，滕麻子穿了防弹衣，硬是第一个冲进屋。不管滕麻子来没来，这杯酒一定要带回家。"

岭西和山南从历史上就有悠久交往史，不用说普通话也能够互通。南州刑警的热情感染了侯大利和江克扬，两人不推杯，与南州刑警一杯接一杯，直到被扶回饭店。侯大利和江克扬各自抱着马桶，吐了个稀里哗啦。

江克扬早晨醒来，又吐了一次，吃过早饭，这才恢复正常。在大厅等待青阳刑警时，他望着五星级酒店的环境，道："组座，住在这里报销不了啊。"

侯大利喝了一口清茶，道："这是我家酒店，免费。"

江克扬直言道："每次出差，其实我们都得倒贴，财务马大姐真是长了一张马脸。"

侯大利明白其意思，道："你自己处理。"

青阳刑警老赵过来接人时，更是啧啧连声，道："江州警方待遇真是不错，办案居然能住五星。"

江克扬道："饭店是组座家里的产业，我是沾光住进五星酒店，这辈子头一次住贵宾房。"

老赵愣了半天，终于明白江克扬不是开玩笑，道："大利老弟，守着这么大一座金山，跑来干刑警是为了哪般？"

侯大利没有回答这个问题，道："赵哥，你昨晚那一杯酒是杀了下马威，我当场就翻了。"

昨夜一场酒，消除了大家的陌生感，变得如老朋友一般。提起最后的下马威，老赵哈哈大笑，道："我这是要报仇。上个月，你们省刑总来了几个人，一名女杀手和我们单挑。娘的，奇耻大辱啊，我们全被一个娘们儿喝翻了，最后打了白旗。"

侯大利道："那是我师姐张小天，这是我见过最能喝的人。"

老赵道："对，她就叫张小天，喝酒厉害，办案利索。"

说笑间，小车来到岭西地质学院。在地质学院保卫科陪同下，侯大利、江克扬和老赵来到王福来教授家里。

王福来教授已经退休，身体微胖，得知来者是江州刑警，最初几秒还有些迟疑，随即脸色大变，眼光直勾勾地看着侯大利，道："王大辉出什么事情了？活着，还是死了？"

王福来教授的夫人端了茶水，放在桌上后，背过身，不敢面对外地警察。

每个刑警都不愿意当面告诉遇害者家属世上最残酷的真相，可是，这话还必须得说出来，侯大利站在王福来教授面前，神情庄重严肃："我们在江州发现一具遗骨，经过颅骨复原，发现与王大辉户籍相片很接近。我们想了解王大辉的近况。"

王福来嘴唇一下子变成乌黑色，道："我要看颅骨复原相片。"

"等等。"站在王福来身后的年轻女子快速走进来，从王福来教授口袋里取出速效救心丸。服用了速效救心丸后，王福来接过了颅骨复原相片。他把复原相片捧在手心，呼喊了一声："大辉，这些年你到哪里去了？"

砰的一声响，王福来教授夫人摔倒在地板上。

"妈，妈！"年轻女子赶紧抢救摔倒在地的母亲。王福来教授顾不得接待来人，和女儿一起，扶起老伴。王福来老伴坐在沙发上，双眼紧闭，胸口剧烈起伏。

老赵见情况不对，赶紧拨打120。

现场乱成一团，调查没有办法开展。七八分钟后，屋外响起120的声音。

120医生和护工带走王福来教授夫人，年轻女子对老赵道："我送妈妈到医院，很快就回来。你们有什么问题可以问我，不能再问我爸妈了。"

这是侦查员们最不愿意面对的情景，每次经历相似情景之后，侦查员的心理都会受到影响，久而久之，侦查员或多或少都会出现心理疾病。侯大利、江克扬和老赵知道此时安慰无用，相对无言，在客厅耐心等待。

约等了半个小时，年轻女子出现在门口，脸上犹有泪痕。她故作镇静，道：“我是大辉的姐姐王玥，大辉到底是怎么回事？”

侯大利道：“王大辉的手机还在使用？”

王玥道：“2005年秋天，我弟弟到江州出差，然后就没有回过家。最初，他偶尔会打电话，后来不时发条短信，说工作忙，暂时不回来。过了元旦，地勘所给家里打电话，说再不来上班就开除，我们意识到不对，这才到单位了解情况。地勘所说在江州的工程早就结束了。我们找到长青铅锌矿，对方也说工程结束，岭西的人早就走了。春节前，我们又收到弟弟短信，弟弟说心情不好，要到丽江和西藏旅行，回来后换一份新工作。我们给他打电话，他总是关机。每到一个地方，他会给我们发短信，还用QQ给他的朋友张睿发相片。后来，我和我老公开车前往西藏，一路寻找，没有找到弟弟。2006年夏天，手机停机，从此再也没有消息了。我爸妈不想让弟弟的手机停机，便让我想办法重新办了一张卡，保留了这个号码。我在电信部门工作，办起来方便。我和老公每年都要到西藏去寻人，我们推断他是在西藏出了事。”

说到这里，她努力挤出一个比哭还要难看的笑容，道：“还没有给你们倒杯水。”

王玥显示了良好的教养，侯大利想起深陷泥水里被焚烧过的尸骨，对这一家人抱有深深的同情，客气地道：“王大辉做过种植牙吗？是左边还是右边？”

王玥点头，道：“我弟牙齿不好，很早就落了一颗，小时候吃糖太多，而且有家族遗传。他是做的左边，我和他的朋友丁紫桐陪他做的。”

侯大利又道：“在哪一家医院？”

王玥道：“是一家连锁牙科诊所，春天牙医。”

龙新东在山南的春天牙医做过种植牙，王大辉在岭西的春天牙医也做过种植牙，非常巧合。所以，山南秦阳的牙医查看过二道拐头骨上的种植牙后，从材料和手法都认定为春天牙科技术，这也是滕鹏飞最后认定二道拐受害者就是龙新东的重要原因。

侯大利又拿出爱仕皮带扣相片，请王玥辨认。

“我没有见过这条皮带扣，我弟平时喜欢臭美，有可能买点时髦皮带，还有可能是女朋友送的。我弟挺帅的，和两个女孩子关系比较密切，有一个现在结婚了，还有一个去年从国外留学回来。我记得很清楚，我弟弟在2005年国庆节前给我打电话，说他已经想好了要和谁谈恋爱，还说工程做完了就回来宣布，现在保密，结果，他再也没有回来了。我弟是怎么遇害的？”

侯大利道：“山体滑坡后，露出一具遗骸，我们这才查过来。江州市局非常重视这事，把侦办任务交给江州市刑警支队，我们是负责办案的民警。为了侦破需要，我们想了解细节，越详细越好。”

弟弟失踪多年，王玥已经有其遇害的心理准备，得知警方明确告诉弟弟死了，“哇”地哭了出来。她不愿意影响父母，只能拼命地压住哭声。

压抑的哭声让三位见惯生死的刑警都觉得无法呼吸。侯大利打开笔记本，记下“与两个女孩子关系密切”几个字，画了一个着重号。

从目前来看，二道拐受害人大概率是王大辉。按照现场勘查推测的时间来看，遇害时间在2005年秋季，手机和QQ使用到2006年夏天。侯大利记下这两个矛盾点，画了一个着重号。

等到王玥恢复平静，侯大利道：“当年的手机短信还在吗？”

王玥道：“我爸、我妈还有我的手机上都保留了我弟短信。”

侯大利又道：“我们要和王大辉的两个女性朋友见面，能够联系吗？”

王玥道：“我和她们两人都有联系，一个就在地质学院上班，叫丁紫桐；另一个留学回来，在地矿研究所上班，叫张睿。她们和大辉都是地质学院的职工子女，从小就认识，后来都在本行业工作。”

侯大利和江克扬随后查看了王大辉留在家里的物品，没有找到有价值的线索。

王玥联系好丁紫桐后，三人前往丁紫桐的家。地质学院分两个区域，教学区和生活区中间隔着一条小河，河水清亮，如一条丝带穿过地质学院，并在地质学院中间形成一片湖区，格外漂亮。丁紫桐的家在青年教师宿舍，位于教学区。一行人走过小桥，来到教学区。如果是平常，王玥肯定会为客人介绍地质学院特色，今天满脑子是弟弟的事，一路无言。

青年教师宿舍门口站着一个女子，皮肤稍黑，身形矫健。她急切地道："玥姐，有大辉的消息了吗？"

王玥憋了许久的眼泪哗地又流了下来，道："桐桐，大辉出事了，好几年了。"她抱住丁紫桐，肩膀不断耸动。教师宿舍不断有人进出。

丁紫桐搀扶着王玥上楼坐下，得知江州警方发现了王大辉的遗骨，双手捧着脸，埋头哭了起来。

侯大利等到丁紫桐情绪缓和下来，便开始询问。江克扬负责笔录。

侯大利问道："你最后一次和王大辉联系是什么时候？"

丁紫桐几乎没有回忆，脱口而出："我最后一次和大辉通话是11月11日，他还在江州，跟我说了最后的选择。我们三人从小在一起长大，青梅竹马，感情都不错。他以前一直在我和张睿之间犹豫，那天他决定选择张睿，准备向张睿表白。我其实有预感，他和张睿来往更多。"

听到"青梅竹马"四个字，侯大利的内心有些波动。他控制住内心情绪，问道："11日11日，你为什么记得这么准确？"

丁紫桐道："这对我来说是刻骨铭心的大事，肯定会记得。当时我还骂大辉，说他在11月11日给我说这事，是想让我飞走吗？"

侯大利追问得挺细，道："为什么11月11日和飞走有关联？"

丁紫桐道："我爸以前是空军，11月11日是空军建军节，印象很深。从这天以后，我就再没有和大辉联系，后来玥姐找过我，我们四处联系，都没有见到大辉。"

长青国资委副主任唐国兴是在11月10日遇害，王大辉极有可能是在11月11日或是12日遇害，交通肇事逃逸案和二道拐黑骨案在时间上完美衔接起来。侯大利在11月11日画下三个着重号，又问道："你和王大辉有邮件或者QQ联系吗？"

"我学的是资源勘查工程，他到江州的工作是调查铅锌矿储量，曾经向我询问一个技术问题，邮件还在。"丁紫桐打开了电脑，和王大辉最后一封邮件是10月2日。

听到资源勘查几个字，侯大利的脑神经元快速连接，发放大量生物电：长青铅锌矿正处于收购过程中，清产核资是基本程序。王大辉在岭西地质测量机构工作，来到江州长青县肯定是为了测量储量，这就和秦永国的说法联系起来。

他在笔记本上记下一条工作思路：在长青县档案棺查找王大辉所工作单位岭西地质队的相关报告以及测量合同等文件。

丁紫桐打开电脑D盘，从文件夹中找出了当时王大辉询问的主要内容和自己的答复。侯大利抓紧时间扫了一眼，里面是与长青铅锌矿有关的勘查技术内容，还附有地下巷道里面的相片。

江克扬问道："你的QQ还有王大辉的对话吗？"

丁紫桐打开QQ，道："大辉的网名叫大飞，一直是灰色的，这么多年没有亮过。"

侯大利道："在2006年年初亮起过没有？"

丁紫桐眼角又沁出泪珠，哽咽着道："2006年年初，我随着学院一支科考队在西南考察，很少上QQ，也没有关注过大辉。当时，他选择了张睿，我不想理睬他。没有想到，他会遇害。"

与丁紫桐见面有两个收获：一是确定了11月11日的通话记录，在通话当天，王大辉选择了张睿，准备向她表白；二是王大辉前往长青铅锌矿，调查铅锌矿储量。

在即将离开时，回来一个高大汉子。汉子背着大包，包上有地质学院四个大字。汉子满脸风尘，进门也不管有客人，给丁紫桐来了一个热情拥抱。拥抱之后，他这才招呼王玥。

侯大利、江克扬和老赵一行离开了丁紫桐的家，准备与张睿见面。

丁紫桐扑到高大汉子怀里，抽抽泣泣。高大汉子安慰道："这么多年都没有见到王大辉，出事的可能性很大。”

丁紫桐哭道：“可是，得知了死讯，我还是很难过。我、张睿和王大辉从小学就读一个班，也都在圈子里工作。我们虽然没有谈成恋爱，想起他几年前就死了，我还是挺难受。你不会怪我吧？”

高大汉子道：“我不是那种心胸狭窄的人，怎么会怪你。如果听到了王大辉的死讯，你无动于衷，那我就有点担心你冷血。现在你是正常人，我很喜欢。”

丁紫桐感叹道：“现在最难受的应该是张睿，如果她听到这个消息，肯定会非常难受。”

2005年12月，张睿出国留学，去年回国，供职于地矿研究院。她接到了王玥电话后，心神不宁，眼皮狂跳。

王玥到这时才知道弟弟最终选择了张睿，心情又为之一变，见到张睿，眼泪完全不受控制往下流。

“玥姐，是不是有大辉的消息？”张睿在小区门口见到王玥和几个陌生人，一颗心越收越紧，几乎喘不过气来。

没有结局的三角恋

青阳区刑警老赵道：“别在小区门口，回家谈。”

进了家门，王玥道：“江州警察找到了弟弟，他遇害好多年了。”

张睿心中已经猜到会有不好的消息，听闻王大辉遇害，还是呆住了。她说了一句“对不起”，匆匆跑向卫生间。过了良久，她从卫生间出来，红着眼睛坐在王玥旁边，道：“玥姐，到底怎么回事？”

王玥：“这两位江州来的警官要问你。”

侯大利让张睿看过二道拐颅骨复原像，又取过爱仕金属皮带扣相片。张睿比起丁紫桐更理智，跑到卫生间哭过后，变得很冷静，道：“这是我买的。大辉准备到江州，临行前一晚，我送给他一条皮带，是仿制的，但是质量很好，价格也不便宜，大辉很喜欢，当场就换上了。”

落实了爱仕皮带扣，侯大利开始询问两人最后一次见面、电话、邮件、QQ等具体情况。

张睿走进里屋，拿出笔记本，道：“我和大辉曾经相约从二十岁开始记日记，记录年轻时发生的事情。不管以后能不能走到一起，到了七十岁的时候，我们可以互相印证曾经的生活，他那本笔记本是我买的。我买了两本，他一本，我一本。”

她打开笔记本，很快找到11月11日的那一页，道：“大辉最后一次给我打电话就是这一天，后来就再也没有打过。”

11月11日，张睿的日记很简单，前面大部分记录生活和工作中的琐事，在最后一段记录着她当时的心情：刚才和大辉通了话，他今天装神弄鬼，还说要回南州来见面，给我一个惊喜。能给我什么惊喜？我其实已经厌烦了三人之间的游戏，这不是正常的恋爱。如果大辉不能做出选择，那么我就会做出选择。单位出国留学的名额是很多人期盼的，我至少知道三个人为此付出了代价。我的代价是多年来的苦学，比别人更优秀的专业水准。如果我选择了出国，那我的大辉最终就会和丁紫桐走到一起。每次想到他们在一起的画面，我就心如刀绞。我下定决心，如果惊喜不是我想要的惊喜，我就果断选择离开，免得成为一个可怜的人。爱需要相互给予。不是一个人单向付出，而另一个人还在三心二意。

侯大利看罢这一页日记，道：“11月11日后，你再也没有和王大辉通话了？”

张睿道：“我一直在等他。11月12日，我给他打电话，他一直关机。这是从来没有出现过的情况。我们每天都要通一次话，如果实在有事，会留短信。11月20日，我认为大辉做出了最后选择，他选择了丁紫桐而不是我，便接受了单位委派，到国外留学，去年才回来。”

侯大利道：“除了电话外，邮件和QQ有没有联系？”

张睿道：“这也是我最疑惑的地方，2005年圣诞节，大辉的QQ曾经亮起过两次。我问过他，他说这一段时间心里很乱，决定出去玩几天，散心。我来到国外，无所依靠，心情发生了变化，原谅了他的三心二意。在对话时，他发过一些相片，有前往丽江沿线的风景，还有几张比较清凉的相片。这是我和他之间的小秘密，他发了相片，也要我发一些比较清凉的相片。以前我们互相发过类似的相片，接到他的相片以后，我没有多想，就发了一些穿比基尼的相片。”

通过丁紫桐、张睿以及王家人提供的情况，侯大利判断王大辉遇害是在11月11日，最迟不超过12日。但是，为什么在圣诞节期间，王大辉的QQ会亮起？这是一个很关键的问题。

他追问道：“QQ联系时，你能不能确认对方是王大辉本人。”

张睿道：“最初我以为是大辉，他发过来的相片确实是大辉的，所以我也发了相片。后来我才感觉有些不对劲，此人用词用语和大辉不一样。我当初就提出了疑问，他只说来到了西藏，净化了心灵，感觉以前白活了，用这些话来敷衍我。后来QQ偶尔亮起两三次，传了些相片。”

王玥惊讶地道：“你以前没有说起这事。”

张睿犹豫一下，最后还是道出了实情：“我和大辉有过性生活，我发的相片中有三张是没有穿衣服的相片。当时出于脸面问题，我在国外没有给你们提及此事。从现在来看，极有可能有人拿到了大辉的笔记本和电脑，盗用了QQ。”

若是多年前，张睿很难开口讲出自己跟男朋友有过性生活，发过裸照，经过数年，她已经能坦然面对以前的事，不再顾忌。老赵是青阳区刑警，陪同过来调查，一直没有发言。到了此时，对案件全貌有了基本了解，道：“凶手欲盖弥彰，王大辉遇害后，肯定有人拿着王大辉的手机，不断发短信，又利用QQ发相片，故意制造人还活着的假象。”

这和侯大利的判断基本接近。

刑警们离开了家门时，王玥停下了脚步，道：“睿睿，你没有结婚？”张睿摇了摇头，道：“我接课题，平时挺忙的。”

王玥欲言又止，最后还是决定说真话，道：“刚才，我们见了丁紫桐。据丁紫桐回忆，在11月11日，大辉给她通过电话，告诉她，他做出了选择，决定和你在一起。他应该没有来得及与你见面，甚至没有来得及打第二个电话，便遇害了。”

男朋友迟迟不做选择，这是张睿内心深处的痛，多年后得知了王大辉的死讯和王大辉当年的选择，张睿悲从心来，和王玥抱头痛哭了一场。

中午，侯大利、江克扬和老赵找地方吃了便餐，下午来到了岭西地质队。

几年时间，地质队领导全部换完，几乎没有人知道几年前到江州进行矿产勘查之事，也无人认识王大辉。地质队陈书记让办公室查询2005年的相关文件，没有找到与长青铅锌矿有关的合同，找来了分管勘测的副总经理，仔细回忆，才记起地质勘查所应该去过江州。

侯大利来到岭西地质队下属的地质勘查所找所长询问情况，据所长回忆，所长杨成功带队前往江州，做过一次储量调查。

所长杨成功来到地质队办公室，轻描淡写地对江州警察道：“每年这么多事，在江州搞储量调查是几年前的事情，有可能记不太清楚了。你们要查什么事情？”

侯大利问：“你们和王大辉是一起离开江州的吗？”

杨成功道：“国企管理很严，出差补助很低，我们住在普通宾馆。普通宾馆没有网线，不能上网。王大辉家庭条件应该不错，带着一台笔记本电脑，他想上网，所以自己去开了宾馆，具体哪一间不清楚。我们离开时，王大辉说要到阳州玩，就没有和我们一起走。后来，他一直没有出现。到了元旦，我们通知了他的家人，要求他尽快回来上班。”

做完调查笔录，侯大利和江克扬带着大量信息赶回山南。

经过两组侦查员调查走访，二道拐黑骨案和交通肇事案的诸多线索浮现出来，由于涉及两条人命，市局高度重视。等到侯大利和江克扬返回江州，晚上七点开案情分析会。参会人员有副局长宫建民、刑警支队领导、重案大队一组全体、二组苗伟、三组李明，另外经侦支队、交警支队和105专案组负责人也参加会议。

会议由刑警支队常务副支队长陈阳主持。

首先，江克扬汇报前往岭西调查走访的情况。

其次，袁来安汇报到长青档案馆的情况。在长青县档案馆查了长青铅锌矿收购案的相关资料，查到当时指定做矿产调查的是岭西地质队，完成于2005年11月，除岭西地质队，没有其他地质单位的勘查材料。但是，在2004年还有一次由山南地质队进行的矿产调查，档案中有这份材料。

随后，一组组长侯大利分析案情，讲了三点：

第一，从现在调查的情况来看，除了杀人案以外，还有一起内外勾结导致国有资产流失的案件。长青县同意卖掉长青铅锌矿的重要原因是探明储量不足，从目前运转情况来看，已经成为长盛矿业旗下企业的长青铅锌矿在运营四年以后，产销两旺，没有看出储量不足的状况。山南地质队和岭西地质队先后参加了矿产储量调查，前者资料没有进入收购案，后者有正式的合同和报告。

第二，当前的难点在于缺少直接证据。无论是交通肇事逃逸案还是二道拐黑骨案，案发都在数年前。交通肇事逃逸案中没有直接证据指向故意杀人，二道拐黑骨案由于DNA缺失，同样没有直接证据证明就是王大辉，侦破难度非常大。要想拿下这两案，可以从长青铅锌矿收购案进行迂回，或许能够找到线索。

第三，犯罪嫌疑人为了隐藏王大辉已死的真相，使用了王大辉的QQ号，并且与张睿进行了多次聊天。可以顺着这条线去调查，或许能有突破。

常务副支队长陈阳同意侯大利的工作思路，并做了进一步细化。最后，分管副局长宫建民讲话。

“我要表扬重案大队，二道拐颅骨案发生在多年前，线索极少，非常难搞。说实话，我听到案件汇报后对侦办此案都没有太大信心，考虑过如果无法侦破就把此案放到105专案组，不让这个悬案占用太多资源。当前江州进入高速发展期，人口净流入增加，工业爆发式增长，这是江州发展的黄金时期，与此同时，外来人口增加，流动人口比前些年多了近三十万，各类案件都呈上升趋势，这是对我们江州公安的极大考验。在这种情况下，我们必须有所取舍，把绝大部分力量放在现发案件中。重案一组不愧为刑侦战线上的一把尖刀，经过周密部署，艰难取证，目前已经弄清楚了尸源，确定了案侦方向，这是关键性的一步，如果没有这一步，案侦工作便无法继续开展。”

表扬之后，宫建民做了两个决定：一、经侦、技侦和105专案组要积极配合侦办此案；二、滕鹏飞和杜峰探组继续在打黑除恶组，深挖龙新东案。二道拐黑骨案由一组组长侯大利负责指挥。

散会以后，朱林来到侯大利在重案大队的办公室。

“这是里外间，外间是一组会议室，里间是我的办公室。”侯大利领着师父走进办公室，给师父泡了一杯茶。

朱林笑道：“不用介绍，你忘记了我曾经是刑警支队长，这以前是滕麻子的办公室，我熟悉。二道拐黑骨案是个硬骨头，不好啃。我有一个建议，犯罪嫌疑人盗用了王大辉的电脑，利用了其QQ号，说明此人与王大辉有密切联系。周涛是这方面高手，你可以问一问他，可否从QQ号查到使用人的有用信息，比如IP地址，等等。我在这方面是外行，无法深入，就是提供一个思路。你若是需要经侦方面的支持，直接过来找易思华。105专案组最大的好处就是有一种变废为宝的能力。葛朗台在105专案组来过一遍，如今是省内有名的画像师了，我给他起了绰号叫葛画师。樊勇如今到了特警支队，也是小领导了。周涛这种文青在105来过一遭，也会变成技侦精英。可惜，我还有大半年就要退休。”

侯大利明白师父舍不得离开队伍，道：“师父，我这一段时间都在重案一组忙案子，从排爆训练回来后，还没有再与周涛见过面。叫上专案组同事，我们找地方喝一顿。”

“另找时间吧。案件进入关键期，不能分神。”朱林喝了口茶，自嘲道，“地球离了谁一样转，我看来是老了，话也多起来。我坐你的车回家，在车上再聊聊。”

朱林将车丢在刑警新楼，坐着侯大利的越野车回家。他坐在副驾驶，看到侯大利套上了白手套，道：“你戴手套这个怪癖，都成了刑警支队的笑话了，这是强迫症。”

侯大利道："以前是装洋盘，后来就变成了强迫症，反正是小事，我也不想纠正。"

朱林原本想问"还怕水吗"，话到嘴边又收了回去，道："滕麻子没有进专案组的时候，钓了些河鱼，约了老姜局长，在我家里吃饭。他也算是我一手发掘的大将，只可惜脾气臭，任性，没有能够留在刑侦总队，回来又没有提成副支队长。我知道你和滕麻子不太和，一山难容二虎嘛。你们两人本性都不错，所以会斗而不破。从目前交手的情况来看，吴煜案和二道拐案，你还稍占上风。滕鹏飞能力强，你能占上风，很不容易。"

侯大利道："我其实不算占上风，两个案子有点巧，滕大队带人挖了很多线索，我是旁观者清。客观来说，没有滕大队前期的工作，我也挖不到猛料。"

朱林道："我明天让周涛到你的办公室，你给这个小伙子加点担子。有了正事做，他才会摆脱小布尔乔亚的无病呻吟，成为一个正常的人。"

侯大利笑道："师父用了小布尔乔亚，症状抓得非常准确。"

朱林道："每一代人都有相似的毛病，我也曾经年轻过，知道小年轻会犯什么毛病。"

两人随意交谈，越野车来到了朱林所住小区，两人又站在车下抽了一支烟，侯大利这才回到江州大酒店。

宁凌听到脚步声，打开房门，道："大利哥回来了。"

侯大利住在江州大酒店顶层套房，宁凌作为高管住在同一层，只隔了一堵墙，如此安排得到了李永梅首肯。

侯大利略微停下脚步，道："回来了。"

宁凌此刻已经彻底放弃模仿杨帆，在工作时穿得很正式，回到江州大酒店以后就换上了轻快的运动衫。由于经常运动的原因，腰肢不算特别纤细，不过显得健美而有弹力，和地院的丁紫桐倒有几分相似。她站在门口，笑道："我今天看工地，看到农家院子时挂着的橘子很漂亮，买了一点，都是从树上摘下来的，我给你带过来。"

宁凌被绑架后表现得很勇敢，如今又不再刻意模仿杨帆，这让侯大利少了些戒备。宁凌端着一个盘子来到侯大利房间。两人坐在沙发上，剥橘子。橘子表面疙疙瘩瘩，味道极佳，两人默默地剥橘子。

吃完两瓣橘子，侯大利拿纸巾抹了抹嘴巴，道："你是怎么来到我们身边的？"

宁凌知道迟早要在侯大利面前说起此事，道："晓宇老总找到我。他最初找到我的时候，我还以为是骗子，后来看到杨帆相片，我才相信。他们找我的目的很简单，就是想让我出现在你面前。当时他们觉得你心理有了问题，我长得和杨帆有几分相似，当然和她比起来差得远。你爸妈真的很关心你，希望我能引起你的兴趣。后来，你和田甜姐好了，他们发现你的心理没有问题，我的任务便结束了。"

侯大利又剥开橘子，道："你为什么要接受这个任务？"

宁凌道："晓宇哥给了我丰厚的报酬。而且，不管你信不信，我对干妈很有感情，是真有感情。"

侯大利递了剥开的橘子到宁凌面前，道："好看不过素打扮，你现在这个样子挺好。从在地下室救出你开始，我就觉得你很了不起，这是真话。你走到这一步不容易，既然在国龙集团立了足，那就好好工作。我希望我们以后交往能够更坦诚，这样大家都能轻松。"

宁凌接过侯大利为自己剥的橘子，如小猫一样很温柔地吃着，道："谢谢大利哥。"她收拾了剥掉的橘子，道，"我能不能把大利哥的大利两个字去掉？"

侯大利道："暂时还是加上'大利'两个字。"

宁凌有几分失望，道："只是暂时加上吗？什么时候能去掉？"

侯大利道："水到渠成。"

宁凌突然涌起拥抱侯大利的冲动，但不是以杨帆的化身拥抱，而是以宁凌的身份。她为了扮演好杨帆，一直在研究侯大利，研究得越深，越深觉侯大利可怜得很。当她深陷地下室危险时，是侯大利最先冲进来拯救自己。自那以后，她经常会回想起这个情节，总是会想起那一句台词：我的意中人是一位盖世英雄，有一天他会身披金甲圣衣、驾着七彩祥云来娶我。

田甜牺牲后，宁凌很难过，不仅是为了田甜，更是为了可怜的侯大利。这一次国龙集团要在江州修医院和五星级宾馆，宁凌通过李永梅争取到参加筹备的机会。

宁凌离开后，侯大利打开电脑，将田甜相片放在旁边，道："田甜，我想听一听你的意见。"

在田甜没有牺牲前，两人经常在家里讨论案件，如今回到家再无人可以讨论案件，他只能对着相片讲述王大辉的故事："王大辉家庭条件不错，教授子弟，学历也行，长得英俊，招女人喜欢，没有料到居然殒命于二道拐。"

田甜相片正是那张为了结婚而照的相片，虽然是结婚照，仍然有几分严肃。她没有回答侯大利的自言自语，默默地在遥远的地方注视着爱人。

侯大利点开D盘相片夹，这些相片是"王大辉"在QQ上传给张睿的相片。

"王大辉确实是高发际线，单眼皮，挺帅的。老葛进了良主任工作室，进步神速。"侯大利摸了摸未婚妻的脸颊，又道，"王大辉遇害后，张睿从QQ上还收到了相片，这些相片应该是从王大辉笔记本电脑中拿到的，还有一些风景相，是在前往西藏路径中拍摄的。风景相片里面还有几张王大辉的个人相片，大约是想证明王大辉真是在旅行。王大辉家人和女朋友确实被骗过了。这些相片应该就是凶手拍摄的，不知道相片中会不会有凶手的信息。"

田甜仍然不说话。

侯大利道："凶手应该是初夏进藏，冬天不可能进藏。我揣摩凶手的心思，他杀害王大辉以后，拿到了王大辉和张睿的同款笔记本，以及王大辉的笔记本电脑，不知什么原因获得了密码，所以用手机短信与王大辉家人和女友不定时联系，并发送各地的风景照，让王大辉家人以为王大辉精神状态不佳，或者出现了抑郁症。这个目的确实达到了，王大辉家人没有怀疑王大辉是在江州遇害。"

他在自言自语时，顺便把所有相片以季节为序罗列出来：第一部分是在阳州的相片，从周边风景来看是12月左右，山南进入初冬；第二部分是在云南丽江，太阳很足，应该是整个冬天都在那边；第三部分则是在前往西藏的路上。

“凶手在丽江时间不短，肯定会住宾馆或者民宿，我可以从这方面入手调查。找齐了江州人住宿登记的名字，这里面谁与长青铅锌矿有瓜葛，谁就有嫌疑。”

侯大利提出一个观点，又自我反驳道：“四年前的事情，宾馆或者民宿的登记表还在不在都难说。而且犯罪嫌疑人多半不会以王大辉的名字登记，而是以本名登记，每年前往丽江的江州人不少，难度相当大，就算费尽人力物力查到了与长青铅锌矿有瓜葛的人，也不能证明什么，难道不准别人在丽江度个假？这个思路应该暂时放下来，作为最后选项。”

在这些相片里还夹杂着几张王大辉本人的相片，有两张相片的背景是茂密的植被，从植被种类来看，与阳州山林植物一致，应该是在江州拍摄。还有一张在丽江时期的相片，从背景来看，更应该是在宾馆里。

“岭西地勘所杨成功带队来到江州，杨成功明确说王大辉住了宾馆，从这张相片来看，确实是住在宾馆。凶手是把江州宾馆的相片冒充了丽江宾馆的相片。”侯大利拿出笔记本，记下了这个想法，并标注：“要找到那间宾馆，确定丽江宾馆相片实际上是江州的宾馆，此事可以找王华，他熟悉宾馆的情况。”

翻看完所有相片，侯大利打了个哈欠，准备关掉文件去睡觉。当鼠标刚刚出现在文件中的关闭符号时，他突然发现了一个特殊之处：这应该是一张前往西藏自驾游的相片，主要风景是大雪山，拍摄者在车上拍摄，相片中无意间出现了反光镜，在右下角，很小一块。

侯大利多次翻看相片，以前都是被大雪山吸引了注意力，没有看到很小的反光镜。今天无意中看到反光镜，顿时如获至宝。

侯大利接触过不少豪车，一眼就认出这是防眩目后视镜，从形状来看应该是路虎。这款车和金传统平常所开那一款很接近，辨识度很高。

在江州开这种车的人不多，所以，找到发相片的人也就相对容易。

越是复杂的设计越容易出现破绽，犯罪嫌疑人很聪明，只是聪明反被聪明误，最终在相片中露出一个细小的破绽。侯大利拿起田甜相片，道："谢谢你陪着我，功夫不负有心人，我居然真找到犯罪嫌疑人的马脚。"

进入梦乡中，田甜如约而至，进入了侯大利的梦境。

这一次梦境是生活场景，田甜仍然和上次一样，还在伤后休养。

侯大利用手掌握住未婚妻的长发，用电吹风呼呼地吹，洗发液的香气以及身体的香味便传到鼻尖，身体某个部位开始蠢蠢欲动。田甜感受到丈夫身体的变化，道："又想了？我身体没事了，伤好得差不多了，我在上面就没事，只要不压到伤口。"侯大利道："会不会裂开？"田甜回头，嗔道："我是法医，对自己的身体还不了解。今天，我说了算。"

夫妻俩回到卧室，采取了上位势。良久，两人才安静下来，平躺在床上。田甜见丈夫眼睛睁圆了还看着天花板，道："别想着案子的事情，赶紧睡觉。"

突然之间，场景发生剧变，侯大利开着车前往西藏，在路上遇到了一辆路虎，他紧追不舍。两辆车越开越快，最后，侯大利控制不了车速，直接冲出公路。

醒来，侯大利惊出一身冷汗。回想梦中惊险场景，他再低头看时，只见内裤前面已经湿透。将湿裤子扔进盆子里，侯大利悲从心生，彻夜难眠。

第八章
侯大利指挥侦查行动

指向嫌疑人的两条线索

早上，侯大利来到办公室，还没有来得及泡茶。105专案组周涛出现在门口，敲了敲门，道：“组座，朱支叫我过来。你找我什么事情？”在排爆训练中，周涛曾经吓得尿了裤子。经历了这一次“生死训练”，周涛和侯大利没有了隔阂。

“你先喝茶，我们等会儿细谈。”侯大利倒了一杯茶，然后又到门口叫了江克扬过来。

江克扬拿着本子坐在外间的小会议室，给周涛打了声招呼，道：“你是技侦的吧？看着面熟，叫不出名字。”

“我叫周涛，技侦支队，抽调到105专案组。”周涛头发乱糟糟的，完全没有发型，眼色略微迷蒙，一副瞌睡未醒的模样。

王华夹着包，走进了会议室。他这一段时间坚持锻炼，肚子明显小了下去，精神不错，进门也叫了一声“组座”，又道：“老克，我们上一次合作还是六七年前，那时你还在反扒队，有名的神眼啊。”

江克扬道：“王大胖，你的肚子倒是比以前小了，过来办事？”

王华道：“接到组座电话，过来接受任务。”

侯大利把相片递给了王华，道：“这是受害者的相片，冒充在丽江的相片。我觉得相片应该是在江州某个宾馆拍摄的。宾馆装修还比较新，我估计几年内不会重新装修。华兄对宾馆非常熟悉，老克安排人和华兄一起寻找这家宾馆，这是第一个任务。”

侯大利又发了张相片给江克扬，在相片中，后视镜被单独标注出来，道：“据我判断是路虎的后视镜，这是极为重要的线索，老克顺着这条线索往下查，极有可能网到大鱼。”

江克扬接受任务后，提出一个建议：“还有一条线索可以利用。犯罪嫌疑人应该拿到了王大辉的笔记本电脑，这款电脑在2006年要一万多，极有可能自己用，或者给亲戚朋友使用。我准备派马小兵到一次阳州，把购买手提电脑的票据复印过来。”

“可以查一查，万一真查到就中了大彩。”侯大利说完，又对周涛道，“还有一个问题，请周涛帮助我们做个判断，犯罪嫌疑人利用了被害人的QQ，然后不断从QQ发信息。他在接近半年时间，从阳州、丽江和西藏沿途都在发信息，我们能不能锁定犯罪嫌疑人？”

周涛仍然是一副没精打采的神情，道：“组座，我打断一下，犯罪嫌疑人在西藏沿途是什么意思？”

侯大利道：“从QQ语境来讲，他是在西藏的公路上拍摄相片，然后通过QQ发出去。”

周涛道：“哪一年的事？”

侯大利道：“2006年1月到6月。”

“我还以为是什么高难度的工作，这个非常简单。”周涛打了个哈欠，道，“那些年Wi-Fi普及率不高，犯罪嫌疑人不管沿青藏线还是川藏线走，想随时上网就只能自带电信数据终端，多半还是华为终端。要办这个业务得和电信部门签合同。2006年时费用挺高，一般人不会这么奢侈。要找这个犯罪嫌疑人，可以到电信部门去查2006年或者之前的合同，人数应该不多。”

侯大利道：“有这种移动终端？我没有用过。”

周涛道：“类似U盘，插在笔记本电脑上就可以上网。”

侯大利原来准备利用技侦支队的高科技手段查找出多年前上网的痕迹，谁知周涛根本没有想到用高科技手段，直接点明一条更简单的路。

短会结束，大家分别开始行动。侯大利和周涛带上相关手续，到电信局去查找2006年使用移动终端的用户。

果然如周涛所言，在2006年使用移动终端的客户很少，只有一百七十八位。更为有利的是客户身份资料、手机号码等全部在合同上。

走出电信局，侯大利拍了周涛的肩膀，道："真是高手，没有你点破迷津，我们肯定要走冤枉路。谢谢你。"

周涛被拍得有点疼，缩了缩肩膀，道："我们是经过排爆考验的生死之交，组座有什么要求，随时招呼我。"

侯大利道："找机会约老葛和老樊，新老专案组成员得好好聚一聚。"

"我很少喝酒。"周涛耸了耸肩膀，告辞而去。他没有开车，而是步行前往刑警老楼。走到街上，他双手插在裤袋里，目不斜视，一副沉思者的模样。

回到刑警新楼，侯大利召集张国强探组到小会议室开会。

在小会议室新安装了一台高清投影仪，幕布上显出了犯罪嫌疑人和张睿对话的图片，侯大利道："犯罪嫌疑人有可能使用了移动终端，江州使用移动终端的名单已经共有一百七十八位。你们要根据名单查清谁与铅锌矿有关系，有关系的人便极有可能是犯罪嫌疑人。"

中午，外出调查的侦查员陆续回来。最先回来的是江克扬和袁来安，经查询，江州全市共有三十七台路虎，车主姓名全部列表。

江克扬道："我真没有料到江州有这么多路虎，真有钱啊。长青、长荣、长盛和长贵县共有二十四台，江州市区有十三台，大多数是矿老板，打对钩的就是矿老板。"

侯大利很快在表中看到三个与长盛矿业有关的名字：黄大磊、黄大森、黄仁毅。

这三人各有一部路虎，皆为灰色。

原国有长青铅锌矿被长盛矿业收购，长盛矿业的老板是黄大磊，黄大森是总经理，黄仁毅则是现长青铅锌矿副矿长。重案一组为了追查二道拐黑骨案，绕了一个大圈，终于通过长青交通肇事逃逸案追查到二道拐上方的长青铅锌矿。

三人正在商量核实路虎车后视镜的工作，王华和马小兵进了门。

王华坐下来，扭开一瓶矿泉水，灌了一大口，道："我们运气不错，跑了四家宾馆，就找到了相片拍摄的地方。"

马小兵道："王大队很有经验，分析王大辉的经济条件，决定暂时不查星级宾馆，从没有挂星但是条件不错的宾馆查起，而且要距离长青铅锌矿比较方便的地方。圈定了两个条件后，查找得比较顺利。"

王大辉坐在宾馆沙发上自拍，自拍照后面的纱窗、椅子、墙布与王华、马小兵的相片几乎一模一样。

马小兵指着相片道："最明显的特征是墙布上破损的地方，完全一样。我甚至能够想象当初王大辉坐在沙发上自拍时的场景。有了这两张相片，能基本证实在旅行中出现的宾馆照是假的。"

这时，张国强拿着一份名单走了进来，道："我们通过人口系统进行查询，有一个叫高琳的人和长青铅锌矿有关系。高琳的丈夫是黄仁毅，黄仁毅是长青铅锌矿副矿长。"

侯大利忍不住拍了桌子，道："路虎车，移动数据端，这两条线索都指向黄仁毅，黄仁毅具有重大作案嫌疑。"

王华泼起冷水，道："组座别高兴得太早，我们找到的都是外围证据，这比较容易，但是直接证据一样都没有。如今实行的是审判中心制，这些证据在法庭上的证明力很弱。如果对方死咬不松口，还真没有办法锁死对方。"

江克扬道："王大队说错了一点，二道拐黑骨案是完全没有头绪的悬案，能找到现在的线索，大家费了吃奶的劲，太不容易了。以前大家说组座是'神探'，其实有一点调侃意思在里面。从这个案子起，我算是服了，组座确实是'神探'。"

"离破案还早，大家就别给我戴高帽子，捧得越高，破不了案，屁股要摔成八瓣。我和老克见到了王大辉家人，王家人保留了王大辉的电话号码，心存侥幸，希望王大辉还活着。我们带去的消息击穿了他们所有希望，对其父母是重大打击。每次看到这种场景，我心脏都难受。大家一起努力，不揪出杀害王大辉的凶手，我们绝不收兵。”

侯大利脑中依次出现了梁佳兵、杨成功、黄仁毅、黄大森等人的面容，这些人如一个个闪着黑光的鬼怪，汇集在脑中形成一个恶鬼的头，恶狠狠咬断了王大辉的脖子。

要揪出凶手还有很多工作，目前的成果只是万里长征走了第一步。当前要最大限度利用已有线索，敲开凶手制造的硬壳。

侯大利正在苦思之时，王玥打来电话：“侯警官，我是王玥，我和张睿在江州。我们整理打印了大辉从2005年9月以来分别发给我们的短信、QQ，还回忆了当时通话内容，准备送给你们，希望能够帮助破案；另外还有一件事，我和张睿想看一看大辉的遗骨以及埋身之地。”

十来分钟后，王玥和张睿来到办公室。

王大辉失踪多年，王家人其实都有最坏结果的心理准备，最初听到王大辉死亡的准确信息仍然控制不了情绪，等到平静下来后，他们不再哭哭啼啼，积极配合警方捉拿凶手。

张睿把厚厚的记录册交给侯大利，道：“我仔细翻阅了以前的信息，还查看了当时我自己的日记，慢慢回忆起一些细节。大辉最初觉得领导能力强，关系网宽，连外省业务都接得到，后来就给我抱怨，说是里面有鬼。至于里面有什么鬼，他没有细说，我估计这就是他遇害的原因。我的专业技术能力也不错，如果查案需要专业知识，我随叫随到。”

侯大利、江克扬、王玥和张睿一起来到了二道拐滑坡现场。二道拐滑坡地带的公路已经清理干净，仍然能够看到滑坡的痕迹，在滑坡上端，暴露的洞口依然保持原样。

“我弟弟被埋在这里？”尽管有了心理准备，得知弟弟被埋在荒山多年，王玥还是无法控制悲伤，身体不停发抖，牙齿咔咔作响。

侯大利道：“如果不是滑坡，发现不了。”

张睿仰头看着曾经被封闭的矿口，道：“那是矿洞？”

侯大利道："以前的老矿洞，被封闭后，王大辉在矿洞被烧了。"

"啊！"王玥和张睿几乎同时惊叫了起来。她们知道王大辉遇害，却下意识不敢打听遇害的细节，似乎这样就能减轻痛苦。到了二道拐，现场在此，根本绕不过去。王玥浑身无力，双腿酸软，没有办法爬上并不陡峭的小坡，只能和江克扬站在公路上。

张睿性格更为倔强，跟在侯大利身后，沿着小坡，来到矿洞前。

侯大利没有遮掩，指着洞口墙壁的倒三角形烟熏痕迹，道："这是焚烧现场，起火点就在三角形的尖部，烧得很惨，骨头都烧出裂纹了。"

张睿蹲在坑口，抚摸着烧成黑色的坑壁，喃喃自语道："我现在才知道，大辉最终拒绝了丁紫桐，那是11月11日，按照常理，你应该在11日，最迟12日就给我说这件事。你没有来得及说就被他们害了。我知道他们害你的原因，你从小眼睛揉不得沙子，至少有三次见义勇为，还有无数次路见不平，这种性格害了你。你多半是看见了黑幕，想要揭发出来。你并不懂得悄悄办这些事，肯定是又固执又得意地大喊大叫。如果我没有出国，或许还会为你这种行为感到骄傲。出国以后，看了很多残酷的事，我会劝你，行事要低调，就算要伸张正义，也得保护好自己。你、我还有丁紫桐生在地院，长在地院，空有很多理想，实在是不接地气。"

她在与逝去男友低语时，泪珠滴在黑色矿坑泥土中，一点点地渗透进去。

侯大利的肺叶仿佛被浓液体堵塞，呼吸困难。随着对案情了解得越深，他对王大辉和张睿越抱有同情。张睿对爱人深情的低语幻化成一座大山，沉甸甸压在了这个年轻基层指挥员的肩上。

终于，张睿站了起来，道："这就是铅锌矿的老矿洞吧。在大矿附近往往都有这种小矿洞，大多因为环保问题都被关闭了。侯警官，大辉遇害肯定与他的工作有关，我在这个领域算是专家，可以给你们在专业上进行判断。我能不能去看一看铅锌矿的现状？"

侯大利道："今天不行，我们近期会再来这里，到时你可以和我们的侦查员一起过来。”

张睿道：“我想到山顶上看一看矿里的全貌，了解其整体布局，有个直观印象。”

侯大利陪着张睿来到山顶，俯视长青铅锌矿。不断有车辆进出长青铅锌矿，带出一阵阵灰尘。距离长青铅锌矿一公里的地方则是长盛矿业曾经拥有的小型铅锌矿，目前是梁佳兵的铅冶炼厂。

回城后，王玥要照顾父母，提前回岭西南州。

张睿拿到《山南省江州市长青铅锌矿资源储量核实报告》后，在附近的公安宾馆开了房间，全神贯注研究这份储量报告。

拔出萝卜带出泥

“社会关系和行为轨迹”是老朴的绝招。其实绝大多数侦查员都明白其中道理，只不过很多人不能坚决贯彻执行。世上很多事都这样，道理简单，执行困难，能执行者，必成大器。两条线索交叉到黄仁毅后，侯大利和江克扬直奔梅山，找到派出所所长施成。

施成和江克扬曾经是搭档，见面后自然很是亲热。略为寒暄，施成道：“侯组长，我认识黄仁毅，在黄氏农家乐吃过饭。你需要了解哪方面情况？”

侯大利道：“我要了解黄仁毅的社会关系，以及他的成长经历。”

“我们所里的辅警程东，退伍军人，素质不错，是黄仁毅同村人，应该对黄仁毅有所了解。”派出所所长施成是刑警出身，知道什么事该问什么事情不该问，没有问原因，直接提出建议。

“那最好不过。”侯大利到梅山来了解黄仁毅的情况，又不能打草惊蛇，能从侧面了解自然最佳。

程东接到电话，很快来到所长办公室。转业在派出所干了一年多辅警，程东身上仍然保留着军人的行为举止，坐得笔直。施成非常严肃地讲了讲保密纪律，再由侯大利提问。

程东原本还有些紧张，得知是了解黄仁毅的情况，明显松了一口气，道："我从小就认识黄仁毅，我家和他家只隔了两匹坡。黄仁毅比我大三岁，成绩还行，读完了初中，没有读高中。初中毕业后先是在梅山混社会，后来就跟了黄大磊，在长盛矿业的铅锌矿工作。"

侯大利道："黄仁毅和黄大磊是什么关系？黄仁毅是长盛矿业下属的长盛铅锌矿副矿长，很受重用的，关系应该不错吧。"

程东道："梅山黄家都是亲戚，建有一个黄家大祠堂。黄仁毅和黄大磊从辈分来说只隔了一辈，亲戚关系很远。黄仁毅最初是长盛矿业的小喽啰，遇到什么麻烦，有点冲突，就由他们这一群小喽啰冲上去打。他下手狠，人也挺聪明，比多数小喽啰都混得好，后来到长青老矿那边当安全员，算是进入黄大磊的圈子。我当兵转业回来时，黄仁毅已经是长青铅锌矿副矿长，开豪车，住别墅，算是他们那一批混得最好的。"

侯大利道："黄仁毅是什么性格？"

程东脱口而出，道："这小子有野心，胆子大，野心勃勃。以前偶尔在一起喝酒打牌，他话里话外就是想当大老板，赚大钱，不甘心过现在的生活。"

侯大利除了录像，还拿着小本本飞速地记录，听到这里，又问道："他是什么时间发达的？"

程东仔细想了想，道："应该是我当一级士官的第二年，2006年初。"

在办公室聊了一个多小时，黄仁毅的经历已经有了一个粗线条。侯大利、江克扬又到黄仁毅老家走了一圈，邀请当地村支书和村主任吃了饭。在席间，所长施成有意无意将话题引向黄仁毅。村支书和村主任喝了几杯酒以后，讲了不少黄仁毅的往事，大大地充实了侯大利所制作的黄仁毅"关系轨迹"图。

回到刑警新楼，侯大利在白板上梳理出王大辉案的三条关系线。

王大辉—杨成功—梁佳兵—唐国兴—王大辉，第一条关系线摆在明处，在长青铅锌矿收购中纷纷出场。

王大辉—黄仁毅—？，第二条关系线藏在暗处，从“西藏相片中透露出的后视镜”到“王大辉逝后仍然在使用的QQ号”牵出了黄仁毅，黄仁毅具有重大作案嫌疑，但是，除了这两条线索，再也没有其他线索将王大辉和黄仁毅联系起来。

王大辉—唐国兴—？，第三条关系线藏在暗处，王大辉与唐国兴是通过唐国兴手机上的短信联系起来，唐国兴在王大辉遇害前一天出车祸，背后黑手是谁？

下午五点，重案一组召开案情分析会。

侯大利摆出线路图以后，没有提前抛出自己的想法，而是先由侦查员们发言。在以往的案情分析会上，他不是指挥员，用不着组织大家朝着预定方向前进，而是独自沉浸在案件中，在黑暗隧道中寻找真相之光。担任一组组长后，他肩负指挥职责，就得把所有侦查员动员起来，沿着自己的指挥棒合力向前。

侦查员们你一言我一语，提出的建议都极有针对性。侯大利十指如飞，键盘咔咔作响，记录下每个侦查员有价值的发言。

江克扬意见：由于二道拐案发之初的调查时没有时间范围，我们调查走访周边村民时，重点是查找失踪人员。如今明确了二道拐黑骨案的发案时间是2005年11月11日或者12日，我们要重新调查周边村民和林场护林员，在这个时间点是否看到有人在半山坡烧火。烧尸体会有浓烟，还得持续一段时间，说不定会有附近的人能想起当年的事。

袁来安意见：我在长青县查档案时产生了一个疑问，一是《山南省江州市长青铅锌矿资源储量核实报告》的报告时间是2004年7月 2 日，测量单位是山南地质队。既然已经有了储量报告，为什么还要再请岭西的勘查单位？要找到这个原因。

张国强意见：梁佳兵是核心人物，如果收购案有猫腻，他绝对是参加者。他不参加，整个事情玩不转。我们从梁佳兵入手，只要把他突破，绝对能带出一串。

马小兵意见：岭西地勘所杨成功绝对有问题，自己的队员失踪，居然不管不顾，反而要开除王大辉。突破杨成功，就能挖出梁佳兵的料。

伍强意见：王大辉死前，唐国兴意外身亡，收购案顺利进行。唐国兴和王大辉应该是一伙人下的手，可以串并侦查。

伍良友意见：从常理推断，长盛矿业要花高价收购长青铅锌矿，肯定清楚储量，资本家不会乱花钱。从这一点来推断，长盛矿业有可能操纵了山南地质队和岭西地质队。

论讨案件时，侦查员们没有长篇大论，言简意赅，直接提想法。侯大利吸取了侦查员合理的意见，结合自己的思考，提出了下一步要开展的四项工作。

一是集中力量调查周边村民、林场职工，着重查找知道11月11—15日老坑道烧火的目击者；

二是继续收集梁佳兵和黄仁毅的社会关系和行为轨迹；

三是研究长青铅锌矿收购案资料，寻找其中的问题；

四是调查资源储量核实报告的真实性。

重案大队一组进行了分工：江克扬带队前往二道拐和长青铅锌矿，负责第一、第二项任务调查；张国强和严峰负责第三项、第四项任务调查；侯大利协调各方关系，并指挥整个侦查活动。

第二天早上，侯大利和江克扬小组一起前往二道拐村。

“2005年11月中旬的事，谁记得清啊！”村支书老刘接过侯大利递过来的香烟，看了香烟的牌子，在鼻尖嗅了嗅，点燃，再深吸了一口。

侯大利脑中浮现出矿洞中呈倒三角形的烟熏痕迹，提醒道：“2005年11月11日或者12日，当时在山坡老矿洞附近应该有两三个人，最有可能是两个人。火烧得很大，浓烟滚滚。没有到熏腊肉的时间，大家应该会觉得奇怪。”

村支书老婆端着削好的广柑过来，道：“两位公安同志尝尝，这是我们家种的，早熟柑，很甜的。2005年夏天下大雨，也滑过一次坡，冲断了公路。当时长青铅锌矿还是国有的吧，村里找到他们，要求他们修路，矿里答应了，派人重新修了公路。”

老刘道：“我怎么没有印象？”

村支书老婆道：“2005年，你跟着大哥到外面搞建筑，正好那年没有回来。”

侯大利这才明白为什么周边村民普遍对11月11日左右的浓烟没有印象，原因简单，公路断掉，村民没事不会爬山上坡。

老刘拍了下脑袋，道：“瞧我这记性，2005年，我出去了一年，第二年春节才回来。你们还是多问问林场的人，还没有到熏香肠腊肉的时间，他们见到烧火冒烟，多半会过来瞧一瞧。”

得到这个信息以后，侯大利马上给前往林场的另一组侦查员打电话，提醒他们要注意“公路断掉”期间这个大事件。

调查走访看起来简单，实则是体力活和脑力活的集合，需要眼睛尖、嘴巴巧、手脚快、脑子灵，就算如此，能否捞到干货还得看运气。侯大利和江克扬走到第四户时，江克扬收到了马小兵的电话。

马小兵调门极高，道：“老克，找到目击者了，是一个退休老工人。我们上次来调查的时候，老工人的女儿生小孩子，他和老伴进城了，所以我们没有见到他。这个退休工人当时准备上山砍柏树枝，给住在城里的女儿女婿送过去。据他说，他女儿从小就喜欢吃柏树熏的香肠腊肉，所以特意上山砍柏树枝。他看到山下在冒烟，过来查看，还没有走到冒烟的地方，就遇到老铅锌矿的黄仁刚。”

黄仁刚是第一次出现的名字。此人姓黄，极有可能与黄仁毅、黄大磊等人都来自梅山。江克扬心知有戏，道：“老工人认识这个黄仁刚？”

马小兵道：“黄仁刚在老铅锌矿上班，负责保卫，经常与林场打交道。这一带村民每到冬天都习惯在户外搭个简易土灶，到山顶砍柏树枝熏香肠腊肉。黄仁刚说是要熏点香肠腊肉送礼，而且熏香肠腊肉的地方不在林区范围，老工人也就没管。除了黄仁刚以外，还有一个人守在大铁桶旁边。当地都是12月中下旬才开始熏腊肉，这个时间稍有些早，所以林场工人印象比较深。”

江克扬道：“老工人认识另一个人吗？”

“老工人不认识另一人。据他说，从相貌和穿着来看，应该是城里人。土公路到大铁桶之间停了一辆皮卡车，应该是用来运腊肉的，这在当地很常见。”马小兵又特意强调道，“据林场老工人讲，黄仁刚右手包的有纱布，纱布上还渗出血迹，应该是手掌受伤。”

放下电话后，江克扬喜形于色的对侯大利道：“踏破铁鞋无觅处，得来全不费工夫，我们和马小兵会合。”

坐上车，侯大利兴奋地按了几声喇叭，道：“黄仁毅自作聪明，用西藏风景相片来迷惑张睿，反而暴露了路虎车和移动终端。在老矿井焚烧尸体同样是自作聪明，若是他们把人悄悄埋了，我们找不到目击者，这是典型的搬起石头砸了自己的脚。”

江克扬道：“黄仁毅的花招其实也挺有效，张睿和王玥等人误以为王大辉是在西藏旅行时出了事。而且他烧了尸体，让我们无法提取DNA。我提醒一个事，二道拐颅骨虽然有种植牙和皮带扣，可是毕竟没有提取到DNA，无法百分之一百能够证明这就是王大辉，到了起诉和审判阶段，我担心这在法官眼里是漏洞。特别是佘祥林案件之后，法院对没有直接证据证明身份的尸体盯得很紧，卡得最严。”

侯大利对此事也有些发愁，道：“骨骼的DNA本来就少，又被火烧，还被封在洞内，降解严重，刑侦总队技术大拿也没有提取到DNA。”

江克扬道：“2008年召开了第三届全国法医DNA检验技术研讨会，我看过一篇论文，专门谈到了陈旧性骨骼提取DNA的课题，山南省搞不定，我们可以朝全国五个重点实验室送，如果国内最顶尖的实验室都搞不定，那么我们也就尽力了。”

江克扬这一席话，顿时让内心颇为骄傲的侯大利刮目相看，道：“你的意见相当重要，极有道理，这事还得请省刑侦总队技术室出面。”

下午一点，几路参加调查走访的侦查员这才回到刑警老楼。侯大利和侦查员们聚在苍蝇馆子吃午饭，庆祝上午调查工作取得的进展。

刚刚放下饭碗，侯大利接到了张睿电话，来到公安宾馆。

张睿打开笔记本电话，调出相片，道：“今天收获很大，这里的相片全部是长青铅锌厂厂区的相片，这是铅粉厂区、电炉、铅系统生产区、二车间的破矿平台、氧化锌厂、动力厂、烟化炉车间，这几张是重点设备，包括粗铅生产。除了这些，里面还有正在兴建的两个车间，规模很大，投资都在千万元以上。铅锌厂周边还有一些配套厂，铅冶炼厂等，规模都不小。这是铅锌矿的发展五年规划图板。”

相片大多是在铅锌厂内部拍摄的，拍摄时间就在今日。侯大利吃了一惊，道：“你进了铅锌厂，还拍了这么多相片？”

“我是岭西矿产资源报的特约记者，亮了证件。他们很热情，向我展示了铅锌矿最好的地方。这帮蠢货，没有想到我是来给他们挖坟的。”张睿脸上现出嘲讽的微笑，又拍了拍资源报告，道，“虽然没有重新进行勘查，但是从专业角度来看，这份资源报告严重不符合事实。矿产埋在地下，测量时会出现正变和负变，通俗来说就是测量数据比实际储量多或者少，这都是可以理解的。但是，资源报告预测根据2004年开采量推算，最多能维持两到三年，如今过了五年时间，长青铅锌矿还在扩产，还在兴建配套设施，产量比2005年翻了两倍。从这一点来看，资源报告明显有问题。从学术上，我不能在没有重新勘查的情况下做出结论。从事实上，我敢肯定地说这是国有资产贱卖。我建议，选择国家级测量单位重新测储量。”

“谢谢，我们会考虑你的建议。这几天，形势会变得复杂，你要注意安全，不能再孤身犯险，这不值得。逝者已逝，活着的人要好好活。”侯大利完全能够理解张睿此刻的心情，对其充满了同情和好感，真心希望她不要冒险。

这句话发自侯大利肺腑，带着真感情，张睿的心弦在这一刻突然间被拨动，难受得不行，为了不在侯大利面前失态，就用手背挡住眼睛，道：“我遇到了一个好警官。”

回到办公室，侯大利没有休息，加紧整理二道拐最新进展，准备在下午给副支队长陈阳和副局长宫建民汇报。

王大辉出现在侦查视线内后，宫建民和陈阳盯紧了侯大利，每周都要听案件进展汇报。侯大利作为侦查员很有天赋，在侦办命案积案中表现优秀，但是，基层指挥员肩负指挥职责，指挥一个团队开展工作，这和个人天赋还是有所区别。到现在为止，侯大利做得都不错。令两位领导感觉比较奇怪的是一组侦查员们的表现，这些侦查员经历不同，性格各异，有一个共同特点就是业务精熟，眼高于顶，不会轻易服人。最初一把手关鹏拍板让侯大利来担任一组组长时，宫建民和陈阳都担心侯大利太年轻，压不住这一帮子“悍将”。现实却出乎预料，这一帮子老侦查员都挺配合侯大利的工作，侦查工作井井有条，颇有斩获。

下午上班时间，侯大利和陈阳来到宫建民办公室，由侯大利汇报案件进展。

听完汇报，宫建民道：“我有预感，二道拐这个案子会牵连出国有资产流失的大案，案值现在不清楚，但是估计数字会很吓人，至少以亿为单位，另外还涉及两条人命。我得给关局做详细汇报，打个预防针，否则突然爆出惊天大案，市委市政府会措手不及。”

他让陈阳和侯大利在办公室等待，来到关鹏办公室，向一把手汇报了此事。

关鹏听罢案件汇报，脸色顿时沉了下来，道：“建民啊，你太大意了，应该更早一些给我报告。重案一组侦办的二道拐黑骨案肯定会引起大地震，巨额国有资产流失啊，这是市委市政府极为关注的事。我们要赶紧行动起来，成立更高级别的专案组，经侦要纳入专案组，检察院估计也得提前介入，当然，主力还是重案一组。滕麻子和杜峰探组被抽调到打黑除恶专案组，重担全压在侯大利的肩膀上，这样不行。陈阳是常务副支队长，放下手中所有事情，全力投入此案。当前，我们还要提防犯罪嫌疑人跑路，若是跑路，案件就更复杂了。”

“我马上安排。”宫建民意识到自己确实大意了，与一把手关鹏相比，自己的全局观以及政治敏锐性确实还弱了不少。他作为分管刑侦领导更关注两起杀人案，而关鹏明显更关注国有资产流失案。

关鹏道：“断手杆这个社会脓包早就该挤掉了，就是一直没有找到一击致命的机会，龙新东案算是阴错阳差抓到了断手杆的命门，这是气运，他猖獗了这么久，该为以前的事情拉清单了。我们又通过二道拐黑骨案，查出了国有资产流失，若是能顺利破案，滕麻子和侯大利都要记功。”

他边说边站起，道：“我等会儿到市委市政府汇报此事。晚上开案情分析会，我要参加。”

长盛矿业的内部争斗

侦查员再次进入长青铅锌矿时，黄仁毅站在窗前骂了一句：“这一群疯狗，死咬铅锌矿不放。”他取过挂在衣架上的衣服，径直下楼，开车离开了矿区。

黄大磊被炸死，矿业大厦继续在经营，并且成为山南重要的矿产交易中心。黄仁毅进入大厅时，没有心情与平时关系不错的前台小妹妹聊天，直接来到黄大森办公室。

黄大森打发走正在谈话的客户，道：“什么事？”

黄仁毅道：“公安又到铅锌矿调查，查来查去没完没了。”

黄大森把手指放在嘴边，做了一个“嘘”的动作，随即打开了音响。音响传来了歌声：“……请你不要再迷恋哥，哦，哥只是一个传说，虽然我舍不得可是我还是要说，你不要再迷恋我，我只是一个传说，我不曾寂寞，因为有你曾陪着我……”

黄大森道：“不要因为公安办案就影响工作，机器一响，不说黄金万两，至少每天都有大把收入。停了机器，损失的都是白花花的银子。”

黄仁毅道：“没有想到二道拐会滑坡。”

黄大森脸色阴晴不定，道：“我等会儿还有事。下班后，我们到长盛会所，有些事情是得谈清楚。”

两人谈了一会儿长青铅锌矿的事情，又有大客户来找黄大森，黄仁毅告辞而去。

黄仁毅走出了办公室。在另一边的办公室门口站着一个漂亮性感的少妇，向其招手。黄仁毅上前，恭敬地称呼了一声“大妈”。

朱琪道：“到我办公室来。”

黄大磊在家族中排行老大，按照家乡习惯，黄仁毅称呼和自己差不多年龄大小的朱琪为大妈。以前黄大磊还在世的时候，他如此称呼心甘情愿，如今黄大磊被炸死，谁知道朱琪什么时候改嫁，称呼起来就有些心口不一，表面恭敬，内心在骂娘。

办公室安装了地暖，室内温暖如春，朱琪没有穿外套，紧身羊绒衫勾勒出优美的曲线。黄仁毅吞了口水，口水在耳边清脆地响起。

“仁毅，长青铅锌矿目前是集团最重要的企业，经营情况如何，你也得给我说说，不能把我当成摆设。”朱琪坐在大班桌后面，紧紧盯着黄仁毅。宽大皮椅没有显示出大老板的威严，反而更加衬托她的熟媚。

黄仁毅收回流连在朱琪胸部的目光，道：“每周都有报表送到集团。”

朱琪道：“你明白我的意思，我不仅要看报表，还要了解长青铅锌矿的真实情况。”

黄仁毅道：“报表的数据准确地反映了生产情况。”

朱琪怒光闪现，道：“你是说我读不懂报表？”

黄仁毅是黄氏家庭的普通子弟，在长盛矿业奋力打拼，一步步走到现在的位置，非常不容易。如今黄大森和朱琪之间的矛盾越来越深，他夹在中间必须选择，否则两面不讨好。他望着朱琪漂亮的脸蛋，试探地道：“大妈抽时间到铅锌矿来一趟，我带你到各个车间去转一转，详细给你讲一讲铅锌矿的具体情况。”

朱琪道：“为什么要花这么多钱来修厂房？”

“产销两旺，这是赚钱的最好时机，现在投一千万，能收获一个亿，这是划算买卖。”黄仁毅心里暗自吐槽：“长了一副漂亮脸蛋和性感身材，脑子就是一包草，还想和黄大森争权，没门。不怕神对手，就怕猪对友，我不能和朱琪这种草包站在一边。”

朱琪拉着黄仁毅聊了一会儿，又问道：“听说这一段时间公安在矿里转，是怎么回事？”

黄仁毅道：“二道拐那边滑坡，掉出来一个死人，公安过来了解情况。”

朱琪用怀疑的眼神瞧着黄仁毅，道：“这事和矿里没有关系吧？”

黄仁毅笑道：“大妈，你在想什么啊，我们是正经生意人，和黑社会不沾边。”

等到黄仁毅离开了办公室，朱琪脸上变得冰冷，心道：“吴新生说得对，黄仁毅和黄大森穿一条裤子，还想骗老娘。”她拨通吴新生电话，道：“阿新，你说怎么办？大磊养了一群白眼狼，我以前又没有管过集团，现在就是一个傀儡，一天到晚没有几人到我办公室来。”

吴新生刚刚在健身撸了铁，额头上满是汗水。他光着上身坐在健身房椅子上，道：“饭要一口一口吃，事要一件一件办，你不用急。你是长盛矿业的大股东，要在近期召开股东大会，对总经理权力进行限制，逼得黄大森辞职。”

朱琪苦恼地道：“我哪懂这些啊，你要帮我。”

吴新生道：“阿琪，没事，我全力支持你。黄大磊还是挺厉害，很懂现代企业经营之道，在股权设计、公司章程等诸多方面都留了后手，黄大森想要蛇吞象，这是做梦。”

“你过来吧，我们一起吃饭。”朱琪又道，“算了，还是我到你那里去，金山别墅太打眼。”

朱琪重新化了妆，这才离开办公室。一路上，她抬头挺胸，目不斜视，也不叫司机，自己到车库开车。

车至金色天街附近的商业区，停到最靠近三号电梯的地下车库。朱琪戴上墨镜，轻车熟路进入三号电梯，再到二十九楼。进门后，她还没有来得及取下拖鞋，就被有力的胳膊抱在怀里，强烈的雄性气息扑面而来。她被吻得喘不过气来，又被握住了最敏感的胸部，双腿发软，站立不稳，只能紧紧搂住对方脖子。

“别急，我还没有洗澡。”

“你没有洗澡也是香的，我喜欢有你的味道的身体。每次闻到你身体的味道，我就兴奋。你摸一摸，现在硬得多厉害，张弓搭箭，就差点射出来了。”

“不能现在射，我还没有享受。”

“开个玩笑，你以为我是早射三秒郎。”

谈笑间，吴新生抱起朱琪，来到床上，几下就剥去了朱琪的外套内衣，然后停止行动，欣赏如白兔一般的身体。

……

“我爱你，阿新。”

结束之际，朱琪发出了长长一声叹息，散发着愉悦和满足。晚七点，天渐渐黑去，吴新生翻身起床，炒了碗牛肉丝，煮了紫菜汤。朱琪在家里极其挑剔饮食，换了好几个厨师，皆不合胃口。每次到吴新生家里，简单两个菜总会让她停不下筷子。而且，她还会主动刷碗。

“今天黄仁毅到了大楼，先到黄大森办公室，若不是我叫住他，他这个狗眼看人低的东西根本不会到我这边来。我在办公室坐了半天，就两三个人过来，完全把我当成空气。黄仁毅口口声声叫我大妈，一双眼睛就往我胸口看，就差流口水了。”

说到这里，朱琪挺了挺胸。她没有戴胸罩，丝质的睡衣把胸型显露得很充分。

吴新生道：“男人嘛，对美好的东西有追求是很正常的，我也经常盯着你的胸口看。”

朱琪道：“你看我，我喜欢。他看我，我恶心。”

吴新生走过去将女人抱在怀里，道：“听你说，最近总是有公安来调查，出了什么事情，我帮你分析分析，这可是我的长项。”

朱琪在长青铅锌矿有自己的眼线，知道二道拐滑坡掉出来一具人骨头，便给吴新生讲了此事。吴新生抚摸着怀中女人，眼神却严肃起来，道：“黄大磊在世的时候，听说过这件事情没有？”

朱琪扭了扭身体，配合吴新生的手，道：“黄大磊回家从来不谈公司的事情，我就是一只金丝雀，被关在家里。他被枪打了以后，把我和小妞妞送到阳州。后来他还是出了事，被炸得好惨。如果不是担心长盛矿业被黄大森给占了，我才不回江州。我在阳州的时候，若不是你来陪我，我肯定度日如年，真害怕凶手跑到阳州来杀我们母女。”

吴新生分析道："公安也不是瞎搞，到长青铅锌矿来调查肯定有理由。说不定，这是一次赶走黄大森的好机会，你得盯紧这边。"

"黄大磊拼死拼活挣下这点家业，我可不想让黄大森这个吸毒分子霸占了。"朱琪道，"哎，你轻点，别这么用劲，弄疼我了。"

"疼也是一种享受，要不要再试试？"

"我不要，真疼。"

"黄大森真的吸毒？以前没有听你说过。"

"我也是才知道。按照你教的法子，我在给黄大森那边掺沙子挖墙脚。他在吸大麻，在有些国家不算吸毒，在我们这边算是吸毒。"

长盛会所里，黄大森在房间里眯了十来分钟，黄仁毅来到长盛会所。

黄大森打了个哈欠，道："仁毅，人得服老，以前精力旺盛得很，现在下午总是没有精神。我们去泡个澡。"

凡是谈机密事就要"泡个澡"，这是黄大磊定下的规矩。如今黄大磊虽然被炸死了，这个规矩保持了下来。泡澡的地方是一个中型池子，可以泡五六个人。黄大森和黄仁毅在节奏明快的音乐声中脱得赤条条进入池子，肩并肩坐下。黄大森身体消瘦，能看到肋骨。黄仁毅则是一个白胖子，如刚剥了壳的新花生。

黄大森脸色阴沉，道："二道拐的事，你不是说万无一失？"

黄仁毅骂了一句，道："真他妈晦气，长青县一直在下暴雨。如果不塌方，确实是万无一失。"

黄大森道："你当时应该丢到矿洞最里边。"

黄仁毅道："老矿洞里面塌方，走不进去了。当时我怕有人进来发现，烧了一把火，又用石头和土把矿洞堵死了。这次塌方垮了四五米，实在是运气不佳，否则永远都没有人能够发现。"

黄大森道："刑警队的人曾经拿了头骨复原画像来找梁佳兵辨认，听梁佳兵话里话外的意思，那幅画像和那人很相似。公安没有来找你？"

黄仁毅摇头，道：“他们找过，随便问了点事。我是长青铅锌矿的副矿长，和以前的事情没有任何关系。”

黄大森一直以来颇为防备黄仁毅，仰头看了一会儿池顶，道：“你和黄仁刚都出国，躲一阵子。”

“几年前的一堆尸骨，公安恐怕连是谁都找不出来，要破案，除非福尔摩斯投胎。我和黄仁刚在这个节骨眼上全部出国，反而引得公安怀疑。黄仁刚这些年赚了不少，我安排他出国。”黄仁毅对自己的手段极有信心，不相信公安能破案。他辛苦奋斗才拥有今天的地位，压根不想黄大森一句话就远走他乡。更何况，黄大森不是黄大磊，大老板黄大磊心狠手辣，黄大森不过是打工仔，和自己身份差不多。

“黄仁刚先走，如果风声不对，你也赶紧走。”等到黄仁毅离开，黄大森恶狠狠地砸碎放在池边的酒杯，发泄心中不满。黄仁毅是黄家远房亲戚，这种远房亲戚很多都在公司上班。黄仁毅能有目前的地位，完全是“强取豪夺”而来。2005年事发之时，黄大磊的意思是威胁加收买，岂知黄仁毅伙同黄仁刚直接干掉了被威胁和收买的对象，解决了危机，间接绑架了黄大磊，埋下了祸根。黄仁毅因此成功地由底层业务员跃升为矿业集团高层。

黄大森独自在水池里把所有事情全部梳理一遍：黄大磊办事讲究单线联系，他有事交代黄大森，黄大森让黄仁毅办理，黄仁毅手下核心就是黄仁刚。这只是其中一条线，同时还存在另外的线。如此设计有两个作用：一是几条线互相隔离，断一条线，其他线没事；二是某一条线中间环节断一节，也能平安无事。

这种单线联系方式如今对黄大森极有好处，就算公安神通广大，把整个事都翻了出来，上可推到死去的黄大磊，下可推到实际动手的黄仁毅。他只在中间传话，没有留下任何把柄。

黄仁毅开着路虎，直奔一处农家乐。这处农家乐是黄仁毅的窝点，几乎没有客人，方便商量事情。黄仁毅和黄仁刚几乎同时到达农家乐。两人上到农家乐顶楼平台，面对绿色山林，大口抽烟。

黄仁毅道：“警察最近紧盯长青铅锌矿，和苍蝇一样讨厌。”

黄仁刚满不在意，道："当时做得非常干净，一烧了之，埋在老矿洞。如果没有滑坡，这事就永远过去了。"

黄仁毅道："为什么公安会反复到铅锌矿来骚扰？你仔细回想，哪个地方有可能出问题？"

黄仁刚慢慢回想当年做掉王大辉的过程，道："如果说有一点点可能，我们在老矿洞点火的时候，林场一个老头多管闲事，过来查看。我们当时用一辆皮卡挡住小道，我把老头拦在小道和公路口边，没有让他过来，然后打发走了。"

黄仁毅对此事还有印象，道："我记得你们两人还聊了几句。这或许就是大破绽。"

黄仁刚笑嘻嘻地道："你太小心了。这是好几年前的事情了，那个林场老工人早就退休了，谁会记得这些陈年旧事。"

黄仁毅半天没有说话，道："你小看了公安，那帮人就是吃这碗饭的，比我们专业。如今最大的破绽就在你身上，你马上出国，躲过这一阵风头再回来。"

黄仁刚在江州吃香喝辣，听闻要出国，脸露难色，道："我不懂外语，到国外没法生存。"

"你怎么提起出国就到美国、英国，可以到新加坡、东南亚，在这些地方都可以说普通话，做生意也相对容易一些。"黄仁毅又道，"除了林场老工人，还有没有其他破绽？"

黄仁刚道："绝对没有。只是，梁佳兵知道的事情比较多。"

"梁佳兵这种老江湖，什么能说，什么不能说，拎得清。而且，他除了场面上的事，其他事情根本不知道。"黄仁毅突然射出一股凶光，道，"我们得机灵点，如果情况不对，火要烧到我们身上，该下手还得下手，无毒不丈夫，不能有妇人之仁。"

黄仁刚素来唯黄仁毅马首是瞻，匆匆下山，准备回家拿护照，然后出国。

紧急收网

一把手局长关鹏参加晚上八点召开的案情分析会。在案情分析会前，重案一组侦查提前开会，汇集当天工作进展。当吴新生和朱琪在尽情欢好之时，侦查员们坐在一组会议室，打哈欠，喝浓茶，抽香烟，准备开会。

会议开始后，先由侦查员汇报当天进展。

张国强道："我和严峰负责调查梁佳兵。梁佳兵这人毛病不少，偷税漏税，拖欠工资，违反《环境保护法》偷排，还涉及一起行贿事件，受贿方已经进看守所了，他作为行贿方还在外面逍遥自在。"

侯大利在小笔记本上梁佳兵词条下写下"行贿"两个字，打下着重符号。

马小兵道："我和袁来安负责调查黄仁刚。黄仁刚是梅山镇人，是黄大磊远房亲戚，很远的那种。他是黄仁毅的堂弟，同一个爷爷。此人给长盛矿业旗下企业送配材，还开了一家长盛歌城，里面有卖淫嫖娼行为。这和长盛矿业没有关系，就是借了长盛的名字。袁来安和严峰盯着他，暂时没有什么异常。"

江克扬道："我和伍强负责调查黄仁毅。黄仁毅是长青铅锌矿副矿长，是矿里的真正实权派。现任矿长是一个国有大矿的退休矿长，主要是搞经营和生产。据治安支队和派出所的同志介绍，黄仁毅赌性很重，除了在长盛会所玩几把以外，还经常参加流动赌场。"

江州这两年下了大力气扫黄打非，原来的赌博窝点无法生存，便开设无固定场所的流动赌场。这算是公开秘密，治安支队打过好几次，抓了不少人。由于利益驱动，每次流动赌场被打掉以后，总是会死灰复燃，成为割了又长的社会毒瘤。

谭大国和伍良友则继续调查周边村民和林场职工，目前没有更新的发现。

大家发言完毕，侯大利道："通过路虎车和移动终端，黄仁毅露出了狐狸尾巴。这一次找到目击者，黄仁刚又露出水面。林场老工人说的两个人，一个是黄仁刚，另一个极有可能是黄仁毅。”

张国强道：“我们在铅锌矿大范围调查，如果黄仁毅和黄仁刚是凶手，应该已经惊动到了他们。”

侯大利道：“2005年的案子，是否惊动都没有太大关系，说不定我们搅动水面，能给他们制造压力，还会让他们出现错误。”

张国强见侯大利没有明白自己的意思，道：“我担心他们出境。这不仅是杀人案，还涉及巨额国有资产流失。如果跑路，事情就麻烦了。”

侯大利考虑得更多的是二道拐黑骨案，对巨额国有资产流失考虑得不多。他认可了张国强的提醒，写了“跑路”两个字，连打三个着重号。

晚上七点半，重案一组全体来到了市局小会议室。几分钟后，刑侦、经侦、出入境、治安、技侦等二级班子领导出现在会议室，关鹏、宫建民等局领导随即也进入。

会议由副局长宫建民主持。

首先由他宣布成立二道拐黑骨案专案组，点明了专案组成立的目的：“刑侦支队工作很出色，从多年前发生的二道拐黑骨案中牵出了巨额的国有资产流失案，专案组除了要继续调查这两案以外，要抽出精力调查国有资产流失案。”

随后，重案一组副组长侯大利介绍二道拐黑骨案。侯大利按照时间顺序和重要节点来讲述二道拐黑骨案。

第一，二道拐滑坡滚出尸体。

第二，找到矿洞、发现焚烧痕迹。

第三，葛向东进行颅骨复原，发现种植牙。

第四，从滑坡泥土中发现金属皮带扣。

第五，调查了长青铅锌矿收购案，找到唐国兴的老手机，发现王大辉的短信。

第六，王大辉与葛向东画像相似；在阳州找到王大辉父母，王大辉在岭西地质勘查所实习，并且做过种植牙，与二道拐黑骨案颅骨上的种植牙在位置和材料上一致。

第七，王大辉遇害后，其QQ仍然在使用，通过一张相片发现了路虎车，还通过移动数据端找到了合同，路虎车和合同中都出现长盛矿业黄仁毅。

第八，确定了死亡日期后，重新调查周边村民和林场工人，有老工人在2005年11月中旬看见黄仁刚和另一人在老矿洞位置熏香肠，现场烟气很大。

第九，王大辉女朋友张睿在岭西地质研究所工作，判断山南省所做资源报告有假，储量明显被低估。

第十，目前正在暗中布控黄仁毅和黄仁刚。

除了这十点，侯大利还详细谈了梁佳兵、长盛矿业、山南地质队和岭西地勘所的关系。

参会人员中除了宫建民和陈阳，其他参会人员对案件细节都不甚了解。侯大利全程指挥侦破工作，对整个案件了如指掌，讲起来极为生动流畅。参会人员听到从毫无线索到线索逐级被发现的侦办过程，如暑天喝冰啤，冬天吃铜锅，浑身舒坦。

侯大利讲完后，宫建民道："大家都应该清楚案情了吧。此案涉及两条人命，还涉及巨额国有资产流失，目前我们的人已经打草惊了蛇，就得防止关键人员逃跑，专案组会拟出一个名单，凡是名单上的人都不能出境。老张要把好这个关。"

出入境支队长张伟是军人出身，声音高昂、态度坚决地表态坚决完成任务。

宫建民又道："吴支队，治安方面涉及面最宽，你要心中有数，做好配合工作。凡是与二道拐黑骨案相关的工作，一律排位优先。"

治安队长吴支队是资深老警，当宫建民点名后，简略地道："没有问题。"

局长关鹏最后讲话。他态度严肃，语调深沉："市委赵书记非常关心此案，指示我们要调集精兵强将，务必破案，一是给遇害者一个交代，二是要挖出蠹虫，不能让巨额国有资产流失。这个巨额是形容词，我们现在不知道是什么数量级，不过肯定是以亿、十亿或者更多来计算。这两点要求表面上平平常常，实则是千斤重担压在我们所有人的肩上。此案的难点在于案发于五年前，取证困难。小侯刚才讲了整个侦办过程，重案一组花费很大精力才逐步还原了案件，但是我们没有直接证据，很难锁死犯罪嫌疑人，必须精心研究方案，采取有力措施，最终取得关键性口供，只有这样才能把案子办成铁案。如果案子办得不扎实，在审判环节出了问题，在座的人都要拿话来说。”

关鹏局长前面还说得心平气和，到了最后一段话，语气已经变得很严厉了。

“二道拐滑坡后出现人骨，我们的侦查员反复在二道拐调查，肯定已经惊动了相关人员。在这种情况下，犯罪分子为了遮盖罪行、保住既得利益，肯定会采取更疯狂的行动，我们要防止杀人灭口和逃跑，特别要防止外逃，这些年，我省外逃人员不是一个两个，给国家带来重大损失，虽然有红色通缉令，可是毕竟不如控制在国内。大家行动必须迅速，各部门必须无条件配合，谁敢推诿扯皮，我就杀鸡给猴看。我讲完就散会，散会后就立刻行动，料敌从重，绝不能马虎大意。”

侯大利是第一次以指挥员身份办案，只觉得肩膀的担子重逾千斤。1949年11月5日，在中华人民共和国公安部成立大会上，周恩来总理曾经说过“国家安危，公安系于一半”。以前他在刑侦系读书的时候经常听到这句话，耳朵都听起茧子，失去了感受。如今成为基层指挥员，他才真切地感受到这句话的分量。

另一方面，他如今是重案一组组长，在办理如此大案时若是失败，不仅影响自己的前程，还会牵连到一组十二位侦查员。自己的家世特殊，此路不通可以另走他路，而一组十二位侦查员若是前程受到影响，那将会直接改变其命运。他离开会场时，用力甩了甩头，心道：“不要想这些没有用的事，集中全部精力，全力以赴，一定要拿下此案。”

会议结束，侯大利回到办公室，坐在外间小会议室，如老僧一般枯坐在椅子上，默默地想案子。

目前从市领导到支队领导再到侦查员们都有共识，此案很难取得直接证据，这就要根据已有证据，按照案件发展的时序逻辑找到关键证据，补上残缺的口子，力求重建现场。“重建”有两方面内涵：一是“修复”，侧重于对瑕疵证据的补正、完善，比如二道拐黑骨案没有提取到DNA，这就是一个瑕疵证据，还得通过省刑侦总队出面，让更高级别实验室来提取；二是“拓展”，在直接证据不足的情况下善于利用间接证据，形成完整的、相互印证的证据链，突破多人口供。

此次会议后，除了重案一组侦查员们继续深入调查，经侦支队和出入境支队也行动起来，二道拐黑骨案由一起单纯的刑事案件变成了牵涉到方方面面的大案要案。侯大利很清楚，真要取得实质性突破，责任还是在重案一组。

当夜，侯大利没有回江州大酒店，住在办公室。

上午九点四十分，侯大利收到消息：黄仁刚准备出境，目前被控制，消息暂时保密，没有惊动其他人。

侯大利参加工作以来，屡次立功，内心不免还是有些自得，但是在组织这类大案时，经验不足的缺点还是暴露出来。最初张国强提出黄仁刚或黄仁毅有可能跑路时，他虽然记了下来，并没有引起高度重视。而平时并不具体办案的一把手局长关鹏却做出准确判断，果断出手，这才没让黄仁刚跑掉。侯大利暗自惊出一身冷汗，暗叫侥幸，如果黄仁刚跑出国，这个案子就会出大麻烦。

上午十点，宫建民、刘战刚、经侦刘昌华、出入境张伟、治安吴小海、刑警支队陈阳、侯大利等人来到了局小会议室。

宫建民开门见山地道：“这一次非常侥幸，若是我们晚了一步，黄仁刚就跑路了。时间紧迫，证据缺失，对手狡猾，我们不能等到证据链完整才收网，必须采取断然措施，利用现有的证据控制住黄仁毅、梁佳兵，刑警支队做好审讯方案，集中力量挖黄仁刚、黄仁毅、黄大森的根底，越多越好，越细越好。经侦支队要抓紧时间去调查岭西地勘所杨成功和山南地质队的吴宇，速度必须快，不能给他们反应时间。”

上午十点二十二分，侯大利收到第一条好消息：经侦支队调取的岭西地勘所负责人杨成功2005年的银行账单中，发现来自长盛矿业的两万元汇款，此汇款的时间是2005年9月。除了这一笔外，杨成功银行账单中没有再和山南这边发生关系。

虽然这一笔款数额不大，却是一个破绽，警方可以利用此事对杨成功展开调查和采取措施。

上午，十一点十分，侯大利收到麻主任交代的情况。麻主任一直跟随梁佳兵，对梁佳兵非常了解。他涉案不深，为了让自己脱身，讲了自己知道的所有情况。

上午，十一点十七分，治安支队一大队传回来消息，爱赌如命的黄仁毅最近时常到隆兴附近的一个流动赌场参赌，一大队跟踪很久，准备收网。据可靠消息，今天下午五点，黄仁毅就要开始前往赌博地点，晚上要大赌一场。

这些流动赌博窝点非常专业，为了安全，赌博组织者准备了一批窝点，每天的赌博地点是由赌博组织者从这些窝点里随机临时抽取，也就是说，赌博组织者本身在没有抽取前都不知道今天的窝点在何处。选定窝点以后，这才通知参赌人，由参赌人自行驾车或者统一坐车前往每天的赌博地点，在赌博地点外围有多人放哨。

治安支队为了打掉全市最“专业”的流动赌博点，在技侦支队支持下，牢牢锁死了目标。

得知此消息以后，侯大利立刻找到了副支队陈阳，要求重案一组队员也参加此次行动。

陈阳道：“重案一组事情本来就多，你主动调人参加抓赌，是何用意？”

全局都盯着此案，众多部门被紧急调动，侯大利感受到了巨大压力，皱着浓眉，道：“抓人是为了审讯，我们证据总体偏弱，要想审下这几人，得打心理战。在抓流动赌场时，我们要把戏演足，全副武装，把黄仁毅按倒在地上，蒙头，单独带走。我们可以用这段录像来震慑黄仁刚、梁佳兵、杨成功等人。”

“可以。我马上给治安的张支队联系。”

陈阳又道：“现在收网对于我们来说是一个艰难的决定，证据还不太充足。收网后，如果他们不交代，就会煮成一锅夹生饭，以后会更加困难。但是，黄仁刚已经有外逃企图了，不收网，如果黄仁刚、黄仁毅和其他涉案人员逃跑或者死亡，那么此案的难度就会成倍增加。而且，我们动手得快，打他们一个措手不及，不让他们串供。你当前的任务放在审讯上，不用参加具体行动，和周向阳一起讨论审讯方案，这才是当前的重中之重。”

第九章
犯罪嫌疑人的审讯攻心计

审讯前的精心准备

老预审员周向阳来到侯大利办公室，道："看卷宗太慢，你先把案件串起来给我讲一遍，我节省点时间。"

投影仪播放二道拐的全过程，侯大利择重点进行讲解。

第一遍过完后，周向阳很有感慨，道："'神探'真不是浪得虚名。如果每个人的工作都如此细致，我们预审员的日子就好过了。目前来看，国有资产流失没有什么大问题，梁佳兵、杨成功和吴宇，三人肯定都是经济问题，背靠背审讯，拿下这些贪污腐化分子不难。他们贪图享受，精神变得软弱，这其实才是关局长真正关注的地方。"

侯大利道："不管国有资产流失，还是两条人命案，都是大案。"

周向阳"嗯"了两声，道："现在的难点在于王大辉案和唐国兴案，黄仁刚和黄仁毅敢于杀人放火，绝对是心狠手辣之辈。我们所有的证据都是间接证据，到了法庭上，若是没有口供和新证据，这些证据会被律师找出太多漏洞。"

侯大利道："黄仁毅、黄仁刚作案前后都有很多掩饰，若不是滑坡，他们已经让一个人彻底消失在这个世界。天网恢恢，疏而不漏，一场大雨，让他们所有的掩盖失效。这是老天要让他们暴露。如果梁佳兵、黄仁毅、黄仁刚、杨成功和吴宇等人事先串供，那么审讯难度急剧增大。比较幸运的是黄仁毅、杨成功等人不知道我们掌握了哪些线索，在这种情况下，黄仁刚出国应该只是对我们多次到铅锌矿进行调查的应激性反应。”

周向阳道：“你的意思是这几个人完全不知道我们的底牌。”

侯大利道：“确实如此，我们了解他们，他们完全不了解我们，这是单向透明，对我们极为有利，审讯方案可以从这方面入手。今天在赌场抓黄仁毅，我要求一组队员全副武装参加抓赌，就是想要利用信息不对称，打心理战。这个心理战是打给黄仁刚的，黄仁毅这人更不好对付，得放在最后，否则有可能吃夹生饭。”

周向阳道：“大利不错，想得很远，布置得很巧。”

侯大利道：“经济学有个理论叫囚徒困境，这是阐释博弈论中的很有名的故事。一位富翁在家中被杀，财物被盗，警方抓获了张三和李四，并从其住处搜出了被盗财物。两人都否认杀人，只承认盗窃。警方隔离审讯，分别对张三和李四说，由于偷盗罪证据确凿，所以可以判你们一年刑期。但是，我们来做一个交易，如果你单独坦白杀人罪行，我只判你三个月监禁，你的同伙要被判十年。如果你不交代，而你的同伙交代，那么你就要被判十年，你的同伙只判三个月。如果你们两人都交代，那么都要被判五年刑期。”

他讲到这里，略有停顿，道：“对于张三和李四来说，最有利的是都不交代，只能被判一年。但是张三和李四无法沟通，每个人都是理性的人，或者说是自私的人，都会考虑到对方交代而我不交代的最坏情况。为了避免最坏情况出现，他们都交代，双双被判了五年，最优的都判一年的结局并没有出现。对于这个案子来说，只要所有人都咬死不开口，那么案子其实是无解的。但是他们会陷入囚徒困境之中，不管梁佳兵、杨成功和吴宇是否参加杀人案，我们都可以让他相信如果不老实交代，杀人的大锅就可能背在他的头上。黄仁刚和黄仁毅是杀人和焚尸的犯罪嫌疑人，我们可以使用手里的不完整证据，让他们相信对方已经全部招供，并且还把责任推给对方，如果交代，就是从犯；自己不交代，就会成为主犯。”

周向阳盯着侯大利看了许久，道：“我会给市局建议，让你以后专门搞预审。”

两人细化方案之时，不断有消息传了回来。

市经侦支队出面控制了梁佳兵、吴宇，并在岭西省警方配合下，控制了杨成功。

重案一组张国强探组和治安支队配合，盯牢了黄仁毅，只等流动赌场开启，便端掉整个赌场。

江克扬探组传回来一个令人意外的消息，他们来到梅山，原本是调查黄仁刚父母，在其老家见到黄仁刚父亲后，又到黄仁刚妹妹家准备调查正在带外孙的黄仁刚母亲。江克扬走进了堂屋，见到一部笔记本电脑，颜色和品牌与王大辉丢失的那台居然一模一样。

下午两点，江克扬探组完成调查走访工作，带回电脑。张睿早等在侯大利办公室，看见电脑后顿时眼泪汪汪，道：“就是大辉用过的电脑，我记得很清楚。”

江克扬道：“我查过电脑，里面没有任何与王大辉有关的信息。”

张睿抱紧电脑，放在脸上挨了挨，道：“只要没有重装系统，就有可能找到大辉留下的信息。”

江克扬道：“这台电脑是黄仁刚妹妹在用，她是初中毕业生，平时上个QQ，买点东西，我估计她不懂重装系统。”

“希望没有重装系统。”张睿双手合十，默念了数遍，这才打开电脑，道，“这台电脑是五年前买的，当时是同系列最高端的，配置很好。大辉有一个隐藏文件夹，希望还在。”

所有人都盯着电脑，电脑开机，速度慢如蜗牛，让大家等得焦急。张睿修改了文件状态，在D盘出现了一个隐藏文件夹。她深吸了一口气，打开隐藏文件夹。文件夹内还有三个文件夹：一个标记为张睿，一个标记为工作，另一个标记为其他。

打开标记为张睿的文件夹，里面又有两个文件夹：一个是日记，另一个是相片。打开相片文件夹，里面至少有上百张相片，全是张睿的相片，在没有放大的小图上可以看到张睿的清凉照。

张睿打开标注为“日记”的文件夹，最后一页标注的日期恰好是11月11日。

这一天的日记很短：“明天我会突然出现在张睿面前，给她一个惊喜。向她表白的时候，是送一束花，还是其他礼物，这真是一个难题。从明天开始，我就要和张睿走到一起，成为真正的一家人。我爱张睿！！”

看到这一段话，一直表现得非常坚强的张睿如遭到雷击，整个人都傻掉了，趴在电脑上，无声抽泣。

侯大利道：“张睿，眼泪流到电脑上了，不要毁了很重要的证据。”

张睿闻言立刻撑起身体，取出纸巾，擦掉键盘上的眼泪，道：“能把这台电脑给我吗？”

侯大利道：“现在不行，这是重要物证。要证明这台电脑是王大辉的，得有当时购买的发票、三包卡等凭证，这些东西还在不在？”

张睿道：“凡是大辉的所有物品，全部都收得好好的。我让玥姐马上送过来。”

江克扬拷贝了王大辉隐藏起来的文件，寻找案件线索。

这时，滕鹏飞大踏步走进侯大利办公室，见到前屋有好几个人，道：“这么热闹？李向阳也过来凑热闹，准备又开双枪。”

预审员周向阳的绰号叫作李向阳，知道这个绰号的人都是70后，如今的80后有很多人不知道曾经风靡全国的双枪李向阳。

“王大辉案要收网，我和大利准备刺刀见红。”周向阳见滕鹏飞红光满面，喜气洋洋，道，“滕大队，那边的事情办完了？”

“基本办妥。”滕鹏飞又看了侯大利一眼，道，“你到我办公室来。”

侯大利走进滕鹏飞办公室，坐在办公桌对面。

滕鹏飞很正式地道：“我和杜峰探组在打黑除恶专案组的工作暂告一段落，我们费了大劲，终于找到龙新东的尸体，也成了一包白骨。他在2006年1月被断手杆装进麻袋捆上铁条，沉进池塘。断手杆团伙大部分人都被抓捕，正式通报快要出来了。”

他略微停顿，脸上有自嘲的微笑，道：“龙新东这事是从一个错误的起点开始，有了一个正确的结果，阴错阳差，歪打正着，还算有了一个不错的结局。”

针对龙新东是不是二道拐黑骨案的受害者，侯大利和滕鹏飞发生过分歧。到了现在，结果很明显，王大辉才是二道拐黑骨案的受害者。滕鹏飞向来心高气傲，今天是用委婉的方式承认自己错了。

“两颗种植牙基座相同，这种巧合百年难遇。”侯大利不知道打黑除恶专案组的具体案情，却明白通过龙新东突破断手杆，其间肯定有很多不能为外人道的艰难曲折，滕鹏飞短时间内瘦了两圈，额头上还有一块红肿。

滕鹏飞又道：“当初你为什么坚持认为龙新东不是黑骨案受害者？”

侯大利道：“发际线，最核心是发际线，老葛手把手教我摸过发际线，我在江州又摸过颅骨，都有明显的发际线分割。”

滕鹏飞诚恳地道：“我当时武断了，你的思路是正确的。现在案子进展到什么程度？”

做了总体汇报后，天色已经暗了下来，冷风吹起。侯大利望了望窗外，道：“黄仁毅的叔叔是长盛矿业的总经理黄大森，这是我们的重点人头，已经安排人员进行监控。希望流动赌场能够继续开办，让张国强能够顺利摁住黄仁毅。”

冷风在江州城内四处流荡，黄大森被这股冷风吹到，起了一身鸡皮疙瘩。这一段时间，警察一直在长青铅锌矿以及周边调查，黄大森意识到弄死王大辉这事肯定在某个环节出了问题，至于什么环节出了问题，挖空脑子想了半天，也想不出所以然。他再次给黄仁毅打电话，黄仁毅仍然处于关机状态。

“他妈的，公安天天围着屁股转，还敢去赌场。”一股无名怒火从黄大森心中升起，站起身，狠狠踢了墙壁两脚。凭着对黄仁毅的了解，这个家伙只要长时间关闭手机，多半就是到赌场去了。

冷静下来后，黄大森来到朱琪办公室。

“这是前些天的一份采购合同，刚刚经过确认。”黄大森坐在朱琪对面，把一份文件递了过去。

黄大磊时代，黄大磊作为大老板只管对公司具有决定意义的事情，具体经营业务都交给黄大森。由于黄大磊在长盛矿业独特的地位以及对犯错人员的严厉处置，没有人敢起二心，包括总经理黄大森在内，必须在黄大磊给定的框架内行事。黄大磊骤然离世，很多事情没有做交代，遗留下许多问题，接任的朱琪本身却没有黄大磊的权威，对于管理大企业以及资本运作没有任何经验，完全是一片空白。因此，长盛矿业的具体业务基本上由总经理黄大森掌控。

前些天，朱琪关系户的一份采购合同被黄大森卡住了。朱琪发了火，黄大森打起太极，嘴上说得好听，实际上拖着没有办理。

朱琪翻了翻文件，冷笑道：“前两天说这不合规那不合规，现在就没有问题？”

黄大森笑道：“这是大磊哥定下来的规矩，凡是五百万元以上的采购合同，都得走流程。我一直在催他们快一点，今天终于走到我手里，赶紧签了，给大嫂送过来。”

每次听到大嫂的称呼，朱琪就反胃。她给了黄大森一个白眼，拿过了合同，嘲讽道：“我说话没有人听，还得你发了话，事情才办得了。”

黄大森暗骂了一句“胸大无脑”，脸上还是堆满笑容，道：“这是大磊哥定下的规矩，董事会商量大事，并授予总经理相应的权力。长盛矿业发展挺快，事情多如牛毛，我给大磊说了好几次要让贤，大磊哥都不同意。我已经使用了十八般武艺，水平有限，实在干不动了。建议尽快召开董事会，找一个更能干的总经理，我也好轻松轻松。”

黄大森是长盛矿业的第二大股东，第三大股东是黄大磊的妹妹，第四大股东是黄大磊的堂兄，这几个黄姓股东早就瞧朱琪不顺眼，联合起来股份就超过了黄大磊个人持有的股份。黄大森原本策划在董事会上进一步增加总经理权力，只不过突然出现了二道拐滑坡事件，打乱了所有部署。在这个关键时期不能节外生枝，他准备先摆低姿势，把这件棘手的大事应付过去再说。

向朱琪示好后，黄大森回到办公室，再打黄仁毅的电话，仍然处于关机状态。

“他妈的，我用错了黄仁毅，没有料到黄仁毅是个反骨仔。”黄大森想起以前的事情，后悔得很。如果世上有后悔药，他一定不会用黄仁毅。

当初，黄大磊并不想弄死王大辉。黄大磊是靠打打杀杀起家的，已经上岸，不想下水。只是，长青铅锌矿利益太大，他必须有所行动。按照黄大磊的思路，黄大森找人偷拍了王大辉家人和恋人的相片，准备以此要挟王大辉，同时准备了一笔钱，打算收买王大辉。

具体执行者是当时老铅锌矿安全员黄仁毅。黄仁毅找到黄仁刚，制造了一个圈套，结果王大辉就傻傻地跳了进来。

黄仁毅和黄仁刚联手干掉了王大辉，并声称王大辉已经把检举材料交给了长青县国资委的唐国兴副主任。开了杀戒以后，长青县又发生了一起交通肇事逃逸案，唐国兴被撞死。

此事以后，黄仁毅抱紧了黄大磊的大腿，迅速在长盛矿业飞黄腾达。黄仁刚没有进入长盛矿业，在外面开了一家公司，成为长盛矿业的业务伙伴。

黄大森一直怀疑黄仁毅是有意干掉王大辉，原因很简单，在他和黄大磊印象中，王大辉是一个没有见过风浪的年轻学生，专门开了宾馆单独居住，应该是喜欢享受的人，威胁加利诱应该能够成功。至于唐国兴，应该也能用钱搞定。黄大磊年轻时喜欢打打杀杀，如今充分体会到金钱的威力，凡是能用钱解决的事情尽量不用暴力，除非迫不得已。在收购案中，黄仁毅通过杀人变相绑架了长盛矿业。

黄大森把所有事情在脑中细细梳理了一遍：第一，真正拿主意的黄大磊死掉了；第二，黄仁刚没有接触到自己；第三，自己和黄仁毅谈话都是在长盛会所的按摩池里，就算黄仁毅出了事，自己也可以推得一干二净。

想通了这三点，他自付没有太大问题，又给黄仁毅的爸爸打了电话，拉了拉家长里短。

晚上，风停，下起小雨。

针对流动赌场的抓捕行动正式展开，总指挥是治安支队长，动用了六十多名警察，另外还有两只警犬。虽然经过精心准备，摸清了该流动赌场的组织架构、参赌人员、聚赌时间和地点等相关信息，但在抓捕时还是出现了不少困难。

治安民警在外围控制住“摆渡车”驾驶员和望风人员，其他几路民警则前往山林赌博现场抓捕。没有料到望风人员有三组，有两组被抓获后，另外一组向赌场发出示警。一时间，狼奔豕突，参赌人员纷纷朝大山里逃窜。

深夜，天空飘雨，山高林密，赌徒四散奔逃，这给参战民警带来很大困难。所幸抓捕行动布置得十分周密，所有出路皆被民警封锁，除了撞进大网中的赌徒，民警在警犬帮助下，搜索近两个小时，又抓获涉赌人员三十二名，缴获赌资、赌具若干。

张国强探组全副武装，把灰溜溜的黄仁毅从赌徒队伍中带了出来，摁倒在地，在聚光灯下被戴上头套和背铐。

押解民警则全副武装，气势如虹。

囚徒困境

警方控制了黄仁刚、梁佳兵、黄仁毅、杨成功和吴宇。

梁佳兵、杨成功和吴宇涉嫌巨额国有资产流失，黄仁刚和黄仁毅不仅与巨额国有资产流失有紧密关系，还涉嫌交通肇事逃逸案和二道拐黑骨案。五个人的中心人物是原国有长青铅锌矿矿长梁佳兵。中心人物并不是指梁佳兵是幕后操纵者，而是指他与黄仁刚、黄仁毅、杨成功和吴宇都有联系，也认识交通肇事逃逸案的受害者唐国兴和二道拐黑骨案的受害者王大辉。

突破梁佳兵，可以撬动所有人。审讯梁佳兵时，局长关鹏、副局长宫建民、105专案组组长刘战刚等人都齐聚视频监控室。

关鹏道：“证据不够硬，审讯最关键，侯大利办案有一套，审讯水平怎么样？”

宫建民道：“周向阳主审，侯大利陪审。侯大利最熟悉案件，可以随时给周向阳提供弹药。”

关鹏看着提审室内的年轻人，道：“侯大利这两年进步很快，再打磨几年，可以独当一面。唯一不足是家里太有钱，这让人不敢让他挑更重的担子。另一方面，凭他的本事和性格，不挑重担，着实可惜啊。”

梁佳兵被带到提审室，手和脚皆被扣在椅子上，身穿看守所黄马甲。周向阳和侯大利坐在梁佳兵对面，中间隔着铁栅栏。梁佳兵抬头看了一眼，见到曾有过数面之缘的周向阳和那位年轻警察，沮丧地低下头。

审讯室设置看似简单，其实里面颇有玄机，房间狭小，隔音，墙上除了监控器没有任何物品，这样就营造了一种孤立无援、无所遁形的环境，诱导犯罪嫌疑人产生“我要离开”的潜意识。

周向阳面带微笑，道：“老梁，你别垂着头，说句实在话，我们每个人都有犯罪的可能性，有的时候，或许就是一念之差，有的时候，或许就是踏错了一步。”

侯大利脸上没有表情，打开了电脑的讯问笔录模板。他和周向阳一起商定审讯方案，知道所有细节。周向阳这一句话看似平淡，实则是精心设计的开场白。审讯的全部过程是转变犯罪嫌疑人抗审心理的过程，也是心理活动不断转移变换的过程。周向阳这一句话是对梁佳兵进行心理接触，目的是转化对立关系，消除梁佳兵自我防卫的对抗因素。果然，这一句话说出口，一贯养尊处优的梁佳兵绷着的神情缓和下来，甚至还流露出感激的眼神。

周向阳随即收起笑容，道：“老梁，这个地方毕竟是特殊地方，有严格的程序规定，下面我要按照程序对你进行基本情况了解。”

“……对于我们的提问你要如实回答，对于与案件无关的问题，你有拒绝回答的权利。”谈到这一条时，周向阳把“如实回答”几个字咬得很重。

……

周向阳问：“你是否是人大代表或者政协委员？”

梁佳兵迟疑了一下，答：“2005年是市政协委员，长青铅锌矿被收购后，市政协换届，我就不是了。”

周向阳不客气地道：“直接回答，是，或者不是。”

梁佳兵愣了愣，答：“不是。”

……

基本程序走完，周向阳态度和缓，语气却相当坚定，道：“老梁，你已经涉嫌犯罪了，到了我们这里，只能把问题交代清楚，别无选择，你不要有侥幸心理。”

这一句话也是针对梁佳兵实际情况设定。犯罪嫌疑人最初带进审讯室的侥幸心理，也是相对稳定的对抗心理，被称为心理定式。这种心理以侥幸为主，包含着对未知事态的担心和关注。在审讯中采用给犯罪嫌疑人“定位”的方法，来消除犯罪嫌疑人的侥幸心理。梁佳兵大部分时间都在当领导，坐在主席台上的时间居多，没有对抗公检法的经验，所以周向阳选择直接告知的方式来给梁佳兵“定位”。

侯大利知道所有关键点，听到这句话时，抬头看了梁佳兵一眼，观察其表情。此时，梁佳兵脸色苍白，双手握成拳头，眼光低垂，如心窝挨了一记重拳。他随即抬起头，道：“我没有犯罪，不知道你们为什么要把我带过来。”

周向阳经验非常丰富，根本不给其在这个时间段辩解的机会，道：“我所说的话都有具体材料支撑，经过认真考虑，我对我所说的话负责。我们现在提审你，并不想听你说什么，先要看看你的态度。”

……

经过短暂交锋，周向阳强化了“定位”，梁佳兵在不知不觉中放弃了最初被带进讯问室时的侥幸心理定式，第一层次的防卫支点被撤离。

按照预案，下一步的重点就是打碎梁佳兵重新组建的侥幸心理。

经过一阵交锋后，梁佳兵开始选择沉默，不再辩解。

周向阳拿出一份材料，道："梁佳兵，要想人不知，除非己莫为。我从县人事局、县档案馆和县乡镇企业局中查到了你在原国有长青铅锌矿的所有工资表，以及长青铅锌矿被收购时的补偿，所有工资加到一起总共三十六万五千七百四十九元。前些年工资收入不高，你工作二十五年能有这个总收入，很不错了，比我高得多。对于收入，你没有异议吧？"

"没有异议。"梁佳兵沉默了一会儿，还是开了口。

周向阳又拿出一份资料，道："长青铅冶炼厂的注册资本共一千三百万元，你是大股东，钱从哪里来的？"

梁佳兵又陷入沉默。

周向阳问："你不能说明存款的合法来源？"

梁佳兵被控制后，一直在猜测公安的真实意图，听到周向阳把话题转到铅冶炼厂的注册资金上，一颗心顿时收紧，道："我是借钱来注册的。"

周向阳问："借谁的？借了多少？"

这一段时间公安屡次到铅冶炼厂，主要目的是调查二道拐死者，梁佳兵完全没有料到公安突然问起了注册资金的事，暗自后悔前两天过于大意，没有订立攻守同盟。他打定主意不再正面回答，道："我头昏，记不起了。"

周向阳道："既然头昏，那先休息，看一段录像。"

录像正是黄仁毅被抓赌后的画面，只不过把前面部分全部去掉，只留下黄仁毅被摁在地上并被戴上头套和背铐的镜头。

这一段录像结束，周向阳道："你认识被抓的人吧，他为什么被抓，你心里应该很清楚，你现在不说，别人说了，这是什么性质，你要考虑清楚。你如果不想说，那就再看几段录像。"

第一段录像是山南地质队副队长吴宇被带上警车的镜头。

第二段录像是岭西地勘所杨成功被带上警车的镜头。

第三段录像接近五分钟，是二道拐滑坡露出黑色人骨的镜头，后面还有王大辉的相片，以及王大辉父母关于儿子前往江州长青铅锌矿的证言。这一段录像经过剪辑，里面充满了心理暗示。

第四段录像是长青县唐国兴当年交通事故的相片和视频。

录像放完，周向阳道："看了四段录像，你有什么感受？把你带到这里来，给你看这些材料和录像，有一件事情你应该很清楚，事情性质非常严重，情节非常恶劣，不是你狡辩、沉默所能应付过去的。"

他突然重重一拍，声音尖利如刀，道："你母亲七十七岁，你父亲八十三岁，还有一个三岁的外孙，你是家里顶梁柱，不为自己想，也要为家人想。你这种恶劣态度，有些人会高兴，到时候，你就是杀人共犯，甚至是杀人主犯，等待你的是法律严惩。梁佳兵，你当过多年领导，有一定觉悟，不要继续执迷不悟。你如果顽抗到底，等待你的将是严惩。"

他又缓了口气，道："老梁，我建议你主动交代，主动提供犯罪线索，还有可能立功，到时定罪量刑都会有所考虑。"

梁佳兵原本以为自己顶了天是经济问题，没有料到看了几段录像后，事情性质似乎变了，自己居然被牵扯进了杀人案。想到这里，他额头冒汗，一颗颗往下掉。

视频监控室，关鹏长长地嘘了一口气，道："侯大利很聪明，挑选梁佳兵开刀，这人养尊处优，贪图享乐，绝对是甫志高一样的软骨头。周向阳很老练，完全掌握了主动，现在已经把梁佳兵带进沟里。梁佳兵为了从杀人案中脱身，肯定会竹筒倒豆子。现在才审讯了一个多小时，我估计三小时内能结束战斗。"

梁佳兵没有参加谋杀王大辉，更和交通肇事案没有关系，但他隐约猜到王大辉和唐国兴是被那帮人"做掉了"。至于是如何做掉的，他如鸵鸟把头埋在沙子里，刻意回避这个问题。如今这个问题被公安提了出来，自己有可能是共犯，甚至还有可能是主犯，这就是他从来没有想到的问题。

梁佳兵头脑乱成一片，阵脚动摇，但是还没有放弃抵抗，猜想公安是在使"诈"。

关鹏断言梁佳兵只能抵抗三小时以后，便离开了视频监控室，到市委开会。市委会议结束，他给宫建民打电话，问道："梁佳兵招了没有？"

宫建民道："还没有招，但是已经到了崩溃边缘。"

侯大利有进行拉锯战的充分心理准备，喝了口浓茶，与周向阳对视一眼后，道："梁佳兵，2005年 3 月，你和唐国兴吵过一架吧。"

前一段都是周向阳在步步紧逼，换成另一个年轻警察来提问，梁佳兵还真没有反应过来，道："记不得了。"

侯大利态度严肃，语调平静，道："那我提醒你，当时县国资委唐国兴副主任提出要第三方进行储量调查，不采用山南地质队的储量报告。回到办公室后，你砸了桌子上的花瓶，说以后唐国兴不知道怎么死的。果然，唐国兴死得莫名其妙。"

这一段是办公室麻主任的供述，原本与案件没有关系，但侯大利和周向阳还是决定移花接木，打乱梁佳兵的阵脚。

梁佳兵脸色顿时变得煞白。

侯大利道："梁佳兵，你想兜底，大包大揽，随便你。砸了桌上的花瓶后，你到什么地方去了？见了谁？我告诉你吧，你见了黄大森。"

梁佳兵没有料到如此隐秘的事情都被公安查出来，脑中浮现出录像中黄仁毅被摁在地上的画面，以为公安真是掌握了大量事实，开始担心杀人案真被扣在自己头上，抗拒心理进一步动摇。

侯大利步步紧逼，道："王大辉发现了杨成功等人有意瞒报储量的做法，到铅锌矿寝室来质问你。你把杨成功和黄仁毅叫了过来。黄仁毅与国有长青铅锌矿毫无关系，你为什么叫黄仁毅过来？"

"黄仁毅在长盛老铅锌矿，与长青铅锌矿在同一条矿脉上，测储量时，黄仁毅和杨成功、王大辉等人就认识。"在办公室砸花瓶，梁佳兵猜到是麻主任告的密，但是王大辉到自己寝室可以肯定没有外人知道，那就是杨成功或者黄仁毅讲了此事。梁佳兵心乱如麻，却仍然没有放弃最后的防线，仍然在苦苦支撑。

"我可以明确告诉你，那是2005年11月10日，王大辉遇害是11月12

日，要说你不是主谋，谁相信？你就是杀害王大辉的主谋。”

侯大利所说的信息其实都是一些片段，前面是麻主任交代的内容，后面一项来自王大辉留在电脑里的日记，放在隐藏文件夹里。经过巧妙组合以后，梁佳兵作为知情者自动开始联想：黄仁毅或者杨成功都已经招供，而且要把杀人的大锅甩到自己头上。

侯大利又抛出另一个问题，道：“山南地勘所过来时，谁调换了岩芯？谁改掉的实验数据？你是聪明人，我都说到这个份儿上，你还不明白是怎么回事？”

周向阳又拍桌子，道：“我们现在要看你的态度，态度恶劣的话，这辈子你就完了。”

经过反复拉锯，梁佳兵的心理防线终于崩溃，泣不成声，道：“我对不起组织，对不起家里人，都是黄大磊搞的。我拿了钱，助纣为虐，但是没有做其他事情。”

周向阳步步紧逼，道：“王大辉是谁杀的？”

梁佳兵道：“不是我，肯定是黄仁毅和黄仁刚。我提供一个情况，算不算立功？”

周向阳道：“那要看你提供什么情况。”

梁佳兵道：“有一件事我印象很深，就是在11月12日上午，王大辉在我办公室，告诉我已经把举报信交给了唐国兴副主任。他接到一个电话，然后对我说，黄仁毅准备向他说明情况，他马上要到长盛老矿安全员办公室。离开办公室的时候，他还甩了一句，‘邪不压正，你好自为之’，把我气得够呛，后来就没有他的消息了。二道拐滑坡出现一具颅骨，我就猜到是王大辉。”

周向阳道：“他为什么要说黄仁刚宿舍？”

梁佳兵道：“王大辉离开办公室后就消失不见，再也没有出现。我怀疑他当天就被黄仁毅弄了，所以对最后一次谈话印象非常深刻。打电话的是黄仁毅，想必是约他到安全员办公室，黄仁毅当时担任了老矿安全员，有一间办公室，位置相对比较偏僻。黄仁毅估计用某种理由把王大辉骗了过去。只是黄仁毅打电话的时候，没有想到王大辉会给我说了这事。”

周向阳道：“这间办公室还在不在？”

梁佳兵道：“还在，现在是库房。”

监控室里，一直没有离开的宫建民长长地舒了一口气，急急忙忙跑出门，到了卫生间，爽快地放了水。然后，他站在走道上，拨通关鹏的电话，道：“梁佳兵撂了。”

关鹏道：“比我预计的时间要长了接近两个小时，你们辛苦点，穷追猛打，不要给他喘息的机会。”

梁佳兵撂了以后，拿下杨成功和吴宇就水到渠成。

杨成功又交代了2005年11月前后在长青铅锌矿工作时的细节，这对“围剿”黄仁刚和黄仁毅起到了极大的作用。

第一阶段审讯工作结束，国有资产流失案到此时已经基本水落石出。

案件与侯大利勾勒的轮廓基本一致，经过审讯后补充了很多细节。

在二道拐同一条矿带上有国有长青铅锌矿和长盛矿业下属长盛铅锌矿，前者是国有中型矿，后者是私营小矿。2003年，黄大磊拿到一份1997年的长青铅锌矿储量报告，根据此报告，长青铅锌矿储量将尽。黄大磊深耕矿山多年，知道这个储量报告不准确，便暗自找秦阳一家地质单位进行了储量调查，调查结果和黄大磊的判断一致，1997年调查报告明显低估了储量。

山南省在2003年恰逢国退民进高潮，黄大磊是老鼠别枪——起了打猫心肠，准备以1997年报告为基准，收购长青铅锌矿。

长青县政府不同意以1997年报告为基准，委托山南地质队重新测量。黄大磊说服了梁佳兵，共同布一个大局，将山南地质队队长吴宇拉下水，在2004年初弄出来一份与1997版近似的储量报告。

依据2004版本储量报告，长青县政府同意由长盛矿业收购长青铅锌矿。但是，市国资委提出收购启动前的储量报告不算数，储量报告调查必须招标，重新做。招标结果是岭西地质勘查所中标。黄大磊用重金收买了曾经有过合作的杨成功，给了他2004版本储量报告。

梁佳兵和杨成功合伙调换了岩芯，篡改了数据，基本上按照2004年的储量报告重做了一份储量报告。

三份储量报告结果一致，最终长盛矿业成功收购长青铅锌矿。

关鹏局长拿到审讯情况报告后，立刻前往市委，向市委赵书记做了汇报。

赵书记看完审讯情况汇报后，道："如果按照储量分析，国有资产流失多少？"

关鹏道："我们没有拿到最权威的储量报告，这个数据不好估计。据2004年储量来测算，最迟在2007年储量会枯竭，实际上，2008年、2009年和2010年三年时间里，长青铅锌矿产量都是每年120万吨左右，原来国有铅锌矿在2003年的产量是每年24万吨。"

市委赵书记握紧拳头，用力敲桌子，愤怒地道："这些人的胆子真大，心够黑，用几百万收买矿长，几百万收买勘查人员，然后用低得可怜的价格控制了至少比收购价高几十上百倍的国家资源。这些蛀虫，必须严惩。"

关鹏又道："长青县国资委副主任唐国兴，岭西地勘所实习生王大辉，由于不肯同流合污，被杀害。唐国兴副主任是被车撞死，王大辉被殴打致死，再被焚尸，埋在二道拐的老矿洞。第二阶段的审讯工作围绕这两个案子开展，由于时间长，缺乏直接证据，侦查员们正在整理材料，制订有针对性的审讯方案。"

赵书记站了起来，在屋里转了几圈，叫来秘书，道："请海市长、杜书记和秦书记，到小会议室。"

江州市长海涛，市委常委、政法委书记杜军和市委常委、纪委书记秦汉国很快就来到小会议室，听取关鹏汇报。

办公室的血迹

长青铅锌矿老矿，也就是现在的铅冶炼厂。滕鹏飞、侯大利以及技术室老谭等来到堆放物品的原安全员办公室。这是半山坡一排平房的最左端，与厂区相对较远，较为偏僻，如今这一排平房是作为库房在使用。

工人们搬走最左端房屋的各种线圈，清理了杂物。

根据现场情况，老谭是选择用鲁米诺试剂来寻找有可能出现的陈旧型试剂。

20世纪初，德国科学家发现联苯胺可以用来显现潜血手印，这是血液勘查的鼻祖级发现。因为联苯胺是有毒且致癌的物质，其固体及蒸汽都很容易通过皮肤进入体内，所以这一方法被逐渐弃用。后来，德国犯罪现场鉴定专家在无意间发现鲁米诺与血液接触后会有荧光产生。

鲁米诺和血液接触后产生荧光，来自它的特性：鲁米诺溶于碱性溶液后，可以和一些金属催化剂（比如Fe、Cu等）发生氧化反应，这个反应发生时，会有额外的能量产生，通过光子的形式发散出来，这就产生了荧光。

到现在，鲁米诺试剂已成为各国血迹勘查中运用最为广泛的明星试剂。

老谭、侯大利等人进入了房间，关闭门窗和电源，小杨和侯大利手持照相机，准备捕捉荧光点。老谭配置好鲁米诺试剂，叮嘱道："注意啊，荧光时间最多三十秒，拍照要注意发光点位置、发光形状、亮度分布等。"

两部照相机严阵以待，当左侧墙壁和地面出现荧光以后，咔咔声不断响起。三十秒后，荧光逐级消失。打开房门，开了灯，老谭、侯大利、滕鹏飞站在出现大量荧光的左侧角落。

侯大利打量墙面，对身后的DNA室张晨，道："刚才荧光时间虽然短，还是能够看出有溅射状、扇形分布的小点状血迹。这种老式石灰墙有没有办法提取DNA？"

"你们隔远点，特别注意不要打喷嚏，免得污染检材。"张晨想了一会儿，道，"这是库房，有可能因为有铁锈出现假阳性反应。"

侯大利道："不会是假阳性，刚才的荧光显现就是溅射状血迹，错不了。"

现场墙壁为一般石灰墙，吸湿力极强，血痕已干燥呈黑褐色，与墙壁结合非常紧密。张晨打电话请教刑侦总队高手后，开始用两种方法进行提取：一是用刀片刮取墙上血痕，刮取物呈粉末状，混有少量墙体灰；二是先用沾湿无菌水棉签在将血痕及周围沾湿至表面可看出明显有水渍，约三分钟，陈旧血痕吸水软化，再用长度约一厘米的湿润棉纱线逐根擦拭提取，直至可看到纱线呈明显红褐色。

滕鹏飞看到了纱线上呈现的红褐色，道："大局已定，黄仁刚和黄仁毅跑不掉了。"

张晨回到办公室立刻提取DNA，用第一种方法提取的微量血迹中混有石灰和泥土，最初没有成功检出DNA分型，以酚–氯仿抽提再行扩增、检测后才成功检出DNA分型。而用第二种方法提取的陈阳性血痕一次性成功检出DNA分型。

检测出墙壁上的DNA分型后，与王大辉父亲提供的生物检材对比，确定墙壁上的血迹属于王大辉。

拿到结果后，副支队长陈阳、重案大队长滕鹏飞和参加审讯的侦查员聚在刑警新楼重案大队会议室，制订下一步审讯方案。

梁佳兵最主要的是经济问题，牵扯到的人多，线索也多，容易露马脚。而黄仁刚和黄仁毅涉及杀人，当初就做得非常隐秘，一定会顽抗到底。

与黄仁刚有关的证据有两个：一是林场老工人在2005年11月中旬看见他在二道拐老矿洞熏香肠腊肉；二是从黄仁刚妹妹家搜出来的笔记本电脑。

与黄仁毅有关的证据有四个：一是使用数据终端冒充王大辉给张睿发图片，其中显示出路虎车的后视镜；二是使用王大辉的手机给王大辉父母以及张睿等人发送短信；三是梁佳兵的供述；四是安全员办公室的血迹。

从梁佳兵、杨成功和吴宇反馈的材料还可以梳理出一些有效信息，但是只能证明黄仁毅与经济案有关，而没有直接证据证明他与杀人案有关。

至于交通肇事逃逸案，则一点线索都没有。

所有证据摆出来，滕鹏飞满脸麻子抖动了几下，道："这是一道超级难的数学题，前面给出了条件，后面给出了答案，但是证明起来很难。"

周向阳将烟屁股摁灭在烟灰缸里，道："只能按照大利提出来的办法，使诈，两人背靠背，互相不信任，让他们猜疑。"

侯大利自嘲道："我提出的是囚徒困境，用使诈两个字来概括太简单了吧。"

周向阳摊了摊手，道："囚徒困境从本质上就是使诈。"

侯大利道："那倒也是。使诈的前提就是我们找到的证据虽然在法庭上的证明力不强，但是从逻辑上却非常强。而且，黄仁刚和黄仁毅都不知道我们掌握到这些证据。"

陈阳问道："从道理上来讲，黄仁毅不是长盛矿业高层，就是一个执行者，我们要挖幕后指使者。黄大森那边有突破没有？"

周向阳道："这人特别狡猾，进来就装傻，一问三不知。梁佳兵和杨成功是和黄大磊达成的交易，而且是在长盛会所光屁股谈。谈妥当后，黄大森安排马仔送去现金。但是，杨成功和梁佳兵不是直接从黄大森手里拿钱。吴宇是由梁佳兵收买的，没有和长盛矿业直接打交道。从目前掌握的情况看，黄大森是仅次于黄大磊的人物，负责长盛矿业的日常经营，掌握核心机密，肯定涉案。他非常狡猾，没有留下痕迹。"

滕鹏飞道："咬不动黄大森，那就暂时放一放，深入挖黄仁刚和黄仁毅。"

反复讨论后，审讯方案送到关鹏案头，获得批准。

审讯正式开始，黄仁刚被带到审讯室，透过栅栏看到对面坐着一个中年警察和一个青年警察。到目前为止，黄仁刚都认为自己是长盛歌城卖淫嫖娼被抓进来，心情挺放松。

这一次依然是周向阳主审，侯大利做记录并配合发问。

在公安侦审合一之前，周向阳是专职预审员，侦审合一之后，他调至刑警支队三大队，实际上还是承担预审工作。经历过无数审讯，他最不喜欢从始至终不开口的犯罪嫌疑人，更欢迎犯罪嫌疑人不停狡辩，黄仁刚愿意说话，比黄大森相对容易对付。

按照事先制订的计划，等到固定程序完成后，周向阳便和黄仁刚拉家常，主要谈梅山黄家人的事。黄家在梅山是大族，出了不少人物，黄大磊算是其中的成功人物，这个话题容易开展，可以较为轻松地建立审讯期间的信任关系。而且在这个话题中开了口，以后就很难做到完全闭口不谈。

侯大利注意观察黄仁刚。

周向阳的问话经过精心设计，有的需要回想，有的需要思考，当嫌犯回忆某些事情时，他的眼睛会向右移。这就是他的大脑正在刺激记忆中枢的外部表现。当他在思考某事时，他的眼睛会上移或左移，这是他的认知中枢正在活动的反映。侯大利作为审讯助手，要牢牢记住嫌犯的这些眼部活动。

周向阳问："长盛歌城卖淫嫖娼活动挺严重的，你这个老板在管那帮小姐吧。"

黄仁刚眼睛向左转了一下，道："我们开歌城是正常的小生意，有小姐混进来，是她们自己的事情，和我无关。"

侯大利明白黄仁刚在说谎，记录下来。

问了两三个问题后，周向阳开始将讯问转向了王大辉案："你除了歌城，还在和长盛铅锌矿做生意，对不对？你别否认了，我们看过长盛铅锌矿的进货单，你是通过黄仁毅的关系进入长盛铅锌矿，都是梅山黄家的，你和黄仁毅关系不错嘛。"

黄仁刚原本以为就是歌城的破事，听到黄仁毅的名字后，开始不停舔嘴唇。侯大利观察到他的这个动作，知道其开始烦躁不安，心理压力增大。

周向阳继续道："梅山黄家是大族，黄家出了不少老板，更多是普通人，还有很多人生活不好，你和黄大磊、黄大森、黄仁毅是远房亲戚，他们开豪车，吃香喝辣，女人换了一个又一个，你肯定不服吧？凭什么都姓黄，一个脑袋两只手，凭什么他们富，我们穷？"

这是按照方案编制的一个主题，有意使犯罪嫌疑人可以利用这个主题为自己参与犯罪开脱或者找出理由。这个主题是经过调研后精心编制出来的。在计划中，如果黄仁刚拒绝这个主题，那么就换第二个主题。周向阳讲得很随意，就和拉家常一样。黄仁刚没有感到威胁，甚至还下意识点了点头。

周向阳话锋一转，道：“梅山黄姓这么多，有两三千人，为什么你能接长青铅锌矿的活，你和黄仁毅有什么特殊关系？”

黄仁刚辩解道：“我们是堂兄弟。”

周向阳道：“我问的是特殊关系。”

黄仁刚道：“没有。”

周向阳道：“你听着，要想人不知，除非己莫为，没有特殊关系，凭什么要照顾你。黄仁毅堂兄堂弟有二十几个，你这个隔房堂弟就是八竿子打不着的人。照顾你的原因是你和黄仁毅在一起做事，别说话，听我讲。黄大磊是怎么起家的，是在梅山操社会起家的，靠打打杀杀赚了家业，你也和他走的一条路子，只不过黄大磊是自己当老大，你是狗仔，是黄家的打手。”

黄仁刚最初进入提讯室表情总体轻松，到了此时，变得紧张起来，道：“我不是黄家的打手。”

周向阳轻蔑地道：“不是打手，我来给你数一数，2001年，在梅山，黄大磊家人在场镇和别人打架，关你屁事，你冲过去打人，被马公安追了几条坡；同一年，长盛老铅锌矿和周边村民打架，是谁冲到最前面，还逃路几个月；2003年，隆兴夜总会，黄仁毅在里面打架，你被拘留了十五天。这么多事，还不算是黄家的打手。”

这些都是事实，打架斗殴，对于梅山这一帮年轻人来说是家常便饭，若不是周向阳提起这些事，他几乎想不起来。

周向阳道：“年轻人打架斗殴其实也不算什么大事，最怕被别人当枪使，得一些好处，最后要背一口大锅。这口锅你背不起。”

审讯持续了一个小时后，侯大利作为辅审开始问话，一方面让周向阳暂时休息一会儿，另一方面也是为了继续给黄仁刚增加压力，道：“黄仁刚，你看一看左侧的屏幕，有一段录像让你看一看。”

相片中出现了公安勘查二道拐的画面，黑色颅骨最后定格在画面之中。

侯大利道：“你很熟悉这个地方吧，是哪个地方？说出来。”

黄仁刚眼睛朝左边看了一眼，迅速又转了回来，道：“二道拐。”

屏幕闪了一下，王大辉出现在画面里。

侯大利道：“你认识他吗？”

黄仁刚道：“不认识。”

侯大利道：“说谎。我就明说了，王大辉死在你手上。那天在屋里，发生了什么事？谁是主谋？”

在提出这个问题时，他脑中形成一幅极为清晰的画面：在黄仁毅曾经在老铅锌矿的办公室里，黄仁毅和黄仁刚把王大辉骗到了室内，黄仁刚当胸捅了王大辉。王大辉想跑，黄仁毅拉住了王大辉，黄仁刚趁机从背后捅了刀子。

黄仁刚强作镇静，装傻，道：“我不知道你说什么。”

侯大利道：“黄仁毅在老铅锌矿有一间办公室。王大辉来到他的房间，这一天是2005年11月12日，那天飘着小雨，你忘记了吗？黄仁毅说得很清楚，那天只是想找王大辉谈一谈，没有想到你会带刀。”

黄仁刚脸变得煞白，这一天正是杀死王大辉的日子，天空阴沉沉的。他的一颗心怦怦乱跳，“黄仁毅出卖了我”这个念头出现在脑海中，如一个孤魂般四处游走。

侯大利道：“你捅了王大辉胸口，王大辉是搞地质工作的，人年轻，体格健壮，胸口挨了刀还没有倒，你在背后又给了他一刀。在捅人的时候，你划伤了自己的手，现在还有伤痕。抬起你的右手，伤口现在还很明显嘛。”

黄仁刚脑海中如有一柄铁锤在使劲敲打，咚咚作响。眼前这个年轻警察讲得甚是平和，平和语调中却藏着惊雷，几乎将那天发生的事情分毫不差讲了出来。除了黄仁毅这个软骨头向警方交代，绝对没有第二种可能。以黄仁毅心狠手辣、办事不择手段的性格来看，出卖自己太正常了。他眼中有慌张之色，更多是愤怒。

周向阳喝了几口茶，在纸上写道：“他动摇了，可以放录像了。”

“黄仁刚，抬起头，再看一段录像。”

在事前商量方案时，侯大利觉得在审讯时要虚实结合，不能提及老林场工人，这样更能制造一切尽在掌握的局面；若是提及老工人，黄仁刚说不定会觉察我们的底牌。

录像正是抓捕黄仁毅的片段：黄仁毅被两个警察摁倒在地上，然后又被拉起来，戴上头套。

随后是审讯黄仁毅的片段。警察问：“谁是主谋，是你吗？”黄仁毅道：“不是我。”警察问：“不是你，那是谁？”黄仁毅道：“黄仁刚。”

这两段视频皆是真实的，却是被剪切的片段集合在一起。警察询问谁是主谋，问的是赌场的事情。后面警察拿起黄仁刚的相片，询问这是谁，黄仁毅回答是黄仁刚。

黄仁刚已经受到了强烈的心理暗示，不知不觉中跟着周向阳和侯大利的思路走，当警方抛出录像片段后，黄仁刚已经相信被黄仁毅出卖，出离愤怒了。

周向阳再施惯计，突然拍响桌子，敲山震虎：“为朋友两肋插刀，这些江湖义气统统都是假的。黄仁刚，你若是替某人背锅，把事情揽下来，肯定要吃枪子，到时候，你化成一把灰，另外的男人睡你的老婆，打你的娃儿，花你的财钱，何必呢，赶紧把事情讲出来，主动检举揭发，争取戴罪立功。”

周向阳不断压迫黄仁刚，让黄仁刚神经越绷越紧。

但黄仁刚知道杀人是重罪，若是承认了必然会吃不了兜着走，这一场审讯持续了七个小时。王大辉笔记本电脑成为压倒黄仁刚的倒数第二根稻草，黄仁刚看到电脑后，心理开始崩溃，却仍然不肯交代。对长盛铅锌矿安全员房屋的血液检查成为压倒黄仁刚的最后一根稻草，证据摆出来后，他的心理完全崩溃，如竹筒滚豆子一般交代了杀害王大辉和唐国兴的事实。

黄仁刚在此时特别痛恨黄仁毅，主动说了一段让所有人意想不到的话："黄大森当时拿给黄仁毅四张相片，分别是王大辉爸爸妈妈和两个女朋友，还有五十万元，让我们威胁王大辉，断人钱财如杀人父母，要么收钱闭嘴，要么王大辉的家人要倒大霉。黄仁毅这人胆大心黑，见钱眼开，对我说，我们两人是小渣渣，办了这件事还是小渣渣，最多拿个几千块奖金。王大辉敢告密，所以就有五十万元。胆大骑龙骑虎，胆小骑抱鸡母，我们两人做掉王大辉，就能成为黄大磊的心腹。我不想杀人，是黄仁毅要杀人。"

走出审讯室，侯大利浑身被汗水湿透，和周向阳并排而站，大口大口吸烟。

周向阳道："老弟，预审员不是人做的活。面临证据不足的大案要案，成败在此一举，所有眼睛都会盯着预审员。审不出来，案子就会黄，责任就落在预审头上，成功九次，哪怕失败一次，都会从山峰跌到山谷，甚至永远消失在这个岗位。在斗智斗勇的过程中，任何感情上的失控，焦躁、放纵、易怒等负面情绪，都会给工作带来消极后果。预审员必须有心理耐性和自制力，但是这也会带来许多不健康的心理状态。我有时很后悔选择这个岗位。"

侯大利抹了抹额头的汗水，感叹道："这一场审讯赢了，很是侥幸，下一次遇到类似的情况，是赢是输还真说不清楚。"

周向阳道："不管再难，总算赢了这一局，我们两人找个地方去喝一顿。"

突破了梁佳兵，意外找到了凶杀案现场，提取到死者的DNA，虽然没有找到黄仁刚的血滴，但是凭着这些"片段"足以让黄仁刚认罪。有了梁佳兵、杨成功和黄仁刚的口供，黄仁毅没有撑多久，便交代了犯罪事实。

在谈到为什么要杀人时，黄仁毅有一段自述："我是梅山黄家大祠堂的人，很多跟随黄大磊做事的黄家人都发了财。我和黄仁刚给黄大磊当小马仔，经常为其打架斗殴，平时在厂里当安全员，工资不高。我们都姓黄，凭什么黄大磊和他家亲戚就吃香喝辣，开宝马，抱漂亮女子。我挺不服气，一直在寻找机会，想成为有钱人。这一次黄大森让我们威胁收买王大辉，我看到五十万元就起了贪念。王大辉这人是书呆子，看到相片后不仅不怕，还扬言已经把材料送给了县国资委的唐主任，一定要把黄大磊送进监狱。我便一不做二不休，和黄仁刚一起干掉了王大辉和唐主任。我帮助黄大磊杀了两人，这就是投名状，他接受也得接受，不接受也得接受。后来我就在长青铅锌矿当了副矿长，拿百万年薪。黄仁刚没有在长盛矿业任职，和我一起也成立了公司，专门给长盛矿业送配料。这几年，我和黄仁刚赚了大钱。”

雷电般的消息

审完黄仁毅，警方开始突审黄大森。

警方分析判断，黄大磊是大老板，直接布置具体行动细节的可能性很小，最有可能就是黄大森。而且从诸人交代来看，黄大森确实是中间环节。但是，黄大森极为狡猾，面对公安一言不发，就算说话也就是“不知道”“记不清楚”“要问黄大磊”等几个短句翻来覆去使用。

在国有资产流失案中，梁佳兵、杨成功是直接和黄大磊谈交易，收到的是满满一箱现金，简单直接粗暴，夺人心神，却不会在公司来往账上出现。黄大森作为总经理，确实没有签过一笔支付梁佳兵、杨成功和吴宇的支出。

王大辉案和唐国兴案同样如此，黄大磊下令，黄大森传话，黄仁毅找到黄仁刚，最终由黄仁刚开车撞人或者动刀杀人，除了口供，没有其他证据显示杀人案与黄大森有关联。

黄大森家人聘请了全国闻名的刑辩律师，带着一批记者来到江州，发布新闻，一时之间，各种消息满天飞。

2010年1月5日，当黄大森大摇大摆出现在朱琪面前时，朱琪怒气冲冲回家，取消了下午的会议。吴新生接到电话，回到金山别墅，见到朱琪，道：“亲爱的，怎么回事？”

朱琪叉着腰，大骂道：“公安局都是一群笨蛋，抓住了黄大森，又把他放出来。”

吴新生抱住朱琪，道：“黄大森很狡猾，肯定是把事情全部推给了黄大磊，黄大磊替他挡了枪子。”

朱琪双手抱住吴新生，道：“黄大磊那个死人，弄了个董事会，把股份给了几个黄家人，他们联合起来要把我踢出局。你是我男人，要帮我想办法。”

两人翻到床上，滚一会儿被单，吴新生撑起身体，道：“我倒是有个办法，就看你敢不敢用。”

朱琪取下胸罩，狠狠丢到床下，道：“黄大森要抢我的财产，我还有什么招数不能用。我们不能杀人啊，黄仁毅的事情做得这么隐秘，还是被公安查了出来。”

吴新生道：“你以前说过黄大森有时会在长盛会所吸大麻，还弄了些女人聚众淫乱。等到他们再次聚集的时候，我们向公安举报，这是正义之举。等到黄大森被公安抓了，你可以利用此事，召开临时董事会，利用以前的条款把黄大森从总经理位置上踢出去。现在关键是能不能发现黄大森吸大麻并聚众淫乱的准确时间和准确位置。”

朱琪翻身骑在吴新生身上，道：“姓黄的看不起我，认为我是花瓶。我才不是花瓶，长盛会所里有我的眼线，他们做的那些烂事，我一清二楚。会所有时还会来一些小明星、模特，那些人模狗样的东西，以为我真不知道。”

吴新生用力配合朱琪的身体，尽兴之后，他咬住朱琪耳唇，道：“弄到情报后，你给我说，我找人打电话报警。这是打黄大森的七寸，一招制敌。”

两天以后，黄大森来到长盛会所，准备好好玩一次，让自己彻底放松。这一次涉险过关后，他感觉一条金光大道出现在眼前，几个黄家人联合起来就能控股，到时候想办法引进战略投资人，再弄点手段，最终要把朱琪这个傻女人踢出局。从此以后，他就是长盛矿业的实控人。

进了会所最高级的顶楼，三个美女已经来到房间。好友邱大炮正在房间里与美女们打闹成一团。吸过大麻，过足瘾之后，昏暗灯光下，音乐声大起，五个人脱得不着寸缕，随着劲爆的节奏开始在房间里舞动。

这是黄大森最喜欢的活动。他是山区的农家子弟，小时候穿得破破烂烂进城，面对城里人总会自惭形秽，根本不敢想象大城市最美的妞会成群结队扑到自己怀里。钱是一个好东西，具有神奇的魔力，一旦品尝过，就不会轻易放弃。

邱大炮已经在沙发上真枪实弹，黄大森多喝了些酒水，准备到卫生间方便。他刚走两步，看到墙壁上刺目的紫灯突然闪了一下。这是一盏紧张情况才会闪亮的灯，由前台服务员控制。控制开关放在柜台侧面，只要有麻烦，服务员上身不动，用脚踢开关，楼上这间房就能得到信号。长盛会所开了好几年时间，这盏灯只亮过两次，这是第三次。

黄大森最初还以为是误碰，当看到紫灯又闪了起来，意识到肯定有特别紧急情况，顾不得穿衣服，当即闪到吧台，拉开一道极为隐蔽的小门，钻了进去。

房间门被踢开，冲进屋的人喊道："警察，别动。"

一番搜索之后，有警察在吧台角落搜到一个包，打开后，道："找到了，在这里。"

"黄大森在哪里？"

一个女声怯怯地道："刚才还在。"

"这是黄大森的衣服，这家伙没穿衣服就跑了，肯定有暗道，仔细搜。"

十几分钟后，有声音响起："找到暗道了。"

在市公安局坐镇指挥的副局长宫建民接到电话，道："有多少？哪个品种？居然是海洛因，这是要枪毙的量啊。"

一夜之间，黄大森由长盛矿业总经理变成了被追捕的犯罪嫌疑人。江州禁毒支队没有料到无意中会摸到一条大鱼，调兵遣将，堵路口，查窝点，全力抓捕黄大森。黄大森仿佛一滴水，融入世安河，不见了踪迹。

抓捕黄大森由禁毒支队负责，刑警支队一大队重案一组在岁末破获了二道拐黑骨案，全组上下都轻松下来。

侯大利穿上短款薄型羽绒服，站在镜前照了照。短款薄型羽绒服是田甜买的，当时她还开玩笑说道："挺贵的衬衣和羽绒服，你都能穿出地摊货的感觉，真是服了你。"语音犹在，佳人已去，让侯大利徒唤奈何。羽绒服上有油渍，侯大利用布擦了擦，不再换衣服，开车来到杨晓雨律师家里。

车停在楼下，侯大利给杨晓雨打了电话，道："杨姐，我爸怎么样？"杨晓雨压低声音，道："跃进当过刑警，心理素质还是很过硬的，压下心事，主动穿上西服，状态比平时好多了。"

上午十点，侯大利开车送田跃进和杨晓雨来到江阳区民政局。

田跃进和杨晓雨进去领证时，侯大利独坐在门外，想起了自己和田甜的婚事。

一个精神矍铄的老太太走过，在侯大利身边停下脚步，拿出纸巾，递了过去，道："小伙子，刚离婚吧。女方拍屁股走人，你何必在这里哭哭啼啼。"侯大利接过纸巾，擦了脸上泪水，道："我没哭，风沙大，眯了眼。"老太太在侯大利肩上轻轻拍了拍，道："我家在前面，这三十年，看过好多新人笑，也见过无数旧人哭。退一步海阔天高，也就是离婚，人生还长，没有什么大不了。"

老太太提着菜篮子，消失在眼前。

田跃进和杨晓雨挽着胳膊出来的时候，侯大利脸上干干净净，看不出悲伤。

"爸，杨姐，祝贺。"

"大利，这个称呼不对，怪怪的。"

"跃进，就这样称呼，我习惯了。"

三人共进午餐后，侯大利驱车前往阳州，参加母亲李永梅生日聚会。

李永梅平时不办生日宴，今年是年满五十岁，便请了四桌客人，主要是日常交往比较密切的朋友及其家人。晚宴在国龙大酒店最豪华的国龙厅举行，厅里来了不少客人，由集团副总裁张义超负责接待。

下午五点五十分，侯国龙、李永梅、侯大利和宁凌一起出现在国龙厅。侯大利很少在国龙集团露面，除了几个来自世安厂的高管，几乎没有认识的人。宁凌倒是如鱼得水，不断与客人打招呼。她见侯大利独自坐在一边，便拿了果盘过来，坐在侯大利身边，轻言细语介绍来宾。

“四眼，好久没见你。”一个气宇轩昂的年轻人走了过来，大声打招呼。

侯大利有一对浓浓的剑眉，在初中阶段获得了“四眼”绰号。当年阳州富二代圈子流行取这种土味绰号，算是一种恶趣味。“四眼”时代已经过去了很久，久到侯大利已经忘记了自己这个土绰号。当宁凌提醒时，他才认出眼前之人，笑道：“泥鳅，哇，怎么长得这么人模狗样？”

“泥鳅”有一个优雅的名字李秋，被一群富二代解构成了“泥鳅”。成年后的李秋很有些霸道总裁派头，服饰有品，发型帅气，长期发号施令形成的气场扑面而来。

宁凌站了起来，道：“李总，请坐。”

李秋朝宁凌点了点头，坐在侯大利身边，道：“四眼，江州一别，有十年了吧，我们一直没有见过面。”

侯大利道：“我在江州工作，平时回来的时间不多。”

杨帆出事后很长一段时间，“如果我不去和省城哥们玩，送杨帆回家，就不会出事”的想法如毒蛇一样撕咬着侯大利的心，让其无法摆脱。成为刑警后，见多生死，这个念头便潜伏在内心深处，只是偶尔溜出来散播毒素。此时，“省城哥们”活生生出现在眼前，侯大利表面镇静，谈笑风生，内心那条毒蛇又开始蠢蠢欲动。

李秋打量着少年时的朋友，见其鬓间生出白发，道：“十年前，我们到江州来玩，晚上喝了不少，第二天江州刑警把我们全部带到局里，挨个做笔录。人的命真是说不清，得信菩萨，如今我和李阿姨一样，都办了皈依证。不管钱再多、权再大，都抗不过命运。那天若不是你给我打电话，我们就不会到江州。我们不到江州，也许你的女朋友就不会出事。这都是命，我们得认。”

侯大利原本笑容满面，听到李秋的话，笑容如被狂风袭击，消散得干干净净。他的目光犀利如手术刀，紧紧刺在李秋瞳孔上：“你刚才说，十年前，我给你打电话，你才来江州？”

“你给我打了电话，我才约了大屁股、烂人过来。”李秋知道侯大利在江州做一个普通刑警，见面时不免稍有些轻视，谁知侯大利看过来时，他居然不敢直视，回避了对方凌厉的目光。

侯大利道：“我从来没有给你打过电话，收到你的短信，我才知道你们要到江州。”

李秋道：“不可能，我接到你的电话，你邀请我们过来。绝对是你的声音，我记得非常清楚，绝对不会错。当时大屁股有事不想来，我还特意强调是你邀请的，不信你问大屁股。”

这一条颠覆性消息如惊雷，重重地击在侯大利头顶。如果李秋所言是实，那么杨帆遇害就不是意外事件，也不是激情杀人，凶手是隐藏在身边的恶狼，通过“省城哥们”调走侯大利，然后对杨帆实施谋杀。

侯大利手扶在桌上，身体不受控制地颤抖，牙齿发出咔嚓咔嚓的碰撞声。

（第四部 完）

《侯大利刑侦笔记5》即将出版，精彩预告：

侯大利刚刚摸索到杨帆案线索的一角，便接下了“麻将馆碎尸案”的侦破工作。面对极为特殊的死者身份，从警以来最恶劣残忍的作案手法，心思缜密到令人发指的凶手，侯大利在逐条线索一一被排除后陷入了困局……

与此同时，常务副组长朱林退休后便开始专心追查杨帆案的线索，抽丝剥茧中终于发现了凶手留下的蛛丝马迹。侯大利能否在师父朱林的帮助下找出真凶？

敬请期待《侯大利刑侦笔记5》！

激发个人成长

多年以来，千千万万有经验的读者，都会定期查看熊猫君家的最新书目，挑选满足自己成长需求的新书。

读客图书以“激发个人成长”为使命，在以下三个方面为您精选优质图书：

1. 精神成长

熊猫君家精彩绝伦的小说文库和人文类图书，帮助你成为永远充满梦想、勇气和爱的人！

2. 知识结构成长

熊猫君家的历史类、社科类图书，帮助你了解从宇宙诞生、文明演变直至今日世界之形成的方方面面。

3. 工作技能成长

熊猫君家的经管类、家教类图书，指引你更好地工作、更有效率地生活，减少人生中的烦恼。

每一本读客图书都轻松好读，精彩绝伦，充满无穷阅读乐趣！